岩波現代文庫／文芸 282

児童文学論

リリアン・H. スミス
石井桃子
瀬田貞二
渡辺茂男［訳］

岩波書店

THE UNRELUCTANT YEARS
by Lillian H. Smith

First published 1953
by American Library Association, Chicago.

First Japanese edition published 1964,
this edition published 2016
by Iwanami Shoten, Publishers, Tokyo
by courtesy of
American Library Association, Chicago.

まえがき

本書は、子どもによい本を選んで与えるための、万事ゆきとどいた指導書であることを意図しているものではない。それよりむしろ、よい作品というものには――だれもが知っている本でも、これから出版される本でも――かならず具《そな》わっているはずの特質、よい作品の資質というものを、はっきりと確認する道をさし示すのが、この本の意向なのである。

そこで、以下の本文には、子どもむきのよい本のリストはかかげていない。この本のねらいは、子どもの本を文学として考えること、また、子どもの本を文学として評価するのに役立つ、いくつかの基準を見いだすこと、なのである。

子どもの本は、一般文学とは無縁な、真空地帯にあるものではない。児童文学は、一般文学の一部門であり、ほかの文学形式とまったく同じ批評の基準に従わなければならない。これが根本的な原則である。この根本の考え方こそ、どのような種類の文学を評価する場合でも、よい本を選びだすという作業の底に、かならずなければならないものである。だから、子どもの本を評価するにあたっても、児童文学がりっぱな価値と意義をもつ文学だという確信が、最も必要な態度となる。そしてこういう確信は、まず、子どもの本について正しい知識をもつこと、さらに、文学の古典とされるよい作品に見いだされる文学上の基準に照らして一作一作を批判的に読むこと、この二つによってはじめて得られる。

子どもの本を集めておく場所では、家庭の書棚であろうと、学校図書館や公共図書館であろうと、そこが、いったん、児童文学のゆたかな遺産である「古典」を忘れてしまうと、せっかくそうして本を備えながら、その長所を役立てるどころか、かえって凡作をひろめる手段にすぎなくなる。

私たちの現代生活には、子どもと本とを、とかくひき離しがちにする、たくさんの要因がある。それだからこそ、できるかぎり努力をつくして、子どもと本とを結びつけることが、ますます願わしく、ますます必要となってくるのではないだろうか？　私たちが今日、なにか社会的な働きかけをしなければならないというのであれば、子どものためによい本を、と訴えかけてもいいのではないだろうか？　かつてどの世界、どの時代に、今日ほど深刻に、質が――質をあやまたずに認め、質のよさを評価することが――必要とされたことがあっただろうか？

児童文学のもっともよい作品を見つけだし、ひろくそれを知らせるという図書選択の機能が、どれほど大切なものか――それがこの本のテーマである。凡作のたぐいを大目にみることは、よい本を選び、文学の意義をつかむという目的をあやまることである。

児童文学は種類が多く、また作品も多様であるために、その極めつきの良書の一冊一冊をとりあげて、くわしく論ずることは、とうていできない。ここに分析しようとして選んだ本は、不朽の質をもった、たくさんの本のなかから、ひとりの人間が個人的に選んだのであって、ここに選ばれた本だけが、とくに入念に研究され分析されるべきものだという意味ではない。ある本にたいする個々の人の反応は、人ごとにちがうのであって、本を商品として、あるいは教科書のような用具として論ずる時は別として、文学として論ずる場合は、個人的な確信こそよりどころとなってくれるものである。それに、児童文学は、衒学的《げんがくてき》なアカデミックな研究の対象ではなく、楽しくて、実りゆたかで、限りない報いのある分野なのである。

この本を書いているあいだ、私は、上司のトロント図書館長チャールズ・R・サンダーソン博士から、たえず指示と激励を受けた。また、トロント「少年少女の家」の職員諸氏からは示唆と助力を、私の秘書フランセス・グレーからは貴重な援助を得た。ワシントン公共図書館のM・エセル・バブと、ワシントン国立美術館のチャールズ・C・ストットラーには、絵本の章について、助力をいただいた。しるして、厚くお礼を申しあげる。

リリアン・H・スミス

目　次

本書各章に引用されている作品のなかには、本書初版刊行後に日本語訳が出版された作品もあるが、すべて本書の訳者たちによる訳文のままとした。

第一章　児童文学の問題

ポール・アザール*にとって、子どもの本の領域は、教師と両親と図書館員だけにまかせておけばよい、というような分野ではなく、人間のなしとげた仕事、到達した知識全体にかかわるものである。かれは子どものための文学を、創意のある作品のもつ推進的な力、普遍的な力に結びつけて考えていた。どこの国の作品であろうと、子どもおとないずれにむけて書かれようと問題ではなかった。そしてそういう本を、かれは、「芸術の本質そのものに忠実なもの」と、うたいあげている。

(フランセス・クラーク・セイヤーズ*『本・子ども・大人評』(「ライブラリー・クォータリー」誌)より)

十八世紀に出た『ニュー・イングランド初歩読本*』をひらくと、そのなかに、ひとりの子どもが本を読んでいる一まいの稚拙な木版画がある。その小さな絵のむかいがわに、よく引用される二行詩がある。

私の本と　私の心
はなればなれになりはせぬ

子ども心のこの性質。好きで選んだ本となれば、ほかにどんなよさそうなものがあってもふりむかず、ただそれだけに愛着して離さない子どもの気持。これは、ジョン・ニューベリ*が当時の幼い紳士淑女諸君のために「かわいいきれいなポケット本」を作りだしてからというもの、つまり子どものための本があらわれてからこのかた、作家と出版者と本屋とお客とを、まごつかせてきたところである。

子どもがその読む本に何を求めているかということについては、どんな方式を立ててみても、おとなのいだく確信のなさや当惑の念を解決してくれないだろう。「子どもはああいう本が好きだ」とか、「こういう本はきらいだ」とかいうことが、確信をもって主張できるものではない。けれども、それを知るには、どこを、どのように探ればいいかということがわかれば、私たちにも、いちおうの見当がつく。たとえば、いま、新しい子どもの本が出て、それが、またもう一つの『アリス』、あるいはもう一つの『宝島』や『トム・ソーヤー』が現われたという声にむかえられたとしたら、子どもたちがその新しい本のなかに、かれらの求めているものを、見いだしたものと認めていいのではなかろうか？　その新しい本が、今までに愛読されてきた本と肩を並べうるということは、ルイス・キャロルやスティーヴンソンやマーク・トウェインの作品のもつふしぎな魅力を、どの程度にかもっているということになるわけではなかろうか？

というのは、それらの作品には、じっさいにふしぎな力が具《そな》わっているからである。それは、あの「ハーメルンの笛吹き」*の調べが子どもたちをひきつけたように、読む子たちを魅了するふしぎな力で、それを定義することはむずかしい。このふしぎな力の本質がいちばんはっきりと見いだされるのは、子どもたちが何代も変らぬ愛着をもって読み、今だに読みつづけている作品である。そういう本になると、最新のベストセラーによってすぐにとって変られるおとなの本などが、めったに得ることのできない不朽不滅の位置を得ているように思われる。

ある特定の子がどんな本に愛着をもつようになるかということは、かならずしもわかるわけにいかないが、子どもたちが、なぜ本を読むのかということなら、それほどわかりにくくはない。子どもたちがいったん本を発見すると、読書の楽しみをおぼえるようになるのは、一般読者と変りがない。おとなたちと同じように、子どもたちも、ほかの方法では得られない種類の経験を、読書のなかに見いだしてきた。ジョン・リヴィングストン・ロウズ*の書いた『読書について』という小さな本に、「わしは楽しみのないことは、何もせぬ」というモンテーニュ*の銘を借用して、その理由を、ロウズはつぎのように述べている。「一度とらえられたあの子どもっぽい熱中というものは、めったになくなるものではない。そしてたとえば、コールリッジ*が『千一夜物語』に夢中になったことと、ジョン・キーツ*がシェイクスピアにぞっこんほれこんだこととのあいだに、本質的なちがいはない[1]。」子どもの人生経験は、当然、その子の環境の狭い範囲のなかに限られる。子どもが求めているのは、そのような境界を一気にのりこえてゆく道なのである。そしてひとたび子どもが、本のなかにその道を見つけると、その瞬間の子どもの飛躍は、おとなには、まるで翼が生えたようにみえる。一方その時、子どもは、かれの眼にはなくなったもひとしいその境界を、いともやすやすと、喜び勇んでとびこえてしまうのである。

　この世のどんな強制をもってしても、子どもが読みたくない本を、むりに読ませておくことはできない。自分たちの選択の自由を、子どもたちは、たいしたたくみさと頑強さで守りぬく。もちろん子どもたちにしてみれば、どうして自分がこの本をはねつけて、あの本にしがみつくのかというわけを知らないだろう。子どもたちの判断力は、めったに分析的でないからである。しかし、それは、ある純粋なもの――楽しみに根ざしている。「楽しみのない」場合は、もし読んだとしても、いやいやのことなのである。

子どもが本を選ぶ範囲は、いつも手近にあるものに限られるだろうし、それはまた、大部分がおとなの考えしだいになるだろう。子どもはどんな本が好きか、むしろ好きにならなければならないか、について、おとなの側にはある誤った考えがあって、そのために、本を愛し読書を愛するということを知らせたいおとなの当の目的が、かえって達せられなくなる。もしこういうおとなの誤解がひろくゆきわたってしまったら、いったい子どもはどんな本を手渡されることになるか。その影響は由々しいことになるだろう。

この科学万能の時代にあって、私たちは、私たちの子どもについても科学的になった。私たちは、子どもたちを方式におしこめた。私たちは、ＩＱ(知能指数)とか基本語彙とか治療的読書とかの術語で、子どものことを考えている。そして、ひどくもったいをつけ、ことばは、ごくごくやさしいのを使って、これなら子どもたちにもわかるだろうという調子で、かれらをとりまく世界を、子どもたちに説明してやるのである。

それ自身限りなくひろがる地平線をもち、たえず求め、求めるものに手をのばし、おとなの眼をすりぬけてゆく子ども心について、私たちはどれほどはっきりと、知っているだろうか？　奇跡に親しみ、奇跡をつねに友とする子ども心とは、何であろうか？

おそらく私たちは、科学的方法を信ずる現代の傾向のために、子どもの内奥に秘めた能力を信ずることを忘れているのである。その能力は、年齢や発育のグラフでは測れない。こういうまちがいが起こるのも、ただ私たち自身が、この能力、夢《ヴィジョン》を求めてゆくこの熱意を、とうの昔になくし、それを忘れはててすでに久しくなるからである。

『わが愛読書』の序文で、著者クリフトン・ファディマン*が、こういう話を述べている。かれがある時、ヘンドリク・ヴァン・ルーン*の子どもの読みものの草稿に眼を通して、子どもにわからないように思われたいくぶん長いむずかしい文章を、著者に指摘したことがある。すると、ヘンドリク・ヴァン・ルーンの答えは、「ぼくはそれをわざといれたのさ」というだけだった。そしてクリフトン・ファディマンは「後になって、かれのいった意味がわかった」と述懐している。子どものためのすぐれた作家は、言うべきことをもっている。そしてかれは、いちばんよい方法でそれを言い、子どもたちがわかってくれることを信じている。ルイス・キャロルやケネス・グレーアム*のような作家が使っていることばをしらべてみると、それがわかる。

ウォルター・デ・ラ・メア*は、これをつぎのように述べている。

> 私は、何事にも最良のりっぱなものだけが、子どもにふさわしいものだということを、よく知っている。それからまた、後になってから、あの昔の日々、ほとんど忘れはてたような幼いころの、ぞくぞくする喜び、口にもできぬ楽しさや幸せ、ま

た恐れや嘆きや苦しみを、つかのま想い出すことが、ときおりはどうやら(どうやらにしても)できることも、知っている。まさに、私は、あの馬、あのカシの木、あのデイジーを、きらっと一瞬、見るのである——すぎた昔のいつやら見た時のままに、あの時の心とあの時の感覚そっくりに。その経験は、啓示だった(2)。

このように子どもというものを考えれば、私たちは本能的に、凡作や駄作をはねつけることになるだろう。真のねうちのある本、誠実で真実で夢《ヴィジョン》のある本、読んで子どもが成長できる本だけを、子どもの手に渡すことになるだろう。なぜなら、成長することが、子どもの天性だからである。子どもは、じっとしてはいられない。子どもは心身の変化と活動なしではいられない。子どもの想像力をかきたてない読書、子どもの心を伸ばさない読書は、子どもたちの時間つぶしになるばかりでなく、子どもを永久につなぎとめることができない。かれらは、読書という手段《メディウム》で満足できなければ、すぐまた別の手段におもむくだろう。

子どもたちが、読書のなかから、永続するものや、たしかなねうちのあるものを、かならずとりいれてゆくのは、そういうひたすら成長しようとする根強い本能によるのである。子どもほどたしかに、自分によいと思われるものを、しっかりつかんで離さないものはない。子どもは、不朽のねうちのある本にだけ、成長に必要な材料を見いだすことができるからである。

ひとりの子どもにとって、ある一冊の本が、どういう時によい本になれるかというと、その子がその本によって、一つの貴重な経験を得た場合である。そういう本を読んで、しんに楽しんだ子どもは、いちだんと成長して、かれの人間形成に何かを加えたことになる。それによってその子は、今まで以上に新しい感じ方ができ、新しい考え方ができるようになる。そしてそれが、その子をさらにつぎの新たな経験――それがどんなものにしても――にみちびいてくれる。その子は、もはや奪われることのない永続的なものをかち得たのである。

子どもたちが、身体の成長と同様に、読書にも段階を経てゆくことは、たしかである。ある子は、昔話を読む段階から、ヴァイキング(中世初期のノルマン人。海賊。民族移動につれて侵略植民した)のことを書いた本に移ってゆき、さらに大きくなると火星に興味をむける、ということになるかもしれない。しかし、その子の昔話によって培われた想像力は、成長をとめることがないだろう。そしてヴァイキング物語を読むと、遠い過去から現代まで人間の旅してきた長い道、つまり歴史というものが、心に残るだろう。その子はまた、この地球以外の他の世界について驚いたり推測したりすることから、宇宙にたいする神秘感をもつことになるだろう。こうして、その子が「楽しみをもって」読むものはすべて、これからの読書の基礎となり背景となって、その子のなかに、もっと読みたい欲望と、読まずにいられない切実感とをかきたてることになるだろう。

現代の子どもたちであろうと、いつの時代の子どもであろうと、子どものための「傑作」がいつも手のとどくところにおいてあるかぎり、その文学遺産をそうやすやすと見捨てる危険のないことは同様である。トマス・トラハーン*は、「すべての精神は、相互に惹《ひ》きあう」と述べた。いつの時代でも、その時代の子どもの精神は、児童文学というものを築きあげてきた、これらの本の作者たちの精神に、ひかれるのである。

しかし、このさい、私たちが児童文学ということばを使う時、私たちはみな、同じものを考えていることを、確かめておこうではないか。子どものために書かれた本がすべて、かならずしも文学ではないし、こういうものが子どもの本だとおとなの考えることが、いつも子どもの考えと一致するものではない。子どもの本は、おとなのテーマをもっと簡単に取り扱ったものにすぎないと考える人がいる。この見方は、子どもを小型のおとなとだけ考えるもので、子ども心というものを誤解するところから、おこっている。子どもは、人生経験がおとなとちがう、特殊な人種なのである。子どもの世界は、一つの別世界なのである。その世界では、価値が子どもの次元で表わされていて、おとなの世界のことばで表わされているのではない。

たとえば、子どもの問題は、おとなの問題よりも単純だが、同時に、おとなの問題よりもはるかにずばりと事物の核心につきいる。おとなは、真偽、善悪、幸不幸、正不正のような道義的な問題を、いろいろなところに当てはめてとやかく言いたがるものだが、子どもは、それらのものの抽象的な区別を、理屈ぬきで感じとってしまう。そして、すぐれた子どもの本は、問題の取り扱い方が、ずばりと明快である。価値判断が、健全で直截である。しかも、これらの問題がお説教で語られずに、むしろ作品の内側に暗にふくまれている。たとえば昔話を読んで、子どもたちは「利己的でない真実の愛は、ついにはよい報いを受ける。因果応報」(あなたも気をつけなさい!)と納得させられ、「そねみとねたみとむさぼりの醜さ、浅ましさ」をまざまざとさとる。そして、こういうことが、子どもたちの知りたいものなのである。

子どもたちは、昔話であれ、すごい冒険談であれ、こっけい話であれ、気持を愉快にしたり暖かい感動を起こさせたりするあらゆる種類の文学を、手当りしだいに読みながら、自分たちがそこに永続的な真実を求めていることを、意識的には知らないだろう。だが、子どもたちは、お話の底に、自分たちの頼れる真実がひそんでいることに、気づいている。人間の安心感は、物質的な要求をみたすことからだけくるのではない。それは、ひとりひとりの心のなかに根をもっていなければならない。この根がないと、子どもが安定性をなくして、現代生活をとりまく混乱した価値判断にふりまわされてしまうとしても、ふしぎではない。すぐれた子どもの本は、それを楽しんで読む子どもたちに、非常時用の錨《いかり》を荒い波風におろすような安定力を与える。この力は、けっして道義的概念ではないが、頼ることのできる力なのである。

子どもの読書について、まだ一つ、別の誤解があることを、ここにぜひ述べておかなければならない。私たちおとなの時代は長いのに、子どもの時代は短くて、あっというまに過ぎてゆくものだから、子ども時代の経験は、おとなの経験にくらべてはるかに大切でない——と思われている。けれども、子ども時代は感受性の強い形成期で、非常に染まりやすく、そのうえ時期が短いから、おとな以上に凡作は不必要、かつ、それにかまける時間もない。子どものころの印象は、永続する。そしてこの印象が蓄積されて、成人した時にあらわれる人格の型《パターン》となる。そうとすれば、まさに「子どもはおとなの父」のことわざどおりである。こう考えてくると、私たちは、子どもが読書から受ける印象に、無関心でいていいものだろうか?

子どもを将来のおとなの読者とだけ見なして、子どもが子どもとして読むものをたいした問題でないと考える人がある。私たちもじっさい、子どもがおとなになってからも本を読みつづける人になってもらいたいと思う。とはいえ、たとえば、ひとりの子が『宝島』を読んだ場合、その子は子どもとしての世界を一時に明るくするほどの身近な体験をしたのだということを、うたがう者はないだろう。一冊でも、あるすぐれた本が子どもの心に与えるはげしい衝撃は、まさに一つの実り、たしかな一経験である。この経験は、あらゆる種類の印象にいちばん影響されやすいこの時代に、判断力とよい好みとの基準を作りあげる力になる。子どものころに『宝島』そのほかのすぐれた本を読むことは、おとなになってからも読書を続けてゆくことの幕あけといえるだろう。こういう幕あけどきの強い持続的な印象が、おとなになってからの読書にも、活力と永続性を与えるのである。

おとなの誤解は、まだある。子どもの本が、一般文学とかかわりのない真空地帯にあると考える傾向である。だが、児童文学にもおとなの文学にも同一の芸術上の基準が適用されることは、児童文学をていねいにしっかりと読んでみれば、はっきりする。しかも一団の児童文学の作品がそれ自体の価値をもって存在するという事実は、文学に関心のあるすべての人に、児童文学をまともに考えさせるはずである。そして自分の時間と精力、能力と才知を児童文学の評価にささげるおとな、ささげようとしているおとなであれば、児童文学が文学として意義があり、あらゆる文学の伝統に根ざした価値をもつことを、確信するはずである。C・S・ルイス*がつぎのように述べるのは、それを別の面からいっているのである。かれは言う、「十歳の時に読む価値のある本は、五十歳になって読みかえしても同じように(むしろしばしば小さい時よりはるかに多く)価値があるというものでなければならない。……おとなになって読むにたえなくなるような作品は、全然読まずにいたほうがいい本である[3]。」

子どもの本のなかにもられた想像にみちた世界の戸を、おとなのために開けてくれる(再び開けるというべきか)鍵が一つある。それは子どもがつかんでいるのと同じ鍵——

楽しみである。おとなが子どもの本を読む時は、おとなの人生経験のすべて、連想力や成熟した好みや分別を持ちこむのだから、楽しみといっても子どものものとは質もちがってくるであろう。たとえば、おとなが文学としての子どもの本に見いだすある種の喜びを、子どもが意識的に気がつくことはほとんどない。つまり、それはことばの順序や美しさ、文章技術における味わいであって、音楽をきいたり絵を見たりすることと同じ質のものである。ケネス・グレーアムはその『たのしい川べ』のなかで、暁《あかつき》の門で笛吹く牧神の舞台として、モグラやネズミが月の出を待ちながらゆっくり川上へボートを漕いでゆくあの親しい川を情景として選んでいる。グレーアムはこの光景をこうしたことばで描いている。

地平線は、夜空にもくっきり浮かびあがっていましたが、ただ一カ所だけが、だんだん明かるくなってくる銀色の光の下で、ことさらに黒ぐろと見えていました。そして、とうとう、待ちかまえている地のはてに、ゆっくり、荘厳な月が、顔をだしました。月は、やがて、すっかり地平線をはなれると、港をはなれた船のように空にのぼっていきました。そして、ふたり(モグラとネズミ)の前には、ふたたび大地が——ひろびろとした牧場や、しずかな野菜畑が見えはじめ、川は、岸から岸までやわらかな色に包まれてひろがっていたのでした。さっきまでの、あの神秘さやおそろしさは、すっかり消えて、まるで昼間のような明かるさですが、そのくせ、昼間の景色とは、おどろくほどのちがいようです。それは、まるで、ネズミたちのおなじみの遊び場所が、そっとかげにかくれて、いままでのきものをぬぎ捨てると、新しい衣装に着かえて大いそぎでかけもどり、こんなに変わっても、わかってくれるかしらと、にっこりしながら、待っていたとでもいうようでした。(4)

子どもたちは、こういう描写の質そのものを味わいはしないだろう。けれども、子どもたちでさえ、その神秘の要素を感ずることができ、また、それによって、非常に劇的にこの章のなかで物語られているカワウソの子どもの救助のストーリーに、いっそう夢中になる。

児童文学はまことに複雑な題目なので、その全面を考察することはあまりに長くなりすぎ、あまりに多くの問題をふくんでいて、一冊の本では扱いきれない。また、価値ある本を、一つ一つ検討することもできない。私たちのねらいは、さまざまな子どもの読書興味の各面を代表する本をいくつかとりあげて、それらを文学として秤《はかり》にかけてみることであり、文学として判断する基準をいくつか指示することである。児童文学の伝統を、過去の風変りな遺物の歴史としてでなく、児童文学の成長を示すものとして、今日まで生きながらえてきた本を通して、簡単にみることにしよう。

一般の文学に適用できる批判の原則がある。そういう原則を、私たちが児童文学の価値を判断するさいには、そこに適用して考えてゆこう。児童文学の種々な領域にわたって、その領域ごとの声価のきまった子どもたちの「古典」の質を論じ分析してみよう。「古典」というものは、新しい本が現われたさいに、それに健全な評価をくだす助けになるからである。子どもたちは、心の楽しみのために本を読むのと同じように、ものを知るためにも読む。そして「知識の本」は、ごく随伴的にしか文学としては扱えないが、その特殊な領域に必要な条件も、簡単に論じておこう。なお、各章の終りに、関連する参考書のリストをかかげておくことにした。

　子どものために書くことは、一つの芸術であり、芸術として考察さるべきである。児童文学をここに論ずるに当って、力点はあくまで文学としての本、それ自体の価値をもっている作品におかれ、どんなにねうちがあろうと、二義的な目的に役立つ用具としての本は考慮されない。子どもの本を、こういう立場から見て、知的にも精神的にも子どもの成長に末長く役立つものだと考えることは、元来が明るく楽しかるべきこの問題に、不当な重みをかけることにはならない。

　昔話であれ、ファンタジーであれ、冒険小説であれ、その子どもの本がどんな形式をとっていようと、その内側にふくまれる美と真実によって私たちを感動させる力を目標として、とらわれない心をもって作品を考察しよう。オリヴァー・ゴールドスミス*とチャールズ・ラム*の時代このかた、すぐれた作家たちによって、児童文学はしだいに重要さを深め大きくしてきた。ジョン・ラスキン*、チャールズ・キングズリ*、ナサニエル・

ホーソーン、ルイス・キャロル、ジョージ・マクドナルド*、W・H・ハドソン*、マーク・トウェイン、ハワード・パイル*、ジョン・メースフィールド*、R・L・スティーヴンソン、そのほかの、傑作と認められる作品を書いた人びとが、子どものために書いた本を、私たちが考察するにあたっても、ことさらにへりくだったような態度はとることをすまい。また、一般文学の分野で相当な評判をうけている現代の作家たちも、疑う余地のない創意のある子どもの本を書いている。そういう作品すべて、それにまた、子どもの本だけを書いている作家たちの作品を、私たちは児童文学の問題の対象とするのである。

引用文献

(1) Lowes, John Livingston. Of Reading Books: Four Essays (London: Constable, 1930), p. 133.

(2) De la Mare, Walter. Bells and Grass (N.Y.: Viking, 1942), p. 11.

(3) Lewis, C. S. "On Stories," in Essays Presented to Charles Williams (London: Oxford Univ. Pr., 1947), p. 100.

(4) Grahame, Kenneth. The Wind in the Willows (N.Y.: Scribner, 1933), p. 157.

参考書

Duff, Annis. "Bequest of Wings"; A Family's Pleasures with Books. Viking, 1944.

Eaton, Anne Thaxter. Reading with Children. Viking, 1940.

Eyre, Frank. Twentieth Century Children's Books. Longmans, Green, 1952.

Hazard, Paul. Books, Children and Men; tr. from the French by Marguerite Mitchell. The Horn Book, 1944.

The Horn Book Magazine. vol. 1—October, 1924—.

Moore, Anne Carroll. My Roads to Childhood; Views and Reviews of Children's Books. Doubleday, Doran, 1939.

Repplier, Agnes. What Children Read (in Books and Men). Houghton, Mifflin, 1888.

White, Dorothy Neal. About Books for Children. Oxford Univ. Pr., 1947.

第二章　児童文学の系譜

昔の文学を読もうという殊勝な心がけがあるならば、つとめて賢明に、よいものと古風で奇妙なだけのものとを、はっきり、卒直に、読みわけようではないか。りっぱな文学は、その絶対的な価値によって生きながらえる。一編の詩を、その絶対的な価値のゆえに讃美するのは正しい。またある詩を、その歴史的価値のゆえに讃美するのも正しい。しかし一方の価値を他の価値ととりちがえるのは、まちがいである。

（ジョージ・サンプソン*『ケンブリッジ版散文と詩の本』より）

記録でさかのぼれるかぎり、炉辺で語られた物語、民間の昔話、放浪の吟遊詩人たちが大広間で歌った語りものが、老若あらゆる人びと共有の口誦《こうしょう》の文学であった。印刷になったことばが話し手や吟遊詩人にとって変り、学問と文学とがおぼろな時の霧をはらって現われでてからも、物語や物語詩《バラッド》は、あいも変らず、字の読めない単純な庶民の心情に生きつづけた。ワンダ・ガーグ*がこの経過を彼女の絵本『すんだことは すんだこと』の前書きで、つぎのように要約している。「これは古い古いお話です。私が小さかったころ、おばあさんが話してくれたものでした。そしておばあさんは小さかったころ、そのおじいさんから聞きました。そのおじいさんはボヘミア(チェコの西部・中部地方を指す歴史的な名称)のおさない少年だったころに、そのまたおかあさんが話してくれました。そのおかあさんがいったいどこから聞いたものか、私は知りません。けれどもみなさん、これが古い古いお話だということは、おわかりでしょう。(1)」

おとなも子どもも喜んで聞いたこの共通の伝承文学は、印刷された本が、字の読める者の手のとどくところに文学をもちこんできた時にも、見のがされはしなかった。イギリス最初の印刷者だったキャクストン*は、かれの初期の刊行書のなかに、『狐のレナード』(一四八一年)と『イソップ寓話集』(一四八四年)とを選んでいれた。キャクストンは目先のきく商売人で、これなら一般の人がかならず買うと思ったもの、つまり、口伝えのなじみぶかいお好みの話を印刷したのである。実のところ、キャクストンとその後継者のデ・ウォルド*の努力の結集は、はからずもすぐれた児童文庫を作る結果となった。そこには、『イソップ寓話集』と『狐のレナード』のほかに、『ガイ・オヴ・ウォリック』*『ベヴィス・オヴ・ハンプトン』*『ヴァレンタインとオルソン』*『ロビン・フッド』『デーン人ハーヴェロク』*『アーサー王』がふくまれていた。これらはすべて、現在私たちが基本的な子どものお話としているもののなかにはいっている。

　今のように本がたくさん出て安くなる前に、本を書いた昔の作家たちは、こうした口伝えの伝承文学がすべての人に知られていることを、当然のこととしていた。シェイクスピアは『むだ騒ぎ』を書いた時に『ミスタ・フォックス』*を引用し、『リア王』には『チャイルド・ローランド』*を引用しているが、当時それらのお話はまだ印刷されていなかったのである。そして今日でも、子どもたちは、ジェイコブズ*の『イギリス昔話集』を読んで、あの「大胆なれ、大胆なれ。だが大胆になりすぎるな」という句をとなえるのであり、チャイルド・ローランドの暗い塔は、いまも子どもたちにとって、神秘と魔法の場所になっている。

　これらの物語がくりかえし印刷されてきた出版の歴史をたどることも、一つの興味ある研究であろう。しかしここでは、児童文学に文学としての位置を与えてきた作品について簡単にふれるのが主旨であるから、児童文学のなかで恒星のような存在になった本がはじめて現われた時のことだけを述べるにとどめる。それらの物語は、子どもたちをめあてに書かれたものではないが、どれもこれも、子どもたちが自分のものとしてきた本であり、いまだにそのなかに喜びを見いだしている本である。その結果、これらは、何が子どもたちを喜ばせるかということの指針になってくれる。

子どもたちは、与えられたものを受けとることも多いが、一方また、ほしいものには手をのばすことも事実である。かれらの心のなかに想像ゆたかなものや劇的なものにひかれる本能があって、それを自覚しないでも、ほしいものには手をのばすのである。この、驚異の念というか、熱望というか、または手をのばす欲望というか、何とよぶにせよ、この天性は、昔、人類がその幼年時代にもっていたように、いまも子どもたちに具《そな》わっている。自意識がほんの少しでも鋭くなりはじめる前の子ども時代は、驚異の時代である。その活動的でどこへでもさまよいだす心が、つかめるものなら何でも見つけだして、それを吸収してしまう時代である。本のなかに、いや、本のなかほど、子どもがそうしたゆたかなチャンスの発見できるところはない。こうして、子どものなかに、生来、美と想像の世界を求める本能があることをみてくると、児童文学のすがたが、さまざまな要素をふくめたものでなければならないことが、よくわかるのである。それにまた、児童文学が、子どもたちが与えられたものと、みずから進んでとりあげてきたものとによって成り立っているわけも、よくわかるのである。

子どもたちは、清教徒《ピューリタン》主義の傑作『天路歴程』が一六七八年に現われた時、手をのばしてこれをつかんだ。子どもたちはそのなかに、『巨人退治のジャック』*と同じように数々の冒険をもりこんだ、同じようにすばらしい昔話を見たのである。かれらはこの物語から、巡礼ごっこの遊びをあみだしたりさえした。そして杖をとり帽子をかぶって、背に荷包をしょって空想の旅へ出ると、ライオンたちをやりすごし、悪敵アポリオンと戦い、「疑いの城」にとじこめられ、「喜びの山」をさまよったすえに、とうとう「王の宮殿」の輝く門にはいってゆくのだった。

おそらくジョン・バニヤン*は、自分の書いた本に、子どもの興味をひくもののあることに気がついたのだろう。それに力をえて、今度は直接少年少女にあてて『神の象徴』という本を書いた。ところが子どもたちは、そんなものはごめんだった。子どもたちは、鳥や虫についての韻をふんだお説教などは好まなかった。かれらはそこに、ある「目的」を気《け》どって、避けた。なるほど『天路歴程』にも目的はある。しかしこの物語では劇的要素が他のすべてを圧し去ったが、『神の象徴』のほうは、くずれ去り、忘れ去られた。

その後、清教徒の影響はだんだん薄らいでいった。しかし、子どもや子どもの読書について世の中の強い関心がおこった十八世紀後半にいたるまでのあいだに、子どもたちは、おとなめあてに書かれた本をまた二つ、自分たちのものとしていた。『ロビンソン・クルーソー』(一七一九年)と『ガリヴァー旅行記』(一七二六年)である。

ポール・アザールは、その著『本・子ども・大人』のなかで、つぎのように述べている。

> 子どもたちが『ロビンソン・クルーソー』を読んで、工夫をこらし精力をふるって生活をうちたてる物語だと思ったとしたら、かれらがロビンソンにとびついたことに、なんのふしぎがあろう。子どもたちもまた、おそるおそる人生にふみ出してゆく。難破したかれらのえらい親友の、ロビンソンと同じように、かれらもまた、未知の地に投げ出されているのであって、ゆっくり探検しなければ、その土地のようすがはっきりつかめない。また、かれらもロビンソンと同じように、たれこめる暗闇をおそれる。夜がおとずれて、かれらをつつむ。明日もまた太陽が見られるとだれが言えよう？　かれらがどちらをむいてもおそろしいものばかりだ。飢えと寒さがまずおそってくる。やがて少しずつかれらは気をとりもどし、自信をもち、自分自身の力で生活するようになる。ロビンソンが生活を建て直そうとして、そうしたように。[2]

司祭長《ディーン》スウィフト*は、かれの辛辣《しんらつ》で骨をさすような諷刺物語『ガリヴァー旅行記』を、けっして子どものために書いたのではなかった。アイルランドの広大なさびしい邸にこもって、夜ごとすさまじい勢いで書いていたかれに、もしだれかが、この本は世々代々の少年少女たちの楽しみになるだろうと言ったら、かれがどう答えたか、思いめぐらしてみるとおもしろい。『ガリヴァー旅行記』のなかには、子どもの理解できないところが、たくさんある。しかし、子どもたちは、自分の好きなところを、この物語のなかからぬき出す。そしてかれらがいちばんひきつけられるのは、くめどもつきない作者の空想力である。作者の空想力は、まず、ガリヴァーがあれほどおもしろい冒険をする小人国をつくり出して、そこに小人たちを住まわせ、つぎに、大人国でガリヴァーが、おなじようにおどろくべきこっけいな羽目におちいるありさまをくりひろげてくれる。子どもたちにとって、この物語は、一七二六年にはじめて現われた時同様に、今日もいきいきと生きている。

一方、海峡を渡ったフランスでは、シャルル・ペロー*が、フランスの八つの昔話を再話して、『すぎし昔のお話集』と題し、一六九八年に刊行した。ペローの昔話は英訳されて、『ガリヴァー旅行記』初刊後まもなくイギリスで出版された。それまでも、いくつかの民話が、粗末なチャップブック*の形で個々に刊行されてはいたけれども、ペローの本がイギリスに初めて現われた昔話集である。そこには、『眠りの森の姫』『赤頭巾』『青ひげ』『長靴をはいたネコ』『ダイアモンドとヒキガエル』『シンデレラ』『とさか毛のリケ』『親指小僧』がはいっていた。これらの物語は、みな、その後の各世代の子どもたちに共通の不朽の所有物になっている。

このようなことがあって後、やがてジョン・ニューベリが、あの聖書と太陽の商標をつけて、セント・ポール寺門前町に本屋の看板をかかげたのだった。かれの看板はまた、意識的に子どものために企図された文学が、始められたというしるしだった。ジョン・ニューベリの主張は、かれがとくに子ども用に企画した小型本を印刷した当時にあっては、孤独の声だった。しかし、かれはこの新市場の将来性を知っていたし、そこから利益をあげる抜け目なさも具えていたようである。ジョン・ニューベリの商才は天才的だった。私たちの知るところでは、かれはそのころ、スモレット*を雇って、ある雑誌を編集させ、また子どものための小型本をたくさん印刷して売り、そして、近所に侘び住居《わずまい》をしていたオリヴァー・ゴールドスミスに目をつけると、かれに時おり小金を貸しつけ、ゴールドスミスはそのかたに作品を書いて借金をはらった。

私たちには、ゴールドスミスが『靴ふたつさん』の著者だと信じられる、かなりの根拠がある。この作品こそ、直接子どもたちのために書かれ、今も生きながらえている、イギリス最初の本である。それが生きながらえたのは、道義的な目的よりも物語と登場人物を大事にした作家が、書いたためであった。なるほど『靴ふたつさん』にもお説教はある。この作家は、明らかに正義の念にもえていたし、また十八世紀はじめの小農の苛酷な運命をも親しく知っていた。だがかれは、その上に、親しみ深いうちとけた調子で物語を語ることができた。『靴ふたつさん』で、かれは、一人の少女をつくりだしたが、もし本当にそういう子がいたら、子どもたちは好きになっただろうと思われるような少女だった。このささやかな一編は、説明しがたい魅力をそなえていて、その魅力が長の年月、おとなと子どもの心をひいてきたのである。

　ゴールドスミスはまた、『マザー・グースのメロディ』*の編集者だったかもしれないが、このニューベリの店から刊行されたわらべうた集の、真の編者は不明である。この不朽不滅のわらべうたの数々とマザー・グースの名は、私たちにとってはしっかり結びついて離れないものになっているので、この二つのものが、ニューベリが出版した時に初めて結びついたのだとは、なかなか信じられないほどである。わらべうたの起源は永久にとけない謎である。その大部分がいつともわからないほど古く、連綿として親しまれてきた点では、『シンデレラ』や『眠りの森の姫』や『三びきの子ブタ』とおなじように、子どもたちの伝統の一部になっている。

　『マザー・グースのメロディ』には五十以上のうたがはいっていて、おどろくべきことには、おわりにシェイクスピア劇のなかの抒情歌謡がいくつかのせてあった。その後わらべうたは、ハリウェル*によってもっと蒐集拡大され、一八四九年に『わらべうたと昔話』として刊行され、これが、現在の多くの子ども本マザー・グースの原典となっている。

わらべうたと物語詩とは、この時代の子どもたちにはなじみ深いものだったが、子どもたちがすすんで自分のものにした詩は、ほかにほとんどなかった。その後、『無心の歌』が一七八九年にあらわれて、その純粋な詩情のしらべは、今日にいたるまで子どもたちの耳にひびいている。ブレイク*は、この題名を適切につけた。これらの詩は、ごまかしにそまない無心であり、文学的小技巧に汚されない無心である。これらの詩は、この大詩人の心から直接に自然に流れでたもので、単純さがその主調である。その詩形の単純さ、その語法の純粋さ、詩のつくりだすイメージの大胆さ簡潔さにおいては、わらべうたと同じである。イギリス文学史上屈指の大詩人の詩を、子どもたちが自分たちのものとしたのは、おそらくこのことのためであろう。

『靴ふたつさん』のあと、いわゆる「理性の時代」といわれる十八世紀の終りまで、子どもたちのために書かれた本は、想像をしめだした時代の必然の所産である。このような極度に教訓的な本のたぐいは、骨董ものとして以外一つも生き残っていない。著者たちが、子どもたちの天性と環境と好みとを無視して書いたからである。

チャールズ・ラム*は、コールリッジにあてた手紙のなかで、こう不平をこぼしている。

『靴ふたつさん』は、ほとんど絶版になっています。バーボールド夫人*流のものが、子ども部屋の昔からの古典類をいっさい追放してしまっています。……おとなの場合と同様に、子どもたちの歩む道にも、科学が詩にとってかわってしまいました。このひどい悪をさけることはできないものでしょうか？　思ってもごらんなさい、あなたにしても、子どものころ、昔話やおばあさんたちのお話なんかをきいて育てられるかわりに、地理や博物をしこたま詰めこまれたとしたら、あなたは、いったいどうなっていたでしょう！

しかし、ラムは不平をこぼしてばかりはいなかった。一八〇六年に、チャールズとメアリのラム姉弟が子どもたちのために語った『シェイクスピア物語』が、ゴドウィン*によって出版されたからである。

こうもやさしくシェイクスピアに初めてひきあわせてもらえるとは、そのころの子どもたちにとって思いがけない喜びだったにちがいない。それは今日の子どもたちも、同様である。それというのも、これらの物語には、あたかも初めてきかされるような新鮮さがあるからである。この劇の各場面がはっきりと正確に描かれているので、私たちは、自分で読んだ時はこれほどたくさん細かいところを見のがしていたのかと、つい原作にあたってみるほどである。

『シェイクスピア物語』はただちに世にむかえられて、ラムの生存中にたくさんの版が重ねられた。イギリス文学のどの方面をみても、そのころ出版された本で今日も、この『物語』と同じくらい人気のあるもの（いや、それほどでなく、ちょっとでも読まれているもの)の名を思い浮かべることはむずかしいだろう。ラム姉弟の仕事は非常にすぐれていたので、後にシェイクスピア劇の物語化を企てた本で、新鮮さの点でこれにくらべられるものは一つもない。『シェイクスピア物語』は、文学として独自の位置をもっている。

『シェイクスピア物語』の後に、一八〇八年に『ユリシーズの冒険』がつづいた。ラムはホメロスを読んだことがなく、したがって原典からではなしに、チャップマン*の訳からチャールズが子どもたちのために再話したものである。それにもかかわらず、ハーヴェイ・ダートン*もいっているように、「ラムは、エリザベス朝時代の簡素な散文ともよべそうな文体と、オデュッセイアの壮大悠揚たる趣きとをまぜあわせるというふしぎな仕事をなしとげた[3]。」こののち、ホメロスを子どもむきに再話したものはたくさん出ているが、チャールズ・ラムの『ユリシーズの冒険』は一古典として独自の価値をもち、依然として子どもむきのオデュッセイア物語としては、最も文学的な再話である。

児童文学の面でラム姉弟のなした仕事は、いまや、想像力の世界への入口が開かれてきたことを実証した。また一方では、庶民の間にそのころまだ語りつがれていた純粋に口伝えの昔話を、保存しようという関心が、作家や学者のうちにもりあがってきていた。かれらはそれらの話を辛苦して、話し手の一語一語をも忠実に書きとめながら、集めはじめた。学者たちの興味は、主に民話が昔の信仰と習俗と迷信を反映している点にあったけれども、子どもたちは、そこにユーモアとドラマ、美とふしぎにみちた物語を発見したのである。

ペローの昔話集、または『トム・ヒッカスリフト』*や『巨人退治のジャック』や『ジャックと豆の木』のように個々に刊行されたいくつかの物語をのぞくと、民話は口誦という形でだけ保存されていた。ところが、ドイツでは、ヤーコブとウィルヘルムのグリム兄弟が、単純なドイツ農民の語る民話を口づてのことばで書きとめて、一八一二―二四年に『家庭と子どもの昔話集』としてドイツで民話集を刊行した。それが現われてまもなく、これらの物語は、ジョン・ラスキンの序文とジョージ・クルクシャンク*の挿絵をつけて、エドガー・テーラー*によって英訳された。グリムの民話集につけた英訳の『家庭のお話集』という題名は、予言的だった。グリムの昔話ほど家庭的な語り草となった子どもの本は、おそらくほかにないだろう。

グリム兄弟の集めた民話がたちまち評判をかちえたことは、子どもたちの想像欲求がどうしたらいちばんよくみたされるかということを示していた。しかし、メアリ・ハウイット*がハンス・アンデルセンの童話を訳すに及んで、児童文学はここにまた、天才の業績によってゆたかにされたのである。これも、ヨーロッパ大陸からの贈り物だった。メアリ・ハウイット訳のハンス・アンデルセンの『子どものためのふしぎなお話集』は一八四六年に刊行された。その時以来、新訳が時をおいては現われているが、アンデルセンの物語は、力強い想像力と、ものの魂にまで達する深い感受性をもっているために、当然、世界中の子どものためのいつも変らない遺産となっているのである。ハーヴェイ・ダートンが『イギリスの児童書』で述べているとおり、アンデルセンのおとぎ話は「空想と伝承文学の特質を、はじめてしかも決定的に、融合させたもので、そのうえ両者の要素を純粋な状態でふくんでいる。」

ヴィクトリア時代のロマン派文学愛好熱は、ヴィクトリア時代の子どもたちのために書かれた本にも反映した。子どもの読むべき本についての世論の風むきは、ロマンスと笑いと想像の方向へ変った。メアリ・ハウイットがアンデルセンを訳したと同じ年に、エドワード・リア*が『ナンセンスの本』を出版した。これは筋もなくとてつもなく陽気な詩集で、独特なアクセントのあるリズムとこっけいな挿絵の魅力にはさからえないものがある。

イギリスとアメリカの子どもたちは、つねに共通の文学遺産をわかちあってきた。アメリカとイギリスのいずれで書かれたにせよ、空想の国に新しい道をつける先達《せんだつ》となった児童文学の傑作の場合、とくにそうである。十九世紀後半に開花した児童文学の黄金時代には、ナサニエル・ホーソーンが十二編のギリシア伝説を再話した。それは、二冊にわけて刊行され、一八五二年に『ワンダー・ブック』、あくる年に『タングルウッド物語』となった。ホーソーンの古代物語の再話は、暖かくて親しみ深く、チャールズ・

キングズリの『英雄物語』と題した再話よりも、ずっとおとぎ話の系列に近い。一八五六年に出たキングズリの『英雄物語』は、『ワンダー・ブック』と『タングルウッド物語』とに出てくる同じ物語をいくつかおさめているが、キングズリの再話は、ギリシア詩の美しさと品位をしのばせるものである。

チャールズ・キングズリが子どものために書いた、いちばん有名な本は、いうまでもなく『水の子』で、一八六三年に現われた。この小さいトムの物語は、道徳的な目的があり、信仰的でさえあるが、ストーリーは非常に空想にとみ、また真心こめて書かれているので、今なお小さい子どもたちをふしぎな力でひきつけてやまない。

『水の子』のファンタジーは、さらに大きな一つのファンタジーへの序幕だった。その物語は、真の天才の作品であり、どこの国で読まれようと、時代に関係なく、子どもの所有物となった。それはルイス・キャロルの書いた『ふしぎの国のアリス』で、一八六五年に出版され、以来子どものために書かれる作品の性格と内容をがらりと変えた。アリスのつづきの『鏡の国』は、初めの本におとらず天分ゆたかなもので、『ふしぎの国のアリス』から六年後の一八七一年に出た。その間の一八六八年に、ニュー・イングランドのルイザ・メイ・オールコットは『四人の姉妹』を出して、ニュー・イングランドの生活と情景から生まれた諸人物を描きだした。アリス・M・ジョーダン*は『ロロからトム・ソーヤーまで』のなかでこう記している。「アメリカの少女小説で、これほど広い読者層におよんだものは一つもないし、女主人公のなかで、正直で卒直で愛すべきあのジョー・マーチほど愛された人物はなかった。ジョーは、ルイザ・オールコットがもっともよく知っていたからこそ、最もよく描くことができた人物である。」(4)

ある一世代に児童文学に貢献した本のうちで、あまりそのころの社会的な枠にぴったりしすぎたために、後にはその意義の多くを失ってしまうものがある。たとえば、キャサリン・シンクレア*の『休みの家』で、このような物語に出てくる人物たちの習俗は、すでに社会史上のことがらになっている。ところが、ミシシッピ川の少年時代をふりかえったマーク・トウェインの場合、かれが照らしだすのは、ある一時期ではなくて、普遍的で永久に変らない少年の心である。ルイザ・オールコットの『四人の姉妹』が現われて五年後、『トム・ソーヤー』が出、つぎに一八八五年に『ハックルベリー・フィン』が出た。そして、ハーヴェイ・ダートンが言うように、「かれらはミシシッピ川に密着しているが、世界の一部なのである。」

一方、イギリスでは、『水の子』や『ふしぎの国のアリス』と肩をならべる、またもう一つのファンタジーが現われた。それは、ジョージ・マクドナルドの『北風のうしろの国』であって、この話には純粋な空想性があり、そこにたたえられている宝石のような精神的な真実は、もっと幼い時期に昔話やアンデルセンの物語を読んで同じものを汲みとっている感受性の強い読者たちの心に、長く残るものなのである。

そのころまで、児童文学の中に、息をもつかせない冒険談などは、一冊もなかった。ロバート・ルイス・スティーヴンソンが一八八二年に、埋もれた宝、海賊、海の反乱というテーマをもった『宝島』を書いた時、これはそのころの少年少女にとって新鮮でわくわくする経験だったにちがいない。『宝島』のすばらしい人気は、このテーマによせる子どもたちの広い関心を示し、ロマンティックな冒険物語の分野をひらいたが、しかしスティーヴンソンの作りだしたのっぽのジョン・シルヴァーは、依然として全冒険物語きっての大海賊の貫録を今日も保っている。そして、ラドヤード・キップリングの『ジャングル・ブック』が一八九四年に現われた時、さらにまた一つ新しい道が照らしだされた。これは、少年モーグリが狼の仲間たちと危険な生活を共にし、「会議岩」の集りに加わる話だが、この類のない物語のなかには、インドのジャングルとそこに住む動物たちのあらゆる色どりと神秘、生活と魅惑が見いだされる。

十九世紀後半から二十世紀はじめにかけて、子どもたちのためにおどろくほどさまざまな本が書かれたが、その多様なありさまは、最もいちじるしく発展した局面にわけてみて、はじめてわかるのである。そしてその局面は、現在にいたるまで子どものための本の傾向に影響を及ぼしている。もっとも興味深い発展のすがたは、つぎのようなものである。

(1) 昔話、おとぎ話の子どもむきの蒐集と刊行。たとえば、グリムの『家庭のお話集』、ダセント*の『北欧の昔話』、アンデルセンの『童話集』、ジョーゼフ・ジェイコブズの『イギリス昔話集』、アンドルー・ラング*の色わけの『童話集』、ジョエル・チャンドラー・ハリス*の『リーマスじいや』。

(2)　ギリシア伝説、英雄叙事詩物語の再話。たとえば、ホーソーンの『ワンダー・ブック』『タングルウッド物語』、キングズリの『英雄物語』、アルフレッド・チャーチの『イリアス物語』『オデュッセイア物語』、ハワード・パイルの『アーサー王とその騎士たち』、シドニー・ラニアー*の『少年のアーサー王物語』。

(3)　純粋な空想の物語の出現。たとえば『ふしぎの国のアリス』『水の子』『北風のうしろの国』『黄金の川の王さま』『バラと指輪*』、ストックトン*の『空想物語集』。

(4)　少年少女のころの日常生活をありのまま写実的に物語る傾向。たとえば『四人の姉妹』『ハンス・ブリンカー*』『トム・ソーヤー』『ストーキーとその一党*』、ユーイング夫人の家庭小説、E・ネズビットのもの、ルクレチア・ヘール*の『ピーターキン一家行状記』。

(5)　ウォルター・スコットの作品に刺激されて子どもの本の中に確立した、歴史的な事件や時代にたいする興味。たとえばシャーロット・ヤングの『幼い大公』と『リンウッドの槍』、マーク・トウェインの『王子と乞食』、コナン・ドイルの『ナイジェル卿』、ハワード・パイルの『銀のうでのオットー』と『鉄の人』、ジョン・ベネット*の『マスター・スカイラーク』と『バーナビー・リー』。一方、純粋にロマンティックで冒険的なものとしては、『宝島』『海底二万里』『ジム・ディヴィス』*がある。『ジャングル・ブック』は、それ自身として独立しているように思われる。もっとも、子どもの読書興味をそそる対象として動物の生活や性格の分野を開いたその影響は、うたがいのないところであるが。

二十世紀にはいる以前に(またはそのはじめにかけて)、子どもの本を書いたこれらの偉大な作家たちは、児童文学の伝統を非常にすぐれた独創的なものにしたが、一方その児童文学の力強い生命力は、今日もなおたゆみなく成長しているところに示されている。二十世紀に刊行された子どもの本のおびただしい多様さと量とは、このような簡単な概観では、ごくちょっとふれることができるにすぎない。それらの価値をどう評価するにせよ、私たちの使うものさしは、過去に書かれた最善の本に親しむことによって得たものでなければならない。それは結局のところ、私たちが児童文学の傑作に信頼をおいているからである。

成長とは生命のしるしである。子どものために本を書くことは、生きた芸術であって、だからそれを考察するには、生きているものとしてしなければならず、『ふしぎの国のアリス』が現われて以来じっと停止しているものとして、考察してはならない。『アリス』や『英雄物語』や『たのしい川べ』は、私たちの試金石であって、それらによって私たちは、新しい本がこれら巨人群と並ぶことができるかどうかが、判断できるのである。ところで、じっさいには、りっぱな子どもの本がやはりつづけて出ているのである。子どもの本の新しい古典が書かれているし、まだこれからも書かれるだろう。児童文学のこの継承遺産については、これからの各章で綜合的な批判と分析とを示すことにしよう。

引用文献

(1)　Gág, Wanda. Gone is Gone (N.Y.: Coward-McCann, 1935).
(2)　Hazard, Paul. Books, Children and Men (Boston: The Horn Book, 1944), p. 58.
(3)　Darton, F. J. Harvey. Children's Books in England (N.Y.: Macmillan, 1932), p. 199.
(4)　Jordan, Alice M. From Rollo to Tom Sawyer and Other Papers (Boston: The Horn Book, 1948), p. 38.

参考書

Barry, Florence V. A Century of Children's Books. Doran, 1923. Methuen, 1922.
Darton, F. J. Harvey. Children's Books in England; Five Centuries of Social Life. Macmillan, 1932. Cambridge Univ. Pr., 1932.
Field, Mrs. E. M. The Child and His Book; Some Account of the History and Progress of

Children's Literature in England. Wells Gardner, Darton, 1891.

Folmsbee, Beulah. A Little History of The Horn-Book. The Horn Book, 1942.

Hewins, Caroline M. A Mid-Century Child and Her Books. Macmillan, 1926.

James, Philip. Children's Books of Yesterday, ed. by C. Geoffrey Holme. Studio, 1933.

Jordan, Alice Mabel. From Rollo to Tom Sawyer and Other Papers. The Horn Book, 1948.

Meigs, Cornelia, and others. A Critical History of Children's Literature. Macmillan, 1953.

Repplier, Agnes. Little Pharisees in Fiction (in Varia). Houghton, Mifflin, 1897.

Smith, Elva S. The History of Children's Literature. American Library Assn., 1937.

Turner, E. S. Boys Will Be Boys. Michael Joseph, 1948.

Welsh, Charles. A Bookseller of the Last Century. Griffith, Farran, Okeden and Welsh, 1885.

White, Gleeson. Children's Books and Their Illustrators. The International Studio, 1897–98.

第三章　批評の態度

私たちの時代に必要なのは、ある出版シーズンに出る子どもの本を、なんでもかまわずほめあげて広告することではない。よい作品とつまらない作品とをはっきりわけた、識見ある批評である。そのような批評がないと、児童文学の分野に、秀でた独創的な作品を多く望んでもむりである。しかし、つまるところ、この分野でのいちばん本当の批評家は子どもたちなのだ。

（アン・キャロル・ムーア*『子ども時代に通ずる道』より）

好かれることは、いつでもうれしい。けれども批評家の仕事は、私やほかの作家たちをうれしがらせることではない。文章と内容とを正しく判断して、私たちがよく書いているか、まずいかを、私たちに知らせてくれることだ。

（ジェフリー・トリーズ*『課外の読みもの』より）

だれが本を手にとったとしても、その人の心にまず浮かぶのは、たぶん「この本に何が書いてあるか」という問いだろう。無頓着な読者なら、題名や目次を見るか、カバーのそでを読んで、一通りの答えを見つける。極地探検家の本だとか、海へ出ていった少年の本だとか、中西部開拓者一家のことを書いた本だとか、いうことを知る。その程度の一瞥《いちべつ》でも、その場かぎりの好奇心はみたされ、本の好ききらいがきめられることもあろうが、批判的な読者は、見定めようとする本を追求するのに、一通りの問いではおさまらない。

出版社で原稿を読む係の人や、本を論評する批評家や、児童図書館のために本を選ぶ図書館員は、ちがった立場から、それぞれの見方で、同じ本を見る。出版社の原稿係は、それが出版された場合、関係している出版社にどのような利益をもたらすことになるかという点で考える。論評を書く批評家は、その本に興味をもつ特定の読者層に、その本を紹介することにたずさわる。一方、図書館員は、すでに注意深く選んである蔵書のなかに、その本を加えるにたるかどうかを考慮する。だが、このようにちがった立場から出ても、たどりつく最後の判断は、すべて同一の原則に基づかなければならない。同一の原則とはつまり、文学の知識と、文学の価値判断の基準とをもつことである。なぜなら、どのような評価を下すにしても、ここに立ってはじめて、絶対の信頼がえられるからである。

ことばをかえていえば、批評家や本の選択に当る者は、その本の中に何を期待すべきかを知っていなければならないし、また、どのような基準を要求すべきかを知っていなければならない。その人は、今まで知っている本だろうと、新しく出版された本だろうと、よい作品にはかならずふくまれている特質をみとめることができなければならない。一般文学の分野でも、私たちが児童文学とよぶその特別の一分野でも、同じことがいえる。

文学といえない子どもの本がたくさん作りだされる原因は、いろいろある。毎年あらゆる文学書のなかで、子どもの本が、おとなの小説についで第二位になっているのを見ても、児童出版物がもうかる分野になってきたことがわかる。印刷所から出てくるおびただしい子どもの本の数量を考えると、ことがらは重大になってくる。かろうじて一括書評に組みこまれた場合でも、りっぱな本が注意されずに見すごされたり、目立たずに終ったりしてしまう可能性が、げんに起こっている。それもじつに、子どもの本を誠実に注意する態度が、いまの批評界にはほとんど欠けているからである。どの分野にも、よい作品、悪作、おざなりの作品がある。しかし、たまたまその文学形式に一般の興味がないという、ただそれだけの理由で、たとえばりっぱな小説や詩や劇がなおざりにされ、批評の場で無視されるとしたら、いったい私たちの文化は、どうなることだろう。そして、文学性の具《そな》わったりっぱな子どもの本は、ほかの一般の良書におとらず、誠実な批評に耐え、それに値するものなのである。

児童文学の短い歴史をみると、それぞれの時代の子どもの本に、その時代のもっとも悪い特徴が強く出ていることがわかる。私たちは、時代的な関心をもたれたあることがらが非常に支配的になって、どんな本を子どもに与えるかということにまで影響を与えた例を知っている。たとえば、清教徒《ピューリタン》時代には、子どもたちのために、ひねこびた善良さや病的な信仰やひどい感傷をもりこんだ「信心深いご本」が書かれた。また現代では、人種的偏見にたいする関心がめざめ、社会不正に気づいた結果、アン・キャロル・ムーアが「背景が多すぎ、問題が多すぎて、生命を失った物語」と呼んだもので、子どもの本をいっぱいにしがちである。しかも、こういう本が、おとなの側からは喝采されがちである。それは、その本のテーマが子ども本来の興味をひくというよりも、社会問題にたいするおとなの真剣な関心を反映しているからである。それにまた、そういう本の文学としての永続的な真価も、注意深く吟味されていない。

今日は、科学と物質主義に支配されている不安な時代だが、今日子どものために書かれる本の分野に、価値の基準が確立しないでもいいものだろうか。それが賢いといえるだろうか。だが、私たちがめいめい、児童文学の古典から学びとった尺度を得て、それをいっそう発展させ、使いこなせば、新しく出版された本を読む場合にも、よい本を選びだす上に役立ってくれるだろう。程度の差こそあれ、よい本というものは、永続的な要素を具えているものだからである。今日は商業主義と物質主義の勢いがつまらない作品に不当な権威と名声を与えている時代だが、このおびただしい出版物のなかから、私たちがよい作品には必ず具わっている特質を見わけるためには、このような尺度がぜひ必要になってくる。子どもたちは、趣味も好悪も、ひとりびとりでたいへんちがう。しかし、文章やテーマや内容の底を流れる健全さ不健全さを見きわめることによって、私たちは、より深くより長続きする楽しみを与える本を、児童文学の分野に保持しておくことができるようになるだろう。

よい作品に具わっている特質とは、文学的な価値のことである。というのは、題材にかんするよりも、どのようにその題材が表現されるかということのほうが大事だということである。題材が非常にすぐれていても、その表わし方がひどくつまらない本がある。また、題材がナンセンスなものでも、表わし方によって深い真実が示される本がある。とすると、その本が文学であるかないかということになれば、題材よりも作家の表わし方が問題であるということのほかに、どんな結論が出るだろうか。「価値をつけるものは、わざ《アート》であって、素材ではない。」たとえば『ロビンソン・クルーソー』の成功は、孤島に難破するという題材が、一般読者、ことに子どもたちには大きな興味の的《まと》であることを示した。おびただしい模倣者たちがこのアイデアにとびつき、難破物語がぞくぞく現われた。それらの大部分はうちすてられ忘れられてしまった。しかし、『ロビンソン・クルーソー』は、二世紀をこえて後も、やはり依然として「かつて書かれた最上の孤島物語」である。デフォーは『ロビンソン・クルーソー』のなかに、根本的で普遍的な孤島物語の概念をつくりあげたのに、模倣者たちは一人もそれをなしえなかった。

どんな種類の本を判断するに当っても、あらゆる識見ある批評と選択の根底にあるべきものは、よい作品というもののもつ根本原則に対する、明確な理解である。この種の本にはこの種の価値、あの種の本にはあの種の価値、などということはない。基本的な諸原則があり、それがすべての本に通用する。このような諸原則を、いちばんよく発見できるのは――「作者は何を表わそうとしているか」「どんな方法を用いたか」「成功したか」「もし成功が部分的なものだったら、どこで失敗したか」――というような問いを出す批評家・書評家たちである。つまり、その本にむかう批評家の態度は、分析的なものということができる。

綿密正確に分析するというと、冷たい科学的な解剖ででもあるようにきこえるが、そうではない。むしろそれは、よい本とつまらない本とのちがいを理解するための根本条件である。本の分析は、私たちがある結論に達するための助けとなってくれる。だが、そういう結論が妥当かどうかということは、本そのものの持っている質によると同時に、その本を批評する者の質にもよる。評価し分析することを学ぶには、知性と感情で読むこと、関心と共感をもって読むことを学ばなければならない。このように読むと、作品の背後にある作者の考えを発見し、その考えを表現する作者のことばの使い方を発見して、私たちの心は刺激をうける。いいかえれば、ある本は私たちの感興《かんきょう》を大いにわかせ、またある本は私たちを失望させるかもしれない。いずれにせよ、それぞれの私たちの反応の原因を分析することが賢明である。

ある本を批評する場合、その批評家が、どんな識見、どんな態度をもって、その本を読むかということは、重大な問題である。無知な熱中は信頼するにたりないし、偏見にもとづく酷評も、おなじことである。誠実な批評家は、自分の文学的判断を個人的な情から切りはなし、自分のもつ信念にたいしてはっきりした理由をもとうとする。私たちがある本にたいしてもつ批評の試金石となるのは、「なぜ私たちは、その本を好むか、または、なぜ好まないか」という批評の「なぜ」である。この「なぜ」がはっきりわかった時、はじめて私たちは、本の表面に止まらず、その奥まで読みとったということができる。そうでない場合、私たちの意見は、のんきな表面的な読者のそれと選ぶところがない。「正しく好み、正しくきらうこと、これが、その名に値するすべての文化の到達点である」と、ボーザンケト*も書いている。それは、あらゆる文学の分野における誠実な批評の目ざすところでもある。

この分析的な態度は、私たちが本に対してもつ新鮮で自然な気持をさまたげるものだろうか。もし敏感でわかりのいい頭脳とまた感受性ゆたかな心情とをもって読むならば、そのおそれはない。E・M・フォースター*は、「同時に二つの読み方で」本を読むべきであると、私たちに言っている。一つは、作者がどこへ私たちをつれてゆこうとも、その後についてゆくこと、また一つは、本を読み終った時に、あたかもある建物が私たちの眼前にできあがってゆくのを見守った時のように、本全体のすがたを、心の中に形づくれるように読むことである。そうすれば、私たちは、それをあらゆる側面から眺めることができる。それの何がよくて、何が悪いかを、見てとれる。

この方法で本を読む者は、その作品の構成を見るばかりでなく、作者がその背後にもっている考えを知る。構成とは、作者の考えがその心の中に育つにつれてできてくる形であり、読者にその考えを伝えようとする方法である。考えとは、作者の言おうとするもの、つまりテーマである。作者の使う手段《メディウム》は、ことばである。そして、作者の考えの質、かれの築く構成の確実さ、かれのことばの表現力、この三つが、かれの文学的な質を大きく決定する。

りっぱな本は、何かオリジナルな言い分をもち、文体をもってそれを言う。この「オリジナリティ」とか「文体」とかいうことばは、多くの批評家によってあいまいに使われる。だが、まことに簡単なことだが、オリジナルな考えとは、ある人の感ずる真実の中にオリジン(種)のある考えであって、その真実は他人の感ずる真実とはけっして同じものではない。だからこそ、オリジナルなのである。ただの新奇なものと混同してはならない。

自分の言いたいことを一つも持たず、成功の定石と考えるものをなぞる作家がいるが、かれらは、二番煎じの考えを使えばかならず二流どころの本になるという事実に気がつかない。こういう作家を探りだすのは、造作もないことである。つまり、そういう本には、オリジナリティがないのである。オリジナルな作家は、自分の考えが自分の中から出てくるのであるから、自分の言いたいものを知っている。それは、経験と観察と創造的な心の融け合ったものである。

一方、文体とは、作家たちが、その言おうとすることを言い表わす時の、それぞれの表現方法を指す。私たちはみな、めいめいちがった文章を書き、書く人の個性は、その表現のしかたのなかに織りこまれる。ある作家が文章を書き、そのことばの順序・選択が秀でている時、かれは文学的な文体を具えているといえる。かれの文体、つまりことばの使い方は、個性的であり、またその作家の特質をあらわす。

よい文体は、かならずしも「美しい文章」といわれているものである必要がない。だが、文体は、本の題材にふさわしかるべきである。たとえば、ウィル・ジェームズ*の

『スモーキー』のような物語では、かれの文章が、その物語にあっている。その文章が、ウィル・ジェームズの書いている特殊な経験に、真実らしさと雰囲気を与えているからである。この文体が、かれの書こうとしてとりあげた題材に対する、かれ独特の表現である。そして、この本の価値は、かれの表現が、そのオリジナルな意図、オリジナルな考えを、どの程度にうまく伝えているかを考慮して、判断されなければならない。

本の題材を選ぶことは、おそらく作家のになう問題のうちで、いちばん困難の少ないところである。作家は、「サーカスについて、月世界旅行について、動物にやさしくすることについて、書こう」と、思うことができる。このように、思いつく題材の種類はつきないように思われるし、また、どんな題材でも、いろいろな見方から書くことができる。もし、作家がその題材について自分の言いたいものを何ももっていない場合、個性的な見方がもてなかった場合には、その作品に、かれ独自の表現のみが与えうる個性というものがなくなる。その結果は、ひとを打つ力、刺激するものを欠いた、ぼやけたものになる。それを私たちは、核心がない、という。

作家の選びだす題材というものは、作家の考え、作家のテーマをくりひろげる目的のためにある。小説であろうが、そのほかの形式であろうが、作家が本を書いてゆくうちに、それははっきりとした形をとってくる。内容の多様なことは、児童文学の特徴の一つである。昔話でも、動物物語でも、英雄伝でも、どんな形式のものであってもかまわないが、その本が真剣に考えるねうちのあるものなら、どんな種類の名作にもふくまれている特質のいくぶんかは、もちあわせていなければならない。

それゆえ、本は、その内容次第で、子どもに対する重要さの順に配列できる、たとえば伝記は昔話よりも重要である、などということはできない。ところが、おとなのあいだには、知識の本がほかの種類の本よりも、子どもの役にたつ、という意見がかなりひろがっている。その理由は、そういう本によって、子どもが世間に出てから助けになる知識を与えられるから、というのである。この意見は、子どもというものは、自分の好奇心や知識欲にかられて、自分の興味をひくことがらについてなら何でも、やすやすと自分から根ほり葉ほり読みあさるようになる、ということを忘れている。

しかし、創作もまた、知識の本ほど実利的でないにせよ、知性をやしなうのである。そういう本は、知性に、広い視野といきいきした眼、美しさを知り成長する力を与える。成長は、自分より大きいもの、すぐれたもの、つまり知能を伸ばし、想像力に方向を与えるものと触れあうことによって、はじめて遂げられる。本というものは、想像力で創られる要素が大きければ大きいほど、純粋な文学にきわめて近く、傑作に具わる質をゆたかにもっているから、空想ゆたかにとり扱われている本を、構成とテーマと表現の三点から考えてみることにしよう。そういう本は、大部分がフィクションである。そして、フィクションは、あらゆる文学形式のうちで、よい作品とよくないもの、つまり意義のあるものとつまらないものとの区別が、いちばんつけにくい部門である。

さて、私たちは、作家の考えと、作家の築く構成と、考えをことばで言い表わす表現力との三つが、作品の文学的な質を大きく決めると考えてきた。そこで、文学の質を決めるこれらの要素を、その順に、子どものためのフィクションにあてはめて、しらべてみよう。フィクションの分析にあたって、いちばん最初に私たちが関心を持つのは、ストーリーの底を流れる考えである。ストーリーの底に、ある考えがなければ——「動物にやさしくしよう。動物は私たちの友だちだ」というような、わかりきった、陳腐なものでも——ストーリーは動きださない。

子どものために二流の物語を書く作家たちは、社会改良のテーマを選ぶことが多すぎる。たぶんそれは、子どもの本というものが、おとなによって書かれるからであり、一般のフィクションのように、おとなが、ほかのおとなのために書くのではないからである。子どもに楽しみを与えるためにストーリーを物語るよりも、おとなとしての自分の関心をひく問題を説くためにストーリーを書くことに熱心な作家が多い。

子どものために本が書かれるようになって以来、子どもの本はどうあるべきかという概念に、その時々の流行があった。忘れ去られた子どもの本の歴史をふりかえってみると、子どもを行儀よくさせるとか、信心深くさせるとか、あらゆる問題について知識を与えるとか、時には当時のおとなが夢中になっていたその時々の社会問題や経済問題までわからせようとしたのを、思い出すことができる。それは、その本同様に名前も忘れられてしまった作家たちの側からいえば、よい意図をこめた真剣な努力であった。けれども、その人たちの考えは、文学の本質をわきまえない基準に根ざし、子どもの本質をまるで誤解した概念に立っていたのである。

ポール・アザールは言う。「私たちは、子ども時代に、人生の重みをひきずらないで生き、またそこで私たちの人となりが形づくられてゆくばかりでなく、人生の幸福の最もよい分け前をまず受けとるものなのに、この幸福でゆたかな子ども時代の年月を、おとなたちは、踏みにじろうとするのである。」つぎにことばをつづけて、かれのよいと思うさまざまな本のことを、こう述べる。「芸術《アート》の本質に忠実である本。つまり、子どもたちに、直観的にまっすぐにものを知る道を教える本、子どもたちに即座に感じられ、その時起こした魂のときめきが一生つづくような、簡素な美しさを持つ本。」またかれは、つぎのような本をよい本とみとめている。「あらゆるものの生命を尊重する気持を子どもたちに与える本」「遊びというものの力強さと尊とさとを大事にしている本。知性や理性の訓練が、かならずしもすぐさま役にたつ実際的なことを目的とすることはできないし、また、してはならないことを、わきまえている本。」かれは、またつぎのような知識の本を好んでいる。「ことに、あらゆる異なった種類の知識から、最も困難で最も必要なもの――つまり人間の心についての知識を、とり出してみせてくれる本。」

アザールは「おとなたちは、いつも子どもたちを圧迫してきた」といって、その意味をつぎの文章で説明している。「幼い心を歪めること、持ちあわせの小才を使って、たくさんのこなれない贋物《にせもの》の本をふやして金をもうけること、なにかというと道義家ぶったり学者面を装ったりすること、質をごまかすこと――これを私は、子どもを圧迫すると呼んでいるのである。(1)」

もし、ある新しい子どもの本が、独創的なものの考え方や想像力ある扱い方や子どもにふさわしい表現技術のうまさのためでなくて、その題材がたまたまそのころ問題になったおとなの出来事や経験におとなの興味をもたせるというだけのためにおとなに賞讃されるのであれば、そういう時はつぎのようにみずからに問うてみるべきである――その新作品が正しい理由で賞讃されているのか、または、何がよい子どもの本に適したテーマかという点で、まちがった考えがあるからではないだろうか、と。ヘレン・ヘインズ*は、『小説の内容』という本のなかで、こう述べている。

> 本を読む気持が真に誠実で、自己のくだす判断にゆるぎのない確信をもっているもののわかった人たちが、文学としての本の質にまったく不感性でいることの多いのは、奇妙である。そういう人たちにとっては、題材と道義的な色あいだけが、問題なのである。(2)

作家の考え、またはテーマは、かれがその本の中で何を言おうとしているかを私たちに告げる。と同時に、私たちは、考えとかテーマが、その対象とする読者に、意義のあるものかどうかを、知ることができる。その本が子どものためのものであるならば、その本の最後の判決をくだすのは子どもたちである。子どもたちが読んだ時に、本能的に、喜びとおどろきと楽しみを感じない場合には、子どもたちは、じきにその本の正体を見破ってしまうからである。

テーマは、自然に矛盾なく本の構成に織りこまれ、またストーリーとともに発展しなければならないものであって、見えすいたやり方で、つながりのない出来事にむりに押しこまれてはならない。テーマは、その本の動きや事件を通して、また人物や会話を通して、発展されなければならない。簡単な例をひけば、「キツネのずるさ」がテーマであるならば、子どもたちは、ストーリーのなかで、キツネはずるいものですよなどと言ってもらいたくはない。ストーリーのなかで、キツネがわるがしこさを発揮するさまを、自分の眼で見たうえで、自分の心にキツネの性格を描き出したいのである。

私たちは、ずるいキツネのストーリーが一つまた一つと事件をつみかさねて、ついにクライマックスにいたり、その最高の瞬間に、キツネの狡智が勝利を得る、あるいはゆきすぎて失敗するのを、想像することができる。そしてその後で、勝ち負けはどうであれ、その結末が示される。つまり、私たちのいうストーリーとは、はじめと中ごろと終りをもつのである。出来事の連続が私たちの興味をつなぐのは、一つ一つの出来事が何か新しいところへ私たちをひっぱってゆくことがわかり、そこで私たちはつぎに進んで、今度は何が起こるかを見つけたくなるからである。

出来事を叙述することと構成されたプロットとのちがいは、説明しにくい。私のもっともうまいと思う説明は、E・M・フォースターの『小説の諸相』の中にあり、そこでフォースターは、こう述べている。「あることがらがストーリー(フォースターは、ストーリーを「時間的に起こる順序に配列された諸事件の叙述」と定義している)のなかで起こる場合、私たちは、『それからどうした?』といいます。プロットの場合は、『なぜか?』とたずねます。(3)」かれの説明によると、「王が亡くなられて、それから王妃も亡くなられた」といえば、ストーリーであり、「王が亡くなられて、それから王妃が悲しみのあまり、亡くなられた」といえば、プロットである。ストーリーのいろいろな出来事をたがいに関係づけ、また全体としてのストーリーに関係づけるのが、プロットである。

子どもたちがまず興味をひかれるのは、作者の語るストーリーの動きである。そして、よいプロットがなければ、どんなに技術を示していようが、子どもたちの興味を長くはつながない。と同時に、子どもたちは、読んでいる物語のちがいを識別し、ただのおもしろさだけではない、別のいろいろなよさに気がつく。

子どものための物語のなかには、ごく客観的なストーリーがある。それらは、すばやく運ぶ動きによって、子どもの興味をひく。こういう物語は、サスペンスの雰囲気をつくりだす。子どもたちの興味は、しくまれた出来事のなりゆきに集中するので、一度それがわかってしまうと、興味が失われる。読者の感動の強さは、プロットをしくむ技術しだいであるが、その本が与えるものがサスペンスだけであるならば、そのサスペンスも二度目に読む時は消えるから、くりかえして読む楽しみは、ほとんどなくなる。

もう一種類、また別の客観的なストーリーがある。これは、やはり動きが物語の直接の魅力でありながら、物語の諸人物が生きていて、個性をもち、やがてストーリーのいろいろな出来事が心から消え去った後も、その人物たちが読者の想像のなかで長く生きてゆくようなストーリーである。たとえば、ある子が海賊物語をたくさん読んで、だいたいどれも同じようにおもしろいと思ったとしよう。事実、それらの物語はほとんど同じ印象を残すことになる。ところが、その子がスティーヴンソンの『宝島』を読むと、恐ろしいがどこか好ましい海賊、ひとりの生きた人間に会ったという、鮮明な印象を植えつけられることになる。そしてその人物は、スティーヴンソンの想像力の錬金術によって、いつまでものっぽのジョン・シルヴァー、海賊きっての大海賊として、その子のなかに生きつづけるだろう。

こういう物語では、作家がその題材に客観的な態度でのぞむ。仕組まれた事件も、事件にまきこまれる人物も、事件を起こす人物も、事件の起こる状況や時間や場所も、なにからなにまで、ストーリーをいかすために、ある。そういう作品の文学上の位置は、物語のサスペンスによって決まるのではなく、別の要件によって決まる。それは、動きに必要なただの操り人形や類型ではなくて、記憶に残る生きた人物を作りあげる作家の能力。また作家の、場所と時間にたいするセンス——たんに書き割りの風景でなくて、物語に深さと陰影を与え、読者に真実だと感じさせるほどの影響を与える、物語の雰囲気をかもしだすセンス。そして最後に、作家のことばの力である。

こういう要件に照らして、この種の物語は、名作か凡作か、くりかえして読むねうちがあるかないか、ということがわかる。ロバート・ルイス・スティーヴンソンが『宝島』を書いたように、客観的にストーリーを書くことは、児童文学の一古典をつくりだすことである。ふさわしくない者の手にかかると、この方法はセンセイショナルでくだらない作品を生む。

しかし、純客観的なものとは別の方法による、子どものための作品がある。それは、事件のおもしろさとちがったところにねうちのある、調子の高いストーリーである。作家が自分の子ども時代を思い出し、成熟した分別と経験を駆使して、架空の子どもの経験をありありと描きだす、というふうに私たちの感ずる物語である。このゆき方は、客観的というよりも、どちらかというと主観的である。そういう作家たちは、子どもたちに語りたいものをもっていて、ストーリーを創りだす能力を使って、子どもたちの耳を傾けさせる。

ポール・アザールは、深い道義性をもつ子どもの本を求める。それは、いつまでも変らない真実を躍動させて、それ自体のために真実と正義とを貫く、というような本である。このように子どものために書くことは、作家に非常に多くを要求することになる。普遍的なモラルと精神的なものが重要であるという自覚、創意にみちた想像ゆたかな心、表現力あるいはことばを駆使する力を、作家に求めることになる。ジョージ・マクドナルドやW・H・ハドソンのような作家の本は、この意義深さ、想像力の質、創意にみちた表現力をもちあわせている。かれらよりも才能がなくて未熟な作家は、子どもの本を主観的に扱うと、ただ混乱したり、おもねったり、浅薄なものにしたりする。

ある本のねうちを文学として評価するには、その本と同類のほかの幾冊かの本をならべて考えてみると、たいへんよくわかる。もしそれがよいなかまをもち、不朽の価値のさだまった本のかたわらに自然と並べて思い浮かべられるようなものなら、その本は、名作のもつ特質のいくらかをわかちもっているにちがいない。それに反して、ずっと一時的な価値しかない本、ずっととるにたりない本といっしょにして考えられるようなら、名作に見られる特質を欠いていると考えていい。

よい本をつまらない本と見わけ、文学の精神があるかないかを知るには、読者がそれを読んだ時、「これは正しい」「これは本物だ」、あるいはそうでないといえる、敏感な感受性と判断力とを必要とする。私たちの読んでいるものがいいか悪いかという判断を、狂いなく教えてくれるような方式というものは、ない。不朽の価値がある極めつきの本に親しみ、理解することが、子どものための新しい作品のねうちをはかる場合、いつでも基準になる判断と感性の土台を与えてくれるのである。アーサー・クイラー゠クーチ*も言っている。

私たちは、どのような言語、どのような文学を扱うとしても、結局、傑作に、すぐれた古典に、信頼の根をおく。そして、古典は、どんなことばで書かれていても、その数も量も膨大ではないし、格別探しだしにくいものでもなく、また(いちばんいいことには)それ自体がむずかしくて読めないというものでもない。それらのうちから、選びぬかれたごくわずかな古典、三つでも二つでもよい、一つきりでもよい、そういう古典によって、私たちは、生徒に、本当の喜びとはこうもあろうかということを教え、さらにおそらく鑑賞の基準を与えることができるだろう。それにより、私たちの生徒は、私たちがかれらに勝手に本を読ませるようになっても、内からの手引きによって、よいものを選び、悪いものをはねつけるだけの思慮をもつようになるだろう。……そして、ここでは、古典が普遍性と不朽性とを具えていることだけを、言っておこう。諸君の真の古典は、それが人間の普遍の心に訴えるために、普遍的なのである。そして、二重の意義で、不朽である。なぜなら、それが書かれた時代がすぎ、その時の状況がなくなって後もなお意義を保ち、新しい意義をかち得てゆくからである。そしてそれは、どのように扱われてもすりへらずに、最初にそれを鋳造した気高い心の刻印をいつまでも残している。――あるいは、こう言うべきだろうか、その後代々の人々がその鋳貨を鳴りひびかせて真贋を問うたびに、鋳《い》型《がた》となった魂の余韻をひびかせつづける、と[4]。

引用文献

（1） Hazard, Paul. Books, Children and Men (Boston: Horn Book, 1944), p. 4, 42-44.
（2） Haines, Helen E. What's in a Novel (N.Y.: Columbia Univ. Pr., 1942), p. 244.
（3） Forster, E. M. Aspects of the Novel (N.Y.: Harcourt, 1949), p. 82-83.
（4） Quiller-Couch, Sir Arthur. On the Art of Reading (London: Cambridge Univ. Pr., 1920), p. 198-199.

参考書

Haines, Helen E. Reviewing a Novel (in What's in a Novel). Columbia Univ. Pr., 1942.
Hazard, Paul. Books, Children and Men, tr. from the French by Marguerite Mitchell. The Horn Book, 1944.
Lowes, John Livingston. Of Reading Books: Four Essays. Houghton, Mifflin, 1929. Constable, 1930.

Moore, Anne Carroll, and Miller, Bertha Mahony, eds. Writing and Criticism; A Book for Margery Bianco. The Horn Book, 1951.

Moore, Annie Egerton. Literature Old and New for Children; Materials for a College Course. Houghton, Mifflin, 1934.

Quiller-Couch, Sir Arthur Thomas. On the Art of Reading. Putnam, 1925. Cambridge Univ. Pr., 1920.

——. On the Art of Writing. Putnam, 1916. Cambridge Univ. Pr., 1916.

Swinnerton, Frank Arthur. The Reviewing and Criticism of Books. Dent, 1939.

Woolf, Virginia. How Should One Read a Book (in Second Common Reader). Harcourt, Brace, 1932.

第四章　昔話

私の印象では、昔話のなかの人びとは、実人生の人びととだいたい同じようにふるまう。ある者は高い理念に生き、ある者は悪の道にふける。ある者は天性心やさしく、ある者は利己的にふるまい、迫害を与える。またある者は冒険に出かけ、ある者は家に留まる。強きあり弱きあり、正直者に悪人、たいした知恵者や、知恵のたりない者や、全然ない者がある。そして昔話のなかでは、そのおのおののタイプが、タイプを表わす行動によって、客観的に、躍動的に、終始一貫そのタイプとして、描かれる。昔話は道義に反するふるまいを「容赦し」ない。ただ、そのようなふるまいがおこなわれるという事実は、ありのまま認める。

（アニス・ダフ*『つばさの贈り物』より）

フィクションの一形式として、昔話は、いまはほとんど、おとなの読書の範囲にふくまれていない。しかし、だれもみな、子どものころには、昔話を聞いたり読んだりしてきたし、また、昔話ほどあらゆる子どもの読書興味をそそるものは、見つけにくいだろう。あるストーリーが、何百年も生きつづけてきたとしたら、それは、不朽不変の生命力をもっていると思わなければならない。したがって昔話が、児童文学のなかで恒久的な位置をしめることは、当然のことと考えていいだろう。

伝承の文学がすべてそうであるように、昔話は元来、おとな子どもをとわず、すべての人の所有物だった。それらは、人類の幼年時代から、庶民たちによって保たれ、使われ、大事にされてきた。人里離れた遠い地方に、昔ながらの形で生き残っていたのを、学者たちが、口承のことばから書きとめた結果、印刷された本となって永久に保存されるようになった。

アスビョルンセンとモー*や、グリム兄弟*のような学者たちは、なぜに生涯の大半をかけて、こういう口伝えのままの昔話を探し集めたのか？　結果としては、はからずもそうなったけれども、学者たちが児童文学に役立てようとしてやったのでなかったことは、たしかである。かれらは、ストーリーとしての昔話に関心があったのではない。かれらの関心は、こういう話によって、古代の習俗や信仰を明らかにすること、また、同じ種類の物語の変形を比較することによって、アーリア族(インド・ゲルマン語族ともいう。だいたいヨーロッパ人種)の移動を明らかにすること、にあった。けれども、こういう伝承の物語が、子どもの読書に非常に重要な位置をしめるのは、学者に関心をもたれるようなことがらのためではなく、物語のなかにある文学としての質のためである。

「伝承の」ということばを、私たちは、その起源が、時の霧にまぎれて消えている物語や詩の場合に使う。作者も、また初めて語られた時も所もわからない。人類そのものと同じくらい古いように思われる。昔話の歴史については多くの学術論文が書かれていて、昔話に興味をもつ人なら、すぐ手近に、そういう典拠の資料を見いだすことができる。しかし、私たちの関心は、現在ある形の昔話にあり、それが文学としてみて、どれだけ価値があるか、また子どもにとってどのくらい役にたち、おもしろいものか、にある。

おとなは、自分たちの読書範囲から昔話をとりのぞいてしまった。昔話が子どもじみた空想にみち、非現実的で、おとなの考える世界——自然の法則の働きが当然のこととして受け入れられている世界——に結びつかないと、思われているからである。しかし、おとなの会話や文章のなかに、どんなにたくさん昔話が引用されているかは、おどろくほどである。私たちはみな、つぎのようなことばの意味を知っている。すなわち、「それはシンデレラ物語だね」とか、「かれは醜いアヒルの子さ」とか、「あいつは金の卵を生むガチョウを殺した」とか、「それは美女と野獣*の一例である」とか、「まさに青ひげ*よ」とか、「アンねえさん、アンねえさん、だれか来るのが見えて?」とか、「ひらけ、ゴマ」とか、「海の老人*」とかのようなことばを。こう、ふつうの会話にまで引用されているのは、昔話がはなはだ重要な特質を持っている明らかな証拠である。またこのことは、このような物語が、ふだんの生活に結びついていないというおとなの判断を、ある程度うち破るものではないだろうか?　ではここで、現代の創作を手にとる時と同じように、何の偏見もなく、昔話をくわしくみてみよう。私たちは、何を発見するだろうか。

ここに、一つの物語がある。私たちのことば(英語)でいえば、フェアリー・テール(fairy tale 妖精譚)だが、登場人物に妖精はいない。もとのドイツ語ではメルヘン(Märchen)で、グリム兄弟の蒐集を英語で呼ぶ場合に、メルヘンの同義語がないから、ハウスホールド・ストーリーズ(household stories 家庭の物語)とか、フォーク・テールズ(folk tales 民話)とか訳している。みな、伝承の物語のことで、あらゆる階層にわたるあたりまえの人びとが、あたりまえでないふしぎな出来事のおこる世界に生きる物語である。では、このお話を読んで、文学としてどんな価値があるか、子どもの文学としてはどんな価値があるかということを、もしできれば、発見してみることにしよう。

昔、王さまとお妃がおりました。ふたりは「ひとり子どもがあったら、いいのだが！」と、毎日言いくらしていましたが、いつまでたっても、子どもができませんでした。ところがある時、お妃が水あびをしていますと、水のなかからカエルが一ぴきはいあがって、地面にすわって、お妃にこう申しました。

「そなたの望みはかなえられよう。一年たたぬうちに、そなたにはむすめが生まれるだろう。」

そして、カエルが言ったとおりのことがおこりました。お妃は、美しい女の子を生みおとしましたので、王さまはうれしくて、じっとしていられませんでした。そして、さかんなお祝いの宴会をひらかせました。王さまは、親類や友だちや知りあいはもちろんのこと、その子にやさしくして運を授けてくれるようにと、うらない女たちまで招きました。うらない女は、その国に十三人おりましたが、ごちそうを出す金の皿が十二枚しかないので、そのうちの一人だけは、招かないでおくほかはありませんでした。けれども、お祝いの宴会は、この上なくはなやかに、もよおされました。そして終りになるころに、うらない女たちは前に進み出て、子どもにすばらしい贈り物をしました。ひとりは徳を、ひとりは美しさを、つぎの者は富を、というふうに、ひとがこの世でのぞむことのできるほどのものを、すべて贈りました。こうして十一人がそれぞれの祝いのことばを言い終った時に、招かれなかった十三番めのうらない女が、しかえしの気持にもえて、はいってきました。そして、あいさつもせず、大声でこう叫びました。

「十五になったら、王女はつむにさされて、たおれて死ぬぞ！」

そして、それきり一言もいわずに、広間をたちさってゆきました。だれもかれも、このことばにおののいておりますと、まだ自分の贈り物を言わずにいた十二番めの女が進み出ました。この人も、不吉な予言をとりけすことはできませんでしたが、それをやわらげることはできましたから、こう申しました。

「王女さまは死にはしません。百年のあいだ深いねむりにおちるのです。」

さて、王さまは、わが子を、そんな不幸なめにあわせまいとして、国じゅうのつむというつむをすっかり焼きすてるように、おふれを出しました。

姫は、うらない女たちの授けたものをすっかり身につけて、すくすくと大きくなりました。姫は美しく、やさしく、しとやかで、愛らしく、また賢かったので、姫を見た者はだれでも、好きにならずにいられませんでした。

姫が十五になってある日のこと、たまたま、王さまとお妃が馬にのって外におでかけになり、姫がひとり城に残っておりました。姫は気のむくままに、城のすみからすみまで、室々をたずねてまわって、とうとう古い塔のところまでまいりました。

そのせまいまわり階段をのぼってゆきますと、小さな戸口に出ました。戸の錠にはさびた鍵がさしこんでありました。姫がその鍵をまわし、戸がひらくと、小さな部屋があって、おばあさんがひとり、つむをもってわき目もふらずに、麻糸をつむいでおりました。

「こんにちは、おばあさん。なにをしているの？」と王女は申しました。

「糸をつむいでいるのさ」とおばあさんは、うなずきながら答えました。

「そのグルグルまわっているものは、なあに？」と、姫はたずねて、つむを手にとりました。ところが、つむにさわったかと思うまに、あの不幸な予言がほんとうになりました。姫はつむで指をさしてしまいました。とたんに、姫はそこにあったベッドにたおれて、深いねむりにおちました。そしてこのねむりは、城じゅうにひろがりました。おりから帰ってきて広間にはいった王さまとお妃は、そのまま眠ってしまい、家来たちも、みないっしょに眠りました。うまやの馬も、中庭の犬も、屋根のハトも、壁のハエも、それからメラメラもえていた、かまどの火までも、静かになって、ほかのものと同じように眠りました。やきぐしにささった肉も、ジュウジュウいうのをやめました。料理番は、しくじりをやった小僧の髪をひっぱろうとしたまま、小僧をはなして眠りました。そして風もとだえ、城のまわりの木々からは一片《ひとひら》の木の葉も散りませんでした。

やがて城のまわりには、イバラのいけがきが、年ごとにあつくしげり、とうとう城はすっかりつつみかくされて、屋根の上の風見のほかは、何一つ見えなくなってしまいました。そして、眠っている美しいいばら姫のうわさが国じゅうにひろがりました。王女はいばら姫とよばれていたのです。ときおり、王子たちがやってきては、むりにもいけがきを通りぬけようとしましたが、どうしても通りぬけられませんでした。なにしろイバラが強い手のように、しっかりと組みあわさりましたので、王子たちは、それにとらえられ、逃げられなくなってむざんな死をとげるのでした。

何年も何年もたってから、ひとりの王子がこの国へ来て、あるおじいさんから、この話をききました。イバラのいけがきの向うには、城があって、いばら姫という美しい王女さまが魔法にかかったまま、百年のあいだ眠っているし、王さまもお妃も家来たちも、みんな眠っている、というのです。そのおじいさんは、そのまたおじいさんから、いままでにたくさんの王子たちが、イバラのかきをとおりぬけようとしては、イバラにひっかかり、つきさされて、みじめな死をとげたという話を聞いていたのでした。けれども、その若い王子はこう申しました。「それでも、私は、おそれずにやるぞ。うまく通りぬけて美しいいばら姫に会ってくる。」おじいさんが王子を思いとどまらせようとしましたが、王子はそのことばに耳をかそうとしませんでした。

ところが、ちょうど百年が終って、いばら姫が目をさますはずの日がきていたのです。王子がイバラのいけがきに近づきますと、それは、美しい大きな花のさく垣に変って、さっと道をひらき、王子を通すと、またふさがって、もとのしげみになりました。王子が城の中庭にまいりますと、馬やぶちの猟犬が眠っているのが見えました。屋根にはハトがつばさに首をいれてとまっていました。城の中にはいりますと、ハエが壁にとまって眠っていますし、台所では料理番が小僧をなぐろうとして手をあげ、女中は毛をむしろうとして黒い鶏をひざの上にのせたまま眠っていました。王子が階段をのぼりますと、広間には家来たちがみんな眠りこけていて、いちだんと高い王座には、王さまとお妃とが眠っていました。王子はもっとおくへ進みました。どこもひっそりとしているので、自分の息がきこえるほどでした。とうとう王子は塔まで来て、まわり階段をのぼり、小さな部屋の戸をあけますと、そこには、いばら姫が寝ていました。まことに美しく眠っているその姿を見ると、王子は目をそらすことができませんでした。やがて、身をかがめて姫にキスしました。するど姫はめざめて、目をひらき、たいへんやさしく王子をながめました。そして姫はおきあがりました。それからふたりは、連れ立って、おりてゆきました。王さまもお妃も家来たちも、みんな目をさまして、どうしたことかと目をみはっておたがいに見つめあいました。中庭の馬はおきあがって身ぶるいをしました。犬はとびおきて尾をふりました。屋根のハトは、つばさから首をだして、あたりを見まわし、野原のほうへ飛んでゆきました。壁のハエはもぞもぞはいだしました。台所の火はメラメラもえあがって肉をやき、やきぐしの肉はジュウジュウいいだしました。料理番はひどく小僧をはりとばしたので、小僧は大声をあげました。女中は鶏の毛をまたむしりはじめました。

それから、王子といばら姫の結婚式が、この上なくはなやかにあげられました。そしてふたりは、一生、たいそう幸せにくらしました(1)。

この物語のテーマは、私たちにはなじみ深い。私たちはこれまでにも、ギリシア神話のペルセフォネ*と、北欧神話のブルンヒルデ*の物語のなかで、このテーマに出会っている。かの女たちも、炎の垣根に包まれて眠った。こういう話はすべて、長い冬の眠りと春のめざめというテーマを暗示している。

この物語の常套的な語り口も、私たちにはなじみ深い。まず、夫と妻があって(この場合では王と王妃)、子どもをほしがる。願望成就の予言は、超自然の方法(王妃の水あびするところに現われるカエル)で予告される。子どもの祝いの宴に十二人のうらない女たちが招かれて、それぞれふしぎな贈り物をする。招かれなかった十三人めが、無視されたことのしかえしをしようとして、王女に死の呪いをかける。しかしこの混乱も、もう一つの贈り物の予言が出て鎮まり、死の運命はその予言で柔げられて、長い眠りに変る。いっさいが言われたとおりに起こり、城中そっくり百年の眠りにおちるところで、クライマックスとなる。つぎに、王子の到来となり、目をさまさせるキスがあり、まことの昔話の伝承どおりに、「かれらは末長く幸せにくらしました」ということになる。

物語が常套形式をふんでいるために、昔話になれきった読者にとって、この大団円は、初めからわかりきっている結末になっていながら、お話が、だれにでもおもしろさとつねに変らない新鮮さとをもっているわけは、どこにあるのかと、ふしぎに思う。まず、この物語の示すロマンティックな状況を考えてみよう。美しい王女は、「ひとがこの世で望むことのできるほどのものをすべて」もっているけれども、むごい呪いの力で、いつかそのすべてを失うさだめになっていた。私たちの関心は、その将来の瞬間にしぼられる。父の王が用心深く、災いになりそうな危険物を、みたところ、すっかりとりのぞいてしまったというのに、それはどんなふうに起こるのだろう？　ところが、まったく自然に起こる——王女がある日ひとりになって、気晴らしに城のあちこちをぶらついて、古い塔にやってくる。姫は、「そのせまいまわり階段をのぼってゆきますと、小さな戸口に出ました。」そしてその戸のうしろの、小さな塔部屋の中で、「予言されたとおりのことが起こりました。」不吉な予言が果たされて、王女が眠りにおちたその瞬間に、城中が同じ魔力にかかる。お話は、いきいきとその光景を描いて、壁のハエにまでおよび、「メラメラもえていたかまどの火までも、静かになって、眠りました。」そしてイバラのいけがきが城のまわりに生い茂って、城を人目から隠すようになるありさまが描かれる。その国に伝わる言い伝えだけが、ねむり姫のふしぎな出来事を思い出させる。そのうわさをきいて、たくさんの王子たちが、いけがきを通りぬけようとして、「むざんな死を」とげる。

しかし、今やその百年がみち、ある王子が出かけていって、いけがきを通りぬける。私たちは、かれが城の中庭にはいり、宮殿にはいるのを見る。百年前に見たのと同じ光景が、ふたたびくわしく述べられて、そのあとで王子は塔部屋にたどりつく。「そして王子は、まことに美しく姫が眠っている姿を見ると、目をそらすことができませんでした。王子はやがて身をかがめて姫にキスしました。すると姫はめざめました。」すべてのもの、すべての人が、同時に眠りにはいったのと同じように、この瞬間に、城は王女とともに目をさます。しかし、この三度めに同じ叙述があらわれるところでは、動きが逆になる――いわば時計のぜんまいがゆるんで、長い間じっと止まっていて、最後に、まるで止まっていなかったかのように、コチコチ動きだしたという気がする。

各場面をわずかに変えながら同じ叙述をくりかえすことは、ストーリーの構成の上に意義をもってくる。それは、中心になるアイデア――城が長い眠りにとらわれるというテーマ――を強調し、それに一貫性をもたせる。そしてまた、物語の二つの部分、不吉な予言がほんとうになるところと、解放者が来るところに、調和のある関連を与える。

こうして私たちは、お話のアイデア、またはテーマが効果的にあらわれている点、またそれがたくみに組み立てられている点を、見ることができる。では、この物語のことばをしらべ、昔話が人類の歴史と同じくらい長い生命をもってきたもう一つの理由が、発見できないものかどうかを、考えてみよう。

ことばづかいと語句のリズムとに注意してみよう。この話に使われていることばは、あらゆる偉大な文学、たとえば聖書のたとえ話に見られるような、品格と単純さとをもっている。それは、この物語に示されている根本的な真実(悪が一時は善をおおうかもしれないが、結局は愛が悪にうちかつはずだという)が、聖書のたとえ話にふくまれる真実と通ずるからである。また、事件を述べてゆく抑えた言い方にも注意しよう。「お妃は、美しい女の子を生みおとしたので、王さまはうれしくて、じっとしていられませんでした。」だが、どんな点で王女が美しいかという細々しいところは、読者の想像にまかされている。それにまた「宴会は、この上なくはなやかに、もよおされました。」けれども、すばらしさについて語られているのは、それだけである。もっとも、それがたりないために宴会が破局に終った、例の「金のお皿」が、私たちの想像に色をそえてくれるが。

物語の直截で力のある語り口をやぶるような、むだなことばは一つもない。お話は、説明的な、または描写的なことばにわずらわされずに、リズムのある文章で流れるように進み、ついに王女が指をつついて眠りにおちるところに来る。この個所で、どのように城全体が眠りにおちるか、どのように生命と活動と大騒ぎが、またたき一つのあいだに、石のような静止に変るか、についての具体的な細部に注意しよう。料理番が下働きの小僧の髪をひっぱろうとして、ふりあげた手がそのまま止まってしまうところには、ユーモアがある。眠っている城の感じを出して、「そして風もとだえ、城のまわりの木々から一片《ひとひら》の木の葉も散りませんでした」という最後の文章には、詩がある。この物語が、時代を超越していることに、ふしぎはない。これは、子どもがよくわかり、よく受け入れるような形をとった、ロマンスと冒険なのである。これは、美しさと想像力をもって語られている。どの点でも芸術の域に達している。

子どもは、おもしろいストーリーだから、『いばら姫』そのほかの昔話を読むのだが、昔話は、ストーリーとしてのおもしろさだけで子どもの心をうばうのではない。昔話を通して、子どもは、別の世界――ふしぎの世界にはいる。そこは、子どもの知っているこの世界と似ているものであり、しかもおどろくほどちがった世界でもある。そこでは、あらゆることが起こりうるし、また、起こる。ウォルター・デ・ラ・メアもつぎのように言っている。

これらのお話を読んで、どんなに人物や光景や事件がありありと本当らしく見えるとしても、これらが空想のお話であるということを、私たちは銘記しておかなければならない。ある点まででは、そして物語のわくのなかでは、その物語はちゃんと道理が通っている。けれども、それは現世からはみだした道理である。それで、物語を私たちが受け入れることができるかどうか、物語をきいて楽しめるかどうか、それは、私たちが自分のなかにどれだけ想像力をもっているか、ということにかかってくる。こんなことが起こるはずがないなぞと言うのは、ばか気《げ》きっている。それは空想された世界であり、その世界で起こることなのである。(2)

昔話のなかには、信じられないような出来事がいかにも自然に起こるという調子があり、そういう気分がみなぎっている。自然な、平凡でさえある話し方で語られながら、昔話は、ふしぎな世界の、徹底的なドラマ性、心をおどらす事件、ユーモアやロマンスによって、子どもの想像力を満足させる。

昔話は、子どもにとって、ストーリーとして、また想像のかてとして、価値のあるものだが、そのほかの価値ももっている。こういうお話は、庶民から、大昔の人びとから、何世紀も経て伝わってきた。そして、昔話のなかには、そうした物語を生んだ国の、その後に作られた文学の特徴が、たくさんふくまれている。グリムの『家庭のお話集』のなかに、私たちは、きびしい生活に耐えるゲルマン気質や、家庭のこまごました事物と出来事によせる愛情や、徹頭徹尾実際的な生活態度や、また、工夫にとむ精神を見いだす。ペローの『おとぎ話』のなかには、明快さや、ほとんど無造作といえる軽いタッチや、事件の論理的な運びや、フランス人特有の、困難にぶつかった時に見せる機敏な態度とすばやい機知がある。ジェイコブズの『イギリス昔話集』では、アングロ・サクソン族もちまえのコモンセンスと簡潔さ、それがとりもなおさずかれらのユーモアである控え目な言いまわしに気づき、また、自由とフェアプレイを愛する心を見いだす。ダセント訳の『北欧の昔話』のなかでは、訳者自身がその物語の性質を特徴づけて、「大胆で、本当の意味でユーモアをもっている。困難と危険のさなかに立つと、どんな事態にも最善をつくして、勇敢に敵とわたりあう、あの古代北欧人《ノルマン》の性質が現われてくる」という。

これらの昔話は、その源——昔話の生まれた国の性質と雰囲気とを反映する。自然環境と民族性によって、それぞれの国の文学が形づくられるあいだに、さまざまなちがいが出てくるが、それは、たとえば、ノルウェーとフランスの昔話を比較してみれば、わかるだろう。北欧の有名な物語の一つ『三びきのやぎのがらがらどん』という、すぐれた昔話を、例にあげてみよう。

昔、三びきのやぎがいました。草をたべてふとろうとして、山へのぼってゆきました。どれも名まえはがらがらどんでした。

どんどんのぼってゆくと、谷川があって、橋をわたらなければなりません。で、その橋の下に、それはみにくい顔をした大きなトロルが住んでいました。目玉は大きくて皿のようだし、鼻は長くてまるで火かき棒のようでした。

さてはじめに、いちばん年下のやぎのがらがらどんが橋をわたりにやってきました。

「カタ　コト、カタ　コト」と、橋がなりました。

「こら、だれだ、おれの橋をカタコトさせるのは？」と、トロルがどなりました。

「私ですよ。いちばんちびのやぎのがらがらどんです。山へふとりにゆくところです」と、そのやぎは、とても小さい声でいいました。

「よおし、きさまを一のみにしてくれるぞ」と、トロルがいいました。

「ああ、どうかたべないでください。私はこんなにちっぽけなんですから」と、やぎはいいました。「すこし待てば二番めのやぎのがらがらどんが来ますからね——私よりずっと大きいですよ。」

「そんならトットといってしまえ」と、トロルがいいました。

しばらくして、二番めのやぎのがらがらどんが、橋をわたりにやってきました。

「カタン　コトン、カタン　コトン」と、橋がなりました。

「**こら、だれだァ**、おれの橋をカタコトさせるのは？」と、トロルがどなりました。

「ああ、二番めのやぎのがらがらどんだよ。山へふとりに、ゆくところさ」と、そのヤギはいいました。前のやぎほど小さい声ではありませんでした。

「よおし、きさまを一のみにしてくれるぞ」と、トロルがいいました。

「やあ、たべないでおくれよ。すこし待てば、大きいやぎのがらがらどんがやってくる。ぼくよりずっと大きいよ。」

「そうか、そんならトットといってしまえ。」トロルがいいました。

と、いうまにもう、大きいやぎのがらがらどんがやってきました。

「ガタン　ゴトン、ガタン　ゴトン、ガタン　ゴトン、ガタン　ゴトン」と、橋がなりました。やぎがあんまり重いので、橋がきしんだり、うなったりしました。

「こら、だれだァ、おれの橋をガタンゴトンさせるのは？」と、トロルがどなりました。

「おれだ。大きいやぎのがらがらどんだ」と、やぎがいいました。それはひどくしゃがれたガラガラ声でした。

「よおし、きさまを一のみにしてくれるぞ！」と、トロルがどなりました。

「さあこい、二本のやりをもってるぞ、
目玉を、耳からつき出してやる。
そのうえ、大きい石も二つあるぞ、
肉も骨もこなごなにくだいてやる。」

こう、大きいやぎがいいました。そして、トロルにとびかかると、角で目玉をつきさし、ひづめで肉も骨もこなごなにくだいて、トロルを谷川へつきおとしました。それから、山へのぼってゆきました。やぎたちはとてもふとって、うちへ歩いて帰るのもやっとのことでした。もしあぶらがぬけてなければ、まだふとっていますよ。

そこで、

チョキン、パチン、ストン

これでおしまい。(3)

ストーリーがいかに簡潔に語られているかに注意しよう。ストーリーそのものに必要なところをのぞいては、細部は何も描かれない。ぎりぎりの精髄だけに切りつめられている。しかもその動きのなかに、環境と国民性が示されていて、それは紛れもない北欧的な感じを与えている。物語は、激しい渓流が橋の下を流れ、その橋を通ると、エゾマツにおおわれた険しい山にいたるありさまを、暗示するが、それを描写してはいない。物語の登場者たちの大胆で逞しくて頑固な性質は、その状況とも、私たちのいだくノルマン人の概念とも、あっている。トロルの形をとった超自然の力は、橋の下の激流にたえずひそむ脅威を暗示する。無用心の者がつねに自然によって危険にさらされている国だからである。

この物語の形は、昔話の傑作のもつ、簡潔さ、単純さ、力強さを具《そな》えている。すなわち、私たちがすべてのよい作品に求める、力と客観性と抑制を具えた形である。長年にわたってたえずくりかえし語られたことが、ストーリーを語る効果的な方法を発達させ、それを保ってきた。つまり、必要で適切なことばだけが残っているのである。

出来事と語句とをくりかえすことは、効果を高めるために昔話に使われる一つの方法である。この方法は、当然のこととして、よく知られているもので、『三びきの子ブタ』や『三びきのクマ』のようなたくさんの物語に見いだされる。このタイプのお話の魅力は、出来事の一つ一つがたがいに同じようでありながら、くりかえしのたびに少しずつ変る、というところにある。このようにして、ストーリーのなかで、すでにわかってしまった各段階が、何か新しいものを導きいれる時の引き立て役をつとめる。

このように変化のあるくりかえしを使うと、それは、読み手または聞き手のがわに、高まってゆく興味と期待をもたせることになる。『三びきのやぎのがらがらどん』のなかで、突然で効果的なクライマックスへと動きをつみ上げてゆくところは、申し分なく、たくみである。三びきのやぎたちが順に大きくなってゆく点は、コトンカタンというくりかえし句が「いちばん小さいやぎ」では二度、「つぎのやぎ」では三度、「大きいがらがらどん」では四度となって、だんだん強調される。そしてまた、このことは、トロルが、それぞれのやぎに大声でよびかける形でも、おこなわれる。

はじめのやぎには「こら、だれだ、カタコトさせるのは？」

つぎのやぎには「**こら、だれだァ**、カタコトさせるのは？」

最後のやぎには「こら、だれだァ、ガタンゴトンさせるのは？」

三びきのやぎのがらがらどんが、最後の段落では、「山にゆく」という本来の目的にたちもどるのだが、これは、まことにととのった、完成された型である。いかにも調子よくはなやかに結んでいるナンセンスなはやしことばは、明らかに北欧の伝承的な結びである。このはやしことばの少しちがった形が、『木のマントのカチー*』という、もっと長くて、もっと手のこんだ物語にも見いだされる。

Snip, snap, snover,
This story's over.
（大意）
トントントンカラリ
お話はとんとおわり

だが、一シラブルのことばでできている、

Snip, snap, snout,
This tale's told out.
（大意）
チョキン、パチン、ストン
これでおしまい

のほうが、『三びきのやぎのがらがらどん』の簡潔さにふさわしい。

すぐれた短いお話に必要な要素は、ことごとくこの北方の昔話のなかに見つけることができるだろう。すなわち、注意をひきつける出だし、劇的な動き、サスペンス、劇的なクライマックス、ととのった結び。ノルマン族の知性と気質の産物として、このお話は単純さと力、ユーモアと勇ましい精神をもっている。それは、原色で、大胆なリズムのある筆法で描いた絵であって、北方の国の空気と地形さながらのように、澄んで力強い。

北欧からフランスの昔話へ目をうつすと、フランス文学の特質である明確な造型化の精神が、北欧人の場合と同じようにはっきりと、物語に国民性を示しているのを、私たちは見いだす。『長靴をはいたネコ』のペローの文章をすこし読んでみても、この物語の魅力は、部分的ではあるが、ネコそのものの性格によっていることがわかる。このお話のほかの人物は、ただのタイプである。しかしネコは、話の初めには、せいぜいネズミを捕えるのがうまいという評判をとっているだけだが、粉屋の息子の運をつくるばかりか、当意即妙で工夫にとみ、主人のために危険をおかすほど勇敢で、弁舌をたくみに使うことを示す。それでいて、本質的にあくまでもネコらしく、優雅な礼儀と巧妙な弁舌をつかって、人食い鬼にネズミの形をとらせ、「ネコの本領のかぎりを発揮して、その場にもっともふさわしく、サッとネズミにとびかかると、またたくまに、がぶりと食べてしまいました。」

お話の調子は、めざましい出来事を淡々と受けとる調子、見たところぶっきらぼうな、むしろ事実だけを述べるやりかたでありながら、その裏側には、皮肉半分の、興《きょう》がっている調子がある。そしてこの裏側の調子こそ、この物語の魅力と気分——軽快で、優美で、はなやかな——をとく鍵である。はしゃぎ屋の『長靴をはいたネコ』は、『三びきのやぎのがらがらどん』が典型的に北方的であるように、そのスタイル、その気分においてフランス的である。

昔話の普遍的な魅力は、子どものために、さまざまな再話や訳を数多く生みだす結果になった。しかし、ある民族の民話が、ただ平凡なことばで出来事の外形をくりかえしているものであるならば、文学としての価値はほとんどない。昔話を読んで、そこから子どもが何かを得るためには、昔話は、それを生んだ国の文化と環境の特質をも、話のなかに保存していなければならない。なぜなら、子どもの文学を味わう力、子どもの空想力をのばす上に、昔話が果たす役割は、ほかのどんな文学形式の役割とも変らず、同じように重要だからである。昔話は、作者不明だが、文学を創りだす天分をもった民族のあいだに生まれた昔話は、真の芸術衝動の産物である。そこで、この芸術的形式は、子どもに与える訳や再話のなかに、忠実に保たれていなければならない。アニー・E・ムーア*は、『児童文学史』の中で、つぎのように述べている。

文学の批評家は、(昔話を)物語の構成、劇的要素、一貫した調子、性格描写、テーマの明確さ、力強い動き、効果的な会話、そのほかの重要な特性の、刮目《かつもく》すべき例としている……なぜなら、こういう昔話の最良のものは、もっと技巧をこらした文学のもつ錯雑さに煩わされることなく、おどろくべき力強さを示しているからである。長いあいだ子どもの特別な財産になってきたこれらの物語の美点であるさまざまな要因に、児童文学の研究家は盲目であってはならない。(4)

同じ物語のさまざまな訳や再話を読んでみると、私たちは、まったく同じ出来事がたいへんちがって表現されていることに気づく。それは、昔の口伝に残っている庶民のことばが古めかしくて、今日の子どもたちに適しないという、近ごろの再話者の見方によることもある。

伝承採集による話の庶民のことばをすてて、近代的な口語表現を使っている、新しい再話を検討する時、私たちは、新しい口語体と平凡な用語とを使うことによって、まえのものよりも大きい明確さ単純さが、得られたかどうかを、考えてみなければならない。そしてまた、新しい再話が、昔の語り口を耳にこころよく感じさせる、あのなめらかな、リズムのある文体を、ぎせいにしていないかどうか、お話の音楽的な流れをはばむぎごちない構成や無理なことばづかいをもたないかどうかを、しらべなければならない。

昔話が、文体と技術の上ですぐれた芸術形式として、私たちの時代まで伝わってきたことは、はっきり憶えておく必要がある。新しいにせよ伝承のものにせよ、子どもに与える再話は、もとの民話にある「無技巧の技巧」という性質を、最もよく伝えたものでなければならない。こうした古い民話は、グリム兄弟にとっては、「生命と美と想像力にあふれている」ものであった。

昔話を読めば読むほど、私たちは、これほどテーマと内容、構成と表現が、種々様々である物語を概括するのはむずかしいということがわかってくる。だが、昔話というものは、どれも、それぞれの特徴をもっているのであって、子どもに愛される要因をもつストーリーとしてばかりでなく、一編の文章として分析してみなければならない。昔話は非常に多種多様であるとはいえ、いくつかの共通の特徴があり、私たちが昔話を読む時には自然にそれを期待するのである。たとえば、一般に受け入れられている一つの考えは、すべての昔話が「むかしむかしある所に」で始まり、「こうしてかれらは後々まで幸せに暮しました」というおなじみの結びで終ることである。ある昔話は、文字どおり同じ文句で初めと終りを述べているが、そうなっていないものも多い。しかし、この特徴的な初めと終りとは、こういうことばで始まったり終ったりしない場合でも、ほとんどあらゆる物語のなかにおこなわれている。これはつまり、物語が単純に始まり、簡潔に核心に迫り、ストーリーの動きに関係のあることだけを述べて、すみやかに、しかも決定的に終りが来る、ということである。最もよく知られている二、三のお話が、どんなふうにして始まるかを、みてみよう。

ひとりのおばあさんが、家を掃除していました。そしてまがった銅貨を一つ見つけました。おばあさんはいいました。「この小さい銅貨でどうしようかしら。市場へいって、子ブタを買いましょう。」

おばあさんは家へもどるとちゅう、柵のところに来ました。ところがブタは柵をこえようとしませんでした。

（ジェイコブズ『おばあさんとブタ』より）

ある時、メンドリちゃんが、にわで穀粒をつついていますと、ポタン、なにかが頭をうちました。「あーら、たいへん」と、メンドリちゃんがいいました。「天がおっこって来たんだわ、王さまに話しに行かなくちゃ。」

（ジェイコブズ『ヘニー・ペニー』より）

お酢《す》だんなとお酢奥さんが、お酢の瓶の中に住んでいました。ある時、お酢だんなが出かけたるすに、働き者のお酢奥さんが、せっせと家をお掃除していました。そのうち、うっかり箒をぶつけて、耳がガンガンするほど、ガラガラピシャンと家をこわしてしまいました。

（ジェイコブズ『お酢だんなとお酢奥さん』より）

これから始まるお話にたいして、何と簡潔に、しかも何と明瞭に、状況が与えられていることだろう。こうして、話し初めの二、三の文章の中に、主要人物と場所と、ストーリーの動き始める条件とが、私たちの前に示される。お話のみなもとは、一つの単純な出来事——まがった銅貨を見つけたこと、穀粒の一つが頭にポタンと落ちたこと、お酢瓶をこわす箒の一ふり、である。こういう始め方の効果は、まるでそこにいあわせて出来事を見ているように、私たちをすぐさまストーリーにひきこんでしまう。私たちは、「つぎには何が起こるだろう?」とたずねる。興味と関心とサスペンスとが、まず発端からすでにかき立てられる。

昔話の終りには、独特な共通性があって、それはあの耳なれた「その後ずっと幸せに」という結びであらわされている。昔話は、じっさいに、このとおりの文句で終るものが多い。けれども、どういう文句が使われようと、これでおしまいという感じ——昔話の登場人物たちがみなうまく身のふりをつけたという感じは、

Snip, snap, snout,
This tale's told out.

と結ぶように、決定的なものである。

よく知られている昔話の結びの文章をいくつかしらべてみると、このしめくくりがどんなにうまくついているかが、よくわかる。

それからというもの、泥棒たちはその家におしいりませんでした。そして四人の

ブレーメンのまちの音楽家たちは、住心地がたいへんよかったので、そこにいつきました。そして、いちばん最後に、このお話をしてくれた人は、まだ生きているんですよ。

（グリム『ブレーメンの音楽隊』より）

「それでは、おまえさんの名は、きっと『竹馬ガタ助』だね！」

「悪魔がしゃべったな、悪魔がしゃべったな！」と、小人は叫びました。そして怒りのあまり、右足をドンとひどく踏みつけましたら、すっぽり膝まで地面へもぐりました。それから怒りにまかせて、両手で左足をひっつかみ、わが身を二つにひきさいてしまいました。これが小人のおしまいでしたとさ。

（グリム『ルンペルシュティルツヒェン』より）

侯爵は、頭を深くたれて王さまのくださった名誉をおうけしました。そしてその日に王女さまと結婚しました。ネコは、大殿さまになりました。そしてその後は、気晴らしのためでもなければ、けっしてネズミを追いかけなくなりました。

（ペロー『長靴をはいたネコ』より）

昔話のもう一つの特徴は、同じ型がくりかえしておこることである。たとえば、きこりでも粉屋でも王さまでもよいが、とにかく一人の男が三人の息子をもっていて、息子たちが運さがしに出かけるという昔話はたくさんある。こうしたお話を読んだり聞いたりする子どもは、だれでも、その話がすでに知っているほかのお話と似ていることに気づく。たとえバカだと思われていても、いちばん下の息子に、きまって成功がおとずれてくることを、その子は知っている。だから読者は、おちついて、この主人公がどうふるまうかを見ようとするのである。

こういうお話のもう一つの特徴は、三つの数のくりかえし、である。三人息子、三人姉妹、三つの冒険、三つの仕事、三人の求婚者、三つの贈り物、三つの望み、三つの謎。語句のくりかえしでさえ、三度くりかえされる問いと答えのように三つの型が多い。

「子ブタよ、子ブタ、私をいれておくれ」
「いやいや、アゴアゴ、私のアゴのひげにかけて、いやだねえ」

（ジェイコブズ『三びきの子ブタ』より）

または、『ミスタ・フォックス』の門口《かどぐち》と玄関口と、最後に広間のおそろしい戸口とに、つぎつぎに書かれている「大胆なれ、大胆なれ」の警告もそうである。

大胆なれ、大胆なれ、だが、大胆になりすぎるな、
そなたの心臓の血を凍らせたくないならば。

この『ミスタ・フォックス』の物語のように、暗い行為や兇悪な人物が読者をおののかせ、時にはうちのめすこともあり、そんな場合、ほんとうに心臓の血の凍る思いがす

る。児童文学のゆたかな欠くべからざる部分として昔話を認める人であっても、この膨大で、しかもしばしば玉石混淆《ぎょくせきこんこう》の庶民の残した話材のなかから、納得のゆく賢い選び方をする必要のあることを、否定する者はないだろう。けれども、そういう昔話の選集、ひとりひとりの子どもによってちがう好みや気質に気をくばった選集は、今まで作られてきたし、容易に手にはいるようになっている。

ときおり、昔話の中に見いだされる出来事は残酷だと言って、非難があびせられてきたが、しかしそのような非難は、こういう出来事にたいする子どもの反応、またどんなふうに語っているかという語り方を、考慮していない。子どもの受けとり方にも、昔話の特徴的な話し方にも、とくに誰彼を指したというのでない非個人的なものがある。このことは、銘記しておかなければならない。お話をするがわでは、どこを強調し、どういう目的で話すかということが問題であり、聞き手の子どもにとっては、出来事がすべて物語の国、想像の国に起こるということは、了解ずみなのである。つまり、昔話の国には、話し手と聞き手のあいだに認められている、しきたりがあるのである。

『ミスタ・フォックス』の物語は、こういう特殊な昔話の一例とみてよかろう。女主人公はかの女の求婚者たちのなかで「最も勇敢で、最も伊達《だて》な人」が、「若い美女たち」の残忍冷酷な誘惑者であることを発見する。かの女はかれをだしぬいて、その正体を見破る。事実だけを言えば、この物語はこのようなあら筋になるが、こんな述べ方では、この昔話の雰囲気と性質を知るなんの手がかりにもならない。

語り初めの文章で、子どもはたちどころに、この現実の場所から運び去られてゆく。「レディ・メアリは若く、レディ・メアリは美人でした。兄が二人に、数えきれない求婚者たちがおりました。」読者は、おなじみの世界にはいる。この世界では、出来事の型が、しばしばきちんと同じ文句をくりかえしながら、くりひろげられ、子どもたちは安心して楽しい喜びにひたるのである。

「大胆なれ、大胆なれ、だが、大胆になりすぎるな」

「そうではない、いや、そうではなかった。

神さまが、そうはおゆるしにならぬはず」

「だがそうです、いえ、そうでした。

さあ、お見せせねばならぬのは、この手と指輪」

ものごとのなかにある一つの本質、現実をはるかにこえた一つの雰囲気が創りだされる。そのストーリーの目的は、個人的な問題や苦しみをとりあげることではなくて、募ってくるサスペンスにみちたストーリーのなかで、善と悪、またその永遠の闘いをとりだしてみせることである。力点は、ミスタ・フォックスの兇悪さにおかれるよりも、かれの没落のしかたにおかれている。話の調子は、淡々としている。そしてミスタ・フォックスの懲罰については、くだくだと述べていない。お話が型通りに進んで終りになると、ミスタ・フォックスの最期は速《すみや》かで、決定的で、完全に個人的な感情から切りはなされている。「すぐさま、兄たちと友人たちとは剣をぬいて、ミスタ・フォックスを切りきざみました。」

聞いている子、読んでいる子は、サスペンスの楽しみを味わい、それがまた、適切なしめくくりの満足感を強めてくれる。子どもはまた、それと知らないでも、型と形式と釣合いの与える審美的な楽しみと、善が悪にうちかつのを見る道義的な楽しみとを、十分に味わう。また、子どもは、美しくたくみに使われている単純なことばを聞いたことになる。こういう特質が、ミスタ・フォックスをたんなる残忍な出来事のお話以上のものにしている。このように生命を拡充してゆくことが、昔話の特徴であるが、生命拡充こそ子どもに必要なもので、子どもは天性それを求め、それによってあらゆる経験を汲みあげてゆく。これは、昔話によって創りだされた心構えではなく、むしろ、すでに子どもが心のなかで考えたり空想したりしていることを、昔話が芸術的に組み立ててみせてくれるのである。

子どもの空想のなかにある、きりのない恐怖心にたいして、昔話のしきたりが、くぎりをつけてくれる。心のなかにありありと写った絵を見てゆくうちに、子どもは、どんな弱い者でも、勇気とすばやい知恵と、それによい心情とをもっていれば、この世の悪や醜いものに十分うちかてるのを知ることができる。これは、今日のような不安な世界に住んでいるだれにとっても、有益で支えになる考えである。

『動物物語集』の序文のなかで、ウォルター・デ・ラ・メアは、子どものころにこうしたお話から受けた自分の体験を、つぎのように述べている。

　よいお話がみんな、明るい陽気なものであるとはかぎらない。……悲しい、悲劇的な、それどころか怖ろしいお話や絵や詩の場合でも、よいものであることがある。それもまた、想像力を養い、知性を啓発し、心情を強め、私たち自身のすがたをみせてくれるだろう。それは、私たちを悲しませたり、不安にしたり、ショックを与えたりさえするかもしれないが、それにもかかわらず異常におもしろい話であることがある。物語が人生について思い起こさせてくれること、私たちの心につくりあげてくれるもの、また物語の中にでてくるものごとや光景や人物などによって、私たちは楽しまされ、慰められる。そして、物語がくりひろげられてゆくやり方、そこに深い意味を出してゆくやり方、ストーリーそのものの美しさ、ことばの美しいひびきなどによっても、私たちは楽しまされ、慰められる。それが、物語のありがたみであり、真実であり、ねうちである。……

　……非常に幼い男の子は、墓場でちっちゃなちっちゃな骨を見つけたちっちゃなちっちゃな小母さんの、ちっちゃなちっちゃなお話*(『ティニー・タイニー』)をきいてから、身ぶるいしながら寝にゆくことがあるかもしれない。その子は、あの結びの

「持ってきな」というところで、骨の髄までふるえることがあるかもしれない。私は、いつもそうだった。それでいて、いつもお母さんに何度もくりかえして話してもらうのを楽しみにした。それに反して、ある物語は、この年になってさえも、私には少々やりきれない。つまりは、どんなふうに語られるか、またどんな理由で、どんなつもりで語られるかということが、肝心なのである。とはいうものの、ごく小さかったころでさえ、私は、青ひげの音のしない恐ろしい戸棚をのぞきこんだり、釘をたくさんうちつけた樽によこしまな女王*をつめて高い崖から海へ転がしたり、大クラウス*が棒をふるったりするのを、こわがらないで見ることができた。私は四十人の盗賊どもをやっつけて油壺から油壺へまわるモルジアナ*といっしょに踊り、ファラダ*の首が門のアーチにうちつけられて、愛する女主人の不運をなげくのに耳をかたむけ、『ネズの木』*のおそろしいごった煮汁の仕度に息をこらしつつ……読みつづけることができた。私はこれらのストーリーを、物語だと知りながら楽しんだ。そして私は、これらが私をちっとも傷つけなかったと断言できる。これに反して、私が大きらいだったし、いまだに好きになれないでいる別の種類の物語を、一つ二つ思い出すことができる。たとえば、わざと残酷さを狙ったもので、私の思い出せるかぎりでは、昔話には、そんなものは一つもなかった⑸。

しかし、一方に、あわれみとおそれの気持をよびおこす昔話があるとすれば、また一方に、ふしぎの念と想像力、美と詩の心をもえ立たせる昔話もある。一方の昔話から他の方にうつっていきながら、子どもは、昔話の多様さのなかに、ものごとへの共感を深め、また広げる。サスペンス、おどろき、笑い、悲しみ、美しさ、何であろうと、子どもがそれによく反応するところをみると、昔話のなかにこそ、ゆるぐことのない正しさと真実の存していることがわかる。「すぎし昔のこの微妙で美しい物語をけっして忘れないようにしようではないか」と、ポール・アザールは、『美女と野獣』の話にふれて述べているが、この物語では、醜さは魔法にかけられていたために起こったのであって、それはついに愛と憐れみによって解かれるのである。

昔話のなかに見いだされるはずの美と詩とは、その深い意味のなかにあるだけでなく、物語の話し方、ことばのひびきとリズムのなかにもある。『ロシアのおとぎ話』には、つぎのような節がある。

少女は、歩きに歩きました。お話では短い時の間も、長い長い時の間も、言ってしまえば簡単ですが、ほんとに歩いて旅する身には、そうあっさりとはいきません。少女は一日一夜、一週間、ふた月三月と歩き通しました。鉄の靴を一足はき破って、鉄の杖を一本つきへらして、石でできたお供えのパンを一巻き食べつくしてしまいました。すると、こんもり茂って暗くなった森のまんなかで、一すじの小径《こみち》にであいました。その小径のさきに、小さな小屋があり、そのしきい段に、気むずかしい顔をしたおばあさんが一人腰かけていました。
「いったいどこへゆきなさる、きれいな娘ごや」と、おばあさんがたずねました。
「ああ、おばあさん、どうか助けてくださいまし、お宿をかして、暗い夜から守ってくださいな。私は友だちの、早いすてきな、タカのフィニストをさがしているんです(6)。」

あるいは、『ノロウェイの黒い牡牛《おうし》*』でくりかえされる五行詩がある。

あなたをさがして遠い道
あなたをもとめて長い道
あなたのおそばに参ったに
いとしい殿ごのノロウェイ公
　声をかけてもくださらぬ

あるいは『カエルの王さま』の語り初めでは、ことばの単純な美しさと文章構成のリズムがあるばかりでなく、つぎからつぎへと新しい絵を描いてゆく、詩的で魅力あることばが見られる。

　むかしむかし、まだひとの願いごとがかなったころ、一人の王さまがおりました。王さまの娘ごたちは、みんな美しかったのですが、なかでもいちばん末の王女さまは、とても美しくて、何でもたんと見ていらっしゃるお日さまでさえ、この王女さまを照らすたびに、どうしてこんなに美しいのかと、ふしぎに思うくらいでした。王さまの城の近くに大きな暗い森があって、その森のなかには、年とった菩提樹《ぼだいじゅ》の根もとに泉が一つありました。日中のあついころになると、この王女さまは、森にはいって、この涼しい泉のほとりにすわることにしていました。そしてたいくつすると、金のまりを出して、ほうりあげては受けとって、遊ぶのですが、これが大好きな遊戯なのでした。

さて、ある日のこと、この金のまりが姫のさしあげたかわいい手のなかに落ちてこないで、泉のふちの地面に落ちて、泉にころげこみました。王女さまは目でまりのあとを追って、沈んでしまうのを見ましたが、泉は深くて、水底が見えないくらいでした。そこで王女さまは泣きだしました。そして何をしてもとりかえしがつかないというように、おいおいと泣きに泣きました。すると、泣いているさいちゅうに、こんな声がきこえました。

「どうなさったな、王女どの、そなたの涙は石の心臓もとかそうに。」

そこで王女さまが、顔をあげて声のするほうをさがしますと、そこには一ぴきのカエルがいるだけで、ずんぐりしたみにくい顔を、水からつきだしておりました。

このような例は、真の芸術衝動から物語を生みだした民族のもつ、民間伝承の中に、たくさんある。しかし私たちは、すべての民族が文学創造の天分をもっているのではないことを、よくおぼえておかなければならない。天分をもたない民族の民間伝承は、民話の研究家や蒐集家には興味のもてるものだろうが、子どものための文学としては、ただお話が古いからといっても、ほとんどねうちがない。子どもに読ませるためには、どの昔話もまた、文学固有の質をもっていなければならない。つまり、すぐれたストーリーの、動きのある劇的な諸要素を具えていなければならない。それでこそ、それらのもつ永遠の新鮮さと空想性のために、子どもたちがくりかえし立ちもどってくる、あの昔話の傑作と、肩をならべることができるのである。

引用文献

（1） Grimm, Jakob and Wilhelm. "The Sleeping Beauty," in their Household Stories (N.Y.: Macmillan, 1923).
（2） De la Mare, Walter. Animal Stories (N.Y.: Scribner, 1940), p. xxxviii.
（3） Asbjørnsen, Peter Christen. East of the Sun and West of the Moon (N.Y.: Macmillan, 1928), p. 31.
（4） Moore, Annie E. Literature Old and New for Children (Boston: Houghton, Mifflin, 1934), p. 95–96.
（5） De la Mare, Walter. Animal Stories, p. xviii–xxi.

(6) Wheeler, Post. "The Feather of Finist the Falcon," in his Russian Wonder Tales (N.Y.: Beechhurst, 1948).

参考書

Buchan, John. The Novel and the Fairy Tale. Oxford Univ. Pr., 1931. (The English Association Pamphlet no. 79)

Chesterton, G. K. The Dragon's Grandmother (in Tremendous Trifles). Dodd, 1909. Methuen, 1909.

——. The Red Angel (in Tremendous Trifles). Dodd, 1909. Methuen, 1909.

Hartland, Edwin Sidney. The Science of Fairy Tales: an Inquiry into Fairy Mythology. Scribner, 1925. Methuen, 1925.

Hooker, Brian. Narrative and the Fairy Tale. The Bookman, XXXIII (June, July 1911), 389–393, 501–505.

——. Types of Fairy Tales. Forum, XL (October 1908), 375–384.

Repplier, Agnes. The Battle of the Babes (in Essays in Miniature). Houghton, Mifflin, 1895.

第五章　神々と人間

そして、かれは歌った、時の誕生と、天国と、踊る星々について。大洋や、天空について。火や、ふしぎな大地の形づくられてゆくことについて。かれはまた歌った、山々の宝と、地下にうずもれている宝石と、火と金属の鉱脈と、すべての薬草の働きと、鳥の声と、予言と、この世の中にこれから現われようとするものについて。

つづいて、健康と、強さと、男らしさと、雄々しい心と、音楽と、狩と、力競べと、そして、英雄たちの好むすべての競技と、旅と、戦いと、包囲と、戦いの最中《さなか》のりっぱな死について歌った。

(チャールズ・キングズリ『英雄物語』より)

バルドルの死は、滅亡の日を早めた。美しさと無邪気さは、この地上から消えさった。そして破壊と、あらゆる悪がはびこった。兄は弟と戦い、子は父と戦った。

太陽の光と熱は、地上からおとろえていった。長い冬のような三年がおとずれて、寒風が四方から吹きすさび、雪は、ここかしこに大きな吹きだまりをつくった。天空の太陽と月は暗くなり、星は光を消した……。

しかも、予言に語られたように、これは終焉《しゅうえん》ではなかった。暗黒と沈黙のあとに、新しい日がやってきた。大海原から、緑の美しい大地が出現し、その大地には、種子をまくことなしに、五穀がみのった。古い太陽の娘として生まれた新しい太陽が、母親にもまして、美しく天空に輝きわたった。あらゆる昔の悪は消えさった。バルドルは、ふたたびよみがえり、光と美しさが大地にもどった。

(ドロシー・ハスフォード*『神々の雷《いかずち》』より)

昔話の起源が、人類の起源のなかにとけこんでいるように、神話もまた、人類の幼年期にその源を発している。神話は、このように遠い昔から、私たちに伝えられたものであるのにもかかわらず、この世界最古の物語のもつ新鮮さと美しさ、ふしぎさと恐ろしさは、いまだに私たちを魅了する力をもっている。

ミソロジー(神話)ということばは、ギリシア語からきたもので、「物語」を意味している。そして、ギリシアの最古の物語が、神々と人間にかんするものであったので、一般に古代の人びとが、生命と自然現象の神秘を理解しようとして、自分たちをとりまく世界を説明した物語を、私たちは「神話」と考えるようになった。

今日の子どもは、理解できない自然界のことがらをふしぎに思う時、「なぜ」とか「どうして」とかきく。とおなじように、人類の幼年期には、古代の人びとは、今日、私たちが発見をかさねて得た科学的知識をもっていなかった。そこで、これらの人びとは、自然界の現象にかれらなりの説明をつけた。かれらは、自然の力を人格化した。雷は、ギリシア人にとっては、ゼウスの声であり、北欧人(古代スカンジナビア人)にとっては、トルのふる槌音《つちおと》であった。古代人は、森羅万象《しんらばんしょう》を自分たちと同じような生物と考えたが、自然現象は、かれらにとって神秘なものであり、人間の力の遠くおよばぬものであったので、人間より大きな力をそれらに与えた。

それぞれの民族が、かれら自身の説明を創りだし、物語としたのであるが、それらがいったん書きとめられるようになると、ギリシア人の物語が、想像の美しさにおいても、詩的な見方においても、また表現の優美さにおいても、他の民族の物語よりすぐれたものと認められるようになった。ギリシア神話にかんする私たちの知識の主な典拠は、ローマの詩人オウィディウス*の『メタモルフォセス』(『変身譜』)や、初期のギリシア詩人、ことにピンダロス*のような詩人の抒情詩、またはギリシアの戯曲家ソフォクレス*や、エウリピデス*の作品である。また、ホメロス*やヘシオドス*の作品の中に、参考となるものがあり、紀元前二世紀のアポロドロス*により、神話の集大成がなされた。

ギリシア人の口碑伝承の一部であった神話の多くは、一度も記録されることがなかったか、あるいは、失われてしまった。この失われてしまった神話は、いくつかの典拠から材料を集め、一つの形にまとめられなければならない。それらの典拠というのは、ギリシア詩の中に、ちらりと見かける語句や、あるいは、ギリシア戯曲の中にときたま出てくる引用であるが、これをみると、そういう話は、この民族の発生の当初から、よく知られていたものと考えられる。神話のあるものは、断片的であるが、その中にふくまれる詩の美しさ、想像力の豊かさにおいて、数千年たった今日でも、他のものにみられないほど、人の心を魅了する力をもっている。神話を読むことは、世界の夜明け時のふしぎさを味わうことである。それはまた、緑の森のすずしい木陰を、光のように通りすぎるアルテミスや、たくさんの泉のあるイダの山々の斜面を下ってゆく、黄金に輝くアフロディテや、あるいは、神のことばを人間に伝えるために、虹色の翼を空に映えさせながら飛んでゆくイリスをみることでもある。詩やペーソスや優美さをそなえた森や水辺の神話の中には、ヘラの怒りにふれて、自分のことばを失ったニンフのエコーの物語や、ヘリコンの水に写っているのが自分の顔と知らないで、その水にはいって死んでしまい、エコーを悲しませたナルキッソスの物語がある。

これらの自然界の神話のほかに、ペルセウスや、テーセウスや、アルゴナウタイとよばれる一団の勇士たちなどの英雄物語がある。それらは、アクションと魔法の力にみちた、遍歴や技くらべの物語であり、そこでは、神々が人間に援助の手をさしのべることもあれば、復讐することもある。

金色の羊の毛皮の物語のいちばん主な典拠は、ロドスのアポロニオス*の『アルゴナウティカ』であり、ペルセウスとテーセウスの物語のあら筋は、アポロドロスとプルタルコス*の中に見いだされる。しかしながら、これらの物語を子どもむきに書くさいに、現在入手可能の典拠には、綿密な細部の描写が欠けているので、再話する者にとって、個人的な解釈をくだす余地が多く残されている。たとえば、『イリアス』や『オデュッセイア』のような英雄物語の再話の評価よりも、子どものための神話の再話を評価することのほうが困難である。というのは、神話には、ホメロスに比較できるような原典がないからである。

子どものための神話の再話を比較してみる時、それぞれの解釈がどんなに異なるものであるか、容易にわかる。たとえば、キングズリの『英雄物語』*、ホーソーンの『ワンダー・ブック』、もっと後のものでは、パードリク・コラムの『黄金の羊の皮とアキレス以前の英雄たち』のように、同じ物語を再話したものを比較してみれば、なおさら明瞭である。

再話された物語自体を検討する前に、まず子どもむきの再話の中に、私たちは何を期待したらいいのか、あるいはむしろ、このような古い物語を再話する場合に、作家は、再話の中に何を導入すべきかということについて、考察してみよう。ギリシア神話は、それを再話するにあたって、何の創造力も必要としないレディー・メイドの物語としてしかみないような作家たちによって、これまでいやになるほどくりかえし子どものために再話されてきた。このような作家たちは、再話によって、もとの典拠の中にある精神を再創造しないかぎり、物語は生命力のない、形だけの出来事をつなげたものになってしまうことに気づいていない。

物語を再創造するためには、何よりもまず、作家と、作家の使う資料との間に親和感がなければならない。この親和感について、最も的確に考えを述べているのは、おそらくチャールズ・キングズリだと思われるが、かれは『英雄物語』の序文の中で、こう言っている。「私は、古代ギリシアの人びとを心から愛するのだ。」と。ある物語が読者の興味をひきつけるためには、その前にその題材が作家の興味と共感をひきつけていなければならない。それだからこそ、作家の資料にたいする親和感が、かれの再話の表現にあらわれるのである。

再話をする者は、筆をとる前に、ただストーリーだけでなく、その背景となっている環境のすべてを自分のものとする必要がある。こうしてはじめて、その資料を薬籠中《やくろうちゅう》のものとして、神話を生みだした人びとの生活と考え方を知りぬいた立場から、再話することができるようになる。そのような生き方、考え方は民族特有の意義をもち、それがある国の神話を他の国々の神話と異なったものにしているからである。伝承の文学を再話する作家は、このことを理解しておかなくてはならない。

ギリシア神話の生まれた国は、雪の冠をかぶった山々とうっそうたる森、けわしい岬と太陽の輝く海原という、雄大な自然の美をそなえた国であった。ここに住んでいたのは、豊かな創造力と芸術的な感覚をもった民族であり、早くから円熟の域に達し、その後、他のいかなる民族がなしとげたものよりも偉大だとみなされる、完成した芸術をもった人びとであった。かれらの語った物語は、ホーソーンもいっているように不滅のものである。これらの物語は、古代ギリシアのものであったばかりでなく、すべての時代のものである。というのは、神話自体が、物語としての喜びを与えるばかりでなく、多くのすぐれた文学作品は、その中にギリシア神話を引用することが多いので、これを読んだことのない人には理解できないものとなってくるからである。ところで、よい再話とそれほどよくない再話を読みくらべて、その与える喜びが質的にちがうことをさとってみると、どの再話をとりあげるべきかということが重大な問題となってくる。しかももとの神話のもつふしぎさや詩や新鮮さと、粗野で趣きのない再話を読みくらべてみるならば、この相違はますます大きなものとなる。古代の世界は、その豊かな宝について知れば知るほど、美しさとふしぎな魅力に輝いてくるものなのに、粗野で趣きのない再話は、それを私たちに示してくれる力をまったくもち合わせていないのである。

キングズリ、ホーソーン、そしてコラムが、子どもたちのためにした再話は、昔話のすぐれた再話が文学であるのと同じ意味で、文学として、私たちをひきつけるものをもっている。この三人の再話には、それぞれに非常にちがった個人的な解釈がなされている。三人は、自分の題材をどう取り扱うかということについて、それぞれまるでちがっていながら、しかも、じつにはっきりした考えをもっていたからである。このことは、三人の作家がそれぞれ題材をどのように考えたか、またその題材をどのように取り扱ったかを研究すれば、明らかになる。

キングズリは、古代ギリシアに心底からの共感をもっていた。かれは超然とした哲学的態度をもって、ギリシア人が後世に残した贈り物、すなわち、神話をみた。この態度は、人間は神の加護なしに栄えることができないというかれのテーマにあらわされている。キングズリは、英雄を「他にまして果敢なる」ものとして定義し、アテナがペルセウスにむかっていうことばを通じてつぎのように説明している。「私は火のような魂をもったものには、より灼熱の火を与え、男らしい男たちには、人間以上の力を与える。……疑いと欲求、危険と戦いの中へかれらを追い立てる。」ペルセウスは、ゴルゴンの首をねらう冒険におもむく時、不滅の神々から与えられた剣と楯をもち、サンダルをはいて、断崖の上から何もない虚空へとびたつのである。「おお、みよ、ペルセウスは落ちずに浮かび、足をふまえ、空中を走った。ペルセウスがふりかえれば、アテナの姿は、すでになく、ヘルメスもいなかった。そして、サンダルは北をめざし、休むことなく、かれを運んでいった。まるで、春を追ってイステル(ダニューブ)の岸に向かうツルのように。」

キングズリの再話は、ギリシア人の考え方が素朴であった時代特有の驚異感を保っている。またギリシア人は冒険好きな旅人たちからさまざまな話をきいて、かれらの国の外に果てしなくひろがる世界があるのだという感じをもったであろうが、キングズリは私たちにその感じをも与えてくれるのである。「灰色の姉妹たち」をさがす段で、キングズリはつぎのように書いている。ペルセウスは「常夜《とこよ》の国の入口へやってきた。その国の大気は、羽毛でみたされ、大地は、かちかちに凍っていた。そしてその凍った海の岸辺に三人の灰色の姉妹がいた。」そしてあとのほうで、ゴルゴンを殺した後、ペルセウスは、家路に向かう途中で「エジプトの延々続くみどりの庭と、ナイルのきらめく流れ」をみる。

キングズリは、ギリシア文学の中で、悪人たちが受けなければならなかった冷厳な裁きを、かれの再話の中で生き生きと描きだしている。ポリュデクテス王の宮殿にペルセウスが帰還する場面は、キングズリが描くと、ギリシア戯曲の劇的要素をおびてくる。「神の加護を得る者は、その約束を果たすのだ。そして、神を欺く者は、その報いをうけるのだ。みよ、ゴルゴンの首を！」そういいおわると、ペルセウスはヤギの皮をはねのけ、ゴルゴンの首を高々とかかげた。

このおそろしい首をみるや、ポリュデクテスと客人たちは色を失った。かれらは、その席から立ち上ろうとした。だが、永遠に立つことはできなかった。一人一人坐ったまま、冷たい灰色の石の、輪型の列に変っていた。

キングズリの語り口の簡潔な気品と、精選されたことば、さらに、文章のもつ音楽とリズムは、まず何よりも聞くためであった物語、そしてまた、一種の詩の形をとっていたこうした物語に、「こうなくてはならぬ」という感じを与える。

ホーソーンの再話に目を転ずると、私たちはキングズリの『英雄物語』の世界と全然ちがった世界にいるように感ずる。――そして、じっさいそのとおりなのだ。なぜなら、両者とも、基本的には同じ物語を再話しているのであるが、ホーソーンのねらいは、キングズリのそれと非常にちがっているからである。ホーソーンの解釈は、非常に独特なものであり、ほとんどかれ自身の創作ともいえるほど、古代ギリシアの考え方から離れているので、両者を比較するのは困難である。

『ワンダー・ブック』の中の『ゴルゴンの首』の物語は、神話というよりもおとぎ話に近い。しかしこれがホーソーンのはっきりしたねらいであった。かれの手にかかると、物語はホーソーン自身いっているように「ゴシック風、あるいはロマンティックな」話となった。かれはペルセウスを、おとぎ話の英雄のように描いている。ペルセウスは「りっぱな若者で、たいへん強くてすばしっこく、弓矢や剣の名人」となっている。また神々は親しみぶかく、魔法の力をもつ、いたずら者である。かれらは、ふつうの人間のことばで話し、キングズリの再話におけるアテナがもっていたような全能の力をもってはいない。それどころかクィックシルヴァは、ペルセウスにこんなふうにいう。「もし、だれかあなたを助けられる人がいるとすれば、それはこの私ですよ。」少し後のほうでクィックシルヴァは、こういっている。「はばかりながら、私だって、いつも、ひとなみの知恵は、もっているんでね。」このおとぎ話風の考え方は、三人の「灰色の姉妹たち」に与えた、すばらしい名前「スケアクロウ(かかし)」「ナイトメア(こわい夢)」「シェイクジョイント(がたがた関節)」にも、よくあらわれている。昔話によく使われる「三」の数は、ニンフがペルセウスにおくる贈り物の数にあらわれている。——空とぶ靴、魔法の袋、かくれかぶと——の三つである。

ホーソーンの再話では、私たちは、かれの自由闊達《かったつ》の機知が、テンポの早い生き生きとした物語の中にあらわれているのをみる。ホーソーンは、明らかに次々に思い浮かぶ空想を楽しみながら、神話に潤色を加えつつ、単純なことばでのびのびと書いている。時たま、からかい気味の講釈が物語の進展をさまたげているが、ストーリーのためにストーリーを語っている純粋な喜びを、私たちはみることができる。

パードリク・コラムの『ゴルゴンの首』の再話[1]では、キングズリ、あるいはホーソーンのそれとちがった形をとっている。かれの話は、より短いものになっている。それは黄金の羊の皮をさがしにゆく英雄たちに向かって、オルフェウスが歌う物語の一つとして語られているから、必然的にそうなるのである。こういう構成をとっているため、この物語は、前の二人の再話ほどのスケールの大きさはないように思われるが、だからといって、みごとな物語の語り手としてのコラムの妙技を減少させてはいない。

かれの再話でコラムが使う技巧は、コラムの作品の読者にとって、なじみ深いものである。かれはこの物語を話の中途の、ペルセウスが灰色の姉妹たちの洞穴にあらわれるくだりから始め、発端にもどり、そしてまた、終末へ導いてゆく。コラムはこの手法によって、ペルセウスの口からニンフに向かって、それまでの冒険を語らせる。そこでニンフたちは、ペルセウスに魔法の贈り物を与え、それにより、かれはゴルゴンをほうむることに成功する。ホメロスも同じ手法によって、オデュッセウス自身の口から、パイアケス(フィーエシア)の海岸に難破するまでの冒険を語らせている。この手法で、コラムはペルセウスの語る話に、ひきしまったきびきびした調子を与えている。と同時に、数々の冒険ができるだけ簡潔に凝縮されている。

パードリク・コラムは、ファンタジーの世界にたやすくはいりこめる人であり、ギリシア神話の驚異を鋭敏に感じとっている。ことばの使い方と出来事の選び方により、かれは、この驚異をうまく伝えている。かれは物語を、たんなるおとぎ話以上のものとしているが、しかしキングズリの再話のような意味での神々の物語とはしていない。ギリシア神話についての考え方の上で、コラムは、キングズリとホーソーンの中間にあるといえよう。キングズリはホメロスの伝統に従って、神々をあつかっている。神々は、時に応じてあらわれ、また、姿をかくす。ある時は実際に、ある時には、夢に姿をあらわすが、いつでも神々は、人間にくらべて高貴の位置をしめているということを、私たちに感じさせる。キングズリが神の力を信じているということが、その再話にあらわれている。これに反してホーソーンは、神々にたいして無造作に不信の念をあらわしている。

ホーソーンは、その再話で「神々の意味していることが真実で、しかも永遠に真実であると考えるほど、みなさんは、お人よしではないでしょう」とでもいっているようである。

ホーソーンのギリシア神話にたいする考え方は、かれ自身のことばを借りれば、「空想のおもむくままに新しい形にかえる」ことのできる「すてきな!」物語である。ホーソーンの空想力は、豊かなものであり、古い物語を美妙で魅力にみちた筆で潤色して、楽しい読みものに仕立てあげている。キングズリは、これに反して、ギリシア神話を古典的な目でみた。光と太陽と青空、そして、あの古代世界のもつ美しさとふしぎさと永遠性とで、かれの再話をみたしている。ホーソーンとキングズリは、二つの見方、二つの意向を代表していて、両者ともに、子どものための文学に貴重な宝を加えたのである。しかし、キングズリの『英雄物語』のもつ古典的な考え方が、ギリシアの英雄時代をより正確に伝えていることは、否定できない。

北欧神話は、ギリシア神話に比較すると、一見、飾り気がなく、簡潔で、詩的でないとさえうけとれるだろう。高い物見の塔から、神々の父オージンが見守っていた宇宙は、ゼウスの統治していた世界とは異なったものである。というのも、それぞれの民族の神話が、自然界を説明しようとすると、自然の環境を反映してくるからである。ギリシア人にとって、自然は、だいたいにおいて、温和な親切なものであった。かれらは青空の下に住み、その風景は、色彩豊かであり、陽に輝いていた。しかし、北欧人にとって、自然は敵となる場合のほうが多かった。氷と雪と霜、そして、吹きまくる烈風が、岩と漂石と逆《さか》まく流れと、暗い谷間のある地形を猛々《たけだけ》しくし、畏怖《いふ》感をさそった。したがって、北欧神話のきびしく劇的で、簡潔な語り口は、はっきりと苛酷な北辺の情景を反映している。

ギリシア神話が、書きとめられた時、それを書いた人びとは、まだ神話を信じていたのであるが、北欧神話は、アイスランドが、キリスト教国になって百年以上もたった後に、本にまとめられている。十二世紀のアイスランドの作家であった司祭スノリによって書かれた『散文のエッダ』*が、北欧神話にかんする私たちの知識の重要な典拠になっている。その時、スノリはもはや、古代北欧の神々を信じてはいなかった。しかし、自国の伝承の口碑文学に雄大さと気高さを見いだし、はるか昔から伝わってきた、これらの話のもつ想像の世界の真実を信じていた。

アイスランド人にとって、かれらの文学、すなわち散文のサガと詩は、かれらの国の文化を形成する重要かつ必須の要素であった。スノリはこの『散文のエッダ』を、若き詩人たちのための入門書として編んだのである。この中でかれの語る多くの物語は、たんに、かれの知っている神話の出来事とその細部を集めて編纂したものではない。『散文のエッダ』は、一つの資料以上のものである。なぜなら、古代北欧の最古の物語にまでさかのぼり、北欧民族の幼年時代における思想、倫理感の推移、およびじっさいの風俗習慣などを反映する文学として創りあげられているからである。

北欧神話の中に、暮しの細部がどれほど多くでてくるか考えてみよう。その細部描写は寒風吹きすさぶ北国のきびしい環境のもと、いかに古代北欧人が、一人一人の努力と知恵を働かせて、生命を保ってきたかを描きだしている。ヘルモッド(神々のメッセンジャー)がヘル(冥府の女王)の宮殿の門をとびこえようとする時、かれは馬の腹帯をしめなおし、安全を確かめるために、乗馬スレイプニールから一度おりる。ヘルモッドは神であり、乗馬スレイプニールもふつうの馬ではないのにもかかわらず、しかもこのようにする。ヘルモッドはやがて城門をこえ、ヘルの宮殿の広間に入ってゆき、高い座に「兄バルドル」の姿をみつける。バルドルは、「かたみ」として、父オージンに指輪を、またバルドルの妻は、母フリッグに「麻の上着」をことづける。このような暮しの細部は、ある物語の場合には、ユーモアを、また他の物語では、ペーソスの味を与えている。いずれの場合にも、古代の北欧人の単純な生活を描きだす上に効果をあげている。

北欧神話は、ギリシア神話とは内容やその思想がちがっているように、その形式も非常にちがっている。北欧の神話の物語は凝縮されており、簡潔、かつ劇的である。叙述や描写はほとんどなく、多くが直接の会話になっている。他の物語を参照することによってはじめてわかるようなことがらが、それぞれの物語の中では、わかりきったものとして省略されている。たとえば、バルドルの死の物語では、バルドル自身についてはほとんど何も語られていない。ちょうど私たちのだれもが、アーサー王やジャンヌ・ダルクを知っているように、読者は、バルドルをよく知っているものとみなされている。じっさいにバルドルの死を語っている個所よりも、他の物語でバルドルにふれている個所のほうが、かれについてより多くのことを私たちに暗示してくれる。しかし、かれについて語られている章を読めば、バルドルの死こそ「神々と人間の間におこった最も大きな不幸である」と思わされるのである。

古代北欧の詩(スカルドとよばれた吟遊詩人たちの歌った詩)は押韻法でなく、頭韻法であることが、文学上の常識となっている。それらの詩の構成は単純であって、頭韻法の英詩に容易に翻訳できる。長い複雑なメタファー(隠喩)を豊かにもつギリシア詩とちがって、北欧の詩には、それがない。そのかわりに「ケニング」とよぶ手法を用いている。これは、ある物、あるいは、だれかを、その名前でよばず、それを説明している物語を知っている場合にだけわかるようなことばで、遠まわしに示す手法である。たとえば、黄金は「シフ(トルの妻)の髪」、シグルド(ジークフリート)は「ファフニール(竜)を殺した人」とよばれる。

この「ケニング」は、神話の詩エッダでは、少しも使われていないが、スカルドたちの歌った詩の中で、非常によく使われた。というのも北欧の詩には、メタファーや、その他の手法が少なかったからである。詩エッダの力強さと美しさは、その豊かな想像と劇的な力にあるのであって、ことばの綾にあるのではない。ことばの綾は無視してもさしつかえない程度のものである。

北欧神話は、いつもそこに悲劇的な調子がひそんでいる。ギリシア神話の神々がつねに若く、神々自身が不滅であることを知っていたのにくらべて、北欧の神々は、やがておこる滅亡を予見していた。この防ぎきれない破滅の前兆が物語の中でくりかえしあらわれ、それが他の民族の神話にはみられない、悲劇的でありながら英雄的な調子を与えている。「(女神)イドゥーナのリンゴ」の物語の中には「かの女は、神々が年をとるたびにたべなければならないリンゴを、トネリコの木でつくった箱にいれて守っている。それをたべて、すべての神々は若さをとりもどす。これは、神々のたそがれまでもつづくであろう」と語られている。神々は、あらかじめ定まった運命の末路を知っているのだが、だからといって、巨人や、人間の敵であるすべての悪の力にたいし、抵抗をやめない。おそろしい最後の戦いにおいて、神々は破れさらなければならないのだが、とうてい勝ち目のない劣勢をもかえりみず、勇敢に戦って破れるために、ますます英雄的である。

『詩のエッダ(古エッダ)』の中の詩の一つ『ヴォルスポ』(巫女の予言)の中に、古い世界の灰の中から生まれる新しい美しい世界のすがたが描かれている。その望みが「神々のたそがれ」の黒ずんだ陰鬱さを明るくしてくれる。

今、新たに大地がよみがえる。
波間からすべてのみどりが萌えいで、
滝が落ち、ワシが舞い、
断崖の下の魚を捕る。

ふたたび訪れたすばらしい美しさの中で
草むらに、黄金のテーブルがおかれる、
その昔、神々のものであったテーブルが。
やがて種子まかぬ土地から、熟れた果実が実り、
すべての悪はおとろえ、バルドルがもどってくる。

北欧神話を子どもむきに再話するさいに、ギリシア神話にも共通なことだが、一つの困難がある。二つの神話は、ごく短く圧縮されたものであり、しばしば断片的で、また不明確なことが多い。ここまでが、二つの神話の共通点であり、ここからあとはちがってくる。北欧神話のもつ力は、叙述的、あるいは描写的であるよりも、むしろ劇的なと

ころにあり、それがために、劇的な事件が、速かに展開されてゆく点で、素朴で簡潔な昔話により近い。

再話者は、凝縮されている個所をひろげたり、断片的で不明確な個所には、その人なりの細部描写や説明をつけ加えたり、また、索寞《さくばく》とした個所は、潤色することによって、物語を再創造することもできよう。しかしながら、神話の全体に通ずる感じや意義をそこなわずに、この再創造に成功するのはむずかしい。たとえば、A・ケアリとE・ケアリ*との再話による『アースガルドの英雄たち』の中の『イドゥーナのリンゴ』は、果樹園とイドゥーナをくわしく描写することによって、いかにも凝ったおとぎ話になっている。

静かな明るい晩でした。木々の葉は、おたがいにやさしいことばをささやきながら上下にそっとゆれていました。花ばなは、半分目をとじて、水にうつる自分の影に向かって、眠そうにうなずいていました。イドゥーナは、泉のほとりに坐って、ほおづえをつきながら、楽しい物思いにふけっていました。

果樹園の女主人イドゥーナは、小鳥たちや、若葉や、春の花といっしょに住むのにふさわしい人でした。かの女は、とても美しかったので、白鳥をよびよせようとして、川の上に身をかがめると、何も知らない魚までが、水にうつる美しい影をこわしてはいけないと、泳ぐのをやめて水の中でじっとしていました。そして、白鳥にパンをたべさせようとして、かの女が腕をさしのべたところは、スイレンと見まごうばかりでした。――それほど美しい白さでした。

北欧神話を「きれいに」しようとする、この二人の作者の意図は、もとの話のもつ感じと意義を失ってはいるが、時には「最も強烈な太陽の光を受けて諸方に輝く(バルドルの)城」のような叙述的な語句があり、二人の作者がいかにこの物語に共感を感じ、想像力をそそられたかを示している。また、バルドルの死を語る「ヒョードルは投げ――バルドルはたおれました。そして死の影が全世界をおおいました」というところなど、気どった文体にもかかわらず、エッダに書かれていると同じように簡潔に劇的に表現されている。しかしながら、全体としては、ケアリの再話は、豊かな想像力を示すすぐれた個所もあるが、作りだした細部や語り口は、北欧神話の精神とは似つかぬものになっている。また北欧神話の文体は叙述的であったり、長々しいものではなく、簡潔で視覚的であるのに、二人の再話は、それを伝えてはいない。

アビー・ファーウェル・ブラウン*は、北欧神話の再話にあたって、ちがった態度をとった。かの女の『巨人の時代』は『アースガルドの英雄たち』に比較して、もとの話により近いものであり、エッダ風の飾り気のない単純な語り口で再創造を試みている。たとえば、『オージンはどうして目を失ったか』の発端の一節はこのようである。

ものごとのはじめ、世界や、太陽や、月や、星の生まれる前に、おおぜいの巨人たちが住んでいました。これらの巨人たちが、この世に生まれた最初の人たちだったのです。巨人たちは、氷と闇の中の国「ヨツンハイム」に住んでいました。そして悪い心をもっていました。つぎに神々が生まれ、エーシル神の一族は、大地と、空と、海を創り、空の高いところにあるアースガルドの国に住みました。また、そのつぎに、奇妙な小人が作られ、この小人たちは、山のほら穴の地下に住み、金属や宝石の埋もれている鉱山で働いていました。最後に神々は人間を作り、私たちの知っているこの世界である、ミッドガルドの国に住まわせました。このミッドガルドの国とエーシル神の住む荘厳な宮殿のあるアースガルドとの間に、虹の橋「ビフロスト」がかかっていました。

「奇妙な小人たち」をここに登場させて、効果をいくぶん弱めてはいるが、この文章は力強く鮮明であり、かつ簡潔である。アビー・ファーウェル・ブラウンは、ケアリの北欧神話の再話にみられるような空想的な潤色をしようとはしていないが、しかし、かの女の時代の道徳的、あるいは教訓的な思潮の影響を受けている。かの女は物語を簡潔に語ってゆくが、「それが悪いことをする人びとの常でした」というような一句を挿入して、語り口の中に道徳的な調子をもりこんでいる。またあまりにも多くの説明的なことばを加えて、かの女の語り口全体に、やさしくさとし聞かせるという雰囲気を作っている。バルドルを殺したロキを神々がこらしめるためにかれを縛った「鉄のたが」は、

「ロキの悪しき心」だと説明されている。またロキがとじこめられたほら穴にいた「みにくいカエルやヘビや虫けら」は「ロキについてまわって、いつでもかれを苦しめる、ロキの悪魔のような考えです」と説明している。このように物語を、日常の道徳のレベルまで引きさげることにより、アビー・ファーウェル・ブラウンは、北欧神話のもっている意義と、道徳と、文学性の多くを失っている。神話は、生命や、自然現象を説明していると同時に、善悪、正邪などの道徳的な考え方をふくんでいるが、神話におけるそれらの説明や解釈は、潜在的なものであり、読者や聞き手の感得力や想像にまかせるほうがよいのである。

まだこのほかにも、子どものために北欧神話を再話する方法がある。それはもとの話のもつ、簡潔かつ直截で劇的な本質を保ちつつ、同時に、細部についてはできるだけ空想をめぐらして、最大限の効果をうるよう、個々の劇的な事件や状態を描きだすことである。このように北欧神話を再創造する場合は、再話者は、多くのことを要求される。まず、たんなる表面的な知識として以上に、神話の中の出来事を知らなければならない。また再話者は、エッダの中にのべられている理念や、世界創造にはじまって最後の破滅にいたる広大な着想、また数知れぬほどの出来事がかもしだす力強い劇的な雰囲気を理解できなければならない。

このような北欧神話の再話は、ドロシー・ハスフォードの『神々の雷《いかずち》』に見いだされる。かの女は、エッダや北欧の民話の特徴である直截、単純な方法で神話を語っている。また同時に、物語を錯綜させたり、混乱させたりしないように、題材を「選り分け」ている。たとえば、これはかの女の再話の中で、バルドルの死を語るくだりである。

バルドルは、神々の中で、いちばん美しい、最も愛された神であった。優雅な話し手であり、賢明な判断を下し、なすことすべてが清く、正しかった。バルドルがどこにでかけても、そこには喜びと、あたたかさと、感謝の念があった。かれは神々や人間に愛され、丘の斜面に咲くこの世でいちばん白い花が、「バルドルの額」と名づけられたほど美しかった。(2)

スノリの書いたもとの話では、読者は当然バルドルについて知っているものとされている。というのも、神々の物語をだれもが知っていた時代に、その話を書いたからである。ドロシー・ハスフォードは、バルドルの物語のはじめに、『エッダ』で語るバルドルの全貌を要約して、同時に北欧人の考える神の理想像をよく表現している。この知識がないと、読者あるいは聞き手は、バルドルの死がもたらす悲劇の真の意味を理解することができないのである。

『神々の雷』の物語は、民話のように単純で簡潔直截な語り口で語られているが、同時にまた、格調高いことばで語られ、それにより、もとの話のもつ劇的な形を再創造している。たとえば先に引用した紹介にひきつづいて、ドロシー・ハスフォードは、バルドルの死の物語を、つぎのようにかれの夢から始めている。

それは、バルドルが、自分の命について長い恐ろしい夢をみた時にはじまった。来る夜も来る夜も、この夢がかれの眠りを妨げた。バルドルがこの夢を他の神々に語ると、かれらの心は不吉な予感でみたされた。神々は、ある危険がバルドルの身に迫っていることを気づき、会議をひらいて、いかにしてバルドルの命を救うことができるかと話しあった。

この短い単純な文章のもつ力と美しさを味わうために、この部分を、アビー・ファーウェル・ブラウンのえがくバルドルとヤドリギのくだりと比較してみよう。かの女は物語を、ロキについての長い紹介から始める。そこでは、かの女自身の想像にもとづくさまざまな感情や復讐の動機を、ロキにもたせている。そして「ロキが闇の中をだれにも気づかれずに通った時さえ、神々は、まるで悪魔の毒気にあてられたようにふるえ、花さえも、かれの足が迫ると、しおれてしまいました」とロキの紹介を結んでいる。そして、この後に、かの女の再話によるバルドルの夢の部分がくる。

……するとその時、美しいバルドルは、ふしぎな夢をみました。一片の雲が太陽をさえぎると、アースガルド全体が闇につつまれる夢をみたのです。バルドルは、雲が吹き流され、太陽がふたたびほおえむのを待ちました。いえ、ちがいます。太陽は永遠にすがたを消してしまったのだとバルドルは思いました。バルドルは目をさましました。そしてたいへん悲しく感じました。つぎの夜、バルドルはまた別の夢をみました。それは前と同じように、また闇につつまれていました。花はしぼみ、神々は年をとってゆきました。イドゥーナの魔法のリンゴでさえも、神々を若返らせることはできませんでした。神々はみな、涙を流し、まるで何か恐ろしいことが起こったように、手をにぎりしめていました。バルドルは、ふしぎな気持におびやかされて目をさましました。けれども、妻のナンナには何もいいませんでした。かの女を悩ませたくなかったからです。

　また夜になり、バルドルは眠りにおちると、三番めの夢をみました。それは、前の二つの夢にもまして恐ろしいものでした。暗いさびしい世界には悲しい叫びがきこえるばかりでした。「太陽はすがたを消した！　春もいってしまった。喜びもいってしまった。美しいバルドルが死んでしまったからだ。死んだのだ。死んだのだ(3)。」

　バルドルの夢が知れわたると、かれの妻はフリッグのもとへ「すすり泣きながら走る。」フリッグは、「きものつぶれるばかりに驚いて」こう叫ぶ。「私は世界中を廻ってあらゆるものに、私の息子を傷つけないように約束させましょう。」かの女の作りだしたこのような細部や、日常のことばづかいはエッダの精神と似てもつかぬものであり、その結果、劇的な場面さえも迫力を失っている。

バルドルの死は、北欧神話の中で語られる、神々の物語のクライマックスである。その場面は、スノリによって、感動的な簡潔さとペーソスをもって語られている。

　そこでバルドルはたおれた。エーシルの神々は、ことばもなく、バルドルに救いの手をさしのべることさえ忘れ、立ちすくんだ。顔を見合わせたまま、だれがこれを企んだか、みな心に思いあたっていた。しかし、だれひとり復讐の手だてをとらなかった。それほどこの地は聖なる場所であった。エーシルの神々は、何かをいおうとしたが、たちまち涙にくれ、自分の悲しみを他人に告げることができなかった。だれよりも悲しんだのはオージンである。オージンは、バルドルの死がエーシルの神々にとり、どれほどのわざわいといたでをもたらすか、はっきりと知っていた。

アビー・ファーウェル・ブラウンの語り口はつぎのようである。

　ああ、悲しい出来事が起こりました。一本の小さな矢が、まっすぐに空を切ってとびました。魔法とロキの腕がさし示したようにまっすぐ。胴衣と下着、そしてすべてを貫いて、ロキがいったように、むごい「ロキの愛」を伝えるために、まっすぐとんで、バルドルの胸につきささりました。声をあげて、バルドルは草の上にうつぶせにたおれました。そしてそれが、アースガルドの国の太陽と春と喜びの終りになったのです。夢は、ほんとうのことになり、美しいバルドルは死にました。

　エーシルの神々は、これを見て、その恐ろしさに声をあげました。そして、運命の矢を投げたヒョードルのところにかけよりました。

「いったい何なのです？　私が、どうしたと言うのです？」かれが矢を投げると、たちまち起こったこの大騒ぎにふるえながら、あわれなめくらの弟はたずねました。

「おまえがバルドルを殺したのだ！」と神々は叫びました。「みさげはてたヒョードルめ、おまえによくもそんなことができたものだ。」

「あのおばあさんです――悪魔のおばあさんです。私のすぐよこにたっていて、これを投げなさいと、一本の小枝をよこしたのです。」ヒョードルは、息を切らしながらいいました。「魔法使いにちがいない。」

そこでエーシルの神々は、イーダの平原に散って、いまわしいことをしてのけた老婆をさがしましたが、ふしぎなことに、魔法使いはどこかに消えていました。「ロキのやつにちがいない。」かしこいヘイムダルがいいました。「ロキの最後の、そして、いちばん下劣ないたずらだ。」

「おお、私のバルドルよ、美しいバルドルよ！」母神のフリッグは、息子のからだに身を投げて泣き叫びました。「私が、ヤドリギに約束をさせておきさえすれば、おまえは助かったのに。ロキにヤドリギのことを話したのは、この私です――だから、おまえを殺したのは、この私なんです。おお、私の息子よ、私の息子よ。」

アビー・ファーウェル・ブラウンは、もとの話が、おさえた表現によって、力とペーソスを得ている事実を見失った。そればかりか、かの女は、メロドラマのレベルまでこの物語を引きさげている。これを、つぎに挙げるドロシー・ハスフォードの語るバルドルの死とくらべてみれば、内面的な意味をよく理解して書いた再話と、この理解を欠いた再話との相違にすぐ気づくことができる。

ヒョードルは、ヤドリギの小枝を手にとると、バルドルめがけて投げた。その手をロキがもちそえていた。

ヤドリギの矢はバルドルのからだを刺し貫き、バルドルは大地にたおれて死んだ。これこそ、神々と人間をみまった最大の不幸だった。

バルドルが大地にたおれると、神々は、悲嘆と苦悩のため、口もきけず、たおれ伏しているバルドルを助け起こすこともできなかった。たがいの顔をみあわせ、だれの悪しき手がこの悪業をしでかしたのか、一つ心で思い浮かべた。しかも神聖な大地にたっていたので、だれも復讐することができなかった。

ものをいおうとすれば、涙あふれ、神々は、バルドルを失った悲しみにはげしく泣いた。この悲しみを何と名づけてよいかわからなかった。なかでもオージンが、いちばんはげしくなげき悲しんだ。オージンには、神々から失われたものが、どんなに大きなものであるか、いちばんよくわかったからである。

最初に口を切ったのは、バルドルの母であった。「もし、みなさんの中で」と、フリッグはいった。「私のすべての愛と寵を勝ち得ようと思うものがあれば、どうかヘルの国へのりこみ、死者の間からバルドルをさがしだしてください。ヘルが望むなら身代金を払ってもよい。バルドルを、このアースガルドへつれもどしてください。」

この飾り気のない直截な語り口は、もとの話に近いものであり、神々の物語にふさわしい悠遠さと威厳を感じさせる。

『神々の雷』で、ドロシー・ハスフォードは、力強さと明確さと一貫性をもって、北欧神話を語っている。かの女は、出来事を叙述するのではなく、アクションであらわし、簡潔に、しかも速かにつみかさねることによって、劇的な効果をあげることができた。また、物語の中で力強い会話を使うことによって、もとの話を再創造しているが、その会話は人物に鮮明なイメージを与え、さらに、野心とか、おそれとか、あこがれ、失望などの葛藤を、喜劇的にも、悲劇的にも、浮き立たせている。かの女のことばの使い方には、広大な雰囲気を感じさせるものがあり、それが、読者や聞き手に、真に詩的なものに接したという忘れ難い感銘を与える。『神々の雷』は、『エッダ』にある北欧神話を子どもたちのために再創造したのである。それと同じような尊敬と愛情と非凡さをもって、チャールズ・キングズリは、『英雄物語』を通じて、子どもたちにギリシア神話を与えたのである。

引用文献

(1) Colum, Padraic. The Golden Fleece and the Heroes Who Lived before Achilles (N.Y.: Macmillan, 1921).
(2) Hosford, Dorothy. Thunder of the Gods (N.Y.: Holt, 1952).
(3) Brown, Abbie Farwell. In the Days of Giants: a Book of Norse Tales (Boston: Houghton, Mifflin, 1902), p. 11.

参考書

Dawson, Warren Royal. The Bridle of Pegasus; Studies in Magic, Mythology and Folklore. Methuen, 1930.
Koht, Halvdan. The Old Norse Sagas. The American Scandinavian Foundation, 1945.
Munch, Peter Andreas. Norse Mythology; Legends of Gods and Heroes, tr. from the Norwegian by Sigurd Bernhard Hustvedt. The American Scandinavian Foundation, 1926.
Phillpotts, Bertha S. Edda and Saga. Holt, 1932. Thornton Butterworth, 1931. (Home University Library of Modern Knowledge, 150)
Sturluson, Snorri. The Prose Edda, tr. from the Icelandic with an introd. by Arthur Gilchrist Brodeur. The American Scandinavian Foundation, 1929.

第六章　叙事詩とサガの英雄たち

死すべき人間が、わけもなく神々を責めるとは、なんたることだ。禍いは、われら神々からくるというが、人間は、まさにおのれの愚かさゆえに、定め以上の悲しみをなめているのだ。

（『オデュッセイア』より）

なんじらすでに、シグルドのことをきけり――いかにして、かれが神の敵を葬りしか、いかにして、小暗き砂漠より水中の黄金をひきいだせしかを。ついで、山の上に愛をよびおこし、美しきブリュンヒルトを目ざめさせ、しばし地上に住まいて、人びとの目に輝く存在となりしかを。

（ウィリアム・モリス*『ヴォルスング族のシグルドの物語』より）

これは北辺の偉大なる物語である。これとわが民族との関係は、過去のギリシア人とトロイアの物語との関係にも比すべきものである。――しかり、それは、まずわれわれ今日の北方民族すべてにとって、そうであり、――また、世の変転とともに、わが民族が、その名をとどめるだけとなり、その歴史は、物語にすぎなくなるそのときは、われわれの子孫は、われわれが、トロイアの物語を読んだごとくに、これを読むであろう。

（ウィリアム・モリス『ヴォルスングとニーベルングの物語』より）

叙事詩とは何であるか。民話や神話のような他の伝承文学と、どのような点でちがうのであろうか。今日どんな価値をもち、どう利用できるのか。今でも、読者や聞き手に喜びを与えるものか。英雄の時代から伝えられているこれらの物語の、子どもたちのための再話を考察する時、私たちは以上のような、いくつかの疑問にぶつかる。

いずれの国においても、英雄時代とは、その国の理想が偉大な英雄たちの性格と行動の上に形となってあらわれている時代である。これら英雄たちの偉業が、人びとの家の広間や炉辺で吟遊詩人によって歌われ、人びとの心に国の誇りをよびさまし、英雄たちを生んだその国民の伝統に、重みを与えたのである。

吟遊詩人によって歌われたこれらの英雄物語は、散逸しがちで、断片的なものが多かった。したがって、創造的な才能をもった一人の詩人が、この材料の中に、自分でとりあげたいストーリーを発見しなかったならば、それらの英雄物語は散逸したままになっていたであろう。元来、叙事詩というものは、伝説的な物語を取り扱ってはいるが、それを堂々たる品格あるスタイルにもりあげたものなのである。叙事詩が、詩人の生きていた時代においても、また今日それを読む私たちにとっても、意義をもつのは、その詩人の構想の偉大さによるのである。

今日、私たちは、伝承文学がつくりだされている時代に生きてはいない。しかし、叙事詩の中で、私たちは、文学的、芸術的な形にもられた伝承的なものに触れることができる。――そして、その形こそ、叙事詩の本質的要素であり、また、それあるがために、叙事詩は今日まで伝えられてきたのである。どの国の叙事詩であれ、子どもむきの再話を評価するにあたって、私たちが批評の基準をたてる場合には、まずもとの叙事詩の内容や文体ばかりでなく、その精神を理解することが必要である。そうしてはじめて、私たちは、翻訳者や再話者が、尊敬と誠実さと豊かな洞察力をもって、その題材を扱っているかどうかを判断することができる。

私たちの間で、ギリシア語を知っている人は、ほんのわずかしかいない。したがって最も偉大な叙事詩であるホメロスの『イリアス』と『オデュッセイア』についての私たちの理解は、翻訳を通して得られたものである。しかもまた、私たちは、もとの詩をそのまま読む能力がないために、どの翻訳がもとの叙事詩の理念に最も忠実であるかということについては、学者のことばを受けいれなければならない。

たとえば、ブッチャー*とラングの共訳、あるいは、パーマー*の翻訳――両者いずれも学者たちに高く評価されているものであるが――により、『オデュッセイア』を読めば、たぐいまれな語り手ののこした物語に接したという感激を味わうことができる。『オデュッセイア』はそれほどに、世界で最も優れた物語の一つである。私たちは、流れる動きと、ことばの美しさにすっかり心をうばわれる。私たちは物語の主人公たちをゆすぶる情感によって同じように感動し、かれらが困難にたちむかうのを見れば、憂慮にみたされる。読むにつれ、私たちの心の中に、ホメロスの世界が、しだいにはっきりわかってくる。私たちは、ギリシアの夜明け時代のありさまや、こいブドウ酒色の海洋や、ぎっちり並んだ漕ぎ手とともに波を切って進む黒い船を知ることができるし、また岩がちな海岸や、岬を知ることができる。さらに、よく耕された田畑や実りについて、また牧者たちや王たちにとってひとしく大切であった、羊や牛の群れについても、知らされるのである。また、王の住居《すまい》や、素朴な羊飼いたちの小屋や、かれらの食べたり、飲んだり、着たりしたものを知り、かれらがどんなふうに日々を過したかを知ることができる。また、そのころの人たち、男や女が何を愛し、何を憎んだかを知ることができる。荒々しいところがあったとしても、かれらの生活は、素朴な気品をもって営まれた、のびやかなものであった。かれらは、神々を崇拝し、友人には誠実に、未知の人びとにはあたたかく、やさしく接し、危害を加えるものには報復し、とりわけ、神々の定める運命には変らぬ勇気をもってたちむかうことを旨とした。

『オデュッセイア』の構成、また様式は、三つの部分からなっている。ホメロスは、まず最初の部分に、オデュッセウスの王国イタケで、ペネロペ(オデュッセウスの妃)の求婚者たちによってひきおこされた混乱を示す。同時に、これらの多数の求婚者の暴力により王国が乱れるのを防ごうとするペネロペとテレマコス(オデュッセウスとペネロペの息子)の苦境が示される。万策つきて、テレマコスは、父オデュッセウスの消息を求めてイタケを出発する。ペネロペの求婚者たちは、テレマコスの出国を知り、その帰途、かれを殺すことを企てる。

第二部はオデュッセウスの冒険である。オデュッセウスは、トロイア戦争の後、イタケに帰るためにあらゆる努力をするが、残酷な運命により妨害される。物語は、オデュッセウスがカリュプソの島に囚われるところから、ファイアキア国の王アルキヌスの宮殿に到着するところまで展開し、ここで、オデュッセウスは、かれの冒険を王に語るのである。このようにして、トロイアの陥落から、ファイアキア王国の海岸にいたるまでの冒険が、一人称で語られる。

この手法により、物語にはスピードと切迫感が加わり、オデュッセウスにとって重要な事件だけが、かれの口を通じて語られるので、物語は視覚的、また劇的なものとなっている。オデュッセウスの性格は、かれ自身のことばと行動を通じて、私たちにはっきりと示される。こうして、確固たる目的をもち、見通しがきき、運命や敵を乗り越えてゆく、智謀にたけた人物――「機略縦横のオデュッセウス」が、私たちの眼前にはっきりみえてくるのである。それは、国と家を深く愛し、余人なら故郷に帰る希望など永遠にすてたであろう障害の前にも、ゆるぐことのない勇気をもちつづけた英雄のすがたである。

第三部では、オデュッセウスは、故郷イタケの島に帰りつき、王国がペネロペの求婚者たちに蹂躙《じゅうりん》されているさまを知る。オデュッセウスは、求婚者たちに復讐して、王国をとりもどそうと、乞食に姿を変える。無事にもどったテレマコスが、かれに力をあわせ、かくて舞台は、最後の場となる。――すなわち、求婚者たちの敗走と、ペネロペとの再会である。

この三つの部は、じっさいには、どの部も、話中の話の形になっている。そして、私たちは、ホメロスの芸術的意図のもつ雄大な構成と調和、また、奥深く、普遍的な意義をもつテーマにふさわしい詩的な表現に、気づかされる。『オデュッセイア』は、アクションの物語であるが、表面にあらわれている出来事の底に、深い民族的な特質をひそめているのであって、それは明らかに、ギリシアに発達した均斉のとれた美的文明と、きってもきれない結びつきをもっている。『オデュッセイア』は、世界のすべての文化に影響を与えた一民族の文化の気質、もしくは考え方のあらわれである。

ホメロスの語る物語を通じて、ギリシア人の生き方の人間らしさが、生活の細部の中に感得できる。高貴の生まれの人びとでさえ、その生活の営みは、地についていた。王たちはその家畜や耕地に心を寄せ、妃たちは日常の家庭生活を大事にしている。また、ブタ飼いや年とった乳母のような貧しい生まれの人びとの演ずる役割の大切さを、私たちは知るし、それらの人びとが描かれているさまの素朴な気品に打たれる。とりわけ、かれらの人間的な愛情、悲しみ、落胆、喜び、誇り、絶望を強く感じる。叙事詩の中では、平凡な生活の出来事が、その民族の理想とする人間の目から見て描かれている。そして、その民族の理想をあらわすこの見方が、物語の表現になおいっそうの威厳を与えるのである。

かりにも少年や少女のために『オデュッセイア』を再話するなら、それは、ホメロスの詩のもつ、スピードと切迫感とをもって、はじめから終りまで読者を物語にひきつけるものでなければならない。また、詩人ホメロスによって歌われた英雄的な伝統をもつ、この民族の理想と気質を伝えるものでなければならない。それに『オデュッセイア』は、最も偉大なギリシアの叙事詩であるのだから、その再話は、ホメロスの詩のもつ、格調高い表現を伝えるものでなければならない。オデュッセウスの物語は、チャールズ・ラムの時代から今日にいたるまで、多くの作者によってくりかえし子どもむきに再話されてきた。これらの再話のあるものは、物語のあら筋をとりあげただけで、ホメロスの詩とは、似ても似つかぬものである。最もすぐれた再話は、ギリシア叙事詩のもつ荘重さと、高貴な行ないを表現するためには気品あることばが必要であるとした、あのギリシア的感覚を伝えようとしている。

チャールズ・ラムの再話『ユリシーズの冒険』では、ラムは、ホメロスの詩ではなく、チャップマンの訳を典拠としている。ラムは、ホメロスの原典を読んだことがなかった。ラムの再話は、エリザベス女王朝の詩のもつ飾りと誇張したきらびやかさを、あちこちにもっているという点で、チャップマン訳に趣きを同じくしている。しかし、チャップマン訳に見いだされるホメロス原典の、真に詩的な語句の多くをも、またもっている。『ユリシーズの冒険』は、擬古体から脱しきっていない。時には、あまりにも切りつめて要約してあるので、ホメロスが物語に現実感と絵画的な価値を加えた、着物とか家とか、食物とかの生活のようすの細部が失われている。しかしながら、その劇的な感覚、荘重な文体、バランスのとれた文章、精巧なメタファー(隠喩)、さらに、ギリシア風の形容語句をもったチャールズ・ラムの『ユリシーズの冒険』は、再話として忠実なものとはいいがたいが、今でもただ一つの子どものための文学的価値をもったオデュッセウス物語である。他の再話は、原作のより忠実な写しであるかもしれないが、キングズリやホーソーンが、ギリシア神話を再話したような意味での、新しい古典とはなっていない。

子どものための『オデュッセイア』を評価するに当って、その典拠となるのは、ホメロスの詩だけである。しかし、古典を研究する学者以外には、もとの詩をそのまま読むことは不可能なので、二次的な典拠としては、原作に忠実であると認められている、いくつかの英訳によらなければならない。ブッチャーとラングの共訳、またパーマーの翻訳を典拠として読むことにより、『オデュッセイア』の子どもむきのどの再話が、主な筋の扱い方や、細部の選び方や、また物語の表現の質などで、すぐれているかという相違を知ることができる。

アルフレッド・J・チャーチ*の『少年少女のためのオデュッセイア』は、簡単な物語で、まず、キュクロプスの島の冒険にはじまり、カリュプソの島にいたるまでを述べる。それから、作者のチャーチは、オデュッセウスからいったん離れ、イタケに移り、ペネロペの求婚者たちや、父の消息を求めて旅にでるテレマコスについて語る。その後、ふたたびカリュプソ島に場面をもどし、ついにイタケに帰るオデュッセウスを描き、求婚者たちをほふるところで物語を終る。オデュッセウスの冒険の中途に、テレマコスの物語を挿入することは、事件のもつ劇的なスピードをゆるめ、ホメロスの『オデュッセイア』のもつ統一ある構成をこわしている。しかし、たしかにキュクロプスの島の冒険は、この物語にとって効果ある発端となっているので、子どもたちの興味をただちにひきつけ、その先に続くオデュッセウスの冒険にひっぱってゆく。

コラムの『子どもたちのためのホメロス』は、最初、ホメロスの原作通りに事件の経過を追うが、カリュプソの島に捕えられている父の消息を知ったテレマコスを、イタケに帰すかわりにスパルタにとどめる。そこでホメロスの『イリアス』に語られているトロイア戦争の物語を、テレマコスに聞かせるように仕組んでいる。

コラムは、物語の第二部で、オデュッセウスのカリュプソの島からの脱出と、ファイアキアの島への漂着を述べる。そこでオデュッセウスは、島の王に自分の冒険を語り、イタケに帰る援助を与えられるのである。それから求婚者たちをほふる場面がつづき、物語は終る。『イリアス』と『オデュッセイア』を一つの物語として語ってしまっているところに、問題がないでもないが、コラムの題材の扱い方は、『イリアス』と『オデュッセイア』両方の統一ある構成をくずしていない。

チャーチの再話の簡潔さと直截さは、長いメタファーや、多くのくりかえしや、主なアクションに直接影響のないくだりをはぶくことにより得られたものである。チャーチの文体は、非常にすぐれたものとはいえないが、平明で素直である。コラムの文体のほうが、原作により近いものであるが、むらがある。ある個所では、格調高い、力強い文体を使うかと思えば、他の個所では平凡な日常語を使っている。この両方が、同じページ内に見いだされる。チャーチの『少年少女のためのオデュッセイア』とコラムの『子どもたちのためのホメロス』は、ともに広く読まれ、喜ばれているが、ホメロスの『オデュッセイア』のもつ「翼あることば」が真に生かされるのは、今後の作家たちに期待しなければならないだろう。そして、それらの作家たちにより、すぐれたことばで書かれた子どもの古典が生まれてくるように、私には感じられる。そのことばは、想像力を豊かにすると同時に、聞き手の耳にこころよくひびくものでなければならない。というのも、この物語が、ギリシアの詩に起源をもつものであり、読むためのものよりも、聞くためのものであったからである。

ホメロスの叙事詩の簡潔さ、直截さ、素朴さは、北欧人のサガと共通するところが多い。たとえば、『オデュッセイア』を読み、また『グレティルのサガ』*を読むと、英雄的なテーマ、物語の速かな展開、そして、物語の中に含まれる人間関係のかもしだすドラマを感じて、同じような心のたかまりをおぼえる。

「サガ」ということばは、ただ語ったり、伝えたりしたことという意味である。すなわち、サガは、流浪の民が過去の追憶を語る口承の文学としてはじまったものである。長い冬の夜、焚火《たきび》を囲んで語られたかれらの開拓の物語が、語りの芸術にまで高められ、その物語が書きとめられるようになると、アイスランドのサガは、創作の文学の中で、ユニークな位置を占めるようになった。サガは、ギリシアの叙事詩と同じように、動きの速い、直截な、劇的なものであるが、ホメロスとちがうところは、叙事詩の形式ではなく、散文の物語として書かれたのであり、しかもそのほとんどが、作者不明のものである。

アイスランドのサガは、ホメロスの『イリアス』や『オデュッセイア』ほど、私たちになじみの深いものではない。というのも、比較的近年にいたるまで、英語への翻訳がなかったからである。しかしながら、アイスランド人の言語は、他の言語にもまして、私たちの言語、すなわち英語により近いのである。ギリシア人の叙事詩は、世界の文学の一部として、私たちに伝えられてきたのであるが、アイスランドのサガは、私たちアングロ・サクソンの民族的な遺産なのである。サガは、どのように私たちの祖先が生きたか、またかれらの考え方、かれらのよりどころとした法則、そしてかれらの掲げた理想を、私たちに教えてくれる。

サガの翻訳として最も広く知られているのは、サー・ジョージ・ダセントと、ウィリアム・モリスによるものである。この二人は、同じサガを翻訳したのではないし、また、サガは、それぞれの作品により文体を異にするので、比較は困難である。しかしながら、この二人の翻訳者によって、サガは、文学として私たちの前にあらわれた。『焼かれたニヤルのサガ』*の翻訳書の『ニヤラ』の序文で、ダセントは、つぎのように書いている。

　忠実な翻訳をなすべくすべての努力が費やされた今でも、訳者は、大きな不安にさらされながら、読者の前に訳書をさしだすのである。これは、訳者が原作の美しさに、いささかも疑いをもつからではなく、訳者の力のたりなさが、訳出した傑作のもつ高貴な質を伝えることをはばみはせぬかと、おそれおののくからである。

ダセントは、原作にできるだけ近いいいまわしを使いながら、サガを単純でふつうの英語に翻訳している。これに反し、ことばの音楽とリズムにたいしてより鋭い感覚をもつウィリアム・モリスは、ダセントにくらべて、文字通りの翻訳をせず、ことばづかいもそれほど単純ではない。モリスのほうが、威厳と英雄の気質をよりよくとらえている。この二つの要素は、はっきりと原作にあるもので、ダセントの翻訳では、ある程度これらが失われている。しかしモリスの翻訳に時たま見られる擬古体は、現代の読者にとって一つの障害となっており、また、この擬古体が、せっかく、再話を生き生きと躍動させるべきところを殺している。

「はるか大西洋のきびしい孤島」アイスランドの「サガの語部《かたりべ》たち」は、この地域の語り手であり、すぐれた物語の技を育てたのである。語り手は、来る夜も来る夜も、聞き手たちの注意をひきつけておかねばならなかったので、客観的に、わかりやすく、骨組のつりあいを保ち、しかも同時に、強い劇的な力をもって物語を語る方法を学んだ。アイスランド人の話しことばは、地主や農民たちの使う、単純で実用的で控えめなことばである。この国の人びとのことばの能力は、おのずから、ドラマの域にまで迫っているのである。興味の中心は劇的場面のもつ力や真実や、登場人物におかれているのであって、私たちは、それを会話やアクションの中にみるのである。たとえば、『焼かれたニヤルのサガ』では、グンナルが敵に囲まれてみずから弓をとって防ぐが、ついに弓の糸が切れる。かれは新しい弓の糸にするために、妻に長い髪の毛の二房を乞う。かの女は「あなたには、どうしてもこの髪の毛がいるのですか」と聞く。「私の命は、それにかかっているのだ」とかれは答える。「私は、弓をもっているかぎり、敵を寄せつけないでいることができるのだ。」「そんなことをおっしゃいますが」とかの女は言う。「あなたは以前、私の顔をひどく打ったことがあります。あなたが、これ以上敵を防ぐことができようができまいが、私の知ったことではありません。」「だれでも自分の力で名誉をかちとるのだ。」グンナルはそういいかえすと、力のつきるまで戦うのである。

グンナルとかれの妻、この二人の人物が、ここにはっきりと対立したすがたで示されている。劇的な会話の巧みな数行で、二人の人物が私たちに知らされる。二人の動機が明らかにされ、アイスランド人の特徴である抑えた会話が、遠い昔の生活をまざまざと描きだす。人物を浮き立たせる会話と行動から得られる心理的な綾が、現代人をもひきつける興味をサガに与えているのである。叙事詩や中世の騎士物語にでてくる英雄よりも、サガの人物のほうが、私たちが知り、理解できる男や女に似ているのである。

サガが文字にうつされたのは、十三世紀であるが、九世紀から十二世紀にいたる間、アイスランドに実在した人びとのことを語るものとして、それ自体、歴史的価値をもっている。サガ全体を通じてみれば、つづれ織りのような循環模様をみることができ、その中では、一つのサガの主役が、別のサガでは端役となり、最初のサガで端役となっていた人物が、つぎの別のサガでは主役を演じている。サガにでてくる男や女は、ある意味では、隣人同士であり、またうわさだけ聞いているとしても、おたがいによく知っている。かれらの人生航路は、さまざまなサガの中で、交叉しあっている。たとえば『グレティルのサガ』の主役であるおたずね者グレティルは、トルギルのところに泊るが、このトルギルの客として、トルゲイルとトルモッドがでてくる。そして、この三者は『誓いの兄弟のサガ』*の主役となっている。この意気盛んな三者の出会いの結末は、トルギルとスカプティの間の会話で語られている。

「トルギル、あなたはこの冬、あの三人の男どもをもてなしたけれど、何と無頓着な横暴なひとたちだったでしょう。三人そろいもそろってのおたずね者。あなたは、三人がおたがいに傷つけあうことがないように、うまくもてなしましたか?」「したとも」とトルギルは答えた。スカプティはいった。「それはお手柄でしたね。そこであの三人についてどうお考えですか? 一人一人どれほどの勇気があるんでしょう?」トルギルは答えていった。「三人ともまったく勇敢な男たちだ。しかし三人のうち二人は、何が恐ろしいか、知っているだろう。しかし二人とも恐れるものはちがうのだ。トルモッドは神を恐れ、グレティルは夜をとても恐れる。かれは夜が来ると、できることなら動こうともしない。けれど、私の一族のトルゲイルは、何を恐ろしがるのか、私にはわからない。」「三人の心をよく見ぬきましたね」とスカプティはいった。

そこで二人の会話は終った。

この挿話《エピソード》は、すでに知られている人物が、新しいサガに再登場することを示している。と同時に、サガ全体を特徴づけている性格の掘りさげに、私たちの注意をひきつけるのである。

それぞれのサガが、一つの物語を取り扱っているが、それは通常、土地の首領であったアイスランドの豪族の一世代の物語でもある。サガでは、物語の人間的要素が、もっとも重要なのである。それはすなわち、登場人物と、かれらの行動と相互間の行動、その結果としてかれらの人生がたどらなければならない道筋である。サガは、出来事を起こるがままに見せ、私たちに結論をひきださせることによって、事件の因果関係を示す手法をとっている。『焼かれたニヤルのサガ』では、グンナルは、島流しの刑にあい、コルスケッグとともに、舟を求めて旅立つ。少しいったところで、グンナルの乗った馬がつまずき、グンナルは馬から落ちる。かれはそこで、かれの農場リテのほうをふりかえっていう。「うるわしきリテよ、今ほどうるわしくみえたことはなかった。麦畑は刈り入れをまって、黄金色に実っている。牧場は牧草が刈りこまれている。私は馬に乗って家へ帰ろう。島流しなどにされるものか。」

家に帰る決心をしたグンナルの理由について、語り手はこれ以上余分の説明はしていない。そこでグンナルは家に帰り、敵の手にかかって死ぬのである。語り手が語っていることは、もしその場にいあわせたら、見たり聞いたりできることばかりである。それは、出来事の連続であり、物語がある事件からつぎの事件へ、速かにしかも論理的に進展するにつれて、原因と結果を関係づけてゆく。しかも、それが自分の家の中で焼き殺されるニヤルの最後の場合であれ、また流されたさびしい島で殺されるグレティルの場合であれ、あるいは、目が見えなくなり力おとろえたエギルが、かまどの火で飯たき女に追いだされる苦難の最後の数年間であれ、終局的な悲劇を聞き手に期待させるのである。サガの語り手たちは、鍵となるような事件を選ぶ確かな腕があったので、それにより、物語の骨組を作り、それに意義を与え、統一性をもたせることができた。

サガには、それぞれ異なった興味があり、その長さもちがうが、物語のあら筋は似かよっている。ほとんどのサガは、題材となっている時代や人物の歴史、あるいは伝記の形式をふんでいる。しかしながら、人物を劇的に、しかもリアルに登場させるに当っては、語り手は、題材の歴史的な観点よりも、かれらの性格の特徴と、それが行動に及ぼす影響に重きをおいている。サガの登場人物は、しばしば、すぐれた美しさと気品をもっている。ニヤルの敵が、かれの家を焼く時、かれらは慣習に従って、女や子どもや従者たちに家の外にでることを許している。しかし、ニヤルの妻ベルグトラの番になるとかの女は、「私は、若くしてニヤルのもとにとつがされました。私たちは、同じ運命を分ちあうと約束したのです」と答える。いい終るや、ベルグトラとニヤルは、燃える家の中にもどっていった。逆境に処する勇気は、サガの中にたえず流れている強い主調である。同じようなことを『グレティルのサガ』にも見いだすことができる。

「どんなことがあろうとも、われわれは、運命にたちむかうのだ」とグレティルはいった。「われらに敵が迫るとも、息子たちは、恥ずべきことはしないだろう。」これが、自分のことばを守り、くじけぬ魂をもったアイスランドの最も強き男グレティルの死であった。

アイスランドの英雄的なサガが、少年少女たちに強い興味を抱かせるのは、当然であろう。子どもの心は客観的であり、十世紀のアイスランド人の素朴で積極的な生き方を、やすやすと感じとることができる。アイスランド人の人生にたいする天性の傾向は、誇りと勇気をもってこれに当ることであり――最善を尽す人の誇りは、すべての人間がよく理解できるものであり、とくに勇気はよく理解できるのである。しかし、サガはその性格からいって、少年少女の興味を強くひきつけるものであるが、登場人物と事件が、非常に複雑なので、子どもの関心をひきつけておくのに必要な明快さと、連続性を与えるためには、上手な再話が必要になる。

アレン・フレンチ*による『アイスランドの英雄たち』は、『焼かれたニヤルのサガ』のダセント訳をもとにしたものであるが、じっさいのところ、不適当なエピソードと、重要でない事件や、たいくつな系譜上のことがらを、ダセント訳からはぶいた抄訳である。しかし、フレンチの本では、物語は原作のもつ力強さと、緊密な一貫性と、劇的な動きをとどめている。グンナルとニヤルの物語のなかで、少年少女たちをほんとうにひきつける要素は、この二人の冒険にみちた生き方である。この点で、子どもたちは、この物語のなかに想像力を豊かにする話や、価値あるほんとうの英雄や、雄大なひろがりをもった動きを見いだすのである。英雄は、りっぱな行ないをし、打ち勝ちがたい困難にもくじけぬ勇気をもつ男たちで、少年少女たちは、心からこれらの英雄に感動させられるのである。この物語は、日常生活を超越した物語であり、読者はこれを読むことによって、精神的に格調高い経験をしたように感ずるのである。

アレン・フレンチは、『ニヤルのサガ』につづいて、ウィリアム・モリスの『グレティルのサガ』の再話をもとにして『勇者グレティルの物語』をつくっている。これは抄訳ではなく、フレンチ自身のことばによる再話である。アレン・フレンチはアイスランドに育ったサガの技巧を理解していた。かれは、アイスランド人の生活や信仰や理想を研究し、サガ文学のなかにたたえられている精神を再話に生かしている。かれの再話では、原典の場合と同じように、出来事は予測されながらも必然的に避け難い悲劇的な終末に向かうのである。

グレティルの話は、伝記的な物語であって、一筋の糸をたどるように進展してゆく。——すなわち、かれ自身の罪でなくおたずね者とされた、一人の男の生活と冒険を語るのである。グレティル——「アイスランドのもっとも強き男」——は、超人的な強さで力わざを示したり、恐ろしい苦難や、だれひとり友になってくれるもののない孤独に耐えたりしながら、人間の間に住む巨人のように物語の中を闊歩《かっぽ》する。グレティルは、トルホールステッドの妖怪の住む場所で、グラムの幽霊と闘い、これにうちかつのであるが、このくだりで、グレティルのこの世的な英雄らしさは、幻想的、神秘的な背景にたいしてくっきり浮かびあがる。アレン・フレンチは、この戦いの結末をつぎのように描写している。

月光の下でグレティルは、はじめてグラムの顔をはっきりとみた。巨大な二つの目が、はげしく動く、みるも恐ろしいその姿。あまりの恐ろしさに、グレティルの心は消えいらんばかりだった。どうしたらこの恐ろしさから脱することができるか、思いもつかなかった。……それからというもの、グレティルは、いつも暗闇にふしぎな姿をみとめ、たえず恐ろしい夢に眠りを妨げられた。そして、グレティルは、夜の訪れとともに孤独にたえられなくなった。

なぜグレティルが、暗闇に恐怖をもつようになったかを、生き生きと語っているこの妖怪物語は、他のサガにないロマンチックな要素を『グレティルのサガ』に与えている。（また『ギスリのサガ』も『グレティルのサガ』と同じようにファンタジーの雰囲気をもっている。）この後で、グレティルは、滝のそばで巨人とその妻に会い、また、ドランゲイで魔女と出会う。そのくだりは、グレティルの一生にふしぎさを点じるものであるが、しかしこのサガの悲劇的なテーマを弱めるものではない。オデュッセウスと同じように、グレティルは不幸な運命につきまとわれる一人の男であるが、オデュッセウスとちがうところは、グレティルは、勝利の帰還をしないということである。

激突する戦いのさなか
つるぎと槍の
きらめきのさなかに
――ああ、横たわるおたずね者のむくろ。

アレン・フレンチは、このグレティルの最後の戦いの歌の後に、短い一行だけを加えている。「かくて、グレティルは死んだ」と。

アレン・フレンチの再話は、ウィリアム・モリス訳の『グレティルのサガ』によったのであるが、フレンチは、モリスの詩的なことばと不鮮明な擬古体を、自分の目的にとっては不適当なものと考えた。フレンチの再話は、きわ立ってすぐれた文体をもって書かれてはいないが、それにもかかわらず、はっきりした、生き生きと躍動する物語となっており、気品と強い物語性があって、少年少女たちを自然にサガに導く入口になっている。

アイスランド人のサガは、この島の各地に住んだ英雄たちの冒険をもととして作られたものである。これに反し「ヴォルスングのサガ」は、その源が、エッダの英雄詩の中にあった。もっともこの物語がサガ形式をとったのは、十三世紀にアイスランドで不明の「サガの語部」によって書かれたためである。ウィリアム・モリスは、このサガを英語の散文に訳し、さらにこれを、かれの有名な叙事詩『シグルドの物語とニーベルング族の没落』の中で詩の形に語り直した。

ドロシー・ハスフォードが「ヴォルスングのサガ」を少年少女むきに再話した『ヴォルスング族の息子たち』は、モリスの長い叙事詩の前の二巻をもととしたのであって、ニーベルング族の裏切りと最終的な破滅を語る、後の二巻を省略している。ハスフォードの再話では、青年シグルドがりっぱな行ないをしたところで物語は終っている。すなわちヒース燃える荒野で竜のファフニールを殺し、燃える炎にかこまれたヒンドフェルのいわやで、ブリュンヒルトを目覚めさせるのである。この物語の結末は、それで無理なくまとまっているが、最後の一節は、興味をひかれた子どもに、さらにその続きを読むよう、さそっているようである。

これが、ヴォルスングとその息子シグムンド、そしてまた、だれよりもすぐれた力をもったシグルドについて語られた物語である。この先シグルドのゆくてには、悲しみと喜びの日々がまちうけているのであるが、今まで述べてきたこれらが、シ

グルドの若き日の偉業であった。(1)

「ヴォルスングのサガ」を再話するということの中には、アイスランドのサガ文学を子どもむきに再話する場合と共通な、重要な問題がすべてふくまれている。『シグルドの物語』のように、激しい調子と不明確な詩韻法と擬古体の表現とをもつ叙事詩を、散文で再話する場合には、ふつう、再話というものについてまわる問題のほかに、さまざまな困難がいりまじってくる。たとえば、詩の形を徐々に散文形式に変え、韻をふんだ詩のかわりに、リズムをもつ散文を使うことなどが、それである。またたとえば、心にひびくモリスの詩を再話するような場合には、「すべての美しいことばを、まさにその通りに伝えるために、時間をかけた精緻な苦労」を必要とする。このようにして、はじめてモリスの英雄詩の格調高い質は、散文の表現の中にも失われずに保たれるのである。

ウィリアム・モリスは『ヴォルスング族のシグルドの物語』の作品に、かれの最高の詩魂をそそいだと思われる。この物語はアクションにみち、そのアクションの波及が全体のテーマに結びつきながら進展してゆく。ヴォルスングとシグムンドとシグルドの三人は、超自然的な存在ではないが、かれらの行ないは、神秘的なふしぎさをもつ状況の中で示される。ストーリーが速かに進展するにつれて、かれらの性格は明らかに、力強く描きだされてゆく。この詩は、そこに描かれた光景をこえた広大な雰囲気と、いかにも叙事詩らしい、その心おどらせるアクションの背後にひそむ大きな意味をもっている。

このような物語は、さまざまな方法で再話することができるだろう。ドロシー・ハスフォードは、『ヴォルスング族の息子たち』の中で、何世紀にもわたって、その物語を生きつづけさせてきた叙事詩性を捉え、表現してみせた。――その叙事詩性は、読者をひきつけるストーリーを作り上げるだけでなく、ストーリー性以上の、より大きな意義を与えるものである。かの女の再話では、物語はけっして立ちどまることがなく、すべてのすぐれた語り口に共通である、人をいやおうなしにひっぱってゆく力をもっている。しかも、同時に、その語り口の中には、ただおもしろい物語を語るだけでなく、アクションと登場人物の性格と物語の意味を浮きぼりにする、説明しがたい調子が流れている。ヴォルスングの娘シグニー――「美しきものにもまして美しきシグニー、賢きものにもまして賢きシグニー」――は、かの女だけがその悪心に気づいていたゴート族の王に嫁がされる時、悩みを心に抱いて肉親のもとを去ってゆく。

渡り板はあげられた。条《すじ》をなす帆は風をはらみ、別れの最後の角笛が鳴りひびくと、シグニーをのせた長い船は、岸をはなれた。きらめく甲冑《かっちゅう》の合間に、色白く美しいかの女はたっていた。かの女の心は悲しみにとざされ、後方はるか、しだいに薄れてゆく陸地を一度もふりかえろうとしなかった。

もとの物語の雄々しい特質を弱めることなく、むしろ強めるように、ふしぎな世界にたいする自分の感じ方を生かして再話できるような再話者は、まれにしかいない。チャールズ・キングズリは、『英雄物語』の中で、人間のもつ喜びと悲しみ、忠誠と裏切り、強さと弱さ、臆病と勇気についての自分の考えを書きあらわした。ドロシー・ハスフォードは、はるか昔の人びとについて、自分の知っていること、理解していることを、かの女の再話を通じて読者に示したのである。

『ヴォルスング族の息子たち』の中にあらわれる英雄の行ないは簡潔であり、感動的である。しかも一途に、複雑な筋立てもなく語られていながら、その背後に大きな意義を感じさせるものをもっている。それは、古代の人びとの知恵と、この人びとにとって予測もできぬ未来という問題である。シグルドは馬と剣を得て、敵と会い、戦うが、かれの窮極の目的とするところは、栄光ではなく知恵である。「生きのびて最後にこの世のことを語るのは、だれなのだ？」大勢の勇者の中でただ一人、竜を退治したシグルドは、おそろしい竜のファフニールに、こうたずねたのである。シグルドは、かれ自身よりもはるかに大きい力によって定められている運命をたどらなければならないことを知りながら、いつも変らぬ気高い心と勇気をもって、すべての冒険と危険をきり抜けてゆく。シグルドは、偉大な英雄である。しかも、かれをふくめ、あらゆる人間の力も知恵をも越えた、より大きな力の道具にすぎないということを自覚している点で、人間的な要素をもっている。これがかれに性格と、ある現実感を与えるのであり、読者はそれに気づき、感動する。

ドロシー・ハスフォードの語り口のもつ、詩的な文章とリズムある調子は、動きのあるアクションに迫力を与え、物語の精神の気高さを浮き立たせている。シグルドとブリュンヒルトの二人が山の上から「人びとの住むところまで続く道を行く」前、ブリュンヒルトがシグルドに語ることばは、このヴォルスングの物語の中で、記憶に残る文章となっている。

　そこでかの女は、人びとの知らない世界を動かしていることがらについて語った。また、すべてのことの成り立ちについて語った。天国の家や星の動く道や、風の吹くわけなどについて。また、ノルンの女神たち(運命を司る女神)やその名前について、地上を支配する運命について。そして、王族たちのありさまや、女性の愛や、由緒ある家柄の没落や、よろめきそむく友や、永くつづく悲しみについて語った。「さてこそ」かの女はことばを続けた。「人は、たえしのび、すべてのものの主となるべきもの。そしてまた、激怒も、苦しみも、無上の喜びも、人はこれを味わうでしょう。」「……しかも、人それぞれ、神の与えたまいしことを、雄々しくやりとげるのが賢い道なのです。」

　英雄物語は、それを生みだした英雄時代の人びとの理想と考え方をあらわす、永遠の文学である。また英雄物語は、時代の特徴というよりも人間の気質を反映しているものなので、オデュッセウスとグレティル、シグルドとベオウルフ*、ローラン*とアーサー王*、フィン*とクフーリン*の物語を、私たちは一つのグループとして取り扱うのである。称えられているその英雄の行ないは、他の英雄たちの行ないと形の上ではちがっていても、その行ないの底に流れる精神は、終局において同様である。

これらの物語が少年少女たちに強く訴えるのは、物語のもつ冒険性だけでなく、想像力の生みだした豊かなリアリティーにある。これらの物語は、真実の精髄——深い意義——をもち、それがこれらの物語を、他の種類の冒険物語と別のものにしているのである。思いつきだけの登場人物やすじがきで作られた子どもむきの話には見いだすことのできない、人生にたいする意義を、英雄物語はもっている。おとなが『戦争と平和』とか『リア王』のような傑作から得るような心の経験や満足を、このような英雄物語を除いては他のどんな種類の読みものも、子どもに与えることはできないのである。

昔話もまた、想像力の生みだしたリアリティーをもっている。もし、子どもが幼い時に、このような昔話に接していなければ、なかなか英雄物語になじめないだろう。この昔から伝わっている二つの文学の間に存在する一つの相違は、昔話では、主人公が終りにかならず勝利をおさめるが、英雄物語では、正しい人が、岐路にたたされたり、あるいは、たえず不幸な運命にあったり、あるいは、致命的な過ちを犯したりする。主人公の勝利は、物質的なものではなく、ここで重大なのは勇気である。かれは、高い理想の世界で行動するが、その世界は、ありふれた——時にはたいへんきびしいこともあるが――困難や災難や人間的な過ちにみちた世界でもある。

子どもたちは、意識的であれ、無意識的であれ、英雄物語を読むと、ある感銘を受けるのである。詩的な美しさや、ふしぎさや、冒険を越えて、そこにはたくましくてリアルなものがある。『宝島』のような物語では、子どもたちは、一人の少年に出会って、かれと息もつけないような冒険をともにする。しかしながら、『勇者グレティルの物語』では、子どもたちは、主人公と冒険をともにするばかりでなく、主人公の苦しみと戦いが、子どもたちの同情と尊敬をよびおこすのである。この主人公は、創作の冒険物語の主人公よりも、より真実に近い人間として、子どもたちの友となるのである。子どもたちが、一人の英雄に出会い、その英雄と生き方をともにする時、その英雄がこの世にいなかった、あるいは、その物語が語られなかったと仮定した時よりも、人生は子どもたちにとって、ずっと意義深いものとなるのである。

叙事詩や、サガや、冒険の文学が、再話や翻案の形で、ますます多くの子どもたちに与えられるようになってきている。これらの再話は、原典と比較しての注意深い選択が必要であるが、この章のような短い論評だけでは、二、三の物語をとりあげて、評価のある基準となるものを示唆できるにすぎない。そしてこの基準を用いれば、この種類の児童文学の再話を選択するにあたって、不出来な作品よりも、よりすぐれた作品を選択するのに役立つだろう。

今日、意識的にマス・プロにのせて「子どものための文学」を企画する傾向があり、また、一般的なおとなの無関心と無知識のために、子どもたちが最も喜ぶ英雄物語が、子どもたちに与えられなくなるという危険性がある。「他の人びとに興味をもたせる第一の要件は、自分自身が興味をもつことと知るべし」と、ウォルター・ペーター*は語っている。子どもと子どもの本に関係ある人びととは、このような題材に興味をもつことによって、少年少女たちの知性と情感を新しい世界に向かってひろめ、かれらの手に、精神のかてを与えてくれる英雄物語を確実に渡すことができるのである。

引用文献

(1) Hosford, Dorothy. Sons of the Volsungs (N.Y.: Holt, 1949), p. 171.

参考書

Dixon, W. Macneile. English Epic and Heroic Poetry. Dutton, 1912. Dent, 1912.

Grettis Saga; The Saga of Grettir the Strong, tr. from the Icelandic by G. A. Hight. Dutton, 1913. Dent, 1913. (Series: Everyman's Library)

Homer. The Iliad of Homer, done into English Prose by Andrew Lang, Walter Leaf, and Ernest Myers. Macmillan, 1883.

——. The Odyssey of Homer, done into English Prose by S. H. Butcher and Andrew Lang.

Macmillan, 1921.
——. The Odyssey of Homer, tr. by George Herbert Palmer. Houghton, Mifflin, 1929.
Ker, W.P. English Literature: Mediaeval. 6th ed. Thornton Butterworth, 1932.(Series: The Home University Library of Modern Knowledge)
——. Epic and Romance: Essays on Mediaeval Literature. Macmillan, 1926.
Morris, William. The Story of Sigurd the Volsung and The Fall of the Niblungs, Longmans, Green, 1923.
Njals Saga. The Story of Burnt Njal, tr. from the Icelandic by George Webbe Dasent. Dent, 1911.(Series: Everyman's Library 558)
The Poetic Edda, tr. from the Icelandic with an introd. and notes by Henry Adams Bellows. American Scandinavian Foundation, 1926.
Woolf, Virginia. On Not Knowing Greek (in The Common Reader First Series). Harcourt, Brace, 1932.

第七章　詩

ことばから望むがままに絵を描くことができる。それが読書の喜びの一つである。そして、詩からは、読む人それぞれが、異なった意味を読みとることができる。……

私は、私のいちばん好きなものを選んだ。いつ読んでも、まるで「魔法のじゅうたん」や「千里ぐつ」のように、まちがいなく詩のかもしだす世界につれていってくれるものを、この詩集に選んだ。ウグイスが鳴けば、他の鳥たちは、静かにその声にききいるといわれている。私も、ウグイスが、露をおいたいけがきの小枝で鳴いているのを聞いたことを、はっきりと憶えている。そして、その時、他のたくさんの小鳥たちは、さえずりをやめ、ウグイスのまわりで、ひっそりとしていた。オンドリは、真夜中に時を告げる。すると、数マイル四方の同族が、その鳴声に答える。鳥追いは、鳥笛を吹いて、野ガモをよびよせる。そのように、ある歌や詩は、幼い時私の心をひきつけ、年老いた今も、なお私をひきつける。

（ウォルター・デ・ラ・メア『きたれ、こなたへ』*より）

Bright is the ring of words
　When the right man rings them,
Fair the fall of songs
　When the singer sings them.
Still they are carolled and said—
　On wings they are carried
After the singer is dead
　And the maker buried.

（大意）

詩人が、それをならす時*
　ことばのひびきは、ほがらかに、
歌い手が、それを歌う時
　歌声は美しく流れる。
歌い手が逝き

詠み人が葬られた後も、
翼にのってその歌は
今もなお、歌いほがれる。

ものごとをあまりよく考えない多くの人びとによって、詩とは、現実とほとんど関係のない、たんなる空想的な「つまらないもの」と思われてきた。しかし、昔から私たちに伝えられてきた詩の長い伝統が、もし目に見える織物の模様をもつものとすれば、それは、いのちというものの織りなす模様である。つまり知能と心情という内側のいとなみと同時に、私たちをとりまく外の世界の織りなす模様である。すべてのいのちの奥底に横たわる真実について詩人が直感し、芸術という方法を使って、想像の世界で再創造する真実が、詩とよばれるものである。

多くの人びとが、詩の定義づけをしようと試みてきた。ルイス・アンタマイヤー*は、かれの選詩集『きのうときょう』の中に、こうした試みをたくさん引用している。しかし、私たちは、だれもが疑義をはさまないような詩の定義を、みつけることができないし、「これが詩である」とか「これは詩ではない」とかいうことを明らかにさせる尺度をみつけだすこともできない。しかし、詩を定義づけることはできなくても、「詩」ということばが、つくるとか、創造するとかいう意味であることは知っている。ある一つの詩の中に、創造的な力が多くみられればみられるほど、その詩は、純粋な詩というものにより近くなる。ブレイクの『煙突掃除*』のように、単純な、鋭い、はっきりした、動きのあるイメージのものであっても、あるいは、キーツの『ナイチンゲールにささげる讃歌』に見いだせるような、思考と感情の複雑に錯綜するものであっても。

　ロバート・リンド*は、詩を楽しむことは、「わずかな人びとの特権ではなく、一般の人びとがうけついできた遺産の一部である……私たちは、詩を楽しむことのはじまりを、子どもが、くりかえしやリズムを喜ぶ気持の中に見いだすことができる[1]」と説いている。それゆえ、リズムにたいする子どもたちの自然の反応を、詩を楽しむことにまでのばしてやろうという熱意があるなら、いちばん純粋な喜びを与える詩を子どもたちの手に渡してやるのが、ごく当然のように思われる。こうしてこそ、はじめて、心から喜んで詩を読もうとする子どもの数を増やすことができるのである。

　どんな種類の詩を子どもたちは喜ぶだろうか？　『有名な詩の本』の序文の中で、アグネス・レプリエ*は、二、三のことを示唆している。

　詩から子どもたちが受ける喜びは、さまざまな種類のはてしなくひろがる喜びである。血を湧かす勇ましい調べ、耳に軽やかに聞えてくる妖精の調べ、聞いているうちに幼い心に夢をさそうおぼろな話、勇敢な行ない、不幸な運命、陰鬱な民謡《バラッド》、はりのある喜びにあふれた抒情詩、そして、一つ一つのことばが磨かれた宝石のよ

> うに輝いている、すぐれた短詩――子どもたちは、これらすべてのよいものを知っているし、愛するのである。ただの韻やはやしを与えるのは、何の役にもたたないことであり、またわかりやすいように手ぎわよくこしらえた片言を与えて、子どもたちの新鮮な生き生きした想像力が、せっかく伸びようとしているのをおさえてしまうのは、けちなしわざである。詩の場合には、子どもの想像力は、その子どもの理解力をこえ、心の高まりは、理性ではとてもゆきつくことのできないところまで、子どもをつれてゆく。子どもは、ただ一つのことを学べばよい。それは、喜び、ということである。……

　多くの人びとは、子どもの時に読んだある一つの詩の美しさを通じて、遠くから聞えてくる詩の美しい音楽を、はじめて聞いたにちがいない。その詩が何であったかということは、たいして問題でない。それは、コールリッジの『老水夫行』のような、ふしぎな魔力であったかもしれないし、『見すてられた人魚*』の容易に忘れられないリフレイン(反復句)であったかもしれない。また、

Tiger, Tiger, burning bright
In the forests of the night.

夜の森で。
虎、虎、あかるくもえる*

のように、はっきりとうかびだすイメージであったかもしれない。

そうした子どもたちには、探検する自由を与えさえすればよいように思われる。そうすれば、子どもたちは、ヘスペリデスの庭*に通ずる道を、自分たちでみつけだすだろう。ある子どもたちは、自分自身の内部にある、詩にひかれる心に本能的に従いながら、めいめいの探検をつづけるだろう。かれらは、鋭い繊細な知覚をもった子どもたちであり、自分たちが読んだり聞いたりする詩にたいして、一種の白熱光を放つような激しい注意力をもつことができるのである。たいていの子どもたちは、マザー・グースに親しむことからはじまって、おのずから詩に反応をあらわすものであるが、しかし、また多くの子どもたちは早い時期に他のものにひかれて、詩からはなれてゆく。詩を与えられなかった場合もあるだろうし、または『小さな赤ずきん』やその他の日常語で語られるもっとわかりやすい物語を、詩の代りに与えられた場合もあろう。しばしば、私たちが気づかないでいるのは、たいていの子どもたちの内部では、詩にたいする自然の反応が失われているのではなくて、「詩人がそれをならす時、ことばのひびき」にたいして、子どもたちは、すすんで反応を示すものであるということである。

子どもたちのための物語の作家でさえも、このことを認識していることは、かれらの作品の中に、しばしば、詩が出てくることからもわかる。しかしながら、『ふしぎの国のアリス』を読む子どもたちは、「まがいカメ」の話があるので、いっそう楽しくそれを読み、また、『たのしい川べ』は、野ネズミたちのクリスマス・キャロルがでてこなければ、あれほど、おもしろくない、ということはわかるが、これらの挿入詩は、本の中で語られているストーリーにとっては二義的なものである。この二義的な詩は、子どもたちの詩にたいする興味を一時的に刺激するかもしれないが、それを持続させることはできない。なぜならば、詩を読むことと、物語を読むこととは、同じではないからである。そのちがいを知り、そのちがいがどこにあるかに気づいた時、私は、何が詩であり、何が詩でないか、ということを理解しはじめると思う。また、詩を読む時に、子どもたちが詩の中に何を求めているかも理解できるようになるだろう。

詩と物語は、両方ともことばで作られているが、詩人と物語の作者では、ことばの使い方がちがうということを、心にとめておかなくてはならない。ふつう話している日常のことばになれている子どもは、『シンデレラ』や『長靴をはいたネコ』の話は、「むかしむかし」の始まりから、「いつまでも、幸せにくらしました」という終りまで、たやすくついてゆくことができる。しかし、子どもは、詩を聞いて、今まで知らない順序でならべられていることばになれてくるのであり、こうしたことばの使い方は、散文の物語とはまたちがった喜びを子どもに与えるのである。たとえば子どもが次のような詩の中に喜びを見つけた、とする。

Oh, happy wind, how sweet
　Thy life must be!
The great proud fields of gold
　Run after thee:
And here are flowers, with heads
　To nod and shake;
And dreaming butterflies
　To tease and wake,
Oh, happy wind, I say,(2)
　To be alive this day.

(大意)
しあわせの風よ
　なんと甘い香りにみちた
　そなたの生命。

黄金のほこらしげな広野が
　そなたを追う。
花ばなは
　うなずきふるえ
そして夢みる蝶は
たわむれ舞う。
このような日に生きているとは
なんと、しあわせな風よ。

あるいは、古代英語から翻訳された、『白鳥』(The Swan)とよばれている詩がある。

My robe is noiseless while I tread the earth,
Or tarry 'neath the banks, or stir the shallows;
But when these shining wings, this depth of air,
Bear me aloft above the bending shores
Where men abide, and far the welkin's strength
Over the multitude conveys me, then

With rushing whir and clear melodious sound
My raiment sings. And like a wandering spirit
I float unweariedly o'er flood and field.(3)

（大意）
大地の上を歩く時、
土手のかげで憩う時、
浅瀬の水をさわがせる時、
私の衣は音もしない。
人びとが住んでいる
曲りくねった岸べの空高く、
輝くつばさが
かるやかに私を舞い立たせる時、
空気にのって
人びとの上高く私を翔けさせる時、
風を切るうなりと
すんだこころよい音をたてて
私の衣は歌う。

そして
さまよう魂のように
疲れもしらず水と野の上を
私は飛ぶ。

このような韻律を耳にして、リズムの魔力をもつ詩というものの美しさに、何の反応も示さない子どもがいるだろうか？　しかし、ふつうとちがう詩人のことば使いは、読む者にふつうとちがった心構えも要求する。詩は、いわば音楽を聞く時と同じように、注意を集中すること――ことばのひびき、詩人がととのえた韻律に、耳を傾けることを要求する。というのは、詩はひびきであるばかりでなく、詩人が選び使うことばは、音と意味がひとつになって、美や音楽に感応し、それを受け入れるムードをかもしだすからである。とはいっても、子どもは、ことばの調子、つまり感覚を通して、よりたやすく詩の世界にさそいこまれてしまうのである。音の中の意味がつかめようとつかめまいと、それほど問題ではない。コールリッジが「詩は一字一句読解できた時より、全体としてわかった時のほうが多くの喜びを与えてくれる」といっているのは、おとなよりも子どもの場合に、よりよくあてはまる。

ウォルター・デ・ラ・メアは、子どもたちに思わず聞こうとする気持をおこさせてしまうのが、詩の魔術だと説いている。子どもたちのために編んだ選詩集の一冊で、読む詩のそれぞれについて、かれは自分の感想をのべ、語りかけながら、「さわやかな森、みどりの牧場」へ子どもたちをつれてゆく。かれの選詩集『トム・ティドラーの大地』を開いてみれば、かれが子どもたちに話しかけているのを聞くことができる。デ・ラ・メアはシェリ*の『疑問』(The Question)にかんして、こういっている。

> 詩のことばのひびきは、音楽の音に似ています。時に高まり、時に静まり、また流れ、休み、そして、時にこだまることばのひびきは、聞くだけでも楽しく、喜ばしい気持になります。それはちょうど、夜明けか、または、ラッパスイセンが「美しい三月の風を吸う」(take the winds of March with beauty)たそがれにきこえる鳥のさえずりのようです。また、できるだけ上手に、はっきりと、注意深く声にだして読むのも、たいへん楽しいことです。「みどりのツタと月の光に色どられた少女」(Green cowbind and the moonlight coloured may)とか、「黄金色の筋の走るこむらさきの花ばな」(flowers azure black and streaked with gold)、声をだして読んでごらんなさい。

ワーズワース*の『子ひつじさん』のはじめの部分をひいて、デ・ラ・メアがいっていることばに耳を傾けてみよう。「これは、もっとずっと長い詩の、ほんのはじまりのところです。たそがれどきの、うすれてゆく色あいや静けさをもった、たいへん美しい詩ですよ。もし読みたければ、残りの部分もすぐみつかります。」また、ルイス・キャロルの『美しいスープ』(Beautiful Soup)の終りの部分については、こういっている。「このうたは、表情たっぷりに歌われるべきものです。とくに『夕べの星』*の節にあわせて〝ビューウーティフル〟(beauootiful)ということばに表情をつけて。このうたは『ふしぎの国のアリス』にでてくる短いうたの一つです。つぎにあげるのは『鏡の国のアリス』からとった長いうたです。この二冊の本は、両方ともルイス・キャロルによって書かれたものですが、読まずにすましてしまったら、これほど残念に思える本は、ほかにあまりないでしょう。」

「『トム・ティドラーの大地』は、小さな本にすぎません」と、デ・ラ・メアはいう。「これは、イギリスの詩の豊かなごちそうの、ほんの片鱗をのぞかせているにすぎません。しかし、それだけでも、たいしたものです。」どれほど「たいしたもの」になるかは、「豊かなごちそう」の中から、何を選んで子どもたちに与えるか、ということによってきめられる。詩は、文学の他の形式とちがって、子どもにも、おとなにも、共通の場をもっている。しかし、子ども時代は短く、そして、経験を積まないとわからない詩がたくさんあるので、子どもむきの選詩集は、できるだけ広い範囲の詩をそろえて一人一人の子どもの要求にこたえるのがよい、と、一般に考えられているようである。そこで、現在ある最良の選詩集のいくつかについて考えてみよう。

感受性の強い子どもに詩を読んでやり、幼い者の目の中に、美しさにたいする認識と驚きを認めたことのある人は、子どものための選詩集を作ることが、どんなに報いあるものかを知っている。報いのある仕事であるとはいっても、一冊の選詩集を作るのは容易なことではない。他の選詩集で選んだ詩をくりかえし使ったり、あるいは子ども臭くしたり、平凡なものにしたりしないで、選詩集を編むということは、だれもができることではない。画家が、色、形、構図を考えて、静物画の中に、花ばなをうまくあしらう時のような鋭敏な感覚をもって、詩の花を集めることは、だれにもできるわけではない。詩人でなければ、この奇跡的な仕事をしとげることはできないかもしれない。それはちょうど、ある静物画が、それを見る人びとに喜びを与えるためには、すぐれた画家が画材を選び、配置しなければならないのと同じようなものである。それはともかく、ある選詩集を作るにあたって、編者の創造的な心と批評の力が融けあっていればいるほど、その選詩集から受ける私たちの満足感は大きい。

だれが選詩集を編むとしても、一つの詩を選ぶことができるためには、その人はまず、数多くの詩を評価する基準をもっていなければならないと思う。それは、その詩の中にふくまれる他のもろもろのことはさておき、これだけは欠けてはならないという特質についての基準である。ひとりの選者としてのこの観点が、かれの作る選詩集をまっとうなものにもし、傷つけもするのであるから、私たちは、かれの選集が目的通り成功しているか、失敗したかを判断するにあたって、この観点を知っておかなくてはならない。では、これまでの子どものための選詩集が、どのような観点から作られてきたかを考察してみよう。

ウォルター・デ・ラ・メアは、かれの選詩集の中で、かれの見るところ「いつまでも生命を保つ」詩を選んだといっている。選ばれる詩にとっても、編者にとっても、これほどきびしい選択の基準を私は知らない。あまりにも多くの子どものための選詩集が失敗している理由は、いつまでも生命を保つ詩を選んでいなかったことにある。ある詩の生命が永いかどうかを見いだすためには、その詩を非常に長い間知っていなければならない。一つの詩が他の詩にくらべてより長い生命をもつために、他の詩よりすぐれたものとして選詩集にいれてよいものであることを知るには、編者は、あらゆる詩を生涯読み続ける人でなければなるまい。また編者は、想像力と記憶力がひとつになった強烈な白光で、子ども時代の情感と、美にたいする子どもの感受性を照らしだすことのできる人でなければなるまい。ウォルター・デ・ラ・メアの編んだ選詩集を読む子どもたちの喜びをたかめているのが、このいつも生きているという特質である。そればかりか、デ・ラ・メアの選詩集は、かれの自作の詩中にみられる想像力、美意識、神秘感を反映している。

編者として望みうる最も魅力ある意図の一つを、『ケンブリッジ版、子どものための詩の本』＊の序文の中で、ケネス・グレーアムがあげている。グレーアムは、自分の仕事が、イギリスのあらゆる種類の詩の中から、やさしい例を提供するということではなく、「広びろとした領土に楽しくはいっていけるように小さな門を作ってやることである。その奥には森の空地あり、野原あり、畑あり、ここかしこに壁で囲んだ香り高い花園もある。さらに、ある時は日が輝き、ある時は霧にかすむ山の頂きにまで、その領土はつづいている。――小さな門から、はじめてちらっとのぞいた時の魅力にひきつけられた人びとが、あとになって心ゆくまで、これらすべてを探検するように」と説いている。

子どもたちがはいって探検できるように、小さな門を作ってやるにあたって、ケネス・グレーアムはまず、子どもの「広い領土」に属さないと考えたある種の詩はとりのけた。子どもの好む詩を選ぶ場合には、どういう詩を避けるべきだと、かれは考えたか、その選詩集を選ぶにあたって、かれがどんな制約を課したかということは、興味ふかく、また参考になる問題である。

シェイクスピアの作品の中の、フェアリーの詩と歌は選んだが、無韻詩《ブランク・バース》とドラマは全然選ばなかった、と、ケネス・グレーアムはいっている。つぎに、十七、八世紀の詩は、その古典的な形式と古典的な隠喩のために、長じてから与えられるほうがよいと考えて、はぶいている。また、古代語と方言は避けてある。というのは、ケネス・グレーアムは、ふつうのことばの綴りをおぼえるのにも、しばしば苦労する子どもたちを、混乱させたくなかったからである。また、たとえば、「死」のような題材は、子どもの詩にとって不適当と考えた。じっさいに、「死んだ父母、死んだ兄弟姉妹、死んだおじさんおばさん、死んだ子犬子ネコ、死んだ鳥、死んだ花、死んだ人形」などと、驚くほどたくさんの詩が書かれているけれども。

この死亡広告のような詩はすべて除いて、生きていることの喜びを歌った詩を子どもたちに与えた。また創造的なひらめきのない、ただ形だけの詩を除いた。そして、最後に、子どもについて歌った詩も除外した。この最後のたぐいの回顧調は、子どものもつ興味というよりは、おとなの興味であると、かれは感じたからである。

このように除外する詩を決めたところで、ケネス・グレーアムは、その結果をのべている。「これらの制約は必然的に二つの結果をもたらした。その第一は、この詩集は、主として抒情詩であり……その第二は、ふるいわけた結果が、ごく小さな一束になったということである[4]。」

他の選詩集を調べてみると、たとえば、ルイス・アンタマイヤーの選詩集なども、劇詩、抒情詩、叙事詩の三つのスタイルの中で、抒情詩がこれら選詩集の大部分を占めていることがわかる。もちろんこの理由は、劇詩、叙事詩は、時にはストーリーを語っているけれども、往々にして非常に長い詩だからである。また、それらのあるものは、子どもたちの経験や知識の及ばぬ、哲学的、政治的、歴史的なことを取り扱っているからである。これらのどの観点からみても、ミルトンの『失楽園*』、バイロンの『チャイルド・ハロルド*』、あるいはハーディの『ダイナスト（覇者）*』などを選ぶことは賢明ではなく、それらは、より成長してから与えられるべきものとして、除外してよい。

子どもたちのための選詩集に収録されている多くの詩は抒情詩であるが、ここで、まず、選詩集からめったに除外されることのない、もう一種の詩に目を転じてみよう。——それは、バラッドである。W・P・カー*は、「バラッドとは何か？」と設問し、さらに、「バラッドとは、『ビノリーの水車小屋*』『パトリック・スペンス卿*』『ダグラスの悲劇*』『ランダル公*』『チャイルド・モーリス*』のような例をさす[5]」といっている。バラッドは定義づけるのがむずかしく、また、叙事詩、劇詩、抒情詩の三つのいずれの詩型にいれることもできない。というのは、バラッドは、この三つの詩型のそれぞれがもっている特質のいく分かをかね備えているからである。バラッドの歴史については、それがイングランドやスコットランド、そして、両地方の境界地方に作られた最も古い詩ということがわかっているだけで、だれによってどのようにして作られたかは、推測する以外に方法がない。まだこの世の中が若かったころ、創造されただけあって、バラッドは「英国民の心の中にある若さ」にアピールする。バラッドはイギリスの詩を研究するものにとって、歴史的に興味あるものであるのは、もちろんのことである。しかし、バラッドのストーリーの形の単純さと、すぐれた効果は、子どもたちの耳にこころよくひびき、想像力をそそるのである。バラッドは、子どもたちが散文で書かれた物語から詩の形の物語へ、さらに、詩という広い世界へと旅するための、自然の通り道をつけてくれる。

バラッドは、その語る物語の変化に富んでいる点で、民話に似ている。緑の森の物語、とおい昔の国境襲撃や戦いの物語、愛や死や魔法の物語がある。また単純なくりかえしという、よく知られた特質においても、民話と似ている。くりかえしは、『金栄丸』*にあるような、リフレイン(反復句)の形をとる。『金栄丸』では、一行目と三行目が韻をふんだカプレット(対句)で物語を進展させ、二行目と四行目がリフレインしている。

There was a gallant ship, and a gallant ship was she,
　Eck iddle du, and the Lowlands low;
And she was called the Goulden Vanitie,
　As she sailed to the Lowlands low.
She had not sailed a league, a league but only three,
　Eck iddle du, and the Lowlands low;
When she came up with a French gallee

As she sailed to the Lowlands low.

(大意)

堂々たる船があった。堂々たる船だった。
エック・イドゥル・ドゥ、ローランドに向かってロー。
金栄丸とよばれる船だった。
船は帆を上げ、ローランドに向かってロー。

船路短い旅だった。九マイルの旅だった。
エック・イドゥル・ドゥ、ローランドに向かってロー。
行手をふさぐは、フランスのいくさ船だった。
船は帆をあげ、ローランドに向かってロー。

他のくりかえしの形式は、インクレメンタルとよばれ、事件を進展させるために、各スタンザ(節)はだいたい同じ形を保ちながら少しずつ変化して、ストーリーをすすめる。『双子の姉妹』*はそのよい例である。ここに、最後の三節を引用してみよう。

The first tune he did play and sing
Was, "Farewell to my father the King."

The nexten tune that he played syne,
Was, "Farewell to my mother the Queen."
The lasten tune that he played then,
Was, "Wae to my sister, fair Ellen."

(大意)
かれの奏で歌った、はじめの調べは、
「わが父なる王よ、幸多かれ」
かれの奏で歌った、つぎの調べは、
「わが母なる女王よ、幸多かれ」
かれの奏で歌った、最後の調べは、
「わが姉、美しきエレンよ、禍あれ」

多くのバラッドは、循環する合唱部、またはリフレイン、あるいは出来事のくりかえしを特徴としているが、すべてのバラッドが、それをもつとはかぎらない。しかし民話と同じように、バラッドは、人びとの間に伝承されたフォーク・ポエトリーで、はっきりそれとわかる不滅の形式をもって私たちに伝えられたのである。個人の芸術としての詩の中でそれをふたたび作ることは不可能である。だれも新しい民話を書くことはできないし、フォーク・バラッドとまちがわれるようなバラッドを今日作ることはできない。民話にしても、バラッドにしても、ある社会の中で語られ、歌われたものであり、その社会では、老若貴賤、すべての共有財産であったからこそ「フォーク(人びとのもの)」なのである。すべての人びとが同様に文字を知らなかったから、文字を知らない階級とよばれるものは存在しなかった。フォークの文学は、だれにも平等にうけいれられ、あらゆる人びとに同じような興味を抱かれたのであった。文明の進歩は、文字というものを特権階級の人びとにもたらしたが、民話やバラッドは、知的な生活に触れることのなかった、素朴な文字を知らない階級の人びとの心や頭に、――そして口伝えに――生きてこなかったら、忘れられてしまったかもしれない。

民話が、あらゆる散文の物語以前に存在したように、バラッドは、詩の芸術の発達する以前にあったものだが、この両者の間には一つの大きな相違がある。民話は語られたが、バラッドは歌われた。そして、バラッドの調べにより、音楽のふしぎな力が、詩形の物語の中に織りこまれ、バラッドは、散文の物語である民話よりも、より深いところで人間の感情に訴えかける。

ほとんどすべての子どものための選詩集の大きな部分を占める抒情詩に目を転ずれば、

バラッドの歌唱とはちがった、もう一つの種類の音楽に目を転じたことになる。それは、ことばの調べである。リリック(抒情詩)ということばの意味も音楽からでたものであり、どう定義しようとも、抒情詩は音楽と想像力で構成されているという、昔からの規範にもどってゆく。

子どもたちは、つぎのような歌を調子をとって歌い始めるごく幼い時からリズムと音に反応する。

Hickory, dickory dock,
The mouse ran up the clock
　The clock struck one,
　The mouse ran down,
Hickory, dickory dock.

(大意)
ヒコリ　ディコリ　ドック
ネズミが時計にあがったら
　時計が、一時をうちました。
ネズミは、いそいでおりました。

ヒコリ　ディコリ　ドック

ロバート・リンドは、『新しい時代の歌の選集』の序文の中で、このようなナースリー・ライム(わらべうた)のおかげで、多くの子どもたちは、「はじめての文学的スリル」を味わうといっている。まねることのできない独特の調子に加えて――あるいは、そのためだろう――わらべうたは、おぼえやすいという特質をもっているということは、だれも否定できないだろう。そして、このおぼえやすいということは、あらゆる形式の、すぐれた文学に共通な要件である。

子どもの代々の財産として承けついできた順取りうたや、遊びうたに親しむようになるにつれて、子どもは、マザー・グースのもっていることばの調べに耳を傾けようとする素地を、子どもの遊びの中で、そだててゆく。このようなあらゆる伝承の詩が、こんなにもやすやすと、ひとりひとりの子どもたちが生涯もちつづける文学的財産の一部になってしまうことを考えると、幼い時の影響はそれが何であろうと、感じやすい子どもの心に永久に続くものを残すという、簡明な事実をみとめざるをえない。このように永久に心に残るということを考えてみても、子どもの最初の印象を形づくる詩は、「後々までも美しさを忘れることのできない」たぐいの詩でなければならないということが明らかになる。

子どもたちは、わらべうたや遊びうたと同様に、詩の中にふくまれることばのリズムに、生き生きとした反応を示す。抒情詩のエッセンスは、音楽と想像力である。それは、自然の世界のふしぎさと美しさを描いている。すなわち、木や花や鳥や動物、あたりの景色や音や香りを、子どもたちがみるように「生き生きと」描いているのである。みなれたものの底にあるふしぎさや、あたりまえのものにひそむ美しさなどを伝える能力が、抒情詩人に与えられたふしぎな力である。ほとんどの抒情詩は、音楽の場合と同じように、その中で意味と情感が分ちがたいほど一つになっている、ある経験を歌ったものである。トマス・ハーディが『一軒家の黄ジカ』(The Fallow Deer at the Lonely House)を書いた時、かれは美しさと意義をもつある瞬間の経験を捉えたのであり、その詩を読む私たちもまた、それを感ずるのである。

One without looks in tonight
　Through the curtain-chink
From the sheet of glistening white;
One without looks in tonight
　As we sit and think
　By the fender-brink.

We do not discern those eyes
　Watching in the snow;
Lit by lamps of rosy dyes
We do not discern those eyes
　Wondering, aglow,(6)
Fourfooted, tiptoe.

（大意）

輝く白雪のひろがりから
　カーテンのすきまごしに
今夜、外からシカがのぞいている。
火のもえるストーブ囲いの傍らにすわり、
　私たちが考えていると
　今夜、外からシカがのぞいている。
白雪の中でみつめる目は
　私たちには見えない
バラ色に染まるランプの灯にてらされた

シカの目が私たちには見えない。
おどろいて目を輝かして
じっと立っている、四ツ足の獣。

一行また一行、詩人は、人間味ある温かさと平穏さをもった、一軒家の絵を描いてゆく。一方、外には「輝く白雪のひろがり」の夢幻的な光の中に、孤独なシカが、家の中をうかがいつつ立っている。この静かな平凡な部屋の中に、ふしぎな感じがただよいはじめ、冬の森、寒さ、そして森に住む野生の動物たちが、そこにあるのだという感じが加わってくる。また、みなれた平凡な生活の中に、ふしぎさと美しさが、一瞬忍びこんでくるのが、はっとするばかりにまざまざと感じられる。ロマンスがリアリズムと融けあっているのである。

抒情詩は、ある一つの出来事に持続した注意を集中することによって、感受性豊かな読者に、強い生命感を味わわせる。思考と感情が音楽——リズムとことばの音楽——と結びつくと、私たちは心を動かされ、詩人が表現しようとしていることに気づかされる。それは深く心に残った過去のある出来事であるかもしれないし、あるいは多分、私たちをとりまく世界の美しさや神秘さについて現在感じていることであるかもしれない。それが何であろうと、その詩がそれについてどれほど読者の目を開かせるかが、その詩の抒情的な特質を計る尺度となる。

真の抒情詩であることを、それをあてはめさえすれば証明できる、というような規則はない。私たちは自分自身の感覚的な反応によって、ある詩を、どれほど好きなのか、知るのである。しかし、私たちの直感を信ずる前に、あらゆる詩の作品の中で最もすぐれた詩であると認められているものを読んだ時、私たちが自然に感ずる感動を試してみる必要はないだろうか。どんな詩を評価する場合にも、その詩を、一般に偉大な詩として受けいれられているものとくらべてみなければ、評価の基準はでてこない。ケネス・グレーアムは、かれの最後の講義でつぎのようにいっている。「つまり本物は、たいへんはっきりしています。純然たる絶対的な価値や、純然たる質は、はっきりしていますす。私たちが、目あてなしにある一冊の本を開き、つぎのような一節にぶつかったとします。

Night's candles are burnt out, and jocund day
Stands tiptoe on the misty mountain tops……
(大意)
夜のともしびが燃えつき、そして陽気な日が
霧にかすむ山の頂きにつまさきで立つ……

私たちは何の疑問ももたない。私たちにはわかるのです。私たちは、『これ、これ！これなんだ！』と自分自身に語りかけるだけです。[7]」

このように、私たちは直感によって「これは詩だ」あるいは「これは詩でない」と知らされるのだが、こういう詩のわかり方は、私たちの読む詩の力によって左右されるだけでなく、私たちが詩を読むに当ってもつ共感の幅や、鑑賞力のこまやかさによっても左右される。その詩がどれほど私たちの目を開かせ、心をひきつけるか、その度合は私たちが自分でさとらなければならないものである。私たちの全感覚にうったえかける力が、大きければ大きいほど、その詩は私たちを感動させる。詩人はある順序に従ってことばを使うことにより、また音楽的リズムや豊かな示唆にとんだイメージにより、私たちがかつて感じたことのないほど強く、心を動かすものであるが、この詩のもつふしぎな力について、誰よりもたくみに述べているのは、エミリー・ディキンソン*である。

エミリー・ディキンソンはこういっている。

> 私が一冊の本を読んで、それにより私の全身が、どんな火でもあたためることのできないほど冷たくなった時、それは詩であるとわかる。頭のてっぺんがとりさられたように体で感じた時、それは詩であるとわかる。私が詩を知る方法はこれしかない。他に方法があるだろうか？

どの詩人も、独自の音楽をもち、美と真実にたいする独自の直感をもち、それを伝える独自の方法をもっている。詩人は、コールリッジのいうように「ただのひとことで……想像力をして絵をうみださせるようなエネルギーを心の中に注入する……」

ブレイクは、一ぴきの迷ったアリについて、

Troubled, 'wildered and forlorn
Dark, benighted, travel-worn

（大意）
心さわぎ、こまりはて、みすてられ、
闇につつまれ、つかれはて、行き暮れて。

また、夜について、

The moon, like a flower
In Heaven's high bower,
　With silent delight
Sits and smiles on the night.

（大意）
月が　天国の高いあずまやの
一つの花のように
喜びを秘めて坐り、
夜の上にほおえんでいる。

あるいは、鳥について、

Yonder stands a lonely tree
There I live and mourn for thee
Morning drinks my silent tear
And evening winds my sorrow bear.
（大意）
あそこに一本の木が立っている
そこに私は住み、あなたを偲んでなげく。
朝が、私の音もなく流れる涙をのみ
夕べの風が私の悲しみを運んでゆく。

また、自然の中に見いだされる喜びについて、

When the green woods laugh with the voice of joy,
And the dimpling stream runs laughing by;

（大意）
みどりの森が喜びの声をあげて笑い、
小川がさざ波をたてて笑い流れるとき、

などとうたっているが、各行の音楽と意味はみごとに融合していて、そのために、私たちの心は、詩人が描こうとする世界へやすやすと運ばれてゆく。

これに反して、美の片鱗もたず、散文で言いあらわせる平凡なことにただ韻をふませたにすぎないような数行を読んでも、私たちは、ほとんど感動することがない。ジョージ・マクドナルドがたずねているように、

How shall he sing who hath no song?
He laugh who hath no mirth?……

歌を持たないものが、どうして歌い、
喜びを持たないものが、どうして笑うだろう?……

子どもは、驚きや喜びを感ずる力をもっているのに、世間ではその力を信じていない。この誤解のために、本来、子どもの心が反応するはずの真の抒情詩のもつ音楽やイメージを与えないで、歌をもち合わせない「童謡」作者たちの作る夢のない歌が、なんと多く子どもに与えられていることか。

どんな種類の詩を子どもたちは好くのだろうか? フォレスト・リード*は、おとなたちが個々の人間であると同様、子どもたちも、それぞれちがった心と感情をもった個人なのであるから、「ひとりの子どもの心の奥深くまではいってゆき、その子の想像力の火をかきたてるのはどんな歌であるか、だれも言えるものではない(8)」といっている。

『きたれ、こなたへ』という題の図書館の本の扉に、まるっこい子どもの字で「ほんとだよ。いい本だよ」ということばが書かれていたことがあった。同じ筆跡で、「子どもの想像力の火をかきたてた」それぞれの詩の批評が書かれていた。それらの批評と、批評のつけられた詩の題は、つぎのようである。

『五月の朝』(Song on May Morning)……「美しいな」

『おしえておくれ思いはどこで生まれるか』(Tell Me Where Is Fancie Bred)
……「いい詩だ」
『わたしが少年だったとき』(When That I Was and a Little Tinie Boy)
……「りっぱだ」
『壁につららがさがる時』(When Isicles Hang by the Wall)……「おもしろいな」
『星の光の中のルシファー』(Lucifer in Starlight)……「りこうなやつだ」「いいぞ」
『双子の姉妹』(The Twa Sisters)……「きれいな詩」
『サー・ウォルター・ローリーの聖書中に発見された詩』……「すばらしい」
『ねんねん、小鳥、クルーン、クルーン』(Hush-a-ba, Birdie, Croon, Croon)
……「美しい詩」

ここに、目の前にさまざまな詩をおかれた一人の子どもがいる。その子は、一つの古いバラッドと、シェイクスピアの三つの詩と、サー・ウォルター・ローリー*、ジョン・フレッチャー*、ジョン・ミルトン、そして、ジョージ・メレディス*の詩を選んでいる。「詩にたいする愛情が生まれ、強められてゆく年ごろ」では、はっきり詩についての批評をのべられないとしても、いま挙げた例は詩についての子どもの自発的な反応を過小評価しないほうがいいことを示唆してはいないだろうか？

このように詩の鑑賞力を強め、伸ばすことを考える時、とくに子どもたちむけに書かれた詩の価値というものが、しばしば議論の対象になってくる。子どものための詩といえば、A・A・ミルン*の『わたしたちがとても小さかったころ』は、ほとんどすべての人に親しまれている。ミルンの歌の中には、いわゆる子どものための詩を不評判にした、想像力の非常に乏しい、たいくつな間抜けた調子がまったくみられない。それどころか、A・A・ミルンは、「ミーター（韻律）を使って物語を語る。また、優美なミーターがあまりにも自由自在に使われているので、子どもは、自分がきいているのは『詩』だとは気づかない。（そして、これはもちろん、詩ではないのだが。）子どもは、ふしぎなダンスを踊っている文章で書かれた楽しい話をきいていると思いこむのである。そしてそれは、ほんとうなのだ[9]。」

The King asked
The Queen, and
The Queen asked
The Dairymaid:
"Could we have some butter for
The Royal slice of bread?"[10]

（大意）

王さまがききました
女王さまに。
女王さまはききました
乳しぼりに。
「すこしバターを頂けるかしら
王さまのパンに　おつけするのに」

こんな歌を読んでみるだけでいい。ストーリーの終りまで、やすやすと、軽やかに、私たちをつれていってしまう、陽気な意表をつくミーターを見いだすことができるのである。だれもこの魅力とオリジナリティを否定はしないだろう。けれど、これを詩だと主張する人がいるだろうか？

それでは『わたしたちがとても小さかったころ』の歌は、いったい何であり、何でないのかを理解するためには、おとなの読みものの中でこれと類似のものが、どこにあるかということを私たち自身にたずねてみるといい。そうすれば、『バブ・バラッド』*のギルバート風の歌*か、あるいは、これと似た、気のきいた喜劇の世界でおなじみの、心を浮き立たせるような奇抜なひとくさりを思いだすだろう。A・A・ミルン、エドワード・リア、ヒレア・ベロック*の歌を、これら作者の狙いどおり、「おもしろく楽しむために」ぜひ子どもたちに与えよう。しかしこれによって、子どもたちを詩に触れさせたのだと誤解してはならない。

子どもたちのために歌を書く方法はたくさんある。しかし、私たちが、ここで論じている目的のために問題とするのはただ一つ、「詩」を書く方法である。ここですぐ思いつくのは、ウォルター・デ・ラ・メアの『子ども時代のうた』や、また『ピーコック・パイ』『ダウン・アダウン・デリー』『鈴と草』のような魅力ある題のついた詩集である。

いったい詩人の心の中にあるものは何か？　詩人が詩で表現しようとするすべてに色彩を与え、方向づけをする、あの「イマジネーションを形象化する力」とは何か？　これに答えるのは困難かもしれないが、これは大事な問題である。そしてその答えは、もちろん、詩人の作品をじっくり読むことと、それに対する私たちの反応をよくよく確かめることによって得られる。ここで、デ・ラ・メアの『影』(Shadows)という詩を読んでみよう。読むうちに、この詩が二つの意図をもつことがわかってくる。まず、情景をよびおこすことであり、つぎは、その情景をじっとみつめる間に、詩人の心に浮かぶさまざまな思いを表現することである。

この詩は、のんびりした調子ではじまる。私たちは、まひるの暑い太陽が、野や牧場を照らしつけているのを感ずる。また、馬の草をかむ単調な音や、「……その影を打つ」牛のしっぽの振られる音が聞える。二節目で、観察する目が、「がけの上の古いノバラのしげみ」に移ると、心地よい日影に、羊飼いや牧羊犬がうずくまったまま、羊の群れをみまもっている。そして、生き生きとした美しい情景がつづく。

It is cool by the hedgerow,
A thorn for a tent,
Her flowers a snowdrift,
The air sweet with scent.

(大意)
いけがきのそばはすずしい。
ノバラは日除け、
その花は、雪のふきだまり
大気は、甘く香《かぐ》わしい。

香わしい美しさにひかれて、私たちがわれを忘れていると、影が静かに動いてゆく。私たちは、四節目で、はっとわれにかえる。

But oh, see already

The shade has begun
To incline to'rds the East,
As the earth and the sun
Change places,[11] like dancers
In dance: ……

(大意)
ああ、ごらん、影が
もう、東に傾きはじめた。
大地と太陽が
場所をかえる。
踊っている
踊り子のように……

とつぜん詩は、調子の高い意味をおびてくる。そして、それは、牧場の情景を越えて、循環する宇宙のリズムのふしぎさ――宇宙の音楽と神秘さ――にまで及んでくる。
「奇異なものの中にある親しみという、まことにふしぎな魅力」、精神的な美と対比させた大地の美しさ――この二つのものは、クモの糸で作られたような、薄いヴェールで分けられているのだが——をみてとる能力が、ウォルター・デ・ラ・メアの特質だと思う。デ・ラ・メアの詩は、想像と洞察と夢の融合したものである。それを読むと、思いがけないところにさえ美しさが輝きでている。変幻自在で精巧なリズムを、あまりにも巧みに使いこなしているので、その巧みさをほとんど気づかないかもしれない。しかも、私たちは、知らないまにその詩のムードの中へひきいれられてしまう。

Ann, Ann!
Come! quick as you can!

アン　アン！
おいでよ！　できるだけ早く！

この詩を読むと、だれでもこれから何がはじまるのだろうという、胸のときめきと昂奮を感ぜずにはいられない。また、

Someone is always sitting there
In the little green orchard;

小さなみどりの果樹園に
　いつでも　だれかがすわってる

という詩を読むと、耳をすまして、何が起こるだろうときかずにいられない。
そして、つぎの詩からは、ポクポクと年とったロバのひづめの音がきこえてくる。

Nicholas Nye was lean and grey
Lame of leg and old.[12]

ニコラス・ナイは、やせて、灰色だ、
　脚はびっこで、としよりだ。

デ・ラ・メアの詩の最も精緻なリズムは、『ザ・リスナーズ(ききいる人びと)』の中に見いだされるだろう。このリズムを、フォレスト・リードは「シンコペートされた」リズム[*]とよんでいる。

Is there anybody there? said the Traveller,
Knocking on the moonlit door.[13]

「だれか　いるかね？」月の光にてらされた
戸をノックして旅人がきいた。

詩の一行目がかもしだす、ふしぎな不気味なムードをもった戸口に、私たちも、月の光をあびて、とまどいながらたつのである。

一つの詩が、なぜ詩であり、またなぜ詩でないかをわからせるために、それを分析してみせる方法は、発見されていない。強く感じさせるものがあるか、あるいは何もないかである。しかしながら、詩の技法は詩人に与えられた天賦の才能であるとしても、ある詩人が詩の効果をあげるために使う作法を調べてみることは可能である。ウォルター・デ・ラ・メアもいっているが、「詩の音楽を意味と協和させるということが、詩人たるものがことばを扱う上での最も楽しい工夫の一つ」であり、また、「この楽しい工夫は、最大限、詩人のもの」であるのである。それは、次の『秘密の歌』の中の知らせの鐘が鳴るように、私たちの耳にきこえてくる。

Where is beauty?
　Gone, gone:
The cold winds have taken it
With their faint moan;
The white stars have shaken it,
Trembling down,
Into the pathless deep of the sea;
　Gone, gone
Is beauty from me.

（大意）

美よ　どこへ
　いってしまった　いってしまった。
悲しみの声をかすかに残して
冷たい風がつれていってしまった。
白い星の数かずが、美をゆりうごかすと
ふるえながら道もない
深い海の中へ消えて

いってしまった　いってしまった、
美が　私のところから。

子どものために書かれたデ・ラ・メアの詩を読むうちに、夢の向う側にとどくには、どうしたらよいのか、またデ・ラ・メア自身の神秘的な力を何と呼んだらよいのかと、自問自答している自分に気づく。私たちは、それを表現することばに窮するのであるが、子どものために書かれた歌が、どれほどほんとうの詩に迫れるか、それを推しはかる試金石を発見したという思いにうたれる。デ・ラ・メアの詩が子どもたちに与える影響は、知性と感情と想像力をよびおこして、ふしぎさ、目にみえない美しさを感じさせることである。ただしそれには、子どもたちの五官が働きだして、みずから感じることが必要であるが。そして、デ・ラ・メアもかれ自身のことばで、子どもたちに、こういっている。

Eyes bid ears
Hark:
Ears bid eyes
Mark:

Mouth bids nose
Smell:
Nose says to mouth
I will:
Heart bids mind
Wonder:
Mind bids heart
Ponder.

目が耳にいいました
聞け。
耳が目にいいました
みよ。
口が鼻にいいました
かげ。
鼻が口にいいました
かぎますよ。

心が頭にいいました
おどろけ。
　頭が心にいいました
　考えよ。

ウォルター・デ・ラ・メアは、子どものための詩は、単純にあまく作るべきだという一般的な考え方に、すこしも譲歩しない。また子どもの年齢の差を、ぜんぜん顧慮しない。そのかわり、子どもがふしぎさや美しさにたいして示す直感的な反応を、全幅的に信頼している。

子どもたちに詩を与える場合には、かれらは表現できるより、はるかに多く理解できるのだということをおぼえておくべきである。子どもたちは直感と想像によって、かれらの限られた経験のはるか先のことまでわかる。子どもたちはほんとうの詩を読むとき、自国の最も美しいことばを積みかさねて蓄えてゆくばかりか、まだほんのおぼろげにしか意識していない考えや感情を表現する道をみつける。多くの子どもたちに、楽しみのために詩を読ませようとすることが目的なら、喜びを与える力がつねに強く発揮されている詩を、子どもたちの手のとどくところにおいてやらなければならない。それがごく当然なことと思われる。

詩の題材は広く、そして捕えがたいし、詩の影響は、はかりしれない。「子どもたちにどんな詩を」ということについて、このような短い章では、二つ三つの提案が与えられるにすぎない。子どもたちの好きな詩と、おとなの好きな詩の間に一線を引くことはできない。むしろ、子どもたちが詩を読む場合の初々しさ、熱心さそのものが、子どもたちの利点であるということをおぼえておかなければなるまい。子どもたちは、最上のものに反応を示し、また子どもたちは最上のものを与えられる権利がある。そして、私たちはすぐれた詩にてらして子どもたちに与えるものを選び、あるいは、詩人たち自身の選ぶものを与える時に、はじめて子どもたちに、よい詩を与えているといえるのである。

引用文献

（1） Introduction to An Anthology of Modern Verse, ed. by A. Methuen (London: Methuen, 1921), p. xiii.
（2） Davies, W. H. Collected Poems (London: Cape, 1928), p. 89.
（3） De la Mare, Walter, ed., Tom Tiddler's Ground A Book of Poetry for the Junior and Middle Schools (London: Collins, n.d.)
（4） Grahame, Kenneth, ed., The Cambridge Book of Poetry for Children (N.Y.: Putnam,

1933), p. xiii-xiv.

(5) Ker, W. P. "On the History of the Ballads, 1100-1500" Proceedings of the British Academy, Vol. IV (1910).

(6) Hardy, Thomas. Collected Poems (N.Y.: Macmillan, 1898), p. 566.

(7) Grahame, Kenneth. "A Dark Star," in Patrick R. Chalmers, Kenneth Grahame: Life, Letters and Unpublished Work (London: Methuen, 1933).

(8) Reid, Forrest. Walter de la Mare: a Critical Study (London: Faber, 1929), p. 27.

(9) Duffin, Henry Charles. Walter de la Mare, a Study of His Poetry (London: Sidgwick, 1944), p. 132.

(10) Milne, A. A. "The King's Breakfast," from When We Were Very Young (London: Methuen, 1924).

(11) De la Mare, Walter. Bells and Grass (N.Y.: Viking, 1942).

(12) ——. Peacock Pie: a Book of Rhymes (N.Y.: Holt, 1913).

(13) De la Mare, Walter, from "The Listeners" in his Collected Poems, 1901-1918, Vol. 1 (N.Y.: Holt, 1920).

参考書

Auslander, Joseph, and Hill, F. E. The Winged Horse. Doubleday, Doran, 1927.

Child, Francis James. English and Scottish Popular Ballads. Student's Cambridge ed. Houghton, Mifflin, 1904.

Eckenstein, Lina. Comparative Studies in Nursery Rhymes. Duckworth, 1906.

Hartog, Sir Philip Joseph. On the Relation of Poetry to Verse. Oxford Univ. Pr., 1926.(English Association Pamphlet no. 64)

Hazlitt, William. On Poetry in General(in Lectures on the English Poets). Oxford Univ. Pr.(World's Classics)

Housman, Alfred Edward. The Name and Nature of Poetry. Cambridge Univ. Pr., 1935.

Opie, Iona, and Opie, Peter, eds. The Oxford Dictionary of Nursery Rhymes. Clarendon Pr., 1951.

Reid, Forrest. Walter de la Mare: a Critical Study. Holt, 1929.

Sackville-West, Vita. Nursery Rhymes. Michael Joseph, 1950.

Untermeyer, Louis, and Davidson, Carter. Poetry: Its Appreciation and Enjoyment. Harcourt, Brace, 1934.

第八章　絵本

絵や歌や物語からうける最初の印象は、永続的なものであると同時に、きわめて微妙なものである……私の意見をいうなら、芸術にたいする真の共感、また、あの想像力をかきたてる、他国にたいする人間的共感の正常な芽ばえは、ここからはじまる。私たちが、子どものころから親しんできた絵本をつくりだした国が、私たちにとって、まったくの異国に見えるということは、けっしてない。コールデコット*、グリーナウェイ*、レズリー・ブルック*、ブーテ・ド・モンヴェル*、ウォルター・クレイン*、このような人々の作品は、幼い子どもたちのために作られる多くの通俗な本を特徴づける俗悪さ、物質的な考え方、やすっぽい空想にたいする最上の防御である。

りっぱな絵本は、読書の趣味や習慣を形づくる上に、非常にふかく、微妙な影響をあたえるもので、その大きさは、はかり知れない。なぜなら、そのもののもつ真実は、ゆるぐことがないからである。

（アン・キャロル・ムーア『三羽のフクロ』より）

人はみな、自分の世界をもっているものだが、幼児の世界は、そのうちでも最も秘密な世界である。かれらの思いや空想が、どのような喜ばしい、または悲しい驚きにみちているか、私たちは知ることができないし、かれらは、知らせるすべをもたない。子どもたちのなかには、早くことばをおぼえる子もあるし、おそくおぼえる子もいる。しかし、いずれにせよ、かれらの心にむらがる印象や、これらの印象がよびおこす思いを他人に伝える力は、理解力ができてのち、はじめて備わってくるのである。

私たちおとなが、幼い子どもの知能と性情を親しく知るのは、記憶と想像力と観察によってできるのだと、私には思われる。子どもは、一人一人が個人である。そこで、私たちが、その子どもを最初の本にふれさせる場合、まず目ざさなくてはならないのは、どの子にもあてはまり、また永続的で、成長しようという子どもの本能的要求にこたえることのできる伝達の方法を見いだすことである。

幼い子どもは、わらべうたや唱歌を聞くと、それらとあわせて拍子をとって、音のリズムに快感を感じることを示す。これが、子どもの、リズムやことばの拍子についての最初の自覚であり、これは、枯れずに育てば、やがて、詩や音楽への嗜好のはじまりとなるものである。「バイ・ベイビー・バンティング」*や、「ヘイ・ディドル・ディドル」*のうたの動きのあるリズムは、子どもたちが、じつはそれは、韻をふんだことばや歌のふしまわしからくる快感なのだと自覚するよりまえに、ただそれだけで生理的な快感を与える。

そして、このことは、わらべうた——これは多くの絵本の材料になっているが——についていえると同様に、すべての絵本についてもいえる。子どもを歌や本にふれさせる最良の道は、感覚を通してである。小さい子どもは、読むことができない。そこで、かれらの喜びは、耳から、ことばのリズミカルな拍子から、音のつくりだす韻からくるのであって、かならずしもその意味からくるのではない。それは、私たちが、

Till the Hippopotami
Said: "Ask no further 'What am I?'"*

という、カラスのジョニーのうたの魅力が、どんなに大きいかを考えてみればわかることである。

散文の場合でも、文のひびきは、物語に耳を傾ける幼い子どもの喜びに、大きな関係がある。文にゆとりとととのった形があたえられていればいるほど、それを読んだ時、聞き手は、ゆったりと安定した気持を味わうことができる。

絵本はまた、目からも幼児たちに訴えかける。しかし、それは、おとなが見る時のように、画家の描いた線や色の調和や、構図や様式にたいする審美的な喜びからではない。幼児と絵との関係は、まずその絵からストーリーをくみとることにある。子どもは、自分では読むことのできない物語を、その絵が語ってくれることを要求する。絵は、かれにとっては読書の最初の入口であり、絵を通して、子どもの興味はひきつけられる。もしストーリーが、その絵の上にあらわれていれば、その子の目は、それを発見するだろう。あまり長い前のことではないが、一人の少年が、その弟といっしょに坐って、ウィリアム・ニコルソン*の『かしこいビル』の本を開いたことがある。「ね、トミー、字が読めなくても、だいじょうぶだよ。」と、兄さんはいった。「順にページをあけてゆきさえすれば、絵でお話がわかるからね。」

子どもは、どんな種類の絵本をすくだろうか。また、このマス・プロダクションの時代に、私たちは、すぐれていて、特色があり、最大限度まで喜びを与えるといった絵本を、どうして見わけたらよいだろうか。絵本は、まず第一に、幼児たちの感覚に訴えるが、また知性、情緒にも訴えかける。しかし、子どもの興味をひきつけるためには、その絵本のアイデアや感情は、ただおとなの考えや情緒を単純にしたものであってはいけないので、子どもの心のなかにあるそれらでなければならない。絵本とは、二つのメディアによってなりたつものである。つまり、ことばと画材である。絵本を一体のものとしてみる時、文と絵とは、これが融合して、絵本に一つの統一と性格を与えるものであるから、おなじ比重をもつことになる。

私たちは、幼児たちの好みや偏見を、一般化して考えがちである。そして、子どもたちが、黒白の絵はすきでないとか、強い原色がすきだとか、または、かれらが様式化された絵にはとっつかないとかいう。しかし、幼児たちが、生き生きとした強い期待の気持をもって本に接するのを見ていると、こうした考えは、まちがっているように思われる。じつをいうと、子どもたちは、絵が物語を語っていてくれさえすれば、その絵がすきになるのであって、それが、ワンダ・ガーグの『一〇〇まんびきのねこ』のように黒白でかかれていようと、マージョリー・フラック*の『アンガスとあひる』のようにひら塗りの絵であろうと、『ピーターラビット*』のようにデリケートな水彩でかかれていようと、ウォルター・クレインの『青ひげ』のように念入りな様式化であろうと、それはかまわないのである。

幼児が、一つの絵本のなかに求めているのは、冒険である。自分自身も主人公とともにそのなかに入ってゆき、いっしょにその冒険に加われるような、絵で描かれた物語である。そして、その話の主人公は、子犬であろうと、ウサギであろうと、おもちゃであろうと、機関車であろうと、または、ジャック・ホーナー坊や*のように、ただの小さな男の子であろうと、それはどうでもかまわない。そのストーリーが物語る人生経験は、幼児が理解し、想像できる程度に単純なもので、複雑であってはならない。とはいっても、子どもたちの理解力、想像力はつねにひろがり、発展しているのだということも、私たちは心にとめておかなければならないが。もし、私たちが、絵本の絵の価値を見きわめようとするならば、まず、その絵の物語るストーリーを、子どもの目で見、かつその上で、挿絵画家の絵の与える審美的な喜びを、おとなの目で味わうことが、肝心になってくる。

絵の中で、ストーリーが動いているかどうかは、その画家の想像力が、どれほど独創的なものであるかという度合にかかってくる。よい絵本の場合に、絵がない時よりも、絵のあるほうが、物語がはるかに生き生きとしてくるのは、そこにおこっていることを目に見えるように描きだしてみせる画家の、この能力によるのである。子どもは、絵の物語るストーリーに心をうばわれる時、同時にその絵全体を自分の中に吸収する。もしそれがよい絵であれば、その子は、無意識のうちに、美的な経験をとりいれたことになるのであって、こうしたことがたびたびくりかえされるならば、それは、その子の中に、一つの審美眼の標準をつくり、とるにたりないもの、見かけだおしのもの、劣等品にたいする防御の役目を果たすことになるだろう。

よい絵とわるい絵の差は、「美」の場合と同様に、見る人の目によってちがってくる。訓練された目とは、りっぱな芸術として知られているたくさんの絵を見ることにより、また、それを他の絵とくらべることにより、絵を見ることを学びとった目である。こうして、その人は、画家の心の中までのぞきこみ、かれが絵筆や鉛筆の線によって何をいおうとしているかを読みとることができるようになる。画家が、かれのいおうとすることをどうあらわすか、それが、その画家のスタイル——つまり、その画家の気質と考えの個性的な表現である。絵本作家である場合、かれの成功は、まず第一に、絵とストーリーの動きを一つにすることができるかどうかにかかっている。そうすることによってはじめて、りっぱに結合された、生きた一つのものができあがるのである。

絵画は、単純なものではない。そして、見かけは、もっとも無造作に見える絵本も、私たちが目にするその絵本の形をとるまでには、何年もの研究がなされているかもしれない。ある絵の価値を見きわめるために、つまらない絵とよい絵の差を知ろうとする私たちに必要となってくるのは、古典的な作家から実験的作家までの、多くの種類の画家たちの作品に親しむことと、また、それらに反応しうる心をもつことである。ベーメルマンス*が、『マドレーヌ』のなかで、色を使って描いたパリの画は、気楽な、べつに深刻味のあるものではないが、一人ならず本格的な画家——たとえばヴラマンク*のような人の影響を示しているとはいえないだろうか。

今日つくりだされるりっぱな絵本のうち、どの一つでも開けてみれば、多くのおとなたちは、その本の絵画的な美しさにおどろかされるにちがいない。画家の優秀な技巧は、私たちの感激と賞讃の念をかきたてる。ところが、幼児は、またべつの見方をもっている。毎年、その色彩、デザイン、造本によって、おとなをまどわすような絵本が出版される。そのはでやかさ、機知、奇抜な空想に、私たちは、声をあげ、微笑し、感嘆する。しかし、これらの絵本は、せっかく幼児たちのためにつくられているというのに、当の子どもは、どう考えるだろうか。最初は、おもしろいものを待ちうける子ども本来の熱心さから、最後まで——ともかく一度は——見おえるかもしれないが、注目もせず、関心も示さない場合がある。子どもは、自分たちの求めているものが、そこにないとわかると、まえに喜んで笑ったおぼえのある、試験ずみの愛読書にもどってしまうのである。たぶん、幼い子どもが、くりかえし、くりかえしもどってゆく絵本をしらべてみるなら、子どもの要求を満足させる絵のなかには、いったいどんなものがあるのか、その手がかりをつかむことができるだろう。

私たちは、今日、出版社から大量につくりだされる美しい絵本を、当然のこととしてながめている。しかし、絵本の伝統は、比較的短い。私たちが考える意味での近代的な絵本は、前世紀の最後の二十五年間にはじまった。それらの絵本ときってもきれない関係にあるのが、ウォルター・クレイン、ケイト・グリーナウェイ、ランドルフ・コールデコットの名である。

この三人は、同時代人でありながら、まったくちがったスタイルの仕事をつづけ、最初の近代的な意味での絵本をつくった。これらの絵本は、それまでにあらわれた絵本のうちでは、もっとも美しいもので、いく人かの「好事家《こうずか》」たちは、いまでもそう思っている。三人のうちで、もっとも真剣に美術ととりくんだのは、ウォルター・クレインである。『一画家の思い出』のなかで、クレインはいっているが、かれの絵本は、出版社にあまり多くない額で、買い取りの形で売ってしまったため、金にはならなかったが、しかし、「私は、絵本つくりによって大いに楽しんだ。絵本のデザインをする場合、私は、自分の興味をひいた、さまざまな補助的なディテイルをかきこんでみる習慣があったからである。そして私はそれを、家具や室内装飾をする場合のアイデアの助けとした。」

ウォルター・クレインは、絵本を、デザインにたいする興味を表現する一つの手段として用いたことについて、こう説明する。「謹厳で実証的な時代にあって、絵本は、現実の圧迫に反逆したがっている今日の挿絵画家のためには、抑制されることのない空想をとびたたせる唯一のはけ口であった。」クレインの絵本のなかには、かれの装飾の仕事にたいする熱意が、強い装飾性となってあらわれているものがあるが、「とびたつ空想」が、ストーリーの劇的な動きをとらえた時、かれの絵本は最も成功している。絵によってたくみにストーリーを物語るかれの才能が、子どもたちの心をとらえるのである。そして豪華で、ふしぎさにみちた、いかにもまことらしいフェアリー・ランドをつくりだし、それにより、かれは、本来、様式化されたデザインのきらいな子どもたちを、そこにさそいこんでしまう。

ウォルター・クレインのどの絵を見ても、その細部の工夫は、ほとんどつきるところを知らず、われわれおとなのためには、構図全体の調和を勉強する上に、ありがたい研究材料になってくれる。かれの『青ひげ』の絵本では、妻が人目をしのび、運命のカギを手にもって、金色の階段をすべるようにおりてくる。ラファエル前派*の画家たちの描いたような、流れるようなガウンを身につけたこの妻は、客の群れからのがれてきたところであるが、その客たちはといえば、金色に塗られたたんすや、ギリシアのつぼ、華麗な模様のある化粧台をしさいにながめている。そして、かの女の背景には、いかにも暗示的にイヴの寓話の絵が見え、そのイヴは、様式化して描かれた木に実っているリンゴのほうへ片方の腕をのばしている。ひらかれたいくつかのドアからは、ずっとずっと遠くまでつづいている廊下が見えるが、この手法は、絵の上には描かれていないけれども、そのうしろにかくされた無尽蔵な宝を暗示し、この点において、読者の想像力をかきたてるクレインの才能を遺憾なく示している。かれの絵は、ほかのどんな作家のものよりも、子どもにむかって、「むかしむかし、ある遠い国で……」と語りかけているように見える。

ウォルター・クレインの絵本を見ることは、私たちにとって、線、色、デザインについての勉強であるといえる。かれの色は、やわらかい青にたいして、オレンジが明るくうきたっていて、あたたかく、宝石のように輝かしい。私たちの目が、登場人物の服の線や人物のまなざしを追ってゆくと、自然にその絵の中におこっている出来事に導かれる、というように、クレインは、その絵を構成している。かれの構図はまた、ストーリー中の重要人物を円柱やアーチでかこみ、ふんだんに描きだされている細部やゆたかな背景の中で、その人物がうきたって見えるようにしてあるという点でも、興味がふかい。

かれは、姉のルーシー・クレイン*の訳したグリムの『家庭のお話集』に、黒白の挿絵をつけたが、私たちは、その中に、かれが最も真剣にとりくんだ作品のいくつかを見いだすことができる。この姉弟の共著は、児童文学の歴史の中では、ゆるぎのない位置をしめているものである。この事実を見ても、もしクレインが、かれの挿絵をつけたほかの昔話絵本の場合にも、そこに採用された再話のかわりに、かれの挿絵に匹敵するほどの力づよい文を選んでいたならば、それらの本も今日まで残っていただろうということが考えられる。かれの『子どものオペラ』と『子どもの花たば』*は、ルーシー・クレインが、伝承のわらべうたにやさしい伝承の節をつけ、それを本文としたものだが、この二冊は、出版された当時とおなじように、いまも欠くことのできない本になっている。

これを考えると、絵本が永続的な喜びを与えるためには、挿絵と文とに、同等の力がなければならないということが、よくわかる。

ケイト・グリーナウェイの絵本に見られる絵は、かの女の批評家たちによれば、楽しむべきものであって、分析さるべきものではない。ジョン・ラスキンは、ある講演の中で、こういっている。

　この感受性ゆたかな人が、絵をかくとなると、いかに如実に描くかを注意してください。描かれたものの組み合わせやあしらいが、あなた方が、日常見るものの通りでないことは、ほんとうです。たとえば、あなた方は、日常生活で、赤んぼがバラのかごのなかに入れられているのを見ることはない。しかし、一度、この画家がその状況をあなた方のためにつくりだしてくれたとなると、かの女はこれ以上、如実にかくことはできないだろうと思えるほど、赤んぼは赤んぼらしく、バラはバラらしくなる。そして、それらのものの美しさは、それらしさの中にあり、まことらしければ、まことらしいほど、その絵のなかには喜ばしさがあふれている。かの女が、あなた方のためにつくりだすフェアリー・ランドは、空のかなたにあるのでもなく、海の底にあるのでもなく、あなた方の近くに――あなた方の家の戸口にさえある。かの女は、いかにそれを見たらよいか、いかにそれを大切にしたらよいかを、じつによく教えてくれるのである。

『窓の下で』*や『マリゴールドの花だん』*や『子どもの一日』*というような本につけた絵や、またその他のすべてのかの女の絵本には、自然で、楽しげな子どもたちがいっ

グリーナウェイ『窓の下で』より

ぱいでてくる。その子たちは、ベルトが胸高についていて、えりもとの四角にあいた、古風な服を着たり、モスリンのキャップや広つばのボンネットをかぶったり、小さいエプロンをつけたり、半ズボンをはいたりして――ゲームをしたり、おどったり、歩いたり、または、ただ子どもらしいもの思いにふけったりしている。かの女の絵の子どもたちの背景には、きちんとつくられた庭園のある古い屋敷や、花咲く田園の農家の見えるやわらかい春らしいけしきがかかれている。かの女の絵の魅力の一部は、その無造作な、たくまない画面と、はなやかではあるが、デリケートな色とにある。

絵についている歌は、かの女自作のもので、もし絵がついていなかったならば、これらの歌は、つぎの世代までのこる価値はすこしもなかったろう。かの女の歌は、ことばの順序が詩らしくならんでいなかったなら、散文の見だし以上のものではなく、歌としても、多くの場合、リズムやよい韻を欠いている。かの女の絵には、力強い動きはほとんどないが、敏感な感受性をもつ子どもが、かの女の本にひかれるのは、オースティン・ドブソン*が、「小さい人たちの内気なはにかみ、単純さ、つつましい威厳」と呼んだものを、愛情ぶかく、理解の目をもって写しだしたためと、描かれた花や庭の生き生きとした美しさのためであった。

ランドルフ・コールデコットの絵本をながめる時、私たちは、にぎやかな元気者の仲間にかこまれる。コールデコットのもつ、つきることのないユーモアや、動物たちにたいする愛情ぶかい、観察眼のゆきとどいた興味や、野外の生活に示した健康で陽気な喜びは、かれが子どものためにつくった十六冊の絵本のすべてに見いだされる。ケイト・グリーナウェイは、コールデコットが、あるわらべうたにつけたスケッチを見て、心をうばわれた。「それらのスケッチは、この上なくたくみにかかれていました」と、かの女は書いている。「お皿はおさじとにげました。*——この単純な一行から、コールデコットが、どんなに多くを描

コールデコット「お皿はおさじとにげました」

きだしたか、それは考えられないくらいです。」無尽蔵だったと思われるコールデコットの空想力は、あのわらべうたのおしまいの軽口をとりあげて、大皿を、はにかみやのおさじとかけおちする、さっそうたるめかしやとして描きだしている。大皿のにげだす部屋のドアのすきまからは、ネコが胡弓《こきゅう》をひき、それにあわせて瀬戸物たちがおどっているところがのぞかれる。皿たてにたててある、いくつかの皿さえも、その音楽にあわせて楽しげにからだをゆする。そのページをあけると、にげだした皿とおさじが、とてもうれしそうにベンチにこしかけ、ふたたび旅をはじめる用意に、ひと休みしている。しかし、つぎの絵では、めかしやの皿は、なげかわしくも床の上にくだけていて、一方、むじひな父親のナイフと、お高くとまっている母親のフォークが、両方から、うなだれたむすめのおさじをひきたてて、出てゆく。

コールデコットは、ごくわずかなことばを聞いただけでも、多くの絵のアイデアを得ることができた。かれの絵は、ことばが表面、語っている以上のことを語る。かれの想像力は、その状況のおこる前後、そのつながりある段階のすべてをとらえ、重要人物だけでなく、文章にあらわれているといないとを問わず、端役のすがたまでを描きだす。それはちょうど、かれが「ほらごらん、その事件はこんなふうにしておこったのだよ」と、子どもたちにいっているようである。

コールデコットの強みは――これは、同時に、ウォルター・クレインとケイト・グリーナウェイの弱みでもあるが――絵にあらわれる人間および動物に個性を与えていることである。しばしば、あざやかな、しかし、ごてごてはしていない色で塗られている、コールデコットのペン画のスケッチは、どうしたら最も少ない線で表現できるかということの見本である。そこにあらわされている感情が、楽しさであろうと落胆であろうと、心服であろうと不満であろうと、または、ためらいやくったくなさであろうと、かれのスケッチは、どの情緒もあやまつことなく、手にとるようにはっきりと示してくれる。かれのわらべうた絵本は、動きとユーモアと空想にみちたもので、ストーリー性という最も大切なものを高度に示している。

絵本に新生面をひらいた、この三人のりっぱな絵本作家たちは、それぞれ、スタイルや題材の取り扱いにおいて、みなちがっていたが、そのちがいは、今日までの絵本の伝統の中にずっとつづいて、うけつがれている。絵本の題材は、まじめなものから愉快なものまで、現実的なものからまったく空想的なものまでのひろがりをもつ。独創的な挿絵画家のスタイルは、それぞれ、その画家特有のものであって、千差万別である。レズリー・ブルックの絵本は、とくに注目する価値がある。ランドルフ・コールデコットにはじまった伝統は、『バラの環』*『カラスのジョニーのお庭』*『金のアヒルの本』*で一歩前進した。レズリー・ブルックは、コールデコット同様、子どもの目で物を見るという能力をもっている。また、つきることのない空想力、陽気なユーモアという点でも、同様の長所をもっている。そしてまた、コールデコットのように、かれの絵は、ドラマチックな事件をつくりあげる動きにみちている。

『三びきの子ブタ』につけたかれの絵ほど、表現にとんだものがあるだろうか。まず最初のページで、私たちは、三びきの子ブタが、うきうきと、自信満々、いかにも世間なれたふうに見せかけながら、ひとはたあげようとして家を出てゆくのを見る。最後のページでは、たった一ぴきの生き残りである、たいへん用心ぶかくなったかしこい子ブタが、レンガでつくった小さい家に、気持よく、満足そうに坐っている。壁の上には、家族の肖像がかざってあり、いろりの前には、わるいオオカミの皮でつくった敷物がひろげてある。レズリー・ブルックの忘れがたいいくつかの絵を見ると、私たちは笑いださずにいられない。たとえば、庭ででんぐり返しをうつ子グマを、さもほこらしげにながめる父親グマと母親グマの表情とか、「子ブタは、ロースト・ビーフたべました」*の歌の中の、子ブタのごちそうを待ちもうける表情とか、『カラスのジョニーのお庭』の中の、「帽子にハネつけたネズミくん」が、多分、そのハネのせいだろう、少しばかり気がかりな表情をうかべながらもさっそうとしているようすなどである。

レズリー・ブルックは、子どもたちのよく知っている生きものを思いがけない状況において描き、しかも、細部までじつにこくめいに描きだしてみせるので、生きものたちは非常に生き生きとし、子どもたちにロマンスの感じを与えるのである。ブルックは、子どもたちが動物を愛するということを忘れたことはないし、動物たちのこっけいな習性を見る目も、いつもあたたかで、やさしい。レズリー・ブルックの本は、ほかの多くの絵本にもまして、ただ一世代の子どもだけではなく、すべての子どものものとなっているといえるだろう。ブルックが挿絵をつけたわらべうたや昔話が、そうであると同様に、かれの絵本も、年齢や時代を超越しているのである。

もしレズリー・ブルックが、私たちにとって、ある意味でのコールデコットの再来であるとすれば、ビアトリクス・ポター*はイギリスの田園、牧場、小道、花や鳥でいっぱいのいけがきなどを描いたデリケートな水彩画によって、ケイト・グリーナウェイをおもいおこさせる。しかし、二人の類似は、ここで終る。ビアトリクス・ポターの小型本のページに登場してくるのは、昔ふうの服をつけた子どもではなく、ウサギやアヒルや、リスやコマネズミや、その他、野山の小動物たちである。ビアトリクス・ポターは、かれらに赤いずきん

ブルック『カラスのジョニーのお庭』

をかぶせ、青いジャケツを着せ、スマートにしたて、このような絵と、はっきりして力強く、単純、卒直な文章とで、お話を語る。かの女は、物語を簡潔に表現することができ、そこにあらわされるシーンにぴったりすることばを選んで使っている。

ストーリーは、単純に語られているとはいえ、必要以上に単純化されてはいないし、またこまやかさを失ってもいない。かの女の物語は、幼い子どもの理解できる世界の出来事でありながら、しかも十分に子どもの想像力の飛躍する余地を与えている。ビアトリクス・ポターの語る冒険談は、かの女自身の空想が創りだしたものであるが、そこに描かれている動物本来の特徴にもとづいているために、いかにもありそうな話になっている。たとえば、『あひるのジマイマ』*の絵本では、話の筋は、自分の巣をかくそうとするアヒルの本能を中心として展開している。また、キツネがアヒルを食うということは、知られているし、犬は、キツネを追いかけるものなのである。そこで、この話のプロットに必要な条件はすっかり出そろったことになる。

動物たちは、けっして多くしゃべらされてはいないが、しゃべれば必ずその動物独特の気質を発揮する。おろか者のアヒルのジマイマは、そわそわしていて、いうべきことを口の中で、もごもごしゃべり、かの女の会話は、おちつきのない混乱した心を示すように、はっきりしていない。一方、キツネ氏の口説は、どちらかというと大言壮語に属している。かれのなめらかな雄弁は、そのよこしまな性質とつりあっている。そして、

ポター『あひるのジマイマ』

動物たちは、性格にあった話し方をすると同様に、行動もする。

ビアトリクス・ポターの絵本では、動物たちが、ふつう考えられているのと違った行動をする個所があるが、そこに私たちは、かの女のユーモラスなタッチを見いだす。そのユーモアは、けっして笑いこけるほど陽気ではなく、静かで、知らないうちにこちらの心をとらえるというていのものである。ジマイマは、かの女自身、ユーモアを解する鳥ではないが、正装して空中をとんでゆくところは、こっけいである。キツネ氏は、ジマイマが、いらぬびっくりをしないように、ポケットにしっぽをしまい、夏の別荘のドアをしめながら、読者である子どもにウィンクして、こっそり自分の秘密を知らせる。

ビアトリクス・ポターの挿絵をその文と切りはなすことはできない。この二つのものは融合して、一つのふかい印象を与えるのである。絵は、物語の細部を、たくみに描きだしているばかりでなく、物語の背景として、一幅の美しい風景画を見せている。ジマイマが、「丘の荷馬車道をのぼって」いったシーンでは、ビアトリクス・ポターはゆるやかな丘とくずれかけた石垣と、それから遠景に木の芽どきの森を、私たちに示す。その絵全体が、イギリスの春の、ほのかなピンクがかった、かすんだ空気でみたされている。かの女の絵は、どの絵も、たとえ無意識にせよ、子どものものの味わい方に深い印象をのこし、その子の発育に影響をおよぼさずにはおかない。

ビアトリクス・ポターのストーリーは、自然観察がその背景になっている。そして、そのようなことは、幼児のかぎられた経験では、すべて知っているというわけにはゆかないけれども、幼児が理解し、または直感的に鑑賞できる範囲のものである。たとえば、『ジェレミー・フィッシャー』*の家庭生活は、子どもの家庭生活とはちがっていながら、似ている点もある。ちがっているところは、興味をひき、心をそそり、似ている点は、子どもの経験に結びつく。小動物たちの特徴は、人間的にあらわされているが、動物間に存在する本来の敵対関係は、そのままにすえおかれている。このような関係は、ストーリーのなかで重要な位置をしめてはいないが、作者が、作中の小動物をよく知っていること、その知識を使うことにじつにたくみであることを示している。

ビアトリクス・ポターはその小型本のなかで、ミニアチュアの世界を創りだしている。

それは幼い子どもの知性と想像力にものさしをあわせた世界でありながら、しかも、そこには、根本的な真実が包含されている。筆をおさえて、簡潔につづられたストーリーは、声をだして読むのに楽しい。そして、それについている小動物の特徴ある絵や、その背景として、愛情こまやかに細部まで描写されているイギリスの湖水地方(イングランド北西部の美しい湖に富む高原地帯)の風景が、完全にストーリーを絵に描きだしている。小さな動物たちを描いたかの女のストーリーと絵とは、何度も模倣されたが、かの女以上に出た作家は、ひとりもない。

十九世紀末と二十世紀初めに出た、こうした挿絵画家たちの作品をふりかえり、またイギリス、ヨーロッパ、アメリカで、かれらと同時代に生きた、ほかの画家たちの挿絵をこまかに観察する時、私たちは、いまさらのように、今日の絵本の様相がちがってきたことに気づくのである。このちがいは二つの世界大戦のあいだの期間にいちじるしくなった。西ヨーロッパの多くの画家たちが、経済的、政治的な争いにより分裂動揺する故国をのがれて、アメリカにわたってきた。この移住の結果、さまざまな伝統にたつ絵画と、アメリカに生まれ、かれら自身の伝統をもつ画家たちの画風とがまじりあって、アメリカの絵本は、たいへんゆたかなものになった。こうした文化の交流は、外国から輸入された絵本によって、いっそうゆたかにされ、歴史上いつの時代、またどこの国にも見られなかったほど、多種多量な絵本をつくりだす結果を生んだ。

私たちは、今日の絵本のなかにさまざまな種類のものを見いだすが、その差異は、題材ばかりでなく、表現の上にも見られる。絵本は、ある程度まで、その時代の美術上の理念とスタイルを反映する。そこで、現代の絵本の挿絵に、今日の画家たちの自己表現的な傾向が見いだされたとしても、なんのふしぎもないだろう。どの画家も、自分の感ずるようにその絵をえがく描き方をもっている。画家は、ひとの想像力をかきたてるような、新鮮な目で物を見ることができればできるほど、独創的であるといえる。

現代の絵本には、しばしばヨーロッパ風のしゃれた技法とデザイン感覚が見られ、それは絵本にスタイルと独自性を与えている。しかし、どんなにこれらの絵本が、心をおどらせるほど多様であっても、子どもの心をひきつける絵本の魅力は、その多種多様さにあるのではない。また、今日、子どもを喜ばしている絵本が、ヨーロッパやアメリカのさまざまな伝統の影響をうけているなどということを、子どもが知っているわけではない。挿絵画家の絵が、子どもに美しいものを見たという快感を与えることがあるのは、たしかだろう。しかし、それは、その絵が、そっくり完全に子どもの心にうけとめられた場合にかぎるのだと、私は考える。なぜなら、絵とそこにあらわれたストーリーとが、一つのものとしてうけとめられた時、はじめて、子どもが容易にはいってゆける力強い世界がつくりあげられるからである。

二十世紀の絵本のなかには、幼い子どもたちが、大すきになり——何度も何度もくりかえして読み(または、親たちに読んでもらい)あきずに楽しみ満足するようなものが、いくつかある。そういうものを心して見るならば、ある絵本は、なぜ時代に左右されない特質をもっているかを、私たちは知ることができるだろう。また、なぜこういう絵本にかぎって、幼児が本能的に手をのばし、おとなになってからも、はっきりと愛情をもって思いだすことができるかを、いままでよりも正確に、的《まと》をはずさず知ることができるだろう。

私たちの洞察力が敏感であればあるほど、私たちは、子どもの目で——共感と、喜ばしい驚異感と、笑いとをもって——その絵とストーリーを見ることになる。そしてまた、画家が、その表現を通して子どもに与えなければならないのは、美と真実と想像の世界なのだということをさとるだろう。

ヨーロッパからわたってきた本で、一世代以上のあいだ、たしかな位置を占めてきた本の一つに、ジャン・ド・ブリュノフ*の『ぞうのババール』がある。あのストーリーの文の、歌のようにはずむ、リズミカルな簡潔さに耳を傾けてみよう。

In the Great Forest a little elephant was born. His name was Babar. His mother loved him dearly and used to rock him to sleep with her trunk, singing to him softly the while.[1]

(大きな森に、小さな象がうまれました。名はババールといいました。お母さんは、ババールをかわいがり、小声で歌をうたいながら、はなでゆすって、ねむらせました。)

ババールのストーリーには、フランス風の秩序だった、論理的な進展があり、わかりのよい、機知のこもった、最小限のことばで語られている。

ジャン・ド・ブリュノフのアイデアは奇抜で、そのテーマの展開のしかたが生き生きとしているため、子どもたちは、いやおうなしに興味をそそられる。ババールの性格には愛すべき魅力があり、子どもは、ババールの友だちになってしまう。この小さな象が、ありえない、とほうもないやり方で、平然と都会生活に順応してゆくさまを、幼児たちは、本気にうけとるのである。そして、空想の世界で、子どもたちは、ババールが文明社会を楽しむところや、また「大きな森」にかえってからの生活をともにする。ババールは、人間らしい性格をもち、人間の服装をさせられているが、本質的には象であるから、短い期間、人間の世界へ出かけて冒険したあと、また本能にひかれて、その種族へもどってゆくことは、当然のなりゆきである。

ジャン・ド・ブリュノフは、あかるい原色を使い、その原色と、ババールやその友だちのからだの「象色」とのあいだに、快いコントラストをつくりだしている。ひら塗りの手法は、ポスター的様式を思わせるが、しかも、登場する動物、人物を描く上に立体的な効果をあげ、私たちは、ババールが都会生活のなかにごく自然にはいりこんでゆくのを見ることができる。つぎつぎにページをくってゆくうちに、私たちは、この画家が、一つの絵をそのページにうまくおさめるとともに、文と絵との位置を交互に変えなどして、なおいっそうのバランスを得ることに心をつかっているのに気がつく。このバランスのよさは、作品全体にゆきわたる構成力――これは、どんな絵本の場合にもだいじなものであるが――という点で、ブリュノフが非常にすぐれていることを示している。『ぞうのババール』には、現実世界と夢の国がよくとけあっていて、フランス風の子どものコミック・オペラを思わせる。

絵本の画家は、一般の画家と同様、今日の美術の動向について強い関心をもっている。かれらの作品は、現代の傾向に左右される。いまは、デザインに重きをおく時代である。しかし、私たちは、ウォルター・クレインにも、ハワード・パイルの作品にも、デザイン様式は見られたことをおぼえている。一方、ルドウィヒ・ベーメルマンスの絵本『マドレーヌ』には、はっきりした様式化はすこしも認められない。それは、ベーメルマンスの意図が明らかに、気らくに絵をかいて子どもとたわむれるというところにあるからで、それはいかにも子ども自身のやりそうなことであり、そこが、この絵本の子どもにたいする魅力の秘密となっている。ベーメルマンスは、その絵が黄色の地にチャコールで描かれていようと、日をあびたテュイルリー公園をゆたかな色どりで描いたものであろうと、その力強い絵のなかに、想像力やユーモアや微妙な味わいをふんだんにつぎこんでいる。

『マドレーヌ』は、一瞬でも生粋のフランス人タイプからぬけ出たことのない女の子を描いたものだが、しかも、どこの国の子どもも知っている子どもである。家の中でも、外でも、子どもたちがお行儀よく二列にならんでいるところや、「早く、そしてもっと早く駆けた」ラヴェル先生を常套的な遠近法をはずしてかいてあるところなどでは、絵はかなり戯画化されている。これを見る子どもは、そのかげにかくされたユーモアや戯画化には気がつかないかもしれないが、絵にみなぎる力そのものによって、夢中にさせられる。子どもは、ゆたかな絵で示され、ひびきのよい韻をふんだことばで聞かされる、わくわくするばかりはげしい動きに心をうばわれる。そして、子どもの理解と想像力は、同時に、パリの雰囲気の一部を吸収せずにはおかない。

さて、『マドレーヌ』から目をうつして、マージョリー・フラックが文をかき、クルト・ヴィーゼ*が絵をつけた『ピンのおはなし』を見てみよう。この二つの絵本のあいだのちがいほど大きなものを、私たちは知らない。『ピンのおはなし』は、文にも絵にも、戯画化や微妙さなどはみじんもない単純さでつらぬかれている。

マージョリー・フラックとクルト・ヴィーゼの共同作業は、満足のゆく組み合わせである。しかし、それでも、私たちの心には、もし、マージョリー・フラックが、かの女自身の文に、自分で絵をつけたならば、ほかの画家の挿絵を待つよりも、もっとうまく表現できたのではあるまいかという疑問がおこるかもしれない。マージョリー・フラックは、今日の挿絵画家として、最もすぐれた人たちの仲間には入らないだろう。しかし、かの女の描く私たちのよく知っている動物たち——犬やネコや、農家にかわれるアヒルやガチョウなど——は、身近なリアリティーと単純な動きとで、たちまち幼児たちにうったえかけ、喜ばせる力をもっている。子どもたちは、マージョリー・フラックが生き生きとその性格をえがきだした、アンガスという名前のスコッチ・テリアに夢中になる。陽気で軽率で、反発されるとすぐへこたれる、このスコッチ・テリアは、朝から晩までとびまわって失敗を重ねてゆくが、こうした出来事のあいだには、べつにこれというほどのプロットはない。絵は、

ベーメルマンス『マドレーヌ』

あざやかで、大胆な色のかたまりであらわされ、装飾的ではあるが、目だたない背景が、ストーリーに登場する動物たちをうきたたせている。

『ピンのおはなし』は、揚子《ようす》江《こう》にすむ中国のアヒルの物語だが、マージョリー・フラックは、この中で、一連のアンガスものよりは、ユーモアの点でもプロットの点でも、いちだんと力強くなっている。ピンが、自分の家である舟にかえりそこなう個所は、かの女によって愛情ぶかく、単純にえがきだされていて、すべての子どもたちの同情をかちえる。クルト・ヴィーゼが、このストーリーにつけた挿絵には、素朴な誠実さ、卒直そのものといった態度が示され、文と緊密にむすびついている。かれは、ストーリーの背景として、一つ目のついた屋形船や、めずらしいあみ方のかごや、ぶきみなようすの鵜《う》の見られる、いそがしい揚子江の生活を再現してみせる。こう見てくると、他のどんな挿絵画家も――マージョリー・フラック自身さえも――このストーリーのおこった場面や出来事を、ヴィーゼ以上に忠実にかきあらわし、かれ以上にあやまちなくとらえたろうとは思えない。

ストーリーと絵が、同時に私たちを劇的なクライマックスまでひっぱってゆき、さらに大団円へとみちびいてゆく場合、その絵本には、緊密な調和があるのだということは明らかである。エドワード・アーディゾーニ*が、かれの絵本『チムとゆうかんなせんちょうさん』のなかで、それをりっぱになしとげていることは、子どもが見ても、批評家が見ても、異論はない。この本の絵は、よい絵を見わける訓練をへた人たちの目にも、たいへん楽しい。これらの絵の線や、その時どきにかわる海の雰囲気をあらわすために、幅ひろく使われているさまざまな美しい色には、人の心を楽しませるスケッチ風ののびやかな気分がたたえられている。どんどん進むストーリーの動きや、チムやその友人の船のりたちのがっちりしたすがたや、荒れた海にうかぶ揺れる船などは、その状況につりあったディテイルをもってわれわれのまえに示され、そのため、子どもたちは、何か見のがした点はなかったかと、探索してあきることがない。

このストーリーは、大海原の上の冒険談である。そのプロットは、いわゆる難破船物語であるが、それがここでは、幼い子どもに理解できる、ふだんのことばでうまく語られている。子どもにとってこの話には、息もつかせぬドラマがもられているのであって、子どもは、しばらくのあいだ、小さいチムになりきり、チムの出会った冒険をすべて、かれといっしょに経験する。チムは密航者で、船のり稼業の苦しさを学ぶ。そして、難破し、ついに救助綱で救われて、家族と友人たちのところにもどってゆく。ストーリーは単純、リズミカルで、はりのある語り口で語られ、絵はスピードのある力強い線に、活気があり、しかも調和のとれた色でさっと刷かれ、その二つはまったく一つになって、わきたつようなムードをよびおこしている。

『チムとゆうかんなせんちょうさん』の挿絵にみられる劇的要素は、H・A・レイ*の

レイ『ひとまねこざる』

『ひとまねこざる』では、ダイナミックな力にまでもりあがっている。この力は、つよい色、生き生きととらえられたアクション、不規則な形の挿絵——白紙の上に、大胆にふるわれた濃色の線の、はっとおどろかすような効果によって得られている。文は挿絵と緊密にむすびつき、ページ全体につよい緊迫感を与えて、読者は、ひと目見たとたんに、それを感じさせられるのである。作者は、「おさるのジョージ」のすばやい動きをとらえ、私たちの見なれた都会生活を背景として、ジョージを活躍させるが、そのたくみさには、おとなも子どももひきこまれてしまう。ダイナミックな図柄をつくりだすレイの力量は、サルの好奇心がひきおこす急場を描く場合に、はっきり見ることができるのである。たとえば、ジョージを見つけようとして、机をひっくり返している巡査の群れ、こういうものを見れば、だれもレイのこの手腕を見のがすことはできないのである。

ストーリーは、息もつけないテンポで進む。語り口の単純さ、簡潔さは、リズミカルで、劇的である。センテンスには、ゆとりとととのった構成がある。おさるのジョージが、かれの考えなしのいたずらから、刑務所にいれられてにげだすところは、スピードをもち、動きをもち、ひびきのよいよう、注意ぶかく選ばれたことばで語られている。

The bed tipped up, the gaoler fell over, and, quick as lightning, George ran out through the open door. He hurried through the building and out on to the roof. How lucky he was a monkey! Out he walked along the telephone wires[2]. Quickly and quietly over the guard's head, George walked away. He was free!

(ベッドは、ひっくりかえされました。看守さんはひっくりかえりました。あっというまに、ジョージは、戸から外に出ていました。刑務所の建物からぬけだし、やねにあがりました。ジョージがサルだったとは、なんて運のいいことだったでしょう！　電話線をつたって、にげました。大いそぎで、でも、音もたてずに、看守さんの頭の上をとおって、ジョージはいってしまいました。もう、これでだいじょうぶです。)

ストーリーのテンポと劇的な動きは、挿絵によっていっそう強められ、文と絵は一つになって前進する。幼児が、自分たちの求める絵本をここに見いだして、幾度も『ひとまねこざる』にもどってゆくのも、ふしぎではない。

絵本はこうあるべきだとして、子どもたちの出している基準に合うものとして、いまここで、五つの絵本を見てきたが、私たちは、これらの本の中に、いくつかの共通点を見ることができる。どの本の場合も、その発想は新鮮で、独自の空想に富んでいる。どの本の中にも、しっかりしたテーマがある。テーマは、アクションによって展開されて、単純化された形であるとはいえ、よいストーリーがかならずもっているべき条件をみたしている。つまり、はじめがあり、中間があり、終りがあるという、はっきりしたプロットをもつ。どの本も、ひとりの主人公について語られ、その主人公は、象であっても、中国のアヒルであっても、サルであっても、または、ただの男の子や女の子の場合でも、読者である子どもが自分と同一視できるものである。題材は空想的なもの——そして、時には、途方もないものである場合でも、子どもの身近なものとの関連がなければならない。この関連は、幼児を喜ばせる。しかしまた、こうした関連のある一方、主人公の境遇と、絵を見、話を聞く子どもの境遇とのあいだには、ちがいもあって、そのちがいにより、子どもは、自分のせまい環境がひろげられ、新しい視野がひらけたという実感をもつ。

子どもは、一つのストーリーを読むと、その主人公の出会う出来事を、自分が身代りに経験したという感じをうけるものだが、よい挿絵は、その感じに、視覚からの印象という、いっそうの強さをあたえるものなので、絵本の挿絵は、ぜひりっぱなものでなければならない。とはいっても、これは、子どもが絵画の技術を認識するという意味ではない。子どもたちが大すきになる絵本のもっている、たしかな魅力の秘密は、その絵が生きているということである。挿絵は、その画家のうでによってかかれることは、たしかである。しかしまた、子どもが、その子にとって、新しく、すばらしく、未知な世界をどう見るか、どう感じるかをおぼえている画家の心によってかかれることも事実である。

引用文献

(1) De Brunhoff, Jean. The Story of Babar the little elephant (N.Y.: Random, 1933), p. 1.
(2) Rey, H. A. Curious George (Boston: Houghton, Mifflin, 1941), p. 37–39.

参考書

Crane, Walter. An Artist's Reminiscences. Methuen, 1907.
Lane, Margaret. The Tale of Beatrix Potter a Biography. Warne, 1946.
Mahony, Bertha E.; Latimer, Louise Payson, and Folmsbee, Beulah, comps. Illustrators of Children's Books, 1744–1945. The Horn Book, 1947.

Pitz, Henry C. A Treasury of American Book Illustration. American Studio Books, 1947.
Spielmann, M. H., and Layard, G. S. Kate Greenaway. A. & C. Black, 1905.

第九章　ストーリー

子どもの本を書くことは、それが、芸術のためであろうと、パンのためであろうと、おとなの小説を書くよりも、賭けの性質が多い。というのは、子どもの本は、おとなの小説の場合とちがって、先人の残した作品とのあいだにしつこい競争を覚悟しなければならないという一方、もしこの競争者たちと対等に肩をならべることのできたあかつきは、……そのシーズンに出た、すぐれたおとなの本よりも、ずっと長い生命をもつことができるからである。

（A・A・ミルン『子どものための本』より）

「ぼく、とってもあきちゃった」と、ロバートがいいました。

「砂の妖精のこと話しましょうよ」と、アンシアがいいました。アンシアは、いつも話を楽しくしようと心がける子でした。

「話なんかしたって、なんになるんだよ」と、シリルがいいました。「何かが、おこるんでなくちゃ、つまらないじゃないか。」

ジェインは、最後の宿題をおえて、本をとじました。

「あたしたち、楽しい思い出ってものをもってるわよ。」

「ぼく、思い出なんか、楽しみたくないよ」と、シリルがいいました。「ぼくは、何かおこればいいと思っているんだ。」

「でも、あたしたち、これでも、ほかのだれよりも、運がよかったんだわ」と、ジェインがいいました。「だって、ほかにだれも、砂の妖精を見つけた人なんか、なかったじゃないの。あたしたち、ありがたいと思わなくちゃいけないんだわ。」

「なぜぼくたち、いまも運よくなれないんだい？　ありがたがるなんてのは、いやだけどさ」と、シリルがいいました。「なぜ、おもしろいこと、あれでおしまいになってしまわなくちゃ、いけないんだ？」

「でも、きっと何かおこるわよ。」アンシアが、のんきにいいました。「ねえ、あたし、時どき、あたしたちは、おもしろいことにめぐりあうようにできてるんだって、気がするのよ。」

「歴史でも、そうだわ。」ジェインがいいました。「王さまによっては、おもしろいことが、たくさんおこるのに、ほかの王さまの時には、なんにも――うまれて、戴冠式をして、お葬式をしてもらったってことしか――それさえ、おこらない人だってあるんだもの。」

「ぼくもそうだと思うな」と、シリルはいいました。「ぼくたちは、何か事件がおこるような人間なんだよ。なんだか、ちょっとこう、ひとつき、つっついてやりさえすれば、何かおこりそうな気がするんだ。何か、ちょっとしたきっかけがあればいいんだ。そうなんだよ。(1)」

この、E・ネズビット*の物語『不死鳥とじゅうたん』の冒頭に、子どものためのストーリーの必要条件が、はっきりのべられている。作者は、何事かがはじまるように、ストーリーにひとつきあたえることのできる人でなければならない。でなければ、ストーリーという名に値する話などはじまりはしない。その出来事は、場面を過去においているかもしれないし、または、現在、未来にとっていることもあろう。あるいは、日常生活のなかにおこる場合もあろうし、空想の世界でおこる場合もあるだろう。どちらにせよ、そのストーリーが、おちつきのない、活気にみちた子どもという読者をとらえるためには、作中の人物は、その身のうえに「何事かがおこるような」人たちでなければならない。

ことばをかえていうと、子どもたちがストーリーのなかに見いだす直接の魅力は、何がおこるかということにある。子どもにとって問題なのは、その出来事が、どこで、だれにおこるかということだけである。なぜなら、出来事というものは、どこかで、だれかにおこるものなのであるから。ストーリーをなりたたせ、それに現実感をあたえ、そのおもしろさを高めるためには、場所と時と登場人物が欠くことのできない条件である。出来事が、どんなにして、なぜおこるかということを、子どもはほとんど分析しない。しかし、「つぎには何がおこるか」という気持に読者をかりたて、ストーリーのなかに驚きとサスペンスの雰囲気をつくりだすためには、作者は、この「どうして」「なぜに」を、巧妙に織りこまなければならない。もし子どもが、これから何がおこるかということに無関心なら、そこには、ストーリーはない。そして、そこによびおこされる唯一の反応は失望である。

子どもたちは、純粋に、あつかましいまでに、「楽しみのため」に読む。もし楽しみを発見できないなら、かれらは、喜んだふりなどはしない。しかし、「楽しみ」というものは、相対的なことばで、かぎりないほどの差異と解釈がつく。あるひとりの子が、ある本を読んで得る喜びの種類と程度は、もうひとりの子のそれとはちがう。また、子どもの楽しみは、直接ストーリーのわくわくする事件からくる魅力だけでは計れない。これがほんとうだということは、子どもがおなじ本を何度も何度もくりかえして読むのを見てもわかることである。そのような本では、事件はすでに子どもにとってはわかっているのであるが、かれらは、たんなる事件以外のところに、つきない楽しみを発見するように思われる。もし、サスペンスと驚きが、ストーリーの提供するすべてであり、「つぎに何がおこるか」ということだけが、その本のもっている魅力であるならば、再読の場合は、一度めの時の昂奮をすこしももたないことになるだろう。そこで、どういう要素が集まったならば、その場かぎりでなく、何度読んでも、くりかえすことのできる楽しみをあたえてくれるのかを考察してみようではないか。

おとなのものであると、子どものものであるとを問わず、フィクションがよいかわるいかは、私たちがそれを読んでうける感銘の質によって知ることができる。この質は、作者が題材をどうつかむか、どう取り扱うか、また、どう表現するかによってきまる。テーマは些細なものでありながら、扱い方が陽気で、ひとを楽しませるということもあるだろう。また、べつの本では、テーマは意義のあるものでも、表現が不適当だったり、さえなかったりする場合もあるだろう。これとちがって、作者のテーマ、扱い方、表現が、統一された一貫性のある感銘をあたえ、そこから、読者が、真実と意義をくみとる、という場合もあろう。作者は、その人にできうるかぎり一所懸命に書いているのだと考えてさしつかえないのだから、そうだとすれば、その本が読者にあたえる感銘は、その作家のねうちをはかる尺度にすることができる。作者は、うちにもっていないものを、読者にあたえることはできない。そして、読者のうける感銘の質は、また、読者の感情と理性、読者の理解力と鑑賞力によってもちがってくる。

ストーリーにたいして子どもたちの示す反応が、個人個人によってちがうことは、おとなの場合と同様である。すべてのおとなが一様にこのむ小説がないように、「すべての子どもがこのむ」ストーリーもない。しかし、よい本というものは、ほかのことでは得られない独特の経験を味わわせてくれるものであって——それがまた、よい本の与えてくれる最大の喜びであり、子どもたちは、まるで清水のたえず吹きでる泉にもどってゆくように、いくどでも、そこへもどってゆくのであるが——このような経験をすべての子どもたちにもたせたいとおもえば、かれらが見のがしてはならない、いくつかのストーリーがある。

子ども時代というものは、驚きと疑問と推測の時代である。たいていの子どもの現実の環境は、かぎられた平穏無事なものであるにもかかわらず、子どもの活動的な、ひろがる心は、本の中に——そして、どこよりも、よい本の中に——この年ごろの子どもの経験をゆたかにしてくれる素材を見つける。そして、子どもが本の中に見いだす、この素材の質こそは、私たちが最も重要視しなければならないものである。子どもたちは、すききらいの点では、個人個人でじつにはっきりしているが、その文学的判断は、年も若く、経験もあさいだけに、批判に欠けている。子どもたちは、まだ、すじ道をたてて考え、分析するというところに達していない。しかも、こまるのは、質のひくいストーリーの場合でも、子どもは、もちまえの想像力と注意力を集中してその本を読んでしまうので、何のとりえのない本さえもが、子ども自身のはやる空想力によってすばらしいものになってしまうことである。

多くのおとなたちは、子ども時代に、このような本の読み方をした経験がある。そこで、かれらが自分たちの文学的鑑賞眼がしだいに高まってきたことは、あまり考えないで、子どもだったころ、自分たちが楽しんだ本の記憶をすてさろうとはしないところに、危険がある。もし子どもっぽい記憶を、おとならしい判断や評価のかわりに通用させるというのならば、かれらは、いつまでもセンチメンタルでセンセーショナルな本や、ただのつまらない本を読みつづけることになるだろう。

子どもが、平凡な本をある程度読んだところで害にはならない、おとなも――知的といわれるおとなたちでさえ――かなり第一級でない本を読んで楽しみ、ある種の満足を感じているではないかという議論がある。この考え方はまちがっていると、私は思う。

結局、おとなは、かなりながい期間、おとなのままでいるのであって、その年月は、少しは時の浪費も許せるほどながい。しかし、若々しい成長期というものが、たいへん短い子どもの場合は、浪費してよい時間は、ほとんどない。子ども時代に、人間は、よいにつけ、悪いにつけ、他のどの時代においてよりも、外部からの影響に反応しやすく、それに染まりやすい。子どもの生まれつきの知能には差があっても、可能性と潜在能力は、無限である。それなのに、なぜ子どもに、その価値がわかって尊重できるようなもの、楽しんで成長の糧とできるようなものをあたえずに、それ以下のものをあたえなければならないのだろうか。

おとなのフィクションの場合でも、そうであるように、子どものためのストーリーにも、私たちがまじめに考慮する必要のあるものと、ないものとがある。数ページも読めば、もうその中の陳腐なことばにもられた古くさいテーマ、カビのはえたようなありきたりのプロット、平々凡々のシチュエーションなどが見えすいてしまうストーリーもある。私たちの注目を促すような美点を少しももたない駄作を見わけるのは、むずかしいことではない。私たちの批評眼がじっさいに試されるのは、多かれ少なかれ、まじめな批評の対象となるような本を評価する場合である。なかでも、今日書かれる子どものためのフィクションを、適正妥当に評価することは、最もむずかしい。というのは、それらの本は、まだ、時の試練をうけていないからである。私たちが、どんなにそうした本の永久的な価値を主張したところで、それがただしいか、ただしくないかがきまるのは、現在ではなく、将来においてである。しかも、私たちが、いちばんつよく、創作というものの基本的原則を理解する必要に迫られるのは、ただしく判断することのいちばんむずかしい、この現代の作品の場合なのである。

　しかし、これらの基本的原則は、私たちがおぼえこんで、新しい本を読んだら、すぐこれにあてはめて見られる一そろいの規則、というようなものではない。すぐれた文学を認めるという仕事は、けっして機械的にできるものではない。しかし、この判断力は、これまで何代かにわたって子どもを喜ばしてきたストーリー、あるいはまた、文学として認められ、児童文学の歴史に新生面をきりひらいてきた作品を分析することによって身につけることができる。新しい作品を判断するにあたって、私たちは、それらの作品と、長いあいだ、子どもたちに不変の魅力をもちつづけてきたストーリー、子どもたちが、くりかえし新しい喜びをもってかえっていくようなストーリーとのあいだに、どんな共通点があるかということに、判断のよりどころをおかなければならない。

　『ロビンソン・クルーソー』や『ふしぎの国のアリス』や『宝島』、または『ナイジェル卿*』や『ジャングル・ブック』や『ハックルベリー・フィン』のような作品は、それぞれ、その作品独自のやり方で子どものための文学の世界をひろげ、ゆたかなものにしてきた。これらの作品は、大ざっぱに分けて、ファンタジー、歴史小説、現実小説という、子どものための文学の、おもな三つの分野の門をひらいた。この三つの部門は、それぞれどれも、大きなひろがりと融通性をもっている。そして、どれもが冒険小説でありうるし、またあるべきであり、時によると、一つの部門ともう一つの部門の境界線は交わりあっている。ファンタジーと歴史小説には、ストーリーがおもしろいという原則に加えて、それらの部門特有の条件が必要であり、それらについては、つづく章でのべることにしよう。いま、私たちがふれようとしているのは、現実生活におこる事件を取り扱ったフィクションである。このようなストーリーは、子どもの経験できる生活圏内での事件を取り扱っているものから、かれらの限られた環境以外の経験を子どもに味わわせるものまである。しかし、この未知の経験の場合でも、それは、子どもが、ストーリーの主人公になったつもりで楽しむことのできるもの、したがって、かれらが、より危険の多い冒険的な生活のなかに求めている、生命の高揚感を与えるものでなければならない。

「現実を取り扱った物語」という名は、子どもたちがすばらしい冒険とロマンス——ほんとにおこりうるかもしれない冒険——を求めて読む読みものに与える名としては、ふさわしいものではない。イギリス学士院でおこなった演説のなかで、キップリング*は、「フィクションとは、真実の姉なのである。明らかなことではないか！　だれかが、ストーリーを語るまで、だれも真実とは何かということを知らなかったのだ」といっている。じっさいにおこりうるかもしれないストーリー、——個々の事件は、作者の想像の産物であるが、それがいかにもありそうで、ありうると思われる時、そのストーリーは、なにかの面で人生の真実性を描きだしている。このような冒険は、子どもの心に、物語の主人公と同様の経験を体験したという感を抱かせ、それによって、子どもの興味をおしひろげ、視野をひろめ、子どもが求める空想の世界でのはけ口を提供してくれる。

少なくとも表面上は、現実社会のことを取り扱う、この種のフィクションのうちで、もっともひろく子どもの興味をひくのは、冒険小説である。そしてまた、冒険小説は、がいして単純で単刀直入、分析するのにやさしい。冒険小説の多くは、いわば、その作家たちの活力の産物ともいえるのである。かれらの目的は、通常、ただおもしろく一席うつ、つまり、海賊、宝さがし、または、密輸というような薬味をきかせて冒険談を書く、ということにある。海のかおりは、冒険小説の最上の傑作の多くにみなぎっている。

海は——とくに子どもにとっては——未知のもの、未踏のもの、これまで人に語られたことのないふしぎな世界のもっている魔力をたたえている。そしてまた、海は、人間の本来の住み家ではないから、そこには、船の問題がはいりこんでくるし、火事や反乱や難船のさわぎがからみあってくる。すべてのものから切りはなされて、船で生活することは、ほとんど無人島にいるのにも等しい魅力をもつことであり、非常事態がおこった場合は、ロビンソン・クルーソー的な勇気、発明心、活動力、進取の気象が発揮されることになる。また、悪人は海を、罪をかくすのにかっこうな場所とする。船のなかには限られた場所しかないということ、また、そのためにうけなければならない制約が、不穏な激情の原因となる。こうしたことすべてが、ロマンスを生む手だてとなる。

けれども、すべての海洋冒険小説が、そうだというのではないが、多くの海洋小説が、海以外のことに、よりふかい関係をもっていることも、事実である。私たちが、海を背景にした愛読書を思いおこしてみたとしても、『宝島』は海賊のストーリーであるし、『海底二万里』は、科学的発見の物語を展開しようとしているのであるし、『勇敢なる船長』*はグランド・バンクス(ニューファウンドランド沖の世界最大の大浅瀬)での漁業の話であるし、『ジム・デイヴィス』は密輸のストーリーであり、『ダーク・フリゲート』*は、奴隷売買を取り扱っている。しかし、どんな面を取り扱うとしても、ピリリとした潮風のにおいが、これらのストーリー全体にみなぎっている。

ロバート・ルイス・スティーヴンソンが、『宝島』というストーリーで、新しい道を照らしだした時、かれは、たんに海賊物語の傑作を書いたというだけでなく、これにより、その後の児童文学は大きな影響をうけ、冒険物語の領域はいよいよひろがることになった。スティーヴンソンにつづいた多くの作家たちは、『宝島』がこれほど子どもに愛されるのは、この本のなかの「冒険」のためだけではないという、重大な点をつかむことができなかった。『宝島』のなかに見いだされる特質は、独創的な想像力と、みごとなる散文のスタイルをかねそなえた作家だけの生みだせるものであって、この二つの結びつきが、『宝島』の魅力を永久的にしているのである。

『宝島』を分析したならば、どんな結果があらわれるか、それを、ここで見てみよう。ストーリーは、偶然の機会によりふしぎな冒険にまきこまれるジム・ホーキンズという少年の口から、一人称で語られる。一人称を使うことによって、スティーヴンソンはストーリーにもっともらしさ、真実らしさをあたえるが、この真実らしさこそ、すべてのロマンスに欠くことのできないものなのである。また、一人称の語り口は、ストーリーに終始一貫した、統一あるものの見方――ジムの見方――をあたえ、それにより、物語のなかのかずかずの事件は、いっそうくっきりとうきだしてくる。ジムは自分で、自分の経験を語ってきかせる。かれの思い出は、多彩な、力づよい、あざやかな情景でみたされている。ジムが物語の冒頭でのべる、つぎのようなシーンを読んで、ひきこまれない者があるだろうか。

私は、その男が、船員衣類箱をあとから手おし車ではこばせながら、宿屋の戸口へ足をひきずるように、のそりのそりやって来た時のことを、まるで、きのうのようにありありと覚えている。背の高い、がんじょうな、どっしりした、赤銅いろにやけた男だった。タールにまみれた弁髪《べんぱつ》が、よごれた青い上着の肩にたれていた。手はゴツゴツとふしくれだち、傷あとだらけで、つめは黒く、われていた。そして、サーベル傷がきたなく青白い片方のほおについていた。私はまだ覚えている、彼は入江を見まわしながら、口笛を吹いていたが、急に、そののちも、たびたび歌った、あの古い船歌を歌いだしたのだ――

「死びとの箱にゃあ、十五人――

　ヨイコラサア、それから、ラムが一びんだ！」

錨巻《いかりま》きのてこをまわすのに調子をあわせていつも歌って、しわがれてしまったらしい、高い、おいぼれた、ふるえ声だった。それから、彼は持っていた、先のとがった棒ぎれで入口の戸をコツコツたたき……

（岩波少年文庫、佐々木直次郎訳『宝島』（一九五〇年）より）

ジム自身は、ある程度、実体をそなえてはいるが、ふかく心にのこる人物ではない。ジムを、それ以上のものにする必要はないのである。かれは、ストーリーを語るために、そこに出てくるのである。ジムが、いかにも少年らしい目で、その事件を見るので、これを読む子どもは、ジムになったつもりで、自分もジムの語るさまざまな心おどるシーンのなかにはいりこみ、「ヒスパニオーラ」号上の異様な人びとを知ることになる。ストーリーは、わくわくするような事件を、ただつなげただけのものではない。スティーヴンソンは、プロットをつくりあげることにかけては、名手であり、『宝島』はかれの傑作の一つなのである。私たちは、何がおこるかということを知るばかりでなく、なぜそうしたことがおこるかも知らされる。事件は、つぎつぎに論理的に進行し、ぬきさしならないクライマックスにのぼりつめる。『宝島』を読んでいる時の子どもの興味は、主として動きの早い、緊張したストーリーの上にあるのだとしても、読後、子どもの頭にのこるのは、等身大以上にうかびあがる登場人物たちのすがたである。子どもが、力づよい、生き生きとした人物をこのむことは、おとなの場合と同様である。のっぽのジョン・シルヴァーという、口さきのうまい、残忍な船のりのなかに、子どもたちは、おそろしい、そのくせ、どこかこのましい海賊を見いだす。のっぽのジョンの個性は、子どもたちの頭のなかで、しだいにはっきりしはじめ、ついには、完全なリアリティーをもつようになり、ほかの本にあらわれる海賊たちは、かれのそばにおかれると、芝居の小道具のようにさえ見えてくる。多くの海賊小説のなかの人物が生きてこないのは、動きのなかでとらえられてはいるが、読者は、かれらの行状や動きの動機をつかむ手がかりをあたえられていないからである。そのようなストーリーのなかの諸事件は劇的で、心をおどらせるようなものであるかもしれないが、そこに登場してくる人物とは、何のかかわりもなくおこってくるようにみえる。読者は、登場人物の心のなかにはいってゆく手だてをもたない。のっぽのジョン・シルヴァーを知るように、かれらを知る方法は、一つもない。それは作者が、登場人物を、外側からだけえがき、ストーリーのアクションをはこぶのに必要な小道具としてしか見ていないからである。

スティーヴンソンの手法は、これとはちがう。読者は、登場人物の性格をよくあらわす会話によって、かれらの性格を知ることができるばかりでなく、また、直接間接のヒントや暗示によっても知らされる。登場人物がどう考え、その考えが事件にどう関係するか、それが読者にわかっているから、かれらは生きてくるのである。また、かれらの個性に関係のないことは、何一つおこってこない。

そして、『宝島』の語り口は、なんと単純で、力づよく、雄弁なのであろう。適切で、しかもふつうでないことば、イメージをうかびあがらせる語句、たくみに想像力に訴えかけて、情景をえがきださせる印象的なたとえなどが用いられている。ストーリーは、非常に生き生きとしており、なみなみならずたしかな、暗示的な筆致でえがかれているので、この上なく強烈な感銘となって読者の心に永久に刻みつけられる。『宝島』が、不滅の位置をもつものとして子どものための文学にくり入れられたのは、ふしぎではない。

いま、私は、『宝島』は冒険小説の分野で、新しい道をてらしだしたといった。児童文学の歴史の上で、ごく少数の本の出現が、児童のための読みもの全体をかえ、それに大きな影響をおよぼしたことは、明らかな事実である。これらの本は、独創的で、重要な文学作品として認められており、新しい傾向を生み、たくさんの模倣者をだした。しかし、冒険小説の部門には、模倣者ばかりでなく、新しい、独創的な方向を与えた人も多く出ている。

アーサー・ランサム*は、『ツバメ号とアマゾン号』を書いた時、新しい種類の冒険小説をつくりだした。作者は、『宝島』の場合とおなじように、明らかに子どもたちのかぎられた日常の生活——たとえ、それが、休暇中の生活だとしても——から、子どもたちをつれだすことを意図したものと思われる。しかし、『ツバメ号とアマゾン号』の冒険のテーマは、子どもの内心の空想のあそびのなかに織りこまれている。かれによれば、ロマンスは、遠くにながめられる手のとどかないものではなく、すべての子どもの想像の世界の戸口で待っているものになる。アーサー・ランサムは、そのすべての作品のなかで、生き生きと生活し、人生をすばらしい冒険とするためには、われわれの想像の世界の戸口をあけはなたなければならないと、読者たちにいっているようにみえる。

ランサムは空想の世界の話を書く時も、現実の話を書く時も、かれが知りつくしている船や水路について語る。かれが、真剣な意図をもって書いていることは、本のなかの充実した内容に見られるばかりでなく、そのテーマの上にも見られる。たとえば、『シロクマ号となぞの鳥』のテーマなどは、まことにたくみに、大きな熱意をもって展開されているので、これを真剣に研究し分析する必要がでてくる。

ランサムは、川スゲのなかや海に近いさびしい湖の岸で、たまごをうむ野鳥に興味をもっている。この関心を、かれは、一再ならず、本のなかで、自分だけのものでなく、つくりだされた登場人物たちの関心としてえがきだしている。子どもたちは、ストーリー中の人物になったつもりになる傾向があるので、その結果、野生の鳥獣にたいする関心は、その子にのりうつる。そして本のなかの子どものひとりが、「こんなおもしろいことに、いままであったことない。博物万歳。オオウミガラスにウミガラスか！　鳥がこんなにおもしろいって、知らなかったわ」とさけぶと、読者もそれとおなじように、夢中になってしまうのである。

『シロクマ号となぞの鳥』の背後にあるテーマは、野生の鳥獣類の保護であるが、このテーマは、具体的なものだけが理解できる子どもたちには、あまり大きすぎる問題で、どんな大まかな意味にせよ、つかむことができない。そこで、ランサムは、このテーマから、ある特殊の局面を設定した。「船の博物学者」*ディックが、ヘブリディーズ列島にすをつくっている水にもぐる鳥を発見する。それが何であるかということに問題の焦点がおかれる。これは、大オオハムなのか、それともちがう鳥なのだろうか？

世の中で出版されている鳥の本が、みな不正確であるということが発見され、この問題の重大さがストーリーの動きを支配する。ストーリー中の各人物は、自分たちがそれぞれにもっている、たがいにあいいれない欲望は、まず二のつぎにして、ぜひ果たさなければならない共通の義務感――純粋に科学的な発見を支持しなければならないという義務感――のもとにプランをたてる。ディックには、その鳥の写真をとらせなければならない。なぜなら、作中の悪漢のことばでいえば、「勝てば官軍、負ければまぬけ」なのである。ことばをかえれば、断じて証拠をつきつけなければならないのである。

だいたいにおいて、これが、ストーリーの背後のテーマである。これが、子どもたちにとって意義ふかいものであることは、疑いようがない。子どもたちの興味をひきとめておくことができるかどうかは、ストーリーが、どう組み立てられているか、またどう語られているかにかかっている。まず、はじめに、この物語の構成を観察してみよう。

ランサムは、物語を読者の心におもしろく思わせる点を見のがすような作家ではない。かれは、たくみに事件のおきそうな人物をつくりだし、事件がおこりだすように「ひとつき」する。島は敵をもっている。時には、その敵は人間である。そして、「かれらのわるだくみの裏をかこう」とすれば、ストーリーのなかには、動きとぶつかりあいがおこってくる。こうしたことを根底のテーマとしてなりたっている構成は、プロットというものは、どうたてるべきかという点についての興味ある見本を提供している。作中の子どもたちは、入江に船を碇泊させ、そこから、島のおくへ予備的な遠足をする。この時、いく人かの子どもは、ヒースにおおわれた高台を探検し、一方、「船の博物学者」ディック少年は、それまでの航海中に見てきた鳥のリストに、新しい鳥を加えたいという考えから、二つのロック(陸中に細く入りこんだ入江)の岸をつたってゆく。そして、ロックのなかの小島ですをつくり、たまごをだいている「大オオハム」を発見するが、その正体がはっきりしないので、すばやくスケッチをする。ほかの子どもたちは、自分たちの行動が、敵意をもった島の住民たちに見はられている――どころか、尾行さえされているということを発見する。

船にかえってから、ディックは、かれのスケッチは、鳥の図鑑のなかの「大オオハム」と一致するのに、その記事には、はっきりとこの鳥が「国外でたまごをかえす」と書かれていることを発見して、わからなくなる。しかし、かれは、あの小島で、たまごをだいているその鳥を見たのだ。子どもたちの船は、港にはいり、船の旅はおわった。と、すくなくとも、子どもたちは考えた。ところが、ディックは、ひとりの「鳥類研究家」が、やはり港に船を碇泊させていることを発見し、あの鳥がほんとに「大オオハム」かどうか、その意見を聞こうとして、かれを訪問する。ところが、この研究家は、じっさいには鳥類の敵で、自分のコレクションをつくるために、鳥を殺して剝製にし、また、たまごを集めていたのであることを知り、ディックはショックをうける。この男が、ディックの発見に興味を示したのを見て、子どもたちは、この発見が科学的に重要な意味をもつことをさとる。

そこで、ディックの鳥が、絶滅する危険にひんしているのだという事実、「鳥類研究家」の残酷なくわだてをだしぬかなければならないということ、それと、ディックの発見した鳥をぜひ写真にとらなければならないということ、この三つが、作中の子どもたちの最大の関心事になってくる。子どもたちの船は、ディックの発見の場である入江にもどる。ここのところで、ストーリーの絵模様は、三本の糸で織られている。つまり、ディックは島を追跡し、島の住民は子どもたちを追跡し、悪漢は、ディックを追跡する。この三本の線が、最初の発見がおこなわれた場所で一点に集結する。クライマックスは劇的で、そのあと、ストーリーは急転直下、結末となる。

ここまでのところで、私たちは、このストーリーには、重要な意味のあるテーマがあり、サスペンスが劇的なクライマックスにまでもりあがるよう、プロットもたくみに構成されているのを見た。しかし、アーサー・ランサムの本が、子どもに永続的な喜びを与えるのは、こうしたことのためであると考えたなら、それは、かれのストーリーのもつ、いくつかの特質を無視することになるだろう。そして、この特質ゆえに、かれは児童文学史上に不朽の作品を書いているほかの作家たちと肩をならべる権利をかち得ているのである。創作家としてのかれの大きさを決定しているのは、おもしろいストーリーをつくりあげることにかけての天才的なうまさと、文章家としての手腕、この二つのものの融合である。『シロクマ号となぞの鳥』のなかで、私たちは、それぞれのところでその時どきの問題に適当な、三つのはっきりちがった文体が使われているのを見ることができる。それをしらべてみることにしよう。

ランサムは、たいていの子どもは、心の底では、ロビンソン・クルーソーだということとを知っている。子どもたちは、いかだをくんだり、さまざまなかくれ場所をこしらえあげたり、ひまの許すかぎり、地下および地上の探検をしたりする。ランサムが、船を洗うために船に「足をつけ」ることや、ピクト族の家の構造や、鳥を観察する時、身をかくすかくれ場所のつくりかたを、念入りにこまかく描きだしているのは、どの子どもたちのなかにも共通にかならずある興味と気持を通じあわせているのであって、かれは、そのようなことを、デフォーが、ロビンソン・クルーソーの巧妙な工夫を描写したのと同様な、精密なこまかさと、実際的なことばとで語っている。

作中にたくさん見られる会話は、ストーリーを進展させ、また人物を具体化させるための工夫である。ここでのかれのスタイルは、自然で、生き生きとしていて、気どりがない。たとえば、船が入江にもどったあと、船室で作戦会議がおこなわれる。ナンシーが、その時、自分たちのおかれている事情を、かいつまんで説明する。

「こうなのよ」と、かの女はいった。「敵は、ひと組でなくて、ふた組なの。ディックは、あの老いぼれダクティル(たまご採集家)に見られないで、写真をとらなくちゃならない。それから、島民たちにも見られないようにしなくちゃいけない。あの人たちが、ジョンやあたしにどなったみたいに、どなりだしたら、鳥がびっくりして、写真がとれなくなっちゃうでしょう?」

「それより、もっとわるいことになるんだ」と、ディックがいった。「ぼくが鳥のいる島にゆくのを見たら、島民たちはどなりだすだろ？　そうすれば、あの採集家に、どこをさがせばいいかわかってしまうんだ。」ここまでいった時、心配でいっぱいになっているかれの頭に、新しい考えがうかんだので、ディックは、ちょっとことばを切った。「ねえ、まだほかにも考えなくちゃならないことがあったよ。もし島民たちが、ぼくのすることを見てしまえばね、採集家は、ぼくたちが用をすませて、ロックから出てゆくのを待ちさえすればいいことになる。そして、ぼくたちがいなくなってから、島民たちにきくのさ。やつらは、採集家から金をもらって、鳥のすのあるところを教える。そして、ぼくたちは、それをとめることも、どうすることもできないってことになるんだ。」

「すごい」と、ナンシーがさけんだ。「うまいわ、教授さん。もちろん、あたしたち、それを利用しなくちゃ。ひと組の敵を、もうひと組の敵で片づけるのよ。簡単よ。何とかして、あの島民たちを、まちがった場所でわァわァどならせるようにしなくちゃいけないんだわ。」

「だけど、やつらが、ぼくを見つけたら？」

「見つけるようなことさせちゃいけないの。」ナンシーがいった。「そして、見つけさせるものですか。ねえ、ティティー、このあいだ、あとをつけられた時のことね、あの時のことはっきりきかせてちょうだい。」

その時の冒険談をすっかりききいてから、ナンシーは決心する。「これからどうするかっていうとね、もう一度、島民にあたしたちのあとを追跡させるようにするのよ。」ナンシーはいった。「われわれは、島民とごたごたをおこしたいと思っていないんだぞ。」フリント船長がいった。「あの人たちは、どんな人たちなんだね？」「わかい酋長がいるわ。」ドロシアがいった。「それから、とてもおっきい、白いひげはやした、年よりの大男。」ティティーがいった。「あいつのこと、おじさん、自分でも見たじゃないか。」ロジャーがいった。「ぼくたちが船をだした時、手をふったら、ふりかえさなかった変人おやじさ。」「それから、ほかの人たちもいるわ。」ドロシアがいった。「みんな、野蛮なゲール人で、自分たちの生まれ故郷のこの島の丘の上で、ゲール語でときの声をあげているのよ。(2)」

このような科白《せりふ》は、口語で、むずかしいものではないが、しかも、話し手の個性をあらわしている。私たちは、作中の人物が、その時どんなことをしているかを知るばかりでなく、何かがおこった時、かれらがどんな行動をするだろうかということまで知ることができる。かれらは、目に見えるように書かれているので、まざまざと生きてくるのである。この物語を読む読者たちにとって、ランサムのつくりだした人物は、かれらが毎日遊んでいる仲間よりも、ずっとほんものに見えるほどである。

このような二つのスタイルの文章——実用的なものと会話的なもの——のほかに、ランサムは、もう一つのスタイルをもっている。それは、非常に微妙にストーリーそのもののなかにとけこんでいて、読者が、それとは気づかぬほどしずかに、美しい、意味ふかい世界をつくりだしている。つまり、『シロクマ号となぞの鳥』のなかで、かれがえがきだしているのは、ヘブリディーズ列島そのもの——カモメが舞い叫ぶ、岩がちの海岸、入りこんだ入江、丘にしげるヒース、シカの草をはむ、霧のたれこめた谷間、ディックが、「狂人じみた笑いのような」ながくふるえる声——「大オオハム」の叫びをはじめて聞いた、アシにかこまれたロック、などであるからである。

さて、私たちは、ここまでのところで、よい冒険小説は、昂奮や危険やサスペンスによって、読者の興味をひいてゆくように構成されなければならないが、もし、そのストーリーが永続的な喜びを与え、再読のテストにも耐えるためには、ほかの要件もそこにはいってこなければならないということをみた。つまり、その要件というのは、登場人物の性格の設定、雰囲気、重要なテーマ、話術のうまさなどで、こうしたものが、スリルを切りはなして考えた場合にも、よいストーリーに不動の地位を与えるものなのである。こうした要件はまた、ほかの種類の現実を取り扱うストーリー——冒険小説よりも、すじをこれほど重要としないストーリー——を読む場合にも、その喜びを大きくしてくれる。

子どもたちの日常生活と密接に結びつき、子どもたち自身の世界を写しだすストーリーも、才能ある作家の手にかかると、りっぱな意義をもつ、すぐれたものとなることができる。しかし、またその一方、子どもたちの環境は限られているので、この種の本は、月なみな、たいくつなものになったり、大げさで、つくり物らしくなったりもする。子どもたちは、ロビンソン・クルーソーの暮らし方のような、実際的で事実に密着したこまごましたことがらをこのむ。しかし、ロビンソン・クルーソーの話は、いかにも日常的なことばで書かれているとはいえ、異常な冒険なのであって、ふつうの日常生活とは、まったくべつなことなのである。ふつう一般の生活を取り扱う場合、作者の問題は、どうしたら、できるかぎりそのストーリーをたくみにえがき、表面、陳腐な日常生活に、特殊な興味とロマンスを与えることができるかということにある。

がいして日常生活を取り扱ったストーリーは、後の時代の子どもによりも、その話が書かれた時代の子どもに多くすかれる。こうしたストーリーで、古典のなかにまじって不動の位置を保つものは、ほとんどない。その理由は、これらのストーリーが、必然的にその時代のわく、そのころの社会状態、習慣、考え方に適応させられてしまうからである。そのストーリーの書かれた時代が、遠く過去のものとなってゆけばゆくほど、作中の子どもが生活した社会の風習は物語の表面から後退して、ストーリーは、後の時代の読者にたいする意味と興味を失ってゆく。

この種のストーリーで、あとあとまでのこり、同時代に書かれたほかのストーリーとおなじ運命をたどらずにすんだものは、何かそれだけ特別な要素をそのなかにもっていたのであり、そのために、おなじ時代に人気のあった多くの本より生きのびることができたのである。『六つから十六まで』*や、『宝さがし』や、『四人の姉妹』*や、『トム・ソーヤー』や『ハックルベリー・フィン』などのような本を考えてみる時、これらの作品は、それぞれに、その時代の生活を反映する一方、共通な普遍性をもっていて、そのために、今日書かれる本と対等に立っていられるのだということが、はっきりする。これらの本の著者は、まざまざとかれらの子ども時代をおぼえていて、後に得た人生経験を動員して、子ども時代というものを普遍的な面で照らしだしているのだということを、私たちは知るのである。

日常生活を取り扱うフィクションの場合は、それがおとなのために書かれたものであれ、子どものために書かれたものであれ、読者の興味は、作中の人物の上にかかってくる。読みすすむにしたがい、それらの人物が、色彩をおび、動きだし、情緒や意見をもちだすと、読者は、人物が「生きている」という。もし、子どものストーリーの人物が、真にせまっているならば、かれらの生活様式や時代や場所が、どんどん遠い過去のものになっていっても、それらの人物は、容易に忘れられるものではない。ジョー・マーチ、トム・ソーヤー、ハック・フィンのことを考えてみるならば、今日書かれるストーリーのなかの人物が、これほど個性的で、生気にあふれ、真実味のある人物に太刀《たち》うちするのは、むずかしいのだということを、私たちはさとらないわけにいかない。もし、うまく太刀うちできる場合には、それらの新しい登場人物たちも、かれらの書かれた時代がすぎ去ったのちまでも生きつづけることになるだろう。子どもたちは、本のなかの人生経験が、自分たちに意味があり、そこに真実が語られていると考える時、作中の主人公や女主人公に忠実なものだからである。

作者の生活する時代の風習のわく内で書かれたストーリーは、その時代のある面を忠実に写しだすことができる。そこで、時がうつってゆくにしたがい、社会史的な価値をもつようになる。たとえば、ジェイン・オースティン*の小説は、その文学的価値はべつとしても、オースティンの生きていた時代の社会的慣習を読者のために解明し、再現してくれるものとなっている。ジェイン・オースティンが、十九世紀のおとなの応接間や舞踏室についてしたことを、ユーイング夫人*は、十九世紀の子どもの教室や遊戯室や、野原や庭についてしている。

ジェイン・オースティンとおなじように、ユーイング夫人は、大事件などおこりそうもないくらしをしている人びとを描いている。かの女のストーリーには、はっきりしたプロットといえるものはなく、性格描写にもそれほどの深さはなく、心をおどらせるような出来事は、すこしも出てこない。これらのストーリーは、かの女の時代の子どもたちの日常生活を外側から見て、こまかく、のんびりと取り扱ったものである。ジェイン・オースティンが、かの女のえがく登場人物のことばや行動よりおくにはいってゆくことをしないように、ユーイング夫人も、かの女のストーリーの子どもたちの心理に深入りしようとはしない。と同時に、ユーイング夫人ほど、小さな、些細なものごとを子どもの目を通して、正確に、するどく見られる人は、ほかにはないのである。

ユーイング夫人は、子どもたちなりの「俗世間的なみえ」ともいえそうなものや、困惑や無念さや、また、子どもたちの喜びや有頂天な気持などを見ぬく。夫人のえがく事件は、できるだけ少ない動きで、最高の効果の出るようなやり方で語られる。夫人も、かの女をうんだ時代の産物で、ジェイン・オースティン同様、作中の人物の奇行や気まぐれで読者をおもしろがらせることはあるが、まじめなくだりを、あちこちにもちこんでいる。しかし、道義的な教訓がたいくつにならないように、かならずユーモアで明るさをそえる。たとえば、『メアリの牧場』のなかの、人物の性格をたくみにえがきだした、つぎのような挿話が、その例である。

　私は、いつか、お母さんが、私たちきょうだい同士、たがいのいじわるを許すようにとおっしゃった時のことをおぼえています。その時、アーサーは、いじわるをされたら、その人に、やさしい気持など、もてるものではないといいました。すると、お母さんは、最初に決心しておこなえば、あとから、その気になれるものだとおっしゃいました。このことがあって、すぐのこと、ハリーとクリストファーが、けんかをしました。そして、私は、ふたりをなかなおりさせようとして、できるだけのことをしてみたのですが、ふたりは、すこしもおたがいを許そうとしませんでした。

クリスは、ぷりぷりしながら、いってしまいました。けれども、しばらくたって、私は、おもちゃ戸棚のところで、クリスを見つけました。クリスは、何だかあおい顔をして、とてもふくれっつらで、新しく手に入れたアメリカのコマに糸をまきながら、ひとりごとをいっていました。

クリスは、ひとりごとをいう時、口のなかでぶつぶついいます。そこで、ようやくききとれたのですが、かれはくりかえしくりかえし、こういっていました。

「はじめにやって、あとでその気になる。」

「クリス、なにをしているの？」と、私はききました。

「ハリーにこのコマやろうと思って、用意してるんだ。はじめにやって、あとでその気になる。」

「まあ、クリストファー、あなた、いい子だわ」と、私はいいました。

「ぼく、あいつの頭に、あなっこあけてやりたいくらいなんだ」とクリスはいいました——まえとおなじような、歌をうたっているような調子で。「だけど、コマ、用意してやってるんだ。はじめにやって、あとでその気になる。」

そうして、クリスは、コマに糸をまき、ぶつぶついいつづけました。

ユーイング夫人の本は、俗うけするというような意味で、だれにもすかれるとはいえない。かの女の本は、おそらく、比較的しずかな性格描写や雰囲気や文章を鑑賞できる子どもたち——つまり、のちにジェイン・オースティンや他の風俗をえがいた小説家に親しむようになる子どもたちによって読まれるだろう。

平凡な出来事を、このように単純に優しく記述したところに、夫人のストーリーの永続性がある。なぜなら、ここに描かれている生活は、今日のそれとはちがうけれども、これらのストーリー中の人物は、いつの時代にもかわらない本質的な子どもの心をつかんで創られているので、その自然さや真実性は、いつの時代にも通じるのである。

E・ネズビットの書いた子どものストーリーも、ユーイング夫人のものとおなじく、しだいに遠ざかってゆく過去の風習のなかで描かれている。しかし、読者が、過去までもどってゆく必要は、ほとんどない。E・ネズビットの書いたのは、小型の風俗小説ではないからである。ネズビットのストーリー中の人物が、過去の社会に生きたというのは、ごく偶然のことにすぎない。これらの人物は、どの家の子どもとも似ているので、ネズビットの本を読む子どもは、自分の名こそ出てこないけれども、自分もその仲間の一人であると思いこみ、容易にその冒険に加わることができるのである。というのは、子どもの日常生活に、特別の可能性――つまり、ロマンスを与えたのが、ネズビットの特徴だからである。かの女はまた、読者の心を、作中の人物のたくましい想像力にとけこませる才能をもっているため、子どもは、すみやかに、努力なしに、主人公たちになったつもりになる。

E・ネズビットの『宝さがし』のテーマは、めずらしいものではない。父親は事業に失敗し、母親はない六人の子どもが、家運をたてなおそうとする。かれらは、探偵でもあり、雑誌を発行しているというような子どもたちなので、埋もれた宝をさがしだすことも、その計画のなかにはいっている。一つ一つのくわだては、それがどう解決するかということで読者をひっぱってゆくだけでなく、「つぎは何か」ということも考えさせる。サスペンスをもりあげることにかけて、E・ネズビットは、たしかな腕をもっていた。計画はつぎつぎに失敗して中止されるが、読者は、思いつきのよい、この主人公たちは、最後には成功するのだという点では楽観している。しかし、あまりにも多くの有望な道がとざされてしまうので、クライマックスがくるまで、結果がどうなるか、予断は許されない。

E・ネズビットのストーリーのプロットは、興味をひきつけ、サスペンスをもりあげる目的を達成するだけでなく、生き生きとした登場人物の性格を、だんだんはっきりうきぼりにさせるための手段としても使われている。これらの主人公たちの個性は、その愉快な会話にあらわされているが、かれらの話し方は、まことにリアルで、たくまず、自然なので、まるで作者によって作為をほどこされなかった人間のように思われる。

『バスタブル家の子どもたち』という大河小説の第一巻である『宝さがし』は、少年オズワルド・バスタブルの目から見た話として語られるが、この子の開拓精神や冒険心は、トム・ソーヤーの場合とおなじように、読んだ本のためにだいぶ潤色されている。オズワルドは、自分たちきょうだいが、そのくわだてにとびこんでゆくさまを、熱意をもって語る。この子どもたちは、あまり熱心にことを運ぶので、かれらの善意の計画が、どういう結果になるかを、予測できない時がある。

ユーモアは、E・ネズビットのストーリーに非常にはっきり出ている要素だが、このユーモアは、子どもたちの遠大な考えと、それを実行した結果ひきおこされるこっけいな情況との間のくいちがいからうまれる。そしてまた、それはストーリーのなかの文体——つまり、オズワルドのまじめで卒直な記述と、時たま、かれが使いだす、本からひろったことばを、あらいざらいならべたてる大げさなスタイルとのコントラストのなかにも見られる。動きとユーモアと独特のおもしろみにみちたこれらのストーリーは、子どもたちの心の内側から書かれている。作中の人物は、どの子もおなじように子どもらしい、なっとくのゆく子どもたちで、かれらが、陽気な独創的なストーリーのなかで動きまわるさまは、それが書かれた時とおなじように、いまも私たちをなっとくさせるにたりる。かれらは、普遍的な子どもであり、そのために、時代に左右されないのである。

『四人の姉妹』の家族の記録は、一八六八年にはじめて世にあらわれて以来、子どものために書かれた家庭小説としては、おそらくどの家庭小説よりも広い層の読者に親しまれたにちがいない。この本が、何世代にもわたる読者のあいだに人気をもちつづけてきた事実は、ルイザ・オールコット*が、ジョー・マーチのなかに、普遍的な少女をつくりだした——ちょうど、マーク・トウェインが、トム・ソーヤーのなかに普遍的な少年をえがいたように——ということを証拠だてている。しかし、また、『四人の姉妹』を読むと、読者の心には、どこにでもある家族というもののすがたがのこるのであって、これが、ストーリーに力と現実感を与えている。

ユーイング夫人のストーリーのように、『四人の姉妹』にはプロットがない。事件の組み立てには、クライマックスまでもりあがってゆくサスペンスというようなものがない。興味は、作中の人物たちにたいする読者の共感にかかっている。毎日おこってくる事件は、かなり平穏な人びとの生活におこる程度のものであるが、登場人物の性格にもとづいておこるために、家族ぐるみの出来事として現実とそっくりの真実性をおびてくる。つまり、昔も今も、現実の家庭生活というものには、ユーモアとペーソスが織りこまれているものであるが、『四人の姉妹』のなかの出来事も、そうなっている。

十九世紀のニュー・イングランドを舞台にとっている『四人の姉妹』は、しだいに、社会史的意義をもつようになってきている。ユーイング夫人のストーリーとおなじように、『四人の姉妹』は、その社会的風習が、読者にとってだんだん遠ざかりつつある、ある時代の幼時や少女期の記憶を忠実にうつしだしている。しかし、子どもの読者というものは、作中の人物と自分を同一化するもので、この同一化により、本のなかの出来事は生き生きとうかびあがり、その新しさや力づよさが、つぎつぎの世代の子どもたちによって確認されるのである。

作者が生活した時代や場所の風習のなかで書かれ、しかも、後の時代の子どもたちの心に生きつづけるストーリーを考える時、まず私たちの心にうかぶのは、『トム・ソーヤー』と『ハックルベリー・フィン』である。この仮定が正しいかどうかは、トムとハックのすがたを思いうかべ、それから、かれらを、ほかのストーリーのなかの人物たちとくらべてみさえすれば、わかることである。よりあざやかに、生彩をもってうかんでくるのは、どちらであろうか?

『トム・ソーヤー』と『ハックルベリー・フィン』は、ミシシッピ川付近、またはその川の上ですごした半開拓者的、半放浪者的なマーク・トウェインの少年時代の生活を舞台として描かれている。これらの本は、いまは歴史的に見ても、意味があるけれども、しかし、この二つの本が、いつも子どもたちの心をとらえてきたのは、歴史としてではない。なぜ子どもたちがくりかえし、『トム・ソーヤー』や『ハックルベリー・フィン』にもどってゆくかといえば、トムやハックやジムの仲間にはいると、かならず冒険ができ、おもしろいことに出会えるからである。この三人は、時がたってもかわらないリアリティーを、読者にたいしてもちつづける人物であり、そのため、本を読んでしまったずっとあとまでも、心のなかに生きつづけるのである。

『トム・ソーヤー』の本のなかで、私たちはハックに紹介される。このことは、『トム・ソーヤー』を読んで得る収穫のなかでも、かなり大きなものといっていいだろう。そして、このハックについては『ハックルベリー・フィン』のなかで、その後の冒険が記録されている。このストーリーには、はっきりそれとわかるようなプロットはほとんどないが、サスペンスには、こと欠かない。いかだにのってミシシッピ川をくだるハックの旅は、いかだの同乗者のジムが逃亡した黒人奴隷であるために、たえざる危険につきまとわれる。人びとに出会うたびに、発見され、捕われはしまいかという危険はいよいよ大きくなる。

この本の絵模様は、二つの対照的な色どりをもつ糸で織られている。一つは、いかだの上の孤独な生活と、もう一つは、川岸のさまざまな部落へのハックの上陸である。また、「王さま」や「公爵」*の誇張された変人ぶりと、ハックのノーマルでありふれた性質とのコントラスト、ジムの単純な頭の動きと、何に忠実であるべきかで衝突するハックの複雑な心理のコントラスト。マーク・トウェインは、ハックに、一つではなく、二つの道義心をあたえた。一つの道義心は、その時代と場所の社会的な慣習によって、もう一つの道義心と重なりあっている――つまり、この慣習によれば、ハックは逃亡奴隷を、持ち主に返すべき財産と見なさなければならない。もう一つの道義心は、ハック自身のものである。それは、ハックの誠実で、人間的で、あわれみを知る心の声であり、そのために、かれは、自分を信頼する友を裏ぎることができない。

ハックは、観察眼のするどい、しかし、正規の教育をうけなかった子どものもつ、流れるような口語体で、かれの話を語る。かれの心は、川を流れくだることに満足し、その川のリズミカルな流れと調和をたもっているのである。ハックと親しいその川の美しさ、さびしさ、また、川のひびきは、夜番に立った時に考えたこと、感じたことをのべる時のハックのことばのなかにこだましている。

音ひとつしない――まったくしーんとしてる――まるで世界中がねむってるみたいで、時たま、食用ガエルが、ゲエゲエやるくらいなもんだ。水の上をずっと見わたしてると、まずぼうっとしたすじが目につくが、そいつは、向う岸の森なんだ。そのほかは、なんにも見わけがつかない。それから、空がちょっと白んできて、それから、その明るいところがひろがる。それから、川が遠くのほうから、ぼうっと明るくなる。もうまっ黒くなくなって、ねずみ色になる。ずっとずっと遠いほうに、ぽちぽち、黒いものがうかんでるのも見えてくる——物売りの平底船やなんかだ。それから、ながい棒みたいに見えるのは、いかだだ。時には、大かいがギィーとなる音や、人のがやがやいう声がきこえる。とてもしずかだから、音が遠くまでつたわるんだ。そのうち、水のなかにすじのようなものができてるのが見えてくるが、そのすじのかっこうで急な流れのなかに木が沈んでて、それが水をきって、そんなふうな水のすじができるんだってことがわかるんだ。それから、水の上から、きりが、まきあがるようにきえていって、東のほうが赤くなって、そのつぎに川が赤くなる……それから、すずしい風が吹きはじめて、そこいらじゅうからいいぐあいにあおいでくれる。風は、森や花の上を吹いてくるから、すずしくって、さっぱりしてて、いいにおいがしてるが、時には、そうでないこともある。ダツやなんかっていう魚の死んだのを、そこらへ投げておくやつがいて、そうすると、そいつがうんとくさくなるんだ。と思うまに、もうすっかり夜があける。何もかも、日にあたって、はればれとしていて、鳥は、夢中でうたってらあ。

複雑に織りなされているストーリーの絵模様は、非常に変化にとみ、多彩なので、読者はひき入れられるように読んでしまい、ストーリーにはっきりしたプロットの立っていないことなど、気づかずにすんでしまう。ストーリーの冒頭からクライマックスまで、またそこから大団円まで論理的な進行のない時には、作者は、できるだけうまく結末をつけなければならない。このストーリーを終らせるために作者は、マーク・トウェインは、ハックがあてどない放浪のすえ、トム・ソーヤーのおばの家の戸口にたどりつくという、ほとんど信じられない偶然を用いている。しかし、信じられないようなものでありながら、『ハックルベリー・フィン』のストーリーが真実を語っているという私たちの感じは、それによってさまたげられはしない。

時たま、おとなのために書かれた本が子どもの手にひきつがれ、『ロビンソン・クルーソー』のように、児童文学のなかで不動の位置をかちとることがある。そのような本は、かならず独創的な本である。この事実は、子どもの本を考察するにあたって、私たちは、まず何よりも作者のもつ独創性を重く見なければならないのだということを示唆してはいないだろうか。このような特質をもっているストーリーと親しむこと――気くにではなく、はっきり目を開き、批判的に見ること――が、子どもの本の評価や読書指導にたずさわる者にとっては、ぜひ必要となってくる。このように本を読むことは、全体的な、均衡のとれた見とおしを与えてくれ、それにより、私たちは評価の基準を得ることになる。その基準こそは、子どものためのストーリーのなかの独創性の発見に欠くべからざるものなのである。

引用文献

(1) Nesbit, Edith. The Phoenix and the Carpet (London: Benn, 1948)

(2) Ransome, Arthur. Great Northern? (N.Y.: Macmillan, 1947), p. 212–213.

参考書

Bentley, Phyllis Eleanor. Some Observations on the Art of Narrative. Macmillan, 1947. Home & Van Thal, 1946.

Cather, Willa. On Writing; Critical Studies: on Writing As an Art. Knopf, 1949.

Forster, E. M. Aspects of the Novel. Harcourt, Brace, 1927. Edward Arnold, 1927.

Montague, C. E. A Writer's Notes on His Trade, with an Introductory Essay by H. M. Tomlinson. Doubleday, Doran, 1930. Chatto & Windus, 1930.

Trease, Geoffrey. Tales Out of School. Heinemann, 1948.

Wharton, Edith N. The Writing of Fiction. Scribner 1925.

Woolf, Virginia. Mr. Bennett and Mrs. Brown (in The Captain's Death Bed and Other Essays).Harcourt, Brace, 1950. Hogarth Pr., 1950.

第十章　ファンタジー

あなたのおくさんは……女性であるから、『地だんだふんだチョウチョウ』*の物語をきらうようなことは、まずないだろう？　しかし、ことによると、この作品は、とるにたりないもの、空想をもてあそんだもの、見えすいたことをふざけたことばで述べただけの、注目するねうちもないものだというような考えから、関心を示さない場合もあるかもしれない。そうなると、これはもうまったく、おくさんが、このような本は卒業してしまって、こういうものを読めなくなった——つまり、ひと言でいうと、おくさんは年をとられた、ということになる。

（ブライアン・フッカー*『フェアリー・テールズの諸タイプ』（「フォラム」誌）より）

詩とおなじように、ファンタジーは、普遍的真実をとらえようとする時、隠喩という方法を用いる。ファンタジーということばは、ギリシア語からきていて、文字通り訳すと、「目に見えるようにすること」となる。『オックスフォード中辞典』によると、ファンタジーは「知覚の対象を、心的に理解すること」または「想像力。現実にあらわれていないことを形にかえる働き、力、または結果」と定義されている。つまり、ファンタジーは、独創的な想像力から生まれるものであって、その想像力とは、私たちが五官で知りうる外界の事物から導きだす概念を超えた、よりふかい概念を形成する心の働きである。

しかし、ファンタジーの部門に属する本が、文学のなかに永久的な位置をしめるかどうかを決定するのは、想像力だけではなく、ほかにもいくつかの要件がある。たとえば、作者の人生経験や表現力などが、それである。しかし、作者が、ファンタジーを書こうと志したからには、かれがどの程度に独創的な想像力をもっているかということが、私たちにとっては、やはり最大の関心事になってくる。独創的な想像力というものは、ただ、たんにものごとを考案する才があるということではない。抽象の世界から、いのちを創りだす、あの力なのである。それは、見えざるもののおくそこまではいりこみ、凡人にはのぞき得ない、神秘な場所にかくされているものを、光のさすところにとりだし、凡人たちにもはっきり——あるいはある程度——理解できるようにみせてくれるものである。おそらく、詩人をのぞいて、ファンタジーの作家ほど、他のどの部門の作家にもまして、表現しがたいものとたたかわなければならない人たちはいないだろう。かれらは、それぞれの能力に応じて、テーマとなるアイデアを心によびおこし、それに象徴や比喩や夢の衣をきせることができるのである。

作家の才能の程度は、さまざまであって、上は、独自・独創の表現を見いだしたルイス・キャロルや、「あの世的」な空想の持ち主ジョージ・マクドナルドのような人たちから、下は、当人たちは純粋のファンタジーと思いちがえているものの、ただの思いつきやつくり物の作品を書いているというような作家たちまでがある。風がわりな出来事が、長くひとつながりになってはいるが、おなじ人物があらわれるという以外には、何の関連もなく、論理的な発展もなく、結末もない物語は、読んでたいくつなものである。いわゆるファンタジーであるとされてはいるが、その本のなかに、いいふるされた文句や、きれいごとの情緒や、想像力で形成されたというより、つくりものの事件がいっぱいもられ、書き方もわざとらしく、いかにも子どもむきに調子をさげたというような作品は、ファンタジーではなく、愚作であり、まやかし物である。こう考えてくる時、私たちは、未熟な作家とか、または、真のファンタジーを書くには非常にすぐれた才能が必要であることに気づかない作家たちは、ファンタジーを書いてはならないという結論にたどりつく。

　とはいっても、どのファンタジーの本も、『ふしぎの国のアリス』ほどの作品であり得るわけはない。しかし、もしその作品が、文学としてまじめに考慮されるためには、そのなかに『アリス』や、そのほかのりっぱなファンタジーに見いだされる要素を、いくつかもっていなければならない。ファンタジーのなかには、よく書かれていて、単純ではあるけれど純粋な喜びを与えてくれるもの、読者を楽しませ、陽気なユーモアを味わわせてくれるのがその長所である、というような作品が、いくつかある。おもちゃの動物の心の生活にはいりこんでいったA・A・ミルンの想像力、メアリー・ポピンズ*のもつ奇抜さと道徳的な律義さ、人間よりも動物をこのんで、かれらと生活をともにする、心のあたたかいドリトル先生*、「浮き島」*に難破する人形のドール一家の災難、ポッパーさん*とペンギンの機略にとんだ冒険、このような作品は、みな、たしかに私たちを楽しませてくれる。これらの本は、それぞれに力と価値をそなえている。もっとも、力とか価値とかいうことばは、これらの本の陽気な楽しさや単純さや魅力について述べ、その特質を語るには、重すぎるものかもしれないが。

　それからまた、これらの作品とはべつに、内容や作者たちの意図が、もう少し複雑なファンタジーがある。一つの絵に濃淡の光と影があり、遠近があり、また私たちをその絵の中へ中へとひきこんでゆく、ゆたかな深さがあるように、これらの本は、私たちがそれについて考えれば考えるほど、意味ふかいものになってくる。たとえば、ルーマー・ゴッデン*の『人形の家』をとりあげてみるならば、この本はその表面にあらわれたところだけでも、大いに私たちを喜ばしてくれる。つまり、ミニアチュアづくりの家庭生活、完璧なディテイル、劇的なストーリーが、そのなかに見られる。それからまた、私たちは絵のなかにはいりこむように、なおいっそうその話のなかにはいっていって、ヴィクトリア朝時代の雰囲気をもち、ロンドンのなかに非常にうまく場面設定されている、一つの時代小説として、この物語を楽しむこともできる。しかし、たしかにこれだけでも、おもしろいにはちがいないが、もし、これ以上のことに気づかなかったならば、私たちは『人形の家』と他の人形やおもちゃをあつかったファンタジーとを区別している特質を見のがしたということになる。

この本は、作中に出てくる登場人物の人形をのりこえて、人間世界の根本問題にまでふれているのである。つまり、善と悪、正と邪、はかなく消えてゆく価値にたいして真実なるもの、などの問題であり、このようなことは、すべての人に重要な問題なのである。そしてまた、すべての文学上の傑作に見いだされるテーマでもある。それが、このような顕微鏡的に小さいところで取り扱われたからといって、その重要さが失われることにはならない。いや、ことによると、そうすることによって、問題はいっそう明確にされ、広い視野におかれることになるだろう。だが、子どもは、こうした内に秘められた意味をとらえることはできないし、子どもが喜ぶのはそのストーリーである、と主張する人がいるかもしれない。しかし、知覚の鋭い子どもたちは、おのずからこのストーリーの底にながれる意味のいくぶんかを感じとって、かれらをとりまく世界にたいして、いっそう敏感な心をもつようになるのである。

ファンタジーの作品で、真の価値をもっているものと、もっていないものとの区別を説明することはむずかしい。しかし、その価値は、作品のなかにあれば、はっきりわかるし、もしなければ、ないことがいっそうよくわかる。このように、よいファンタジーをふるいわける能力を得るためには、ファンタジーの傑作と親しみ、またファンタジーを、ほかの形式のフィクションと区別している特質をよく理解することが必要になってくる。しかし、また同時に、ファンタジーは、すべてのフィクションにあてはまる基準によっても判定されなければならない。

ファンタジーは、ほかの種類のフィクションとおなじく、まずストーリーをもっていなければならない。ファンタジーは、物語に出てくる登場人物が、人間であろうと、超自然のものであろうと、動物であろうと、おもちゃであろうと、そのつくりだされた主人公たちにたいする私たちの興味と関心をかきたててくれるものでなければならない。

またその登場人物たち同士の相互関係や、人物と出来事との関係を、私たちの好奇心をかきたてるような方法でえがきだしたものでなければならない。サスペンスは、しだいにもりあがってクライマックスにのぼりつめ、ストーリーは、なっとくのゆく必然性をもって結末に導かれなければならない。そして、またファンタジーは、私たちがすべてのフィクションにあてはめる、よい文章という基準にかなっていなければならない。しかし、ファンタジーは、ほかのフィクションとは、べつの風土——非現実のなかの現実、信じがたい世界の真実性という雰囲気のなかに生きるものなのである。

ファンタジーのもつ特質は、現実を取り扱うフィクションの特質とは、おりあわないものかもしれない。しかし、ファンタジーの特質には、それ自身の法則、しきたりがそなわっていて、もし私たちが、正しい評価の基準をもってそれに接するなら、十分なっとくがゆき、理解できるものなのである。子どもが、なぜファンタジーを容易に受け入れるかといえば、子どもには、想像力と驚異の念がそなわっているからである。あらゆる子どもが共通にもっている、この特質を失ってしまったおとなは、その実生活とはるかにかけはなれた、純粋に空想的な内容の作品を、まじめに判断するようにといわれると、しばしば途方にくれる。このファンタジーという異なった世界に、ゆったりとした気分ではいりこむには、おとなは、まず、一つの気持のもちかたを発見しなければならない。E・M・フォースターは『小説の諸相』のなかで、ファンタジーについて興味ある意見をのべている。かれはこういっている。「いつの場合でも、いちばんたやすくフィクションの一つの部門を定義する方法は、そのフィクションが、読者にどんなものを要求するかを考えてみることである。……ファンタジーは、われわれに、どんなものを要求するだろうか？　われわれが、ふつうよりも何かもう一つおまけに支払うことを要求するのだ[1]。」

　ということは、私たちが、ふつうのストーリーを読む時の心がまえ以上に、何か——つまり第六感のようなものをもつことを、ファンタジーは要求するのである。子どもはみな、この第六感をもっている。が、たいていのおとなたちは、子どもという衣をぬぎすてると同時に、第六感もおいてきてしまう。キップリングの『プックが丘のパック』*のなかの「ディムチャーチの夜の逃亡」という章をみると、この第六感は、妖精たちが、人間の友だちに残していった贈り物だということを暗示した個所がある。その話によると、ヘンリー八世が、宗教改革でイギリスじゅうをごたごたにまきこんだ時、妖精たちは、「ぜがひでも、ここからのがれよう。メリー・イングランドも、これでおわりじゃ。われらは、偶像と同じに見なされたのだ」とさけびながら、ロムニーの沼地にかくれがを求めた。

　妖精たちは、群れをなして沼地におしよせ、あたりは、かれらの嘆声でみたされた。そこで、そのさわぎを聞きつけたウィットギフトの後家《ごけ》さんは、ある夜のこと、戸口に出てみた。はじめ、後家さんは、堀じゅうのカエルが鳴いているのだと思った。それから、アシのそよぐ音だと思った。しかし、そのあとで、かの女は、とうとう、妖精の声を聞きつけた。かれらは、かの女のむすこに船をしたてさせ、フランスへ逃がしてくれるようにと、後家さんにさけんでいるのであった。船がイギリスをはなれた時、妖精たちのなかで、ただひとり、パックだけが、あとに残った。いや、パックといっしょに残されたものが、もう一つあった。それは、恩義を感じた妖精たちが、ウィットギフトの後家さんに約束していった贈り物で、つまり、かの女の子孫のうちで、一代にひとりは、石の壁のなかを、ほかの者よりも深く見とおす力をもつことができるということだった。

この何かもう少しよけいなもの、ほかの人たちよりも、もう少しふかく石の壁を見とおす力をもつには、多くの人がしたがらないことをしなければならない。つまり、それを得るためには、読者は、コールリッジが「みずから進んで不信の念を中断する」とよんでいることをしなければならない。ストーリーのなかにファンタジーがあるということは、多くの人たちにとっては、理解を妨げる一つの障害となっている。この人びとは、現実がしめだされているという前提を、自分たちの知性は受け入れることができないと考える。しかし、子どものために書かれた本のうちでも、おそらく最も微妙で、深いアイデアが見いだされるのは、ファンタジーの作品のなかにおいてなのである。ファンタジーを理解するのに必要なのは、著者のいおうとしていることに、進んで共感の耳を傾けるという態度だけなのである。著者の創造力がどんなに大きく、または、本の内容がどんなに知的なものであろうと、私たちに耳をかそうという気持がないならば、少しの楽しみも生まれてこないのは、ほかの種類の本を読む時と、まったくおなじであろう。

『ふしぎの国のアリス』を例にあげて、考えてみよう。「何かおまけ」にはらって読んだ人びとに一生を通じて、これほど「楽しみの配当」をたっぷりあたえてくれたファンタジーの本は、ほかにはない。しかも、世の中には、アリスと聞くと、ただ小さい女の子とウサギか、それともおかしな帽子屋かチェッシャーねこを、ぼんやり思いだすだけの人たちがいる。おそらくは、パーシー・ラボック*が、フィクションを読むことについていったように、「われわれは、あまり大いそぎでそれに目を通したので、その形が、のちのちまではっきり心にのこらないのだと思われる。」『ふしぎの国のアリス』を不注意に読んだり、ざっと読みとばしたりする場合は、それこそ、半分忘れてしまった夢のような、脈絡も、きちんとした形もない、たくさんの奇妙な出来事があったという、混乱した印象しかのこらないだろう。しかし、注意を集中してこの本を読み、私たちの身がらをルイス・キャロルにまかした場合、はじめて私たちは、いままで多くの人たちがアリスのなかに見いだして楽しんできた、消えることのない喜びを発見できるのである。そして、また、日常でも、文学の上でも、あれほどたびたび『アリス』からのことばが引用されるのも、もっともなことだと、うなずけるのである。

アリスという子どもも、自分のもつ論理――卒直な常識的論理――が、かの女には奇想天外に思える、まったくちがった論理にぶつかると、しばしば混乱してしまう。しかも、このちがった論理は、いくら議論しても、ちっともこちらの常識をうけつけないのである。

白の女王が「あすもジャム、きのうもジャム、しかし、きょうは絶対にジャムではない。これが規則だよ」といった時、アリスは、抗議する。

「でも、いつかは、きょうはジャムだって日がくるはずじゃありませんか？」

「いや、そうはならない。ジャムは一日おきで、きょうは、どっちの日でもないんだからね」と女王はいった。

「あたし、あなたのいうこと、わかりません。とても頭がごちゃごちゃしちゃうわ！」

しかし、読者の頭は、ごちゃごちゃにはならない。読者は、アリスの常識的な見方を理解するのとおなじように、女王の奇妙な論理を楽しむことができる。たしかに、小さいころ、アリスを読んでおくと、私たちはあまり多くの独断的な意見をもたないようになり、たとえ奇妙には見えても、他人の意見に耳を傾けるという態度を養うことができるだろう。しかし、それはともかくとして、最初にアリスを読んで、そのよさが発見できなかった場合でも、いま、私たちのまえにこの本があり、ルイス・キャロルの機知と想像力が、私たちの再読を待っているのである。

『ふしぎの国のアリス』を分析してみると、私たちはこれが、『天路歴程』や『ガリヴァー旅行記』のように、うすい比喩の衣をまとった物語や、人生にたいする諷刺ではないということを知る。この物語に一貫性を与えているのは、ガリヴァーなどとはまったくべつの要素である。ルイス・キャロルは、いくつかの、人をおどろかすようなことばと思想の型をつくりあげ、一つ一つの部分は、他の部分と微妙な関係をたもっている。この本の一貫性は、構成の面に見られるだけではなく、終始かわらない物の見方においても見られる。これは、アリスが見たままの夢の物語である。そこで、非合理的な夢のなかで、合理的な子どもが考えること、という見方で物語はつらぬかれている。語られる調子は、「ナンセンス」調であるが、しかも同時に、私たちは、そこに真実の真髄がもられていることを感じとることができる。たとえば、パイをぬすまれた事件にかんする裁判の時にとりかわされる科白《せりふ》がある。

「そなたは、この事件について、何か知っておるか？」

「何も知りません。」アリスは答えました。

「絶対に何にも？」王さまは、しつこく聞きました。

「絶対に何にも。」

「それは、まことに重大な証言だ」と、王さまは、陪審員のほうへむいていいました。

そこで、陪審員たちが、これを石板に書こうとした時、白ウサギが口をはさみました。

「王さまは、もちろん、重大でないという意味でおおせられたのだ。」ウサギは、たいへんていねいな調子でいいましたが、それでも、話しながら王さまのほうをじっと見て、まゆをよせたり、顔をしかめたりしました。

「もちろん、重大でない、のつもりじゃ」と、大いそぎで王さまはいって、それから、小さい声で「重大——重大ではない——重大ではない——重大——」と、どちらがよい調子かしらべるように、くりかえしました。

幾人かの陪審員は「重大」と書き、幾人かは「重大でない」と書きました。

この場面について、ポール・アザールはいっている。「これは、ナンセンスである。しかし、まるっきりつくりごととはいえない。じっさい、このようにおこなわれている裁判もあるのである。私たちは理由があって、笑うのであるが、それは、いつもは心のおくふかくにかくれているので、私たちは、ほとんどそれを意識しない。しかし、いま、これを読むと、それが私たちの心のなかで、はっきりと形をとるのである。この裁判のアイデアは諷刺的であるが、しかし、全然でたらめとはいえない。それどころか、ここにもられているふかい真実に、私たちはおどろかされるのである。」(2)

二冊の『アリス』の本のなかの事件で、デ・ラ・メアが「人を感動させずにはおかない、うちからのひびき」といっているものをもっていないものは、ほとんどない。ルイス・キャロルは、じょうだんのつもりで、日常受け入れられているものごとの論理をひつくりかえしたのかもしれないが、しかし、赤の女王がアリスにいっているように「じょうだんにも、何か意味があるべきなのである。」たとえば、アリスは、むこうに赤の女王が見えるので、会おうとして、かけてゆくと、女王がいなくなってしまい、うろたえる。その時、「反対に歩いていってごらんなさい」と、バラの花がいう。アリスには、このことばはナンセンスだと思われたが、しかし、その忠告にしたがった時、はじめて、ぱったり、女王に出会うことができた。これは、おそらく、たんなる常識的な論理ではわからないが、ナンセンスと見えるもののなかに、いっそうふかい真実がありうるということを暗示しているのではないだろうか？

『ふしぎの国のアリス』は、子どもの本ではないというおとなたちがいる。ほとんどどのページにも見いだされる、かくれた意味は、子どもの読者のためにあるのではない。おとなは、ルイスの才気にみちた、皮肉な機知に喜ばされるが、子どもは、それに気がつかないことが多い。ルイス・キャロルが、最初に川の上で三人の少女に『ふしぎの国のアリス』の話をした時、そのボートには、かれらのほかにもうひとりの聞き手*、おとなの聞き手がいたといわれている。それは、常識あり、鑑識眼もある、人生経験に富んだ、ルイス・キャロルの同輩で、かれが、このストーリーの独創性を認めて、紙に書きとめることを力説したのである。

『アリス』が、このような事情のもとにうまれたということは、この本を正しく評価するための手がかりを与えてくれ、また、この本が、おとなと子どもの二重の経験内容から書かれ、この二つのレベルから考察し、評価しなければならないのだということを理解する上の助けとなってくれるだろう。ルイス・マンフォード*のことばをくりかえすならば、「ことばは、子どものためのもので、意味は、おとなのためのものである。」しかし、ルイス・キャロルは、アリスの冒険を、七つの女の子を楽しませるために話したのであり、その子は、何度もその物語を読むことができるように、書いてもらいたいとたのんだのだということも忘れてはならない。そしてまた、ジョージ・マクドナルドの息子、六歳のグレヴィルは、『アリス』の物語を読んでもらい、「もっともっと長い話ならいいのに！」と叫んだということも、私たちは知っている。『ふしぎの国のアリス』は、すべての人の本であると同時に、子どもの本でもあるのである。

幼い子どもたちは、自由に、たやすく、アリスの世界にはいってゆく。かれらにとっては、これは、どんなこともおこりうる、さかさまの世界の物語なのである。その世界では、グリフォンとにせガメが、学校へいって、(年よりのカニから)Laughing と Grief や、それからまた、いろいろな種類の数学——Ambition や Distraction や Uglification や Derision などをならう。子どもたちにとって『アリス』は、このようなおもしろいしゃれや、こっけいなことばのおきかえのたくさん出てくる物語である。これを読んで、子どもたちは、おぎょうぎのよい、信頼のおける子どもでありながら、それでも、たいへん好奇心がつよいアリスに自分をおきかえ、白ウサギについてウサギ穴をくだり、ずらっとドアがならんでいて、ランプのついている長い廊下にはいってゆくというような、愉快な冒険を味わうのである。アリスは、小さな金のカギを見つけるが、それは、アリスが「見たこともないようなきれいな庭」をのぞきこんだ戸口のカギ穴に、ぴったりあう。けれども、そのドアは小さくて、アリスの頭さえ、はいりはしない。

『ふしぎの国のアリス』のすじは、その魔法の庭にはいりこもうとするアリスの決意と、それを実行しようとする試みが、つぎつぎにおこってくる奇妙な事態のために失敗することを中心にして構成されている。アリスのことばを借りれば、「ふしぎ、ふしぎ、まかまかふしぎになってくる」のである。アリスは、自分の大きさがいつもおなじでなく、たえずかわることにも気づいて、びっくりする。しかし、とうとう、そのドアを通れるくらいに小さくなって、やっとバラの花の咲く庭にはいることができる。ところが、庭には、バラだけではなく、ほかにも、バラほどは気持のよくない住み手のいることがわかってくる。というのは、じつは、そこは、トランプのカードの王国なのである。アリスがカードたちのなかで出会う冒険は、いよいよテンポを早め、ついにアリスは、グリフォンと手に手をとって走りだし、最後のシーンにいたって、そのカードのひと組が全部アリスの上にたおれかかってきて、アリスは目をさます。

『アリス』の本は、二冊とも夢のファンタジーであり、『ふしぎの国のアリス』は、ひと組のトランプのカードを使って組み立てられ、もう一方の『鏡の国のアリス』は、チェスの遊戯を使っている。どちらの場合も、ルイス・キャロルによってつくりだされたイメージが非常に鮮明なので、私たちは、その構成の複雑さやたくみさには気づかずにすぎてしまうほどである。これらの本は、たしかに二つの水準にまたがって書かれている。一つの水準は子どもにおかれ、もう一つはおとなにおかれている。いいかえれば、ここに書かれていることばは、子どもの心がもっている金のカギであけるにふさわしく、そのおくにかくされた意味は、人生の経験をつめばつむほど明らかになってくるたぐいのものである、といったほうが、あたっているだろう。『アリス』という本は、ふかく読めば読むほど、きびきびとした躍動的なユーモアや、ゆたかで意味深い象徴性、またかぎりなく導きだされてくる思索などの点で、多くの人にとってつきせぬ喜びの源となっているのは、ごく当然なことに思われてくるのである。

ルイス・キャロルの本について考える時、私たちが、しぜんに思いおこすのは、バニヤンやスウィフト、チャールズ・キングズリやジョージ・マクドナルド、W・H・ハドソンやケネス・グレーアムのようなファンタジーの作家たちである。これらの作家は、その資質や技法において、それぞれちがっているとはいえ、一つの共通の特質をもっており、それが、かれらの作品をすぐれた、普遍的なものにしている。かれらは、みな、人生にたいするふかい理解と、ゆたかな経験をもっていて、こうしたことが、かれらの著作のおくにひそむ独創的なテーマに、大きな意味をあたえている。かれらは、各自それぞれの技法や趣向をもっていたが、同時に、またその哲学や人生観をファンタジーの形に投影することのできる英知の人だったので、かれらの本は、ただストーリーのもつおもしろさをこえた、それ以上の意義をもっている。また、かれらの文章には、詩のもられていることが多い。

これらの作家が、みな、子どものために書いたわけではない。たまたま、昔、おとなだけを目あてに、おとなの考えを伝えるために書かれた本が、子どもにひきつがれ、子どもの古典の仲間にはいったというようなことがおこったのである。『天路歴程』も、そのような本で、これはジョン・バニヤンが、罪人である人間は、この世を遍歴するあいだ、ずっと原罪の重荷を負ってゆかねばならないのだということを、おとなに教えこもうとして書いたものであった。しかし、バニヤンは、こうした神学的教訓を、ゆたかな寓話で装うという手段をとった。かれは、単純で力づよいことばを用い、冒険物語として、これを語った。子どもたちが、この物語を自分たちの本だといって、しっかりにぎりしめたとしても、ふしぎはないだろう。これまで昔話に大勢出てくる「すえ息子」が、さまざまな方法で勇気や忍耐をためされるのを、同情をもって見守ってきた子どもたちが、困難と危険をおかして「光の都」の門までたどりつくクリスチャンのなかに、おなじような——昔話の人物よりは、もっと神秘的だとはいえ——主人公を見いだしたとしても、これまた、ふしぎはないだろう。

バニヤンは『天路歴程』を書くにあたって、倫理的な目的をもっていた。しかし、かれはそれを人間のドラマとして見、また、そう感じとった。これが、この本が不滅の位置を保っていることの秘密である。この話のストーリーの形も、りっぱな冒険小説となっており、こうした非常に大きな楽しみをあたえてくれる冒険小説を子どもは好くのである。しかし、『天路歴程』のあたえるのは、楽しみだけではない。この作品の底には、またべつの深い意味がひそんでいて、子どもの直感に訴えかけ、子どもがおぼろげに理解し、または、考えぶかい子どもならば、自分がその一部である宇宙を理解しようとする時、思いめぐらすことのある精神の世界を暗示するのである。

「子どもは、どのようにしてスウィフトを自分たちのものとしただろうか」と、ポール・アザールは問いかけている。『天路歴程』や『ドン・キホーテ』とおなじように、『ガリヴァー旅行記』が、子どものための古典として不滅の位置をかちとったのは、こうした作品のほかには、子どもたちの熱望するような、空想力を満足させてくれる栄養物のほとんどなかった時代に、子どもが、これにぶつかったためである。おとなたちは、味気ないモラルや教訓的な話で、子どもたちを改善しようとつとめたが、『ガリヴァー旅行記』は、そうしたものにたいする解毒剤として働いた。

子どもたちは、いつの時代も、自分たちの興味をひかないものを、がまんして読むようなことはしなかった。かれらは、とばし読みという上品な技術の達人である。『ガリヴァー旅行記』のなかで、かれらの心をひきつけるのは、小人《リリパシアン》の住むミニアチュアの世界であり、またその反対の巨人の国である。ポール・アザールもいうように、「かれらは、こっけいであると同時に具体的な、こうした途方もない趣向を喜ぶのである。」そして、あとのところは、忘れてしまう。

時によると、子どもにとって想像の世界のほうが、よりリアルに思われることがある。子どもにとっては、現実の世界と、そうでない世界とのあいだに、底知れない深淵はない。子どもは、一つの窓からつぎの窓にうつってゆくように、一つの世界からもう一つの世界にうつってゆく。ルイス・キャロルとおなじように、チャールズ・キングズリやジョージ・マクドナルドも、夢をつかったファンタジーを書いた。しかし、キャロルの場合とちがい、このふたりの作家にとっては、心霊の世界の神秘が、最大の関心事であった。かれらは、想像力ゆたかな、美しい別世界を創造したが、その世界にはいれば、子どもは、自分もその一部である大きな生命というものについて、自分の思う存分、思いめぐらすことができるのである。

ジョージ・マクドナルドは、子どもの心のなかまで見とおす洞察力をもっていた。かれは、子どもが発見したいとねがっている世界を、理解することができた。そして、想像力のつくりだす、こうした世界を、事実と常套儀礼にみちている私たちの日常の世界よりも、もっと真実味のこもった、もっと力づよいものにする術を身につけていた。『北風のうしろの国』のなかの「北風」は、いずれ死すべきものと、不死のものについての子どもの疑問を人格化したものである。読者は、ふしぎな抵抗できない力によってこの物語にひきこまれる。物語は、答えることのできない答えを、読者に聞かせ、神秘な、説明できない世界のすがたを見せてくれる。

物語の主人公は、ダイアモンドという少年であって、物語は、この子と友だちの北風との関係、家族との関係、またダイアモンドが道々出会う人との関係を語っている。そしてまた、この物語には、話がくりひろげられてゆくにつれ、だんだん明らかにされてくる、かくされた意味がある。ダイアモンドが、ベッドから旅に出るという簡単な趣向により、話は容易に日常の世界から夢の世界にうつってゆく。そのベッドは、馬小屋の二階にあり、風や寒さをふせぐのにうすい板がはってあるだけなのだが、この設定は、ダイアモンドが夢遊病になったり、夢のなかでモヤモヤした疑問を抱くことの十分な裏づけとなっている。

ジョージ・マクドナルドは、ダイアモンドのはっきりいえない内心の願いを、かれが夢の旅をつづけながら北風に語ることばのなかに、うまく表現している。このダイアモンドの会話は、子どもらしい単純さをもってあらわされ、しばしば、たいへん美しく表現されている。こうして、ダイアモンドの物語を読む子どもは、自分の心のおくにもありながら、はっきりとつかみにくいために、表現できないでいる疑問について考えさせられるのである。

ジョージ・マクドナルドのつくりだすファンタジーの世界は、ふしぎな、魔法の力にあふれた、神秘なものではあるが、ともかくも、この本を読むあいだ、それは読者にとってリアルなものとなる。著者は、その世界の真実であることを信じて疑わないので、私たちもその世界を信じることになる。この本を読む子どもは、ロンドンの町の子であるダイアモンドが、あっというまに、北風の住むつめたい宮殿につれてゆかれるということを、すこしも疑いはしない。

このストーリーは、馬車馬の住む馬小屋という、何もおこらなそうな場所を舞台にし、ひとりの少年の平凡な日常生活を取り扱っている。しかし、この子は、想像力を駆使することによって、人生の真実を自分の日常生活のうちにではなく、北風の住む自然界のなかに発見する。物語は、馬小屋の二階のほし草おき場からはじまり、ダイアモンドと北風のふしぎな友情に発展し、北風についていって、さまざまな経験をするところで、クライマックスに達する。それからあとのところでは、こうして心の力をとぎすまし、賢くなったダイアモンドが、日常生活にもどった時、どんなことに出会ったかが語られている。

終始、人と人とのあいだの誠実さを忠実にえがいているこの物語は、いくぶん教訓的なくさみはあるものの、ナンセンスやおかしみをとりいれる余地ももっている。この物語の根底のアイデアは、崇高な愛と信頼が信条となっている人生観の根本の理念を、子どもの目でみてつかんだところにある。すべての偉大な本がそうであるように、この本のおくにかくされている精神は、いつもつぎにくる世代に語りかけるものをもち、また、驚異を感ずることのできる子どもなら、どの子どもにも語りかけるものをもっている。

『北風のうしろの国』には、この物語があらわれるまでは昔話にしか見られなかったような、純粋に空想的な要素が見られる。ことによると、この本は、これを子ども時代に読んだ人がおぼえているより、実際にはもっと教訓的であるかもしれない。しかし、空想性も教訓性も、神学博士であると同時に、空想力ゆたかなスコットランド系詩人であった作者のもっていたものなのである。

ファンタジー文学は、題材の面においても、取り扱い方の面においても、多種多様である。しかしまた、どのようなタイプのファンタジーの場合でも、それぞれのタイプの偉大な創始者たちがつくりだした、たくみな型を追う傾向がある。とはいっても、おなじ型がくりかえされるときも、かならずしも原型を模倣した、力のないものになるとはかぎらない。よいファンタジーのなかに見いだされる空想力には、その作家の独創的な心の性向があらわれるのであって、それが、その作家特有の形をとるのである。たとえば、ある作家が、ルイス・キャロルやジョージ・マクドナルドがやったように、夢物語の型を使うとしても、その作家は、それを自分で考え、自分流に空想したのであり、したがってその夢をちがったやりかたで表現するのである。

ファンタジーには、夢物語以外の型もある。そのなかでいちばん重要なものは、遍歴型と、自然界を象徴的に表現した型だろう。時には、二つか、それ以上の型がまじりあって使われ、私たちは、二重、または三重の糸をたどることになり、するとその型は、たいへん複雑になる。

例として、W・H・ハドソンの『夢を追う子』をとりあげて考えてみよう。作者が用いている型は、遍歴である。しかし、この本すじの糸には、もっとほかの型もひそかに織りこまれてはいないだろうか。これは、蜃気楼を追ってゆき、それを見つけようとして迷子になるマーティンという少年の物語である。かれは、平原や森林や山の神秘を探検し、ついに、海に出て、その放浪をおえる。道々、マーティンの出会う経験のなかには、夢のようなおぼろさと、かれの心の成長の充実感とが、一体にとけこんでいる。ハドソンの語るこの物語は寓話であって、その根本のテーマは、けっして到達し得ないもの、われわれのすぐ目の前にありながら、けっして手にとることのできない美にたいする永遠の探求である。

ことによると、物語の底をながれている、このハドソンの人生哲学は、マーティンの物語を読む子どもたちにはつかみえないかもしれない。子どもは、胸をもえあがらせながら、マーティンの冒険に没入していった時でも、マーティンのように世界でたったひとりぼっちになってしまうのは、悲しいと思うだろう。しかし、マーティンが、万物をまもる自然の力を受け入れるのを見る時、それを読む子どもの心には、この世の野生のものたちにたいする共感ばかりか、生命そのものにたいする全幅の信頼感がわきあがるのではないだろうか。

それに信頼をおくすべてのものを力づけ、保護する自然の力を、ハドソンは、つねに、また、くりかえして、かれの物語のテーマに使っている。かれは、このテーマに、かれの心のえがきだす、みずみずしいみどりの衣を着せる。そしてまた、すべてが明るくうかびあがり、静まりかえり、何かを待ちうけている、自然界の強烈な光でそれを照らしだす。かれが、心象にえがきだす空間と距離は非常に大きく、普遍的な真実について思いめぐらすのに十分の余地を与えてくれる。W・H・ハドソンは、物語のなかに、その土地に伝わる伝説や神話を織りこんでいるが、これらの伝説類は、かれが言おうとしていることに間接に働きかけて、象徴的な物語の背後にひそむ真実をいっそう強める効果をあたえている。なるほど、マーティンは蜃気楼を追っていった。しかし、私たちもみな、幻影を追っているのである。そして、マーティンの物語は、すべての人間の経験を語っているのだということを私たちに感じさせ、この世のふしぎなもの、美しいものへのあこがれを、私たちのなかによびおこすのである。

さて、第三の型になると、ケネス・グレーアムが、自然界の象徴的表現ということについて、いつの時代にも通じる名解説を与えてくれる。シオドア・ローズヴェルトにだした手紙のなかで、ケネス・グレーアムは、『たのしい川べ』を、「もっとも単純な生きものが、かれらの生のなかで味わう、最も単純な喜びの表現」であるといっている。また、かれは、「生きること、日光、流れる水、森、ほこりっぽい道、冬の炉ばた……の本」であるともいっている。この本のことを考える時、まず心にうかんでくるのは、ほこりっぽい道に坐りこんだヒキガエルが、一種の夢幻境にはいって、「プー・プー！」と口ばしっている光景かもしれない。この光景は、新しい経験をした時の喜びを思いださせるのであるが、それがこの本では、一種独得のゆたかで、啓示的で、おもしろみのある――ただし、おかしいのではなく――ユーモアをもって語られている。あるいは、また、モグラの「なつかしのわが家」の前でキャロルを歌う野ネズミの姿を思いだす人もあろうし、友情のありがたさと真のもてなしの意味を知らせてくれる、「からだをつつむ光とあたたかさ」にみちた、親切もののアナグマの家を思いだす人もあるだろう。しかし、なかでも、もっとも重要に思える光景は、モグラと川ネズミが、遠いアシ笛の音によびよせられて、川上へこぎのぼる時、夜あけの光とともに、そよぐアシの葉のささやきを伴奏として、川岸にくりひろげられる野外劇であろう。この場面は、グレーアムが自然界を通して見た宇宙観を、どの光景にもまさって、私たちに示してくれる。

私たちのほとんどが、われわれをとりまく自然界の美しさやふしぎささを十分に気づいてはいない。ケネス・グレーアムのつばさあることばにより、私たちの心は高揚し、そこで私たちは、かれの鋭敏な感覚を通して、私たちの目に映ずる物の背後にある意味を、より大きくくみとることができるようになる。モグラやネズミや、ヒキガエルやアナグマや、その他の動物たちは、ただたんに動物と人間の属性をまぜあわせたものではない。かれらは、いちだんとふかいヒューマニティーを私たちの胸によびおこしてくれるのだが、それはまた、生きものの世界にあっては普遍的、根本的なものであり、私たちと自然界との密接なつながりをも示してくれるのである。

『たのしい川べ』を読む時、私たちは、自然——本能が強く働いている世界——の素朴さと美しさにたいして鋭い感受性をもつグレーアムの心の高揚を感じることになるので、私たち自身も感動し、知覚をとぎすまさないわけにゆかない。「旅びとたち」の章で語られる、南へわたってゆくツバメや海ネズミの遍歴のくだりを見てもわかるように、グレーアムは、動物たちの知能や記憶を種族のよび声とみている。この物語は、日常に見られる、なじみふかい事物にみちているが、現実世界との接触はすべて、想像の世界にはいりこむきっかけとなっている。

『たのしい川べ』は、ゆたかな心の生んだ、ゆたかな本である。そして、非常な明確さとつややかさをもって書かれ、使われていることばは、韻文のもつ呪力にみちている。文にはリズムがあり、また、アーノルド・ベネット*のことばを借りれば、「そこには、森と水辺のうた」が見いだされるので、声をだして読むのに楽しい。

ファンタジーでは、型の場合と同様、おなじような題材がくりかえされることがある。しかし、あるファンタジーの本を価値づけるのは、題材や型ではない。価値は、その作家のクリエイティヴな想像力と、その想像をいかに独自の方法で表現するか、また、かれの独創的なテーマをいかに劇的な出来事のなかにとけこませるか、またファンタジーの架空な世界に、いかにたくみに如実さと現実性を与えるかにかかっている。

世の中には、いつもファンタジーをこのまない人びとがいるものである。これは、けっして、その人の文学的なこのみのよしあしを反映するものでないことは、オリーヴがきらいでも、ほかの食物を楽しむには、少しもさしつかえないのと同様である。しかし、ファンタジーをきらうことは、すぐれた作品によって、とりわけゆたかにされている文学のこの分野から得られる喜びをしめだすことになる。そして、ファンタジーは、ほかのどの分野にもまして、個々人の鑑賞とこのみによって、その楽しみを大きくすることのできる文学形式なのである。

ファンタジーは、時代にも場所にも影響されない。それは、想像の世界の永遠の国に生きつづけるもので、後々の時代の社会的慣習や約束のために、けっして時代おくれになるということがない。『わが愛読書』のまえがきで、クリフトン・ファディマンは、こういっている。

このの ち二十世紀たって……人びとがまだ『ふしぎの国のアリス』を読んで、笑ったり、声をあげたりしているとしても、私は、すこしもふしぎとは思わない。時というものに打ちほろぼされないものは、あまり多くはないが、その多くないものの一つに、すぐれたファンタジーがある。そして、すぐれたファンタジーは、いつも、子どもたちの特別貴重な財産なのである[3]。

引用文献

(1) Forster, E. M. Aspects of the Novel (N.Y.: Harcourt, 1949), p. 101.

(2) Hazard, Paul. Books, Children and Men (Boston: The Horn Book, 1944), p. 140.

(3) Fadiman, Clifton. Introduction to Reading I've Liked (N.Y.: Simon & Schuster, 1941), p. xxii.

参考書

Chalmers, Patrick R. Kenneth Grahame: Life, Letters and Unpublished Work. Dodd, 1935. Methuen, 1933.

De la Mare, Walter. Hans Christian Andersen (in Pleasures and Speculations). Faber & Faber, 1940.

——. Lewis Carroll (in The Eighteen-Eighties: Essays by Fellows of the Royal Society of Literature, ed. by Walter de la Mare). Cambridge Univ. Pr., 1930.

Moore, Doris Langly. E. Nesbit: A Biography. Ernest Benn, 1933.

第十一章　歴史小説

過去を取り扱う一つの方法としての歴史小説の存在価値は、物語として語るにたる過去の世界があったということを、読者の胸に、はっきりわからせることにある。そして、その過去は、男や女が、生身の人間として生き、その人びとの悲しみや望みや冒険が私たちのと同様に、現実におこったのであり、かれらの時間は私たちのと同様、貴重なものであった、というような、なまなましい、重大な生活の舞台であったのである。人びとに歴史にたいする感覚をもたせ、この世は、古い世界なのであって、知られていない時代についても、たくさんの物語を語り得るのだということを認識させ、長い年月がつづいて現代にいたったのだという自覚をもたせるのが、歴史小説の力である。歴史小説は、歴史を、一種、われわれの個人的経験の延長に変えるのであり、たんに、われわれの知識の量をいくらかふやすことではない。

（H・バターフィールド[*]『歴史小説』より）

本を読むすべての少年少女にとって、フィクションの本は、まず何よりも冒険談なのである。「それ、お話の本？　話してください」というのが、どの子にもあてはまる反応である。もし冒険談を読み、自分でそれを体験したように思うことが、子どもにとって楽しい経験であるならば、その子が、この世に生まれるよりずっと前にも、世界にはさまざまな心をおどらせるような、すばらしい、奇怪な出来事があったのだということ、また、その世界へ、本のページを通して入ってゆかれるのだということを知ったら、その楽しみはいっそう深められ、広められるにちがいない。

歴史小説という場合、作家はまず、語るべきストーリーをもっている。そして、歴史という布地に、ストーリーは、織物のたて糸のように織りこまれていなければならない。この二つを、一つのものに織りなしてゆく作者のうでしだいで、本のきめは、密にもなり、あらくもなり、たいらにもなり、つぎはぎだらけにさえなる。想像力と史料と筆力の結合したものが、その作品のできばえである。最も傑出した作品の場合、歴史小説は、読み手の子どものたくましい想像をかきたてることにより、他の時代に生きたという感じをあたえる。それは、ある意味では、歴史をしのぐほど、過去というものの意義と生彩を味わわせてくれる。というのは、歴史上の事実には、いつもはっきり手につかみがたいもの、つまり、人間の思想や感情や、また歴史上には何の記録ものこさなかった日かげの人びとにたいする時代の重みなどが、からみあっているものだからである。

歴史小説の作者は、まず語るべきストーリーをもっているといったが、そのストーリーは、よいフィクションなら、どの分野のフィクションにも通ずる条件をそなえていなければならない。しかしまた、それは、歴史小説であることを意図しているのだから、過去の生活を復元し、現在とはちがう時代の雰囲気、味わいをとらえていなければならない。その作者の成功の度合をはかろうとするなら、私たちはまず、歴史小説というものが、フィクションの一形式として、どんな特殊性をもっているか、それを評価するには、どんな点をとくに考慮すべきかを考えなければならない。

歴史小説を書くということは、歴史的事実をおもしろく読めるようにならべることではない。史的データをこえて、過去の時代をどう見るか、その見方を提出することでなければならない。とはいっても、ストーリーが歴史的事実のもつ重要性に密着すればするほど、作者は、その時代にたいしていだく感情や理解の上にくみたてる世界を通して、いっそう力強い感銘を私たちにあたえることになる。歴史小説を読むことによって、私たちは、人間性というものは変らないけれども、人間の経験は、時代時代によってちがい、けっしてその通りのことがくりかえされはしないということを知らされる。作品のなかに生きる人物を通して強烈な感銘をうけ、ある一つの時代に特有の意義、風潮を味わうというようなことは、歴史小説が、その時代にひたりきった作家の心によって書かれた時にだけ、可能になるのである。作者が、ある時代に特有な状況や問題を十分に知りつくして、その時代のなかで自由に行動できるほどそこに没頭し、かれの人物をそうした条件のもとに生まれた時代の子として、同情と理解の目をもって見る時、はじめて第一級の歴史小説が生まれる。

ロバート・ルイス・スティーヴンソンが、『さらわれたデイヴィド』*を書いた時、かれは、衆人の見るところ、文学史に不滅の位置をもつと思われる冒険小説を書いたのである。しかし、かれが、デイヴィド・バルフォアの冒険の舞台とした時代は過去の時代なので、これは歴史小説であったともいえる。そこで、何よりもまず心おどる物語である、この『さらわれたデイヴィド』を分析してみることは、よい歴史小説の要件は何かということを発見する、手がかりとなってくれるだろう。と同時にまた、これとおなじ種類の歴史小説を評価するには、どのような点を要求すべきかを知ることにもなるだろう。

『さらわれたデイヴィド』のテーマは、スコットランドという国そのもの、その沼沢、谷間、霧、岩多い海辺――つまり、スコットランド人の気質をつくりあげた、その国のもつさまざまな性格、さまざまな生活である。この国のロマンティックな歴史にひたりきった人の目でスコットランドを見たのであるから、スティーヴンソンの本が、かれの生きた時代をはなれて、ジェームズ二世派の最後の敗北につづく時代に、われわれをつれてゆくのは、ごく当然ななりゆきである。

この物語は、有名なジェームズ二世派のおたずね者、アラン・ブレック・スチュワートの冒険を取り扱っているが、アランは、祖国の非妥協的なハイランダー〔スコットランドの高地に住む人〕と、「義挙」のやぶれた後、亡命しなければならなかった国外移住者との間の、一種の隠密であった。プロットは、有名なアピン殺人事件をもとにしている。二人の主要人物、アラン・ブレックとデイヴィド・バルフォアは、犯行の場面の近くで発見され、イングランド兵によって、マルからエディンバラまでずっと追跡される。

スティーヴンソンは、イングランドの圧政をうけて、貧しく、不幸になっているハイランダーの状態を、たくみにかれのプロットのなかに織りこんでいる。と同時に、スコットランドの力を弱めているのは、貧しさと圧政だけではなく、この国を分裂させ、不統一にするのは、氏族《クラン》同士の争い、敵対行為も一役かっていることを明らかにする。

アラン・ブレックのなかに、スティーヴンソンはジェームズ二世派の性格を具現して見せる。強がり、とげとげしい自負心、はげしい忠誠心、また、愛する「義挙」のためには、どんな困難をも忍ぶねばりづよさ、こうしたすべてのハイランダーのもつ性格を、アランはもっている。しかし、かれは、けっして類型ではなく、まぎれもないかれ自身なのである――私たちの知ってしかるべき人物、見たらそれとわかる人物なのである。

一方デイヴィド・バルフォアは、ロウランド・スコットランド人の特徴をもっている。すなわち、健全で、やや散文的、がんこでいながら、心底から公明で誠実である。アランの雄弁の前に、口がきけなくなった時、かれは「私は、私の知っているだれかのように、ほらふきでも、うぬぼれやでもない」という。このハイランドとロウランドの性格は、端役の人物、氏族《クラン》の人びとや、物乞いや牧師やその他、アランとデイヴィドがゆきあうすべての人たちにまで反映している。

もしいままで真に時代の雰囲気をとらえた歴史小説があったとすれば、それは『さらわれたデイヴィド』だといえるだろう。そして、もちろん、この雰囲気は、ストーリーそのもののなか――海上における生活や、奴隷売買の陰惨さや、スコットランドの谷間に人知れずおちつかない冒険的な生活をいとなんでいた人たちのなか――にとらえられている。しかし、まず何よりも、これは、えがき方のなかにとらえられているといえる。

ストーリーのスケールの大きさからみると、語り口は、むしろすげなく、おさえられている。事件の敏速な動きをとどめ、劇的要素を弱めるような不要なことばや語句は一つも用いられていない。文章の力は、事件やその細部を極度にきびしく選択することによって、強められている。対話は、その時代のスコットランドの方言が使ってあるが、それは、時代色を濃くうちだすのに役立ち、情景を生き生きとうかびあがらせる。スティーヴンソンは、ことばの抑揚にたいしてたしかな耳をもっていたから、この物語に登場する人物の話すことばには、真にスコットランドらしいリズムや、軽快な調子が出ている。それは、すぐに歌をうたいはじめるか、または、アランのように、「風笛」を吹くチャンスを見つければ、それをのがさぬ人種のことばなのである。

スティーヴンソンは、歴史的事実は自由に取捨している。そして、事件の配列のやりなおしについては、「これは、学者の書斎の備品ではなく」、過去に場面をとった冒険小説を意図しているのだからといって、自分の態度を弁護している。しかし、同時にまた、「もし、あなた方が、アランは有罪か無罪かということについて、私に訊問するなら、私は、判決文の主旨を弁護することができる」といっているほど、その時代の記録にくわしい。かれは、自分の題材を熟知していたので、どこで地形をかえ、または、時の経過をきりつめたらいいか、(おそらく本能的に)知ることができたのである。しかも、かれのえがく時代の真実性は、あますところなく読者に訴えかけてくる。

『さらわれたデイヴィド』は、円熟した知性の持ち主によって書かれ、そのため、物事は単純化され、明快にされ、複雑な政治的、人的関係は、理解しやすく、おもしろく読めるように変形されている。かれの意図と手腕が、完全に統一されていることを示すこの物語には、十分に空気が通い、光がさし、雰囲気がみなぎっている。

このように、スティーヴンソンは『さらわれたデイヴィド』のなかで、かれ自身生きたことのない時代の生活を復元し、その雰囲気をとらえるのに成功しているのであるから、かれが、どのように過去を見たかを研究することは、おなじ目的をもって書かれた本のなかに、私たちが、何を求むべきかという点について、いくつかの一般的な原理を教えてくれることになる。ことばをかえれば、よい歴史小説の要件とは何かということを、この本は、私たちに知らしてくれる。

　歴史小説の書き手として、もう一人の熟練の作家、サー・ウォルター・スコット*は、歴史にもとづいたフィクションを書こうとしている人たちに、いくつかのよい忠告をだしてくれている。短くいうと、かれは、威厳は保つべきだが、大言壮語は避くべきだとしている。また時代的なことばを、みだりに使うことをしないで、雰囲気をとらえるべきであり、力強さは必要だが、残酷さは非常に望ましくなく、劇的要素は欠くべからざるものだが、メロドラマは避けなければならないとしている。かれはまた、ディテイルを犠牲にせずに全体の均衡を保たなければならず、事件の背景の正確さを大切にするあまり、人事をないがしろにすることがあってはならないとのべている。この最後の点は、力をこめて特筆しなければならない。今日、子どものためにかかれている、煩瑣《はんさ》にすぎて現実感のとぼしい歴史小説が生き生きした点を失っているのは、しばしば、このためだからである。

　スコットによってあげられた、これらの条件は、だいたいにおいて、歴史小説にはいまも通用するもので、傾聴する価値がある。たとえ、今日の考え方は表面かわったとしても、『アイヴァンホー』*や『クエンティン・デュルワード』*を読んでみるならば、スコットが、かれの作品のなかで問題の核心をしっかりつかんでいるのを納得することができる。セインツバリ*もいっているように、「私たちは、イギリスの歴史小説にしっかりした形式とりっぱなスタイルの伝統を作りだしたことにたいして、スコットに感謝しなければならない」のである。

子どもたちのための歴史小説の場合、冒険的要素が、まず第一条件であることは疑いがない。ストーリーは、アクションにからんだものでなければならない。そして、アクションがあいついで速やかにおこればおこるほど、その本にもられるストーリーは、子どもの心をうばうものとなる。また、歴史的事件の周辺にだけ、アクションがおこるというようなものならば、子どもは、けっして十分に満足はしないだろう。ストーリーと歴史は、一つの物語の分かちがたい部分として結合され、織りあわされなければならない。

ストーリーそのものは、作者が心にえがくその時代という絵の前景である。まえにものべたように、作者は、そのプロットや登場人物の性格を発展させるという点では、フィクション一般の規則を守らなければならない。しかし、ストーリーの場面を過去におくことにきめた時、作者は、自分がとくに選んだ時代のもつ制約をうけることになるのは当然である。いったい、その制約とは、どんなものであるかということを、ヘレン・ヘインズは、『小説の内容』のなかではっきりのべている。

歴史小説が、その本質として、歴史ではなく、フィクション――事実の記録ではなく、想像力の所産――であることはたしかである。その本質は、写すことではなく、創作することであり、作者は、自分に興味のある材料なら、どんなものでも選ぶ自由があり、また自分の望むどんな視角からえがくことも自由である。しかし、かれの興味は、そのフィクションの中の歴史にあるので、その歴史上の事実にある程度の制約をうけなければならないことも、たしかである。作者は……かれのプロットを構成するために、時日をおきかえ、主要でない些末《さまつ》な事件の形をかえることがあるかもしれない。しかし、歴史の根本的な記録をまげることはできない。(1)

スティーヴンソンやスコットが歴史小説の大家となったのは、このような制約を自分に課し、しかもそれを尊重して、そのなかで感興《かんきょう》にみちた著作をなしとげたからである。よい歴史小説と、不出来なものとの大きなちがいは、文章を別としていえば、その作家が、えがこうとする時代の生活のなかに没入し、そこにストーリーを見つける人であるか、または、あるストーリーを前もって心につくりあげ、それの背景に使うために適当な、はなやかな時代をさがす人であるか、というところにある。ことばをかえていえば、両者は、ともにフィクションをつくりあげるのであるが、前者は、その意図が歴史に立脚したストーリーであるのに反して、後者は、ただ舞台を過去においた冒険小説であるにすぎない。前者は、過去の時代の生活に真実であろうとする。後者は、冒険小説としては、よいものであるかもしれないが、しかし、登場人物が、くさりかたびらや、きぬの貴婦人服を着たからといって、歴史小説にはならない。歴史小説が、私たちの体験内容の一つとなれるほど、過去にたいする私たちのイメージをゆたかにし、ひろげてくれるためには、ストーリーと時代との融合が必要なのである。

歴史小説には、いろいろなタイプがある。たとえば、作者が、プロットや、人物や、個々の事件を自分で思いつく場合もあろうし、または、じっさいのプロットを歴史から得、歴史上の人物を利用する場合もあろう。またしばしば、この二つの方法を組み合わせて、そのストーリーに、架空な人物と歴史上の人物とを合わせ用い、じっさいの歴史上のプロットを、忠実に追ったり、ある程度はなれたりする場合もあろう。歴史小説の作者たちが、歴史上の記録のなかにストーリーのプロットとなりうる事件を発見し、それからストーリーを思いつく場合のあることも事実だが、これらの事件は、ふつう、それだけでストーリーにするには不十分なものである。史料的な材料は、まず吸収され、選択され、そのあとで、フィクションの構成法にしたがって、生きたすがたにつくりかえられなければならない。

『鉄の人』*のまえがきで、ハワード・パイルは、ヘンリー四世の暗殺計画にふれているが、かれは、この事件からこのストーリーを思いついたのである。しかし、かれは、事件のすじがきをそのまま使いはしなかった。かれは、自分の興味をひいたその時代独特の風潮を生き生きとえがきだせるよう、事件をつくりかえて書いた。これに反して、ジョン・メースフィールドは、『大公の使者、マーティン・ハイド』*のすじを、直接歴史からとっている。ジェームズ二世から王位をうばいとろうとするマンモス公のたくらみは、大敗北を喫したが、この向うみずな冒険が、メースフィールドにプロットを与えている。十二歳のマーティン・ハイドのなかに、メースフィールドは、ひとりの架空な人物をつくりあげ、かれをマンモス公の運命の盛衰の波にまきこませる。この少年の目を通して、私たちは、権力を求める人びとの心にわきおこる激情のあらしを見る。と同時に私たちは、庶民たちの生活が、一方では、戦いの動乱により、また一方では、つよい家庭的な愛情やきずなにより、さんざんに傷つけられるのを見る。生き生きとした力づよいことばで、メースフィールドは、その反乱がセッジモーアで破れ、ついに「血の裁判」となるところまで追ってゆく。この反逆は、すべての戦いを象徴するものとなっている。戦いによる荒廃や恐怖、腐敗や心のいたで、こうしたもののすがたは、読者の心にながく残らずにはいない。また、メースフィールドは、敗北をいさぎよくうけいれ、われわれの活動力や野心を経験によってやわらげながら、雄々しく人生にたちむかう必要のあることを、私たちに感得させてくれる。

史料のなかに見いだされるさまざまな事件は、物語のプロット全体にわたって、直接、題材として使われるばかりか、間接に、背景としてもとり入れられ、歴史的な事件のなかに架空な人物をとけこませる機因をつくるものである。たとえば、コナン・ドイルは、『ナイジェル卿』のなかで、くさりかたびらにおなじ紋章をつけて、ふたりの騎士——ひとりはフランス人、ひとりはイギリス人——が、ポアティエのまえにあらわれるという、フロアサール*の本にある事件をかりてきているが、これをどう使っているかを見るのは、興味あることだろう。ドイルは、この場面の会話を、フロアサールの記録をほとんどそのまま用いながら、しかも、ストーリーに十分な劇的効果をあげるように変えている。それとおなじように、かれはまた、戦いのあと、ジョン王の捕われる時の描写も、フロアサールの記録によっている。フロアサールの簡潔さを少しもそこなわず、しかも巧妙な操作で、ドイルは、ナイジェルを舞台の前面におしだし、自分の考えだしたプロットを歴史的な背景に結びつける。これは、たいへんたくみに史料を処置した例といえる。

歴史小説の作家は、しばしば、歴史的事実をそのまま使い、そのために時代の雰囲気を失うか、あるいは事件を選択しならべかえて、ストーリーにいっそうの効果をあげるかの、どちらかを選ぶ必要に迫られる。歴史上の事件や場面は、場合によっては、圧縮し、ならべかえても、その時代のすがたの均衡を失わせないものである。しかし、小説という目的のために、歴史をゆがめるということになってくると、これの問題になる。たとえば、ある王の死というような、世に知られている出げ、記録とはちがう、何かまったく新工夫の方法で殺すことになると、それ像力の欠如、歴史にたいして表面的な、ずさんな態度しかもっていないことを結果となる。こうして事実をみだりに変えることは、歴史観をもっていないことばかりか、真実の境界線をふみこえて、その時代の歴史をいつわることになりがちる。

スコットやデュマ[*]の小説を読むと、私たちは、かれらが、自分たちの語ろうとする物語にたいして、どんな歴史観をもって処したか——つまり、かれらは、その時代の記録の上にたってえがいたのだということを知るのである。この事実の記録を完全に自分のものとしたところから、スコットやデュマは、かれらが生活したことのない時代の色や香りのすべてを、生き生きと再現することができたのである。

コナン・ドイルが、その小説『ナイジェル卿』で、どのように歴史への理解と創作力とを示したかを見てみよう。かれは、百年戦争の時期、とくにクリーシーとポアティエのあいだの時代を選んだ。そして、この時代から、かれの歴史小説の登場人物として、エドワード三世、黒太子、シャンドス、およびイギリスとフランスの騎士道の花形たちを選んだ。これに加えて、ドイルは、架空の人物、とくに主人公のナイジェル卿をつくりだして、この人物に当時の騎士道の理想を賦与した。ナイジェルは、「おそれを知らぬ、非難の余地ない」完全な騎士である。ドイルは、かれに、アーサー王の円卓の騎士さえもが、喜んで果たしたであろうと思われる任務をさずけた。ナイジェルは、騎士道の最も高い伝統にしたがって、勇敢にその務めを果たす。かれは、自分がかしずく貴婦人の名誉のために、三つの務めを果たし、戦場において、その時代の英雄にとっては貴重な、つぎのようなことばをうける。

「たて！」と、太子は微笑をうかべていい、剣でナイジェルの肩を打った。「イングランドは、勇敢なるスクワイア(騎士を補佐する少年の従者)を失ったが、雄々しき騎士を得た。いや、ためらうな。たて、ナイジェル卿。」

その主人公の行動を通して、コナン・ドイルは、私たちが、歴史小説作家の第一条件とみなしたことを、りっぱに果たしている。かれは、ストーリーをおもしろく語る。か
れは、生きた登場人物をえがいた。しかし、かれは、自分が歴史小説を書いている
という事実を見失わない。そのようにして注意ぶかく、しかも表面的には苦心の
見せずに、主人公の生涯と冒険を、時代の歴史的背景のなかに織りこんでゆく

ドイルの描いた時代は、やがて、封建社会の崩壊のさきがけとなるもので
士道精神は、まださかんにおこなわれていたが、しかし、新しい何ものか
こりつつあった。イギリスとフランスは、百年戦争を経て、西ヨーロ

として出現するのである。騎士道は滅びようとし、ナショナリズムが生まれ出ようとする。これが、コナン・ドイルが『ナイジェル卿』の物語の背後に語ろうとするストーリーである。

ナショナリズムというものの新しい概念は、エドワード王の姿のなかにあらわされている。「高貴で、丈高き、堂々たる男子、額は広く、面長で、秀麗なその顔だち、茶色のふかい思いをたたえた目。」かれは、軍人であり、新しい、より自由なイギリスをつくりだそうとする立法者、生まれ出ようとする新しい世界を人格化した姿なのである。豪族たちは、王たちの権力のまえに力を失ってゆく。ナイジェルはといえば、かれは古い伝統の粋《すい》なのであり、エドワードは、新しい思想の粋であった。

コナン・ドイルが語るストーリーの背後にある、この闘争は、力づよいテーマである。歴史の重みが加わったために、いっそう力づよくいっそうゆたかになったフィクションとして示される時、この物語は、その時代のはらむ重要な問題を、あますところなく知らせてくれる。歴史小説というものはすべて、ストーリーを意義あるものにするためには、このような力づよいテーマが必要なのである。作者が、その時代におこった出来事の背後にひそむ、さまざまな原動力をよびおこしてみせるのでなければ、つくられたプロットと歴史的背景の間には、何の真の関係も出てこない。そして、この関係なくしては、その本を、歴史小説とよぶことはできないのである。

歴史上、歴史小説の題材として、とりあげえない時代は、ほとんどない。ジェフリー・トリーズは、『課外の読みもの』のなかで、「たいくつな時代というものはない。ただたいくつな作家がいるだけの話である。」といっている。しかし、その時おこった事件の性質から、または、興味ある人物が活躍したという理由から、ある時代が、他の時代よりも歴史小説になりやすいということはある。

中世期は、このような多彩な時代の一つであった。人間の自由という大問題が、論議のまとになっており、新しい思想の勃興は、いやおうなしに事件発生をうながした。封建制度の勃興と衰退、十字軍、百年戦争などが、それである。作家からみれば、この時代は、史料が文書の形でのこっているという意味で、幸いな時代である。フロアサールやマロリー*のように、その時代に生きた人びとの残した記録が、こまかい事実を供給してくれる。こうした記録が、ストーリーに正確さと真実らしさを与えてくれるのである。このような理由のため、また、この時代については、とくに多くのすぐれた子どもの本が書かれているという理由から、中世期は、私たちの研究のためのかっこうの場となってくれる。

中世期を舞台としたストーリーのなかでも、『タリスマン』*や『ナイジェル卿』は、批評というものが要求する、最もきびしい条件を十分にみたしているが、一方、ハワード・パイルやシャーロット・ヤングのような作家も、もう少し単純な軽い意味で、おなじ条件をそなえている。これらの本は、ともに時という試練を経てきたものであるから、作家たちが選んだ材料をどのように取り扱い、効果をあげたかということについて、研究の対象とするにたりる。

シャーロット・ヤングの『リンウッドの槍*』は、『ナイジェル卿』にくらべると、構想はより単純だが、テーマは根本的にはおなじで、つまりは、封建制度の没落を予告し、新しい国家体制の出現を物語ろうとしている。表面的には、まだ騎士道は社会の規約となっていたが、内部には、もりあがってくる新興政治勢力の気がみなぎっていた。ストーリーの舞台は、『ナイジェル卿』とおなじく、イギリスにはじまり、海峡をわたってフランスに移る。そこでは、黒太子が、アキテーヌという重要な地方の総督として、ボルドーに中世風の宮廷をいとなみ、政務をとっていた。といっても、かれは、そこの主として安全な位置をしめていたわけではなく、ブルターニュの講和の破棄とともに、敵に包囲され、食糧不足におちいる。しかし、かれは勇敢にこれに対抗し、ポアティエにおいて大勝をかちえることができた。『ナイジェル卿』の物語は、ここでおわる。

しかし、黒太子は、その後もボルドーにとどまり政務をとった。かれの部下は、ときおりおこる小ぜりあいに加わり、かれも、ついにスペインとの紛争にまきこまれる。シャーロット・ヤングの物語は、主人公のユースタスが、太子がたの軍勢と行《こう》をともにして太子に従い、スペインにゆくところからはじまる。太子の友人や相談役は、そのように無意味な戦いをおこすことに反対する。『リンウッドの槍』のなかで語られている、シャンドスと太子との不和は、これが原因になっておこる。ストーリーは、この戦いやナヴァレッツの勝利や、黒太子のボルドーへの帰還についても短くふれ、また、太子の健康がおとろえるにつれて勢力がよわまり、かれがかちえたもののほとんどすべてを失ってゆくさまをのべている。そして太子がイギリスにもどり、死ぬところで、ストーリーは終る。

『リンウッドの槍』を読む少年少女にとって、黒太子、シャンドス公、ベルトラン・デュ・ゲクランなどの人物は、おそらく、つくりあげられた主人公ユースタスほど重要ではないだろう。しかし、ユースタスの運命と冒険は、これらの人びとのそれとしっかりからみあわされているために、これら歴史上の人物が、ひとりひとりほんとうに生きていたのだという事実を、はっきり少年少女の心に感じさせるにたる、生き生きとした世界をつくりだしている。これらの人びとが、じっさいにストーリーに出てくるのは、ほんの短いあいだであるが、生き生きとしているので、それぞれの人物のもっている、きわだった個性にふれたという思いを私たちの心にのこすのである。これは、ユースタスによってデュ・ゲクランが捕えられ、ユースタスが戦場で騎士の位に列せられる記述の場合にも示されている。

「予の記憶にあやまちなければ、そちはリンウッドであるな？　そちの兄はいかがいたした？」

「ああ、太子さま、兄はここに、いたでを負ってたおれております。」ユースタスは、自分の捕えた男と太子のそばを一刻も早くはなれて、兄レジナルドのところにもどろうとあせりつつ言った。レジナルドは、すでにガストンの介抱により正気にもどっていた。

「まことか？　いたましいことをきくものよ！」と太子は言って、ふかいうれいの表情をたたえ、傷ついた騎士に近よると、かがんで、その手をとった。「雄々しきレジナルド、気分はどうか？」

「もはやいけませぬ、太子さま」と、レジナルドは、息もたえだえにこたえた。「ヘンリ王を捕えとうございましたのに……」

「なげくな」と、太子はいった。「そちの捕えしは、王にもくらぶべき男。ほめてつかわすぞ。」

「太子さま、何をおおせられます？　ベルトラン卿が捕えられたのではございますまい？　私が、死のいたでをうけましたのは、ベルトランによってなのでございます。」

「それは、うなずけぬ。」太子は言った。「予は、そちの弟より、ベルトランをうけとったのだ。」

「ユースタス、語れ。」レジナルド卿は、半ばおきあがり、熱をこめて言った。「ベルトラン卿をそなたがとらえたのか？　正々堂々と？　それは、まことか？」

「いかにも正々堂々と。私がそれを証言する」と、ベルトランは言った。「かれは、あなたをかばい、あなたの旗を守った。かくも若年でかくも長く、私の戟《ほこ》に太刀《たち》打ちし得る者があろうとは知らなんだ。烏《う》合《ごう》の衆どもがおしよせ、われらにせまった時、ユースタスは、私の頭上におとさんとした剣をおさめ、降服せよとよびかけた。私は、それに服した。かくもりりしい若者が、私をとらえ、それにより誉れを得るならばと考え、いさぎよく降服した。」

「この若者は誉れをうけるぞ、ベルトラン」と、エドワードは言った。「ひざまずけ、若きスクワイアよ。そちは、ユースタスというか？　神と、聖ミカエル、聖ジョージの御名《みな》にかけて、そなたを騎士にとりたてる。今日のごとく、いつも忠実なれ、勇敢なれ、幸運なれ。たて、ユースタス・リンウッド卿よ。」

作者は、このようにたくみな、雰囲気をうかび上らせる情景をつくりあげることによって、ストーリーをその時代の舞台にはめこみ、その時代の大きな事件に結びつける。

『鉄の人』のなかで、ハワード・パイルは、べつの方法を用いている。読書と研究を通して、パイルは、中世の記録を完全に吸収し、かれの心のなかにその時代をつくりあげ、これを薬籠中《やくろうちゅう》のものとしていた。かれの関心をもったのは、大事件や歴史上の大人物というよりは、この時代の一般の生活である。『鉄の人』には、歴史上の出来事や人物は、ほとんど出てこないが、しかも、架空な人物たちの経験や冒険によって、その時代の全貌が示されるというような物語なのである。ハワード・パイルは、中世期の少年の生活というものを、力づよい冒険的な物語を通して、まざまざと描いてみせるが、この物語に出てくる出来事は、ただたんに工夫されたものではなく、その時代の生活のなかから必然的に生まれ出てくるたぐいのものである。私たちは、中世のスクワイアや騎士たちを、個人的勇気をふるう行ないにかりたてた、やむにやまれぬ気持をはっきり理解することができる。

　ハワード・パイルの描く背景は、つねに正確で、その設定はリアリスティックで、また、ストーリーはいつも時代精神と完全にマッチしている。かれは、シャーロット・ヤングほど、日常的ではない。たとえば、『鉄の人』は、『リンウッドの槍』よりも、「はなやかな遠い」昔の伝奇的物語になっている。どちらの方法がより効果的であるかは、それぞれの作家が選択する問題である。

　このような「過去の見方」のちがいを、時代的にはもう少し前に、年齢的にはもう少し若いところにもっていって示している例を、私たちはハワード・パイルの『銀のうでのオットー』*と、シャーロット・ヤングの『幼い大公』*とを比較した場合に見いだすことができる。「オットー」は、歴史上の事件には、ほんのわずか関係をもっているにすぎない。偉大な歴史上の人物は、まったくこの小説には出てこない。ハプスブルクの追いはぎ貴族たちを統御しようとつとめる「皇帝」は、物語の背景におぼろげにおかれている人物である。ハワード・パイルが物語の舞台としたのは、中世の暗黒時代で、それは、ヨーロッパで地平線上に「新しい学問」の曙光《しょこう》が、かすかに見えはじめた時代であり、また残酷と破壊のすがたをバックにして、これから擡頭《たいとう》しようとするさまざまな力が、その輪郭をあらわしはじめた時代であった。これが、『銀のうでのオットー』のテーマであった。パイルはたくみに、かれのストーリーを、この時代の大問題に織りこんでゆく。そして、あい争う貴族たちが征服され、ハプスブルク家の治世の基礎がきずかれてゆくさまを描く。また、社会のほかの方面では、素朴な徳や学問にたいする愛情などは、どこにも見いだされなかった時代に、教会のなかのより良心的な人びとによって、それらが、どんなに大切にされ、保たれたかを示している。そして、このようなすべてのことを、かれは、未来を象徴する主人公オットーのストーリーを通して、単純な(時によると、すこし単純すぎる)ことばで提出してみせる。『鉄の人』の冒険的な主人公マイルス・ファルワースは、父や自分の封建社会における権利が敵の手にうばわれていたのを、武力でもぎとるようにとりもどしたが、それとちがって、オットーは、自分から冒険を求めたのではなく、かれの生きた時代の残酷な運命が、かれに冒険をおしつけたのである。単純で、生き生きとしていて、時には、詩的でさえあるスタイルで描かれているこの物語は、子どもにもよくわかり、忘れられない感銘をのこす。

一方、シャーロット・ヤングの『幼い大公』は、直接、歴史からプロットをひきだしていて、歴史上の事件や人物が、その背景をなしている。北欧人がノルマンディーの公国で権力ある貴族としてその位置をきずいた時代から、このストーリーははじまる。しかし、この貴族たちは、まだこの時期には、のちにフランスという国をつくりだすことになった勢力をふせぎとめている。ノルマンディー公が卑劣な手段で暗殺されると、かれの小さい息子リチャードは、北欧人の貴族たちの頭におかれることになり、かれの未成年のあいだ、この幼い大公の権利を守らなければならない貴族たちの立場は、いっそう困難なものになる。リチャードが、子どものころ、フランスの宮廷に人質としてとられるところは、歴史上の事実どおりである。史料が提供してくれるプロットを、シャーロット・ヤングは、かの女のストーリーの大ざっぱなスケッチとして用い、それをこまごました人的関係や、時代色でうずめ、この事件全体を一幅の絵、一編の物語にしあげている。

子どものために書かれた歴史小説を考慮するにあたって、それが中世期を扱ったものであろうと、または、他のどの時代を扱ったものであろうと、それを読む私たちにとって肝心なのは、歴史小説はどのようなものでありうるか、どんなものであるべきかについて、一つの尺度を心にもつことである。それをもちさえすれば、最良の歴史小説がたててくれた基準にてらして、ほかの小説がどのくらいその条件にかなっているか、または、どのくらいはずれているかを知ることができる。ストーリーが、たくみにおもしろく語られている時は、その舞台になっている時代考証をあやまって伝えないかぎり、ストーリーが、とぼしい背景をおぎなうということもあるだろう。一方、歴史小説が、しばしば子どもの読者の心をひきつけることに失敗する理由は、時代につきすぎて、プロットを犠牲にし、その結果、興味を失わせるためである。なかでも、いちばんふつうにおこるあやまちは、作者が、登場人物に「願わくは」とか、「われ思うに」式のものいいをさせ、くさりかたびらやすねよろいを着せ、歴史上の事件をはさみこめば、歴史小説をつくることができると考えて、たんなる背景画を描いて事たりたとする場合である。そのような本では、どこを見ても、その時代の論点や時代特有の問題は明らかにされていない。こうした作者は、時代が遠い昔でありさえすれば、物語は光彩あるものになるのだと考えて、何の関係もないストーリーの舞台として、ある時代を「つくりあげる」のである。

このような作品は、スコットやコナン・ドイルやスティーヴンソンや、また、そのほかのすぐれた作家たちの本とくらべて見さえすれば、その欠点はすぐにわかる。一方の作品においては、歴史とフィクション、時代感覚、その時代を特徴づける問題にたいする直感などが、よいバランスを保っている。ところが、一方の作品では、自分の書いていることの真の意味を理解しない作家によって、再生されるというよりも、ひき写しにされた、浅薄な絵のような背景に、ありきたりのストーリーが投影されているのである。このような本では、なまじ、ストーリーの背景となっている時代のくりひろげる絵模様の色彩が、おぼろで、ぼうっとしているために、「遠い昔、はるかな時代」のロマンティックな情趣をただよわせ、内容の空虚さを仮装してしまうところが、有害である。

子どものための歴史小説は、究極的にどんな価値があるかといえば、子どもが史上の人物や事件にたいしておこす興味によっても、ある程度はかることができるし、その時代に特殊な意味を与える作者の力によってもはかることができよう。キップリングの『プックが丘のパック』のなかに出てくるノルマン人のイギリス征服やヴァイキングの侵略を読む時、このような遠い昔の出来事は、色と生気をおびはじめ、まるでキップリングは、自分で経験したことを書いているのではあるまいかという気がしてくるのである。史料を熟知したのちに得られるそのような想像力の生みだすリアリティーが、まことの価値をもった歴史小説を特徴づけるものであるといえる。「それは、現実に根をもっているために、われわれに耳を傾けさせるのである。」

引用文献

(1)　Haines, Helen E. What's in a Novel (N.Y.: Columbia Univ. Pr., 1942), p. 114-115.

参考書

Butterfield, Sir Herbert. The Historical Novel; an Essay. Cambridge Univ. Pr., 1924.

Repplier, Agnes. Old Wine and New (in Varia). Houghton, Mifflin, 1897.

Sheppard, Alfred Tresidder. The Art and Practice of Historical Fiction. Humphrey Toulmin, 1930.

第十二章　知識の本

私は知識の本を好む。しかし、それは、努力なしに何でも教えられるとみせかけて、遊びや楽しみの領分にわりこもうとするような本ではない。そんな本には、何の真実もない。たいへんな苦労をしなければ覚えられないことがらが、たくさんあり、私たちは、いさぎよくそれを認めなければならないのである。私は、ただの文法とか幾何学を教えるのに、へたな偽装をしてあるたぐいの本ではなく、すぐれた手ぎわと節度をもって知識を与えようとする本を好む。子どもの心を押しつぶしてしまうほどたくさんの材料をつめこむ本ではなく、心の中に一粒の種子をまいて、それを内側から育てるような知識の本を好む。また、知識の本質について、いつわりをいわず、知識がすべてのものの代りをするというような、大それたことをいわない本を好む。私のとくに好む本は、あらゆる異なった種類の知識から、最も困難で最も必要なもの——つまり、人間の心についての知識をとりだしてみせてくれる本である。

（ポール・アザール『本・子ども・大人』より）

子どもは好奇心が強い。子どもは、自分をとりまく世界の観察をはじめる年ごろになると、さまざまな質問をはじめる。子どもは、自分をとりまく目に見える世界のすべてのこと、昼と夜がいれかわりやってくることや、夏や冬のあることや、花が咲いたり葉が散ったりすることを、ふしぎに思う。この生来の驚異の念は貴いものであり、これを育てることが、子どもが尽きざる興味の泉をみつける最上の道である。——この目に見える世界にたいする興味は、子どもの観察力を育てるばかりでなく、自分から進んで自分をとりまく世界を探検し、何か見つけようとする気持をもたせるのである。

日毎に育ってゆく子どもの驚異の念は、見たり、聞いたり、手にふれたり、味わったり、においをかいだりすることのできる自然界にたいしてだけ伸びてゆくのではない。子どもは、人間界についても知るようになる。自分をとりまく人びとのさまざまな生き方——衣食住や、敵から身を守ることや、通信や、陸や海の交通などにたいする、人間の基本的な要求からしだいに進歩してきた生活——の様式を観察する。

私たちの近代生活の様式は複雑なので、歴史的にとりあげてやらないと、子どもにはわかりにくい。子どもはみな、心の底ではロビンソン・クルーソーである。子どもたちは、市街の裏の空地にさえも小屋やほら穴を作る。そこで、しばらくの間、子どもたちは文明を忘れ、かれらの要求をみたすのに、工夫だけを頼りに、新しく人間の生活をやり始めていると空想するのである。ものごとのはじまりに興味をもったり、世界の夜明け時の古代の人びとの生活や経験に驚異を感じたりすることから、子どもは遠い視野をもつようになる。そして、知識がますにつれて、昔から今日にいたった世界を正しく見ることができるようになる。

学ぼうとする子どもの衝動は、驚異の念、好奇心からくるのである。驚異を感ずる心が大きければ大きいほど、子どもは日常の生活の中から多くの満足と喜びを見いだすことができる。もし生来の強い好奇心が何の滋養も与えられないために、その子がこうした満足や喜びに反応を示さないようになってしまうならば、その子をまっているものは、たいくつだけである。それは、宇宙のふしぎさに尽きない興味を見いだすことのできる精神能力を育てなかったことからくる、たいくつさなのである。

子どもは、本が読めるようになるとすぐ、自分をとりまく世界について漠然と空想していたことに、はっきりとした形を与えてくれる本にひきつけられる。この驚異の念から本の中の知識と真実に移ってゆく過程で、学びたいという衝動が子どもの中に起こるのである。子どもたちの知性がどういう方向にむいてのびていくか、その動きは、子どもも特有の想像力や、するどい興味や、知りたいという欲求などの能力を積みあげてゆくところに生まれてくるのである。まず子どもの心は、本の中に見いだされる、文字で現わされている秩序だった考えとのふれあいから流露して、それから現実の自然界と人間の存在に共感をおぼえはじめるのがしばしばである。

子どもたちは、かれらの興味をひきつけるものを読む。子どもたちは、かれらのそばにやってくるものならば、広く、区別せず、無批判に読む。かれらの読書興味の多様性については、前の数章でふれてきた。そして、子どもたちは、おとな同様、すぐれたフィクションの本をたいへん喜んで読むばかりか、それ以外の本もたくさん読む。またかれらは、自分たちの住んでいる、この途方にくれるような、しかも非常に興味ある世界についても、発見しようとし、「知ろう」として読書する。子どもたちにとっては、学ばなければならないことが、非常にたくさんあるので、かれらの熱心な、何でも受け入れる、好奇心にみちた心が、知識の本にとびついても、ふしぎはない。これらの知識の本は、子どもたちの知性を明快にし、秩序だて、かれらに神秘で未知なことがらを理解できるようにする。

子どもが一冊の本から、どのくらいやすやすと知識を受けいれ吸収するかということは、その本の著者がその本の題材についてどれほど完全に理解しているかにかかっている。著者が確信をもって表現していることがらは、読者の心を明快にし、秩序だてる。これに反して、力のない著者の場合には、子どもが、知らないことがらについてどれほど積極的に学びとろうとしても、子どもの理解力を混乱させ、くもらせてしまうだろう。

知識の本を書く目的は、著者がもっている知識を読者に伝達することである。著者の手腕は、最もよく読者を啓蒙できるよう、知識を選び整える方法の中に示される。私たちは、このような知識の本の第一義的な目的の中に、知識の本と物語の本との相違は、著者の意図の相違にあるということをはっきり見るのである。知識の本の場合には、著者は、読者に分かち与えたい知識をもち、物語の本では、作者は語りたい物語をもっている。物語を書く時、作者は知性と心情を傾けるのであり、また、かれのいちばん大事な問題は、文学という芸術に取り組むことである。ところがその問題は、知識の本の著者にとっては、二義的なことになる。かれの最大関心は、書こうとする特定分野の知識におかれなければならない。もし、かれの本が子どものためのものならば、著者は、知識も経験もたりない子どもの心というものを考えにいれなければならない。そして、対象とする年齢の子どもたちを考えて、題材の単純化を考慮しなければならなくなる。

こうした理由で、知識の本は、ほとんど文学となることはなく、またその本が書かれた世代のあいだ、生命を保ち続けることはまれである。子どもたちに知識を与える新しい方法は、世代が変るごとに考えだされる。知識そのものが、新たな発見や研究によって変ってくるのである。こういう過程をへるために、ある世代に役立ち、満足のゆくものであった知識の本が次の世代には、不適当な、時代はずれのものとみなされてしまうこともあろう。事実、これまでもじつに多くの知識の本が、すがたを消し、新しい時代をよりよく反映する本によって、とって代られたのである。

　このように多くの知識の本は、一時的であるという性格をもっており、それが、知識の本を評価する基準を作りだす上での一つの困難となっている。また、それがこの章で、代表的な本を中心として論ずることのできない理由でもある。ごくまれには、表現がすぐれているために、高度の文学的価値をかちえた例もあるが、このような例を除いては、私たちが創作に適用する批評の基準を使って、知識の本を評価することはできない。なぜなら、知識の本の著者の意図は、文学作品の作者の意図と異なるからである。では、ある知識の本が、その目的を達成しているかいないかを判断するために、どんな基準を適用したらいいのだろうか。

　子どもが知識の本を読んで得る利益は、かれの好奇心をかりたてたことがらについて、ある特殊の知識を得たいという気持を満足させることだけではない。たとえば、ある子どもが、ウサギを飼うおりを作りたいと思い、本の中に、その目的にすぐ役立つおりの作り方とその図解をみつけることがあったとしよう。しかし、ウサギのおりについての子どもの興味は、その場かぎりのものであり、おりの作り方の知識がその時は役立っても、それがかれの読書興味として続くものとは思えない。

　知識欲にかられて読む本を通じて、子どもの知識が育つためには、その知識は、子どもの成長とともに育ってゆく種類のものでなければならない。あることがらについて、幼い子どもの興味をひくように、ごくやさしく初歩的に書かれたものでさえ、子どもの好奇心を呼びおこすことができるし、その子が現在読んでいるより、さらにむずかしい本に手をのばさせ、知識を広めさせることができる。こうして、あることがらに関する子どもの興味は、子ども時代から成人期まで通ずる読書興味となる場合もあろう。このように知識の本を読み続けて得る満足は、子どもたちにとって、一生続く、報い多いものとなるのである。知識の本を読むことは、創作を読んで得る喜びとあいまって大きな喜びとなり、この双方とも、子どもたちの知能と想像力の成長に必要なのである。

子どもたちは、何を知りたがるか？　これへの答えは、簡単であるが、網羅的となる。子どもたちは、自然の世界について知りたがるし、また、人間について知りたがる。過去から現在まで、そして地球上のいちばん遠い国々に住む人びとから、隣の家に住む人びとをふくめて、人間について知りたがる。子どもの好奇心の領域の広さは、子どものたずねそうなあらゆる質問に答えようとしている、子どもむけの百科事典の内容の広さからも想像がつく。しかも、ほとんどすべての子どもが、キップリングの象の子ども*のように、今までだれもたずねたことがないような「すてきな、新しい質問」を考えつくものである。

一般的にいって、子どもに知識を与える目的で本を書くのに、三つのやり方がある。

ある著者は、子どもに知識を与えることだけを目的とする。また第二の著者は、知識を与えると同時に、その題材の本質をわかりやすく説明する。さらに、第三の著者は(このような著者は、まれであるが)、知識を与え、解明するばかりでなく、それを文学作品に仕上げるのである。

すべての知識の本には、その本の意図をつらぬくために、欠くことのできない必須の鉄則がある。正確な知識、明確な説明、適切な表現、この三つのものが、すべての知識の本にあてはまる基礎的な不変の原則である。この基本的な原則に加えて、内容が読者の理解範囲に適合しているかどうか、著者がその題材について読者の興味をひきおこす能力をもっているかどうか、また、題材の性格がそれを必要とするならば、図表や挿絵が内容を説明し、生かしているかどうかをみることが必要であろう。以上の条件は、あらゆる種類の知識の本にとって望ましいものであるが、後にちがった種類の知識の本を考慮する時に述べるように、向き向きによって、それぞれの条件は、強調され方が変ってくる。

子どもの知識欲の範囲は、一般に自然界に関するものと、人間に関するものとにわたっていることは、まえに述べたが、ここではまず、自然界について考えてみよう。この自然界という題目の中には、自然科学の諸分野がふくまれている。すなわち、天文学、数学、古生物学、地質学、生物学、動物学などである。この自然科学のどの部門を取り扱う本の場合にも、すでに挙げた原則に加えて、他の要素が重要となってくる。自然科学は理論すなわち、ファクトから帰納した科学的原理の上に成り立つものである。これらの原理は、ただ原理として述べるだけでなく、問題を立て論議し、説明し、証明する必要がある。たとえば、天文学とか生物の進化などを題材とする子どもの本では、複雑な抽象的な理論は、単純化する必要があるが、そうかといって、ゆがめられてはならない。どのように単純化してもやはり原則の基本的な真理は保たれなければならない。しかし、原理が子どもの理解の範囲を越える数学のようなものは、子どもの本としては、とりあげないでおくことが妥当と思われる。

自然科学のどの分野の知識も、決して完全ではありえない。したがって、その本にもられている知識が、どれほど正確であるかは、著者が、最新の科学的発見と現在最も権威ある研究の動向にどれほど通暁しているかということにかかってくる。子どものために科学の本を書く場合、著者は、科学のどの分野においても、最終的な結論がだされているのだというような印象を与えることを注意して避けなければならない。いいかえれば、この種類の本は、科学的な知識とは一過程を示すにすぎないものであり、どんな専門化された分野でさえも、その知識は不完全なものであるということを子どもたちにはっきり悟らせるものでなければならない。たとえば、この点を裏書きするような一節を、天文学にかんする子どもの本から引用してみよう。

最もふしぎなスーパージャイアンツの一つは、ベテルギウスとよばれる星である。時には、その直径は、わずか一億八千万マイルで、スーパージャイアンツとしてはかなり小さい。それからベテルギウスは膨張しはじめる。どんどん膨張をつづけ、直径二億六千マイルになると、それからまた収縮しはじめる。どうしてこうなるのかだれも知らないし、この膨張収縮がいつか止まるのかどうかもまたわからない。[1]

こうした書き方は、科学的な好奇心をもつ子どもに、まっこうから挑戦する。子ども時代から始めて、おとなになるまで追求してゆくことのできる何か――すなわち、未開拓の世界――があるのだということを子どもに感じさせる。非常に進歩した科学は難解なもので、専門家以外の人びとではとても理解できない。したがって、それは当然、子どもの理解範囲をはるかに越えたものということができる。子どものための科学の本は、けっして確定的な知識を与えているふりをすべきではなく、どの程度のものとしても、正しい方向に子どもを導いてゆくものでなければならない。科学的研究の複雑さや真のすがたを見失わせるほど、過度に単純化することをさけて、ほんとうの入門書であることをはっきり示し、その本がふれなかった先のところまで、その題材を知りたいという興味をおこさせるような本、また明確に生き生きと書かれていて、子どもたちにとって理解しやすく、楽しんで読める本、そんな科学の本ならば、信頼のおける本として認めることができるのである。

動物の生態の学問をよぶのに、動物学ということばは、けっして魅力ある名称とはいえないが、これは特に子どもたちの興味をひく学問である。子どもたちは、あらゆる動物に純粋の親しみをもつものであり、動物の本は多量に出版されているので、科学の他のどの分野の本も、これにくらべれば影がうすい。この題目は、さまざまな内容をもっているので、材料の扱い方、あらわし方も、さまざまである。

子どものための博物学の本には、子どもを対象として考慮されているため、かならずしも科学的専門語が使われているとはいえないが、純粋に科学的態度をくずさないでいるものが多い。しかし、これらの本も、子どものためのすぐれた知識の本すべてにあてはまる原則に従うものでなければならない。一方、とくに動物の生態や習慣を取り扱った本のなかには、知識を伝えるためにフィクションの形式を使っているものが多くある。この形式を使う場合には、すぐれたストーリーテリングの原則をみたさねばならぬという別の要求が生じてくる。この最後のグループに属する本は、知識を与えるという価値のほかに、文学的価値をもち得るのであるし、――現にときおり、そのような本があらわれる。

たとえどんな題材を選ぼうとも、著者が動物の生態にたいする鋭い観察力と事実にかんする明確な知識をあわせもち、そのうえ生き生きとした、正確な筆力の人であれば、はつらつとして真実味のこもった、センチメンタルでない動物の物語を書くことができるであろう。動物物語というものが、自然界についての知識を与え、説きあかすことを目的とするならば、子どもの興味と好奇心をかきたてると同時に、動物の生態、その真実のすがたを知ろうとする科学心をもつ子どもたちの欲求をも満足させるものでなければならない。

自然界にかんする本から、人間や人間のなしとげた業績についての本に目を転ずると、歴史というものを科学から完全に切り離して考えることはできないということに、私たちは気づくのである。原始時代の人間の歴史は、考古学や人類学の諸発見によって、より完全なものとなり、昔の船のりや探検家の物語は、天文学や地理学と結びつき、科学の発展は、歴史の流れに影響を与えてきた。現代の歴史家は、歴史の資料を調査するさいに、それが記録されたものであれ、また考古学的な研究調査と発見にもとづくものであれ、しばしば科学的な考え方と方法を採用する。

G・M・トレヴェリアン*は、歴史は、二つの重大な疑問に答えようとしている、と語っている。その疑問の一つは、過去の人間の生活とは何であったかということであり、もう一つは、どのようにして現在の状態が過去から派生したか、ということである。これは、人間の生活という現象の背景をなしている、広大なひろがりをもつ時間と空間の学問である歴史についての定義としては、私の知るかぎりでは、最も満足のゆくものである。

歴史の知識の領域は、非常に広大なために、短い子ども時代だけでは、過去の出来事のある部分についておぼろげに知ることしかできない。それゆえ、子どもが歴史の本を読んで得るわずかな知識が、どんなものであるにしても、その題材についてもっと知りたいという知識欲を刺激するものでなければならないということが、何よりも大切になってくる。楽しみとして歴史の本を読むことを、子どもからおとなになるまで続かせるためには、私たちは、子どもたち自身が、過去についてどんなことを知りたがっているかをみつけなければならない。すなわち、何よりもさきに、子ども生来の興味を知らなければならない。

子どもたちは、ものごとのはじまり、すなわち原始時代の生活や、原始的な社会に興味を示すものであると、まえに述べた。心理学者は、子どもからおとなへの成長は、人類の原始から文明への成長と同じような過程をたどるものであるといっている。この説は、なぜ子どもたちが、たて穴やほら穴に住んだ人びとの原始社会に興味を示すかという理由を説明することになるだろう。これら原始人たちの歴史は、文字に書き残されてはいないが、その生活のようすは、かれらの作った道具や武器や食器などから、また、ほら穴の壁面にかれらが描き残した絵によって明らかにされている。

また子どもは生まれつき、A・J・トインビー*のいう「阻止された文明……歴史のない社会」に興味をもっている。それは、自然の環境がきびしくはげしいので、衣食住を手にいれるためにのみ生活が営まれるような社会である。北極の氷の間に住むエスキモーやラップ人、アメリカの原生林に住むインディアン、貧弱な屋根なしのカヌーを漕いで海を渡るポリネシア人、アラビア砂漠を遊牧するアラビア人、アフリカのジャングルに生棲する原住民、これらは、子どもたちが自然に興味をひかれるものである。

穴居人や北米インディアンやエスキモーについて書いた本に子どもたちが興味をひかれるのは、主として、それらの人びとの生活が、子どもたちの想像力にアピールするからである。このような本を読むと、子どもは、心の中に原始的な人びとの生活を一連の絵として思い浮かべ、さらに想像の世界で、これらの人びととの危険な生存競争の中にはいりこみ、冒険をともにすることになるのである。子どもは、この経験を空想的な遊びにしてしまう。その道具立てが、どこにもあるので、この遊びは子どもにとって、とても嘘とは思えないようなものになる。空想的な遊びをする生来の能力を発揮して、ちょっとした空地が、北極の氷原となり、西部の大平原となり、あるいはまた、アフリカのジャングルともなる。本にでてくる原始的な住居の挿絵や図形をわがものとして、冬になればエスキモーの氷小屋を、夏になればインディアンのテント小屋や草ぶき小屋を作る。挿絵の道具や武器は、しばしば博物館のコレクションをもとにして描かれているが、子どもたちは、それをまねて、手にはいるどんな材料でも工夫をこらして使いこなし、もとの道具や武器にどうやら似たものを作りあげてしまう。

原始社会を描いた本が、私たちの社会とまったくかけ離れた社会生活を、はっきりした絵にして子どもの心の中にうかび上らせる力をもつためには、著者は、正確さと、明瞭さと、適切なことばづかいのほかに、もう一つ別の要件をみたさなければならない。原始社会の日常生活を再現する著者の能力は、かれがどれほど想像力をめぐらせて、その題材に関するうんちくを生かせるかというところにあらわれてくる。かれの仕事の成否は、資料を生命力のない事実だけの「無味乾燥な学究的なもの」として片づけてしまわないで、かれ自身をどれほど資料の中に没頭させうるかにかかっている。

現代の多くの歴史家にとって、歴史とは、主として論議の的《まと》となっている事実を科学的に調査研究すること、すなわち、過去についての真実を発見する骨の折れる仕事を意味する。これに反し、歴史にたいする子どもの第一の関心は、歴史の語る物語にある。子どもにとって歴史とは、人間と、人間の行ないのことである。子どもは、昔話や英雄物語の読書の延長として、過去を扱った本を読む。レオニダス、*ジャンヌ・ダルク、獅子王リチャード、黒太子、マルコ・ポーロ、コロンブスなど、歴史の本の中で子どもの興味をひきつける幾人かの人物の名をあげてみても、これらの人物は、子どもにとってシンドバットやアーサー王やロビン・フッドと同じ程度にリアルなのである。そして、子どもは、歴史の本の中で読んだ物語が真実であり、その中にでてくる人びとが、昔じつさいに生きていたことを知れば、生命の永続性、つまり眼前にうつるこの現実の世界を越えて脈々と人間の生活は続いているということに気づいて感動する。過去について子どもが、漠然とふしぎに思っていたことが、現実感を帯びはじめ、また昔生きていた英雄たちの色彩豊かな魅力によって想像力はかきたてられる。

子どものために歴史の本を書く著者は、子どもの興味は、政治や社会組織や思想の発展ということよりも、人物と事件にあることに気づいて、しばしば歴史を伝記的に取扱っている。子どもたちは、かれらが読む歴史上の人物の性格を鋭く感じとり、これらの人物がさまざまな環境の下で、どのように個性的に行動したかという面から、子どもなりの鋭い結論をひきだすのである。子どもたちにたいし、歴史上の人物について物語る場合には、性格がおのずから明らかになるようなエピソードや逸話を選ぶことが大切である。なぜなら子どもの心は、客観的に、すなわち、対象を外側からつかむからである。歴史上の人物や事件にかんする抽象的な真実は、物語の形式におきかえて与えられた時はじめて、子どものつかめるものとなる。子どもは、歴史を一つの物語として記憶する。また、その物語によって、歴史上の人物とその性格を子どもらしく理解する。

昔の歴史家は、物語を語ることがすきであるという点で、子どもに似た興味をもっていた。これらの歴史家は、同時代のことであろうと過去のことであろうと、事件の生き生きとした描写と、人物についての逸話を十分に使って歴史を語っていた。ヘロドトス、*

フロアサール、ハックルート*など、昔の著者の年譜や年代記は、子どものための歴史を書くものにとって最も興味のある典拠といえるだろう。このように昔の人びとが、そのころのことを書いた典拠の中に見いだされる資料は、昔の人びとやかれらの行ないや、考え方や生活について、子どもの好奇心をよびおこす。過去に想像を馳せることにより、子どもたちは、かけはなれた場所や時代に生きた人びとのようすを心に描いたり、理解したりすることができるようになる。こうして、過去の真実が、「まざまざとわかり、おぼえられ、楽しめる」ものとなるために、歴史は、子どもにとって非常に興味深く、大切なのである。

　伝記と歴史は、子どもの本の中でしばしば融合されているように、子どもの心の中でもいっしょになっている。子どもは、小説中の人物であろうと、実存した人物であろうと、読んでいる本の中の人物になりきってしまうことがすきである。そこで本で読んでいる人物が、かつて実在した人間であるという事実を知ると、ジャンヌ・ダルク、バスコ・ダ・ガマ*、コロンブス、南極のスコット*などについて読んで感ずるペーソスや昂奮や感激が、子どもにとってさらに計り知れないものとなるのである。いまあげたような物語、またこれらと似た他の数百の物語は、監獄の壁、王と廷臣、知られざる海、氷の山というようなファンタジーの衣をまとっている。これらの物語は、飢えと豊かな食事、勝利と敗北、生と死について語っている。しかし、歴史上の人物の経験した苦難と栄枯盛衰は、子どもにとって、たとえば塔に閉じこめられるラプンツェル*の昔話を読む時より、いっそう切実にうったえかけてくるものがある。子どもは、これらはほんとうの人間の真実の物語であることを感ずる。かれらは、ラプンツェルのように昔話にでてくる想像の世界の人物ではない。

子どもたちにとって伝記というものは、ある実在の人物についての物語である。その本が子どもたちの興味をひきつけるためには、子どもたちが聞きたくなるような物語をもった人物でなければならない。しかし、男女を問わず、すべての有名な人びとの生活が、子どもたちにとって意義あるものとはかぎらない。子どもが伝記に接する態度は客観的である。子どもは、本にでてくる主人公が何をし、どのようにしたかを知りたいのである。子どもを夢中にさせるのは、その人物の生涯に見いだされる冒険である。そこで、おとなが「偉人」とよぶ人びとの生涯の中には、子どもにとっては冒険味がなく、おもしろみがない場合がたくさんある。

こんなところに、子どもたちのために書かれた多くの伝記が、かれらの興味をひかない原因がある。これらの作者たちは、子どもの想像力では、とても理解できないような成人期をすごし、また、子どもには、ほとんど興味のない幼年時代をすごした人びとについて書いている。長じて有名になった人びとの中で、子ども時代から将来りっぱな人になるようなきざしを示していた人は、あまりない。またかれらの子ども時代について、信頼のおける記録の残っている例もまれである。この理由から、神童として知られたモーツァルトの少年時代は、たとえばブラームスやシェリの少年時代の物語より、子どもたちにとって興味あるものである。文学、美術、音楽などの分野における天才的な人びとの冥想的な心と生涯は、おとなには大きな喜びを与えてくれるものだが、アクションや冒険を喜ぶ子どもたちの興味をひきつけることはむずかしい。子どもたちは、天才によって作られた芸術作品にもられている抽象的な思想や理論に共鳴し、それを理解できるほどの人生経験を積んでいない。このような人びとの生涯を子どもにわからせようとすれば、ふつう、過度に単純化する結果となり、かれらの偉大さは、もともと説明できない性質のものであるために、説明しないですませてしまうことになる。

子ども時代をとりあげるにしても、おとなになってからの人生をとりあげるにしても、あるいは、その両者をとりあげるにしても、子どもを対象として考えるかぎり、最も無理のない、しかも意味のある主人公は、その人物について語るべき物語があり、またその人の生涯に色彩のある冒険とロマンスが織りこまれているような人びとであろう。子どものための伝記を書く時、作者は、その典拠資料の中に、手紙や日記その他個人的な記録をみつけ、そして、それらが、物語に親しみと具体性と切実な感動を加えるのに役立つ場合もあろう。たとえば、ジャック・カルティエ*がアメリカへの三度の航海中に綴った日記からの引用や、また、新世界でかれが発見したさまざまなもの――花や鳥類をふくめて――についていかに熱心に観察したかを読めば、ただでさえ子どもがとびつくかれの冒険に、生き生きとした現実感が与えられるのである。コロンブスの最初の航海の日誌は、ごく短いものであるが、その数ページの間に、新大陸発見の支えとなった勇気と信念が語られ、息をもつかせぬおもしろさがもられている。その他にも、キャプテン・クックの*「日記」（それは突然終っている！）、南極のスコットの「日記」などは、子どもの興味を強くひきつけるものである。

　こうした個性を浮き彫りにする信頼のおける典拠資料がない場合は、子どものための伝記を書くことは、いよいよ困難な問題となる。ある一人の人間の物語を単純に、しかもまざまざと描きだせる人は非常に少ないのである。たとえば、性格の心理的分析をやらずに動機や行動を説明することは困難であるが、こうした分析は、子どもにはまだ理解できない。この困難を解決するために、作者はしばしば逸話や、作りだした会話を伝記の中に多くもりこむことになるが、これは、たいくつな読みものを作り、その本の主題である人物を子どもに理解させる役にはたたない。

　これに反し、とりあげられた人物の生涯や思想の源に結びついている逸話や、その人自身の個性をあらわす逸話がある。このような逸話がよく選択され、巧みに語られた場合には、その人物の心の内側を見ぬく手がかりを子どもに与えることになる。作者が、確実で広い知識を被伝者についてもつことが、その人物に生き生きした生命感を与える創作的手腕よりも先にこなければならない。子どもがその伝記に興味をもつかどうかは、一にその伝記がリアリティーをもっているかどうかにかかっている。子どもにとって、それは一つの物語であると同時に、ほんとうにあった物語である。それは、「生きて」いなければならないし、それが真実であることを、子どもに信じこませうるものでなければならない。

歴史と伝記を読むことは、近視眼的な人生の見方を矯正する。子どもは、自分の生きている時代というものが、人間がこの地上に現われた時から未知の将来に向かって進む、長い途上のほんの一つの点にすぎないと気づく時、他の時代や他の国々の生活について知りたいと思うようになる。子どもは、一時的な価値しかないものを見きわめ、内省する観点を与えてくれる、均衡のとれた考え方を身につけるようになる。

子どもは、歴史や伝記の人物の立場に自分をおくことがすきである。子どもが本で読む人びとは、子どもがやりたいと思っているように行動する。かれらはほら穴に住み、また勇敢にたたかい、勝利の側にたたなくても、英雄として破れてゆく。かれらは見知らぬふしぎな場所に住み、異様な、口にしたことのない食物をたべ、またかれらの着ているものや住んでいる場所が、昔話で聞いた世界のすがたを描きだしてくれる。歴史や伝記にでてくる人物の生涯は、想像力を豊かにし、希望や競争心を高めてくれるものにみちている。この種類の本を読むことは、子どもの人生経験を広める。つまり、人間の生活という大きなドラマにたいする共鳴と理解を、子どもの内によびおこすのである。

引用文献

(1) Fenton, Caroll Lane and Mildred Adams. Worlds in the Sky (N.Y.: John Day, 1950), p. 78–79.

参考書

Rowse, A. L. The Use of History. Hodder & Stoughton, 1946.

Stephens, H. Morse. History (in Counsel upon the Reading of Books). Houghton, Mifflin, 1900.

Trevelyan, George Macaulay. History and the Reader. Macmillan, 1946. Cambridge Univ. Pr. for the National Book League, 1945.

結び

児童文学は、この本の各章の標題に示されているような、さまざまな主題の下で取り扱うことができるだろうが、一冊一冊の本が、それぞれ、独立の立場にたっているという事実も見失わないようにしよう。一冊一冊がそれ自体の価値と、文学の中での位置をもっているのである。ある本が文学に近づけば近づくほど、私たちはこの点を、はっきり知ることができる。子どもが「もう一つ『ふしぎの国のアリス』のような本」、あるいは、「『宝島』や『ハックルベリー・フィン』のような本」をとせがむ時、私たちは、いまさらのようにこれらの本が独自の特質、つまり、題材は同じようなものであっても、他の本がもちあわせていない特質をもっていることを認めざるをえない。

この独自な特質は、その訴えかける力が、そと目に見えるというより、内部に浸透しているものなので、分析することが困難である。しかし、一冊の本の中に文学の精神が宿っていれば、それは読者の知性と心情によびおこす反応の種類によって知ることができるのである。分析することは、その本にたいする私たちの感じが正しいものであるという確信への一助となるが、それは、解明できたというより、暗黙のうちに感じられるにすぎない。しかしながら、その本の特質――その作品の中にある文学の精神の存在――は、まちがいなく私たちに感じられなくてはならない。私たちの読んでいるものを文学であると認めることは機械的にできる仕事ではない。それは、それほどかんたんなことではない。

良い作品と悪い作品を見分ける方法を学ぶことはむずかしくない。しかし、たいていの作品が手ぎわよく書かれていて、それがほとんど当然のこととされているような今日では、その識別はむずかしくなる。今日にあっては、当世風のなめらかなことばづかいであやまちなく書かれている本や、たくみな構成が作者の小説作法に通じていることを示している本や、時宜《じぎ》に適した問題をテーマにもりこみながら、しかも、問題の核心をそらし、正攻法で分析されれば、それにたえられないような本が、非常にたくさん出版されている。また、体裁のいい人目をひく造本でありながら、内容では正直な結論をひきだしていない知識の本や、ただたんに時間つぶしになるだけのような本がたくさん作られている。

子どもたちは、おもしろいことがたくさんある、新しい刺激的な世界に倦《う》むことがない。子どもたちは、幻滅を感じた「逃避者」でもなければ、小さな「集団思考者」でもない。子どもたちは、それぞれ個人として読書するのであり、結局のところ、子どもにもおとなにも同様に深い感動を与えるのは、現在でも素朴な価値なのである。型通りに書かれた本を読む時の子どもの反応と、感動のあまり涙や笑いをさそう『ハックルベリー・フィン』のような本を読む時の反応の相違は、子どもの知性と心情が、しんから真実で、すぐれたものに反応を示すものであるという私たちの信頼を裏書きしてくれる。

子どもたちは、未経験なために、そばにあるものなら何でも読む。子どもの本が、ほとんど量産の所産となった今日では、子どもは、経験と喜びを求めるかれらの心を満足させ、現実のかげにある真実を与えてくれるような本には、一冊もめぐりあわずに幼児からおとなになってしまうことも起こりうる。

手のとどく所に、純粋な質をそなえた本が置いてあれば、子どもたちは、くだらない本が侵入してくるのを防ぎとめるだろう。児童図書館の果たしている奇跡は、子どもたちにとって「魔法の窓」であり、「ひらけゴマ」であり、「鏡の国」である。そこを通って子どもたちは、あの驚異と美しさと喜びにみちみちた、果てしなくひろがる理性と空想の国を求めて、いろいろなふしぎな国にはいりこんでゆくのである。

児童図書館は、たえず一冊一冊の本をとりあげて「これは子どもにふさわしい、いい本なのか？」とたずね、また本の選択についても、扱い方についても、その背後には、児童文学についての健全な理念をもち、また、知識と経験と見識を通じて価値の基準を作りあげてきたのである。このような児童図書館が、文学の精神を支え、それを育てあげているのである。

子どもが、ベオウルフの英雄的な行動について読んだり、モーグリ少年*とともに夜のジャングルをさまよったり、コロンブスやレーフ・エリクソン*とともに海洋に船出したり、または、ハックのいかだでミシシッピ川をくだったり、黄金の羊毛を求めてイアソン*とともに旅に出たりするたびに、児童図書館は、子どもを児童文学と結びつけ、ひいては、すべての文学に結びつけているのである。

子どもは、これらの本を読んで感動しても、その感動の源が、児童文学の精神にあるとは気づかないかもしれない。なぜなら、子どもたちの鑑賞力はすぐれたものであっても、批評の精神は成熟していないからである。しかしながら、子どもは一冊の本の終りまで読みすすみ、最後の一ページをめくりおえた時、『ビリー・ベッグと牡牛《おうし》*』のように、「偉大なる光景を身をもって体験してきた」ことに気づくのである。

訳　注

第一章

2 頁

ポール・アザール　Hazard, Paul, 1878–1944. フランスの文学史家。リヨン、ソルボンヌなどの大学で教え、比較文学、近代文学の研究に功績があった。その児童文学についての啓蒙的な著作(Les Livres, les Enfants et les Hommes, 1932)は、自由なスタイルで児童文学の本質をついた名著として、古典的な価値を持っている。日本では、『本・子ども・大人』(矢崎源九郎・横山正矢共訳、紀伊國屋書店、一九五七年)の訳書がある。

フランセス・クラーク・セイヤーズ　Sayers, Frances Clarke, 1897–1989. ニューヨーク市立公共図書館の児童部主任として、すぐれた業績を残し、ストーリーテリングの大家としても知られている。図書館引退後、カリフォルニア大学図書館学校で児童文学を講じている。また、テキサスでの幼年時代をかいた創作『みそっかす』(Tag-Along Tooloo, 1941)などの著作がある。

3

『ニュー・イングランド初歩読本』　New England Primer. アメリカに移住した清教徒たちが、その信念に基づいて子どもたちの教育のために用いた教科書。アルファベットや主の祈り、清教徒の教えなどが内容で、十七世紀終りごろにその最初のものが出版されて以来、百年間ほど使用された。

3 **ジョン・ニューベリ** Newbery, John, 1713–67. イギリスの出版者。一七四五年、ロンドンのセント・ポール寺院前の本屋街に、世界ではじめて子どもの本の本屋をひらき、子どものためのすぐれた本を出版した。その美しい装幀の小型本は A Little Pretty Pocket Book と銘打たれ、約二百種刊行された。

4 **「ハーメルンの笛吹き」** Pied Piper of Hamelin. ドイツの伝説で、一二八四年(一三七六年とも)ウェストファリアのハーメルンの町が鼠害で苦しんでいた時、斑《まだら》の服を着た笛吹きが、笛の音でネズミをウェーゼル川に誘いこんだが、約束の金がもらえなかったので、町中の子どもを連れ去ったという。イギリスの詩人ブラウニング(Browning, Robert, 1812–89)はこれを長詩とし、欧米の子どもに今も愛読されている。

5 **ジョン・リヴィングストン・ロウズ** Lowes, John Livingston, 1867–1945. アメリカの作家、ハーヴァード大学の英語教授。著作には『読書について』(Of Reading Books, 1950)、コールリッジのすぐれた研究書『クブラ・カーン』(Kubla Khan, 1816)などがある。

モンテーニュ Montaigne, Michel Eyquem de, 1533–92. フランス中世末の思想家。そのモラリストとしての本領を発揮した『随想録』三巻(Essais, 1580, 1588)に、近代精神の先駆がみられる。

コールリッジ Coleridge, Samuel Taylor, 1772–1834. イギリスの詩人、批評家。ロマン主義の長詩『老水夫行』(The Rime of the Ancient Mariner, 1798)、『クブラ・カーン』が有名。かれはワーズワース兄妹、チャールズ・ラムと親交があった。

ジョン・キーツ　Keats, John, 1795–1821. イギリスの詩人。繊細な自然美をうたった、『ナイチンゲールにささげる讃歌』(Ode to a Nightingale, 1819)は、ロマン派の代表作といわれる。

7

クリフトン・ファディマン　Fadiman, Clifton, 1904–99. アメリカの作家、ジャーナリスト。著書に『わが愛読書』(Reading I've Liked, 1941)、『一生の読書計画』(The Lifetime Reading Plan, 1960)があり、後者には、刈田元司訳、荒地出版社、一九六一年の訳本がある。

ヘンドリク・ヴァン・ルーン　Van Loon, Hendrik, 1882–1944. アメリカの歴史学者、著述家。オランダの出身で、通信員、大学教授としてアメリカに活躍、かずかずの啓蒙的な著作で知られた。かれの本は、事実を広い視野におき、想像力のあるユーモアで訴えるが、とくに一九二一年に出た『人間の歴史の物語』(The Story of Mankind)は、アメリカ児童文学最高の権威であるニューベリ賞の第一回受賞に推された。日高六郎・日高八郎共訳『人間の歴史の物語』岩波少年文庫、一九五二年。

ケネス・グレーアム　Grahame, Kenneth, 1859–1932. イギリスの文学者。孤児となって学業を断念し、若年からイングランド銀行につとめ、同行の重役となった。三十歳台から雑誌に地味な好文を寄せて文筆家としても知られたが、銀行を退いて後、一人息子にあてて書いた川辺の小動物の物語 The Wind in the Willows, 1908(邦名『たのしい川べ』石井桃子訳、岩波書店、一九六三年)が、二十世紀の不朽のファンタジーとなった。

ウォルター・デ・ラ・メア　De la Mare, Walter, 1873–1956. イギリスの詩人、作家。二十世紀前半の最も幻想的な詩と小説とによって名高いが、その資質を、ことに児童文学方面にあますところなく発揮して、すぐれた先駆者となった。童謡集に『子ども時代のうた』(Songs of Childhood, 1902)、『ピーコック・パイ』(Peacock Pie, 1913)〔『詩集 孔雀のパイ』まさきるりこ訳、瑞雲舎、一九九七年〕、『ダウン・アダウン・デリー』(Down-Adown-Derry, 1922)、『鈴と草』(Bells and Grass, 1942)など、ファンタジーに『サル王子の冒険』(The Three Royal Monkeys, 1946)(飯沢匡訳、岩波少年文庫、一九五二年)、ほかに、選詩集、再話集など、多数がある。

10 **トマス・トラハーン** Traherne, Thomas, 1636?–74. イギリスの詩人、牧師。宗教的哲学的な作品を書いた。いずれも死後刊行。二十世紀にはいって見直されている。

13 **C・S・ルイス** Lewis, Clive Staples, 1898–63. イギリスの文学者。戦後オックスフォード大学教授を経て、ケンブリッジに中世英語を講ずる。神学者として倫理を論じ、その方面で最も著名であるが、ほかにロマンティックな空想小説も書き、ことに子どものために、ナルニア国という架空の地を舞台にしたファンタジー連作七巻を一九五〇年から発表して、最終巻『さいごの戦い』(The Last Battle, 1956)でカーネギー賞を受けた〔「ナルニア国ものがたり」全七冊、岩波少年文庫、二〇〇〇年〕。

16 **オリヴァー・ゴールドスミス** Goldsmith, Oliver, 1728–74. イギリスの小説家、詩人、劇作家。医師として失敗して生涯貧しかったが、小説『ウェークフィールドの牧師』(The Vicar of Wakefield, 1766)は人間味のこもった傑作。かれはニューベリと知り、その出版に助力して、子どものための最初の創作といわれる『靴ふたつさん』(Goody Two-Shoes)を書いたと見られる。なおニューベリの『マザー・グースのメロディ』もこの人の編かという説もある。

ジョン・ラスキン　Ruskin, John, 1819–1900. イギリスの批評家として、独特の審美論や文明批評で知られているが、一方に女流挿絵画家ケイト・グリーナウェイ(Greenaway, Kate)の知友であり、みずからも『黄金の川の王さま』(The King of the Golden River)を書いて、児童文学に寄与した。このファンタジーは一八四一年に書かれ、五一年に刊行、ラファエル前派のリチャード・ドイル(Doyle, Richard, 1824–83)の挿絵を伴った。

チャールズ・キングズリ　Kingsley, Charles, 1819–75. イギリスの文学者。はじめ牧師、のちケンブリッジ大学の近代史教授となり、キリスト教社会主義者として活躍、小説『ハイペシア』(Hypatia, 1853)を書いた。児童文学としては、ギリシア神話『英雄物語』(The Heroes, 1856)、ファンタジー『水の子』(The Water-Babies, 1863)〔阿部知二訳、岩波少年文庫、一九五二年〕、航海探検物語『西の方へ!』(Westward Ho!, 1855)を著して、いずれも古典となっている。

17

ジョージ・マクドナルド　MacDonald, George, 1824–1905. イギリスの詩人、小説家。はじめ牧師だったが、独特の宗教感の深化により形式を嫌って牧師職を退き、文筆生活にはいった。ルイス・キャロルと親交あり、『アリス』の出版をすすめた。かれの子どものためのファンタジーには『北風のうしろの国』(At the Back of the North Wind, 1871)〔全二冊、脇明子訳、岩波少年文庫、二〇一五年〕、『王女と小人』(The Princess and the Goblin, 1872)〔『お姫さまとゴブリンの物語』脇明子訳、岩波少年文庫、二〇〇三年〕などがあり、いずれも空想力と人生観のとけあった名作である。

17

W・H・ハドソン　Hudson, William Henry, 1841-1922. イギリスの博物学者、小説家。南米ラ・プラタに生まれ育ち、イギリスに帰化した。少年時代を記した博物誌的な『はるかな国・遠い昔』(Far Away and Long Ago, 1918)や小説『緑の館』(Green Mansions, 1904)で有名だが、子どものためのファンタジー『夢を追う子』(A Little Boy Lost, 1905)(網野菊訳、岩波少年文庫、一九五一年)〔西田実訳、福音館書店、一九七二年〕は、独特な傑作である。

ハワード・パイル　Pyle, Howard, 1853-1911. アメリカの画家、物語作家。その挿絵はモリスに影響されて、アメリカ児童書に一期を画し、その作品は伝承を消化して今や古典的作品と見なされている。民話風の物語には、『ふしぎな時計』(The Wonder Clock, 1887)、『胡椒と塩』(Pepper and Salt, Or Seasoning for Young Folk, 1886)、伝承的な作品には、『アーサー王とその騎士たち』(The Story of King Arthur and His Knights, 1903)、『ロビン・フッドのゆかいな冒険』(The Merry Adventures of Robin Hood, 1883)(全二冊、村山知義訳、岩波少年文庫、一九九六年)、ほかに歴史小説などがある。

ジョン・メースフィールド　Masefield, John, 1878-1967. イギリスの桂冠詩人。年少から労働に従い、海員となったのち、ジャーナリストを経て、一九三〇年から桂冠詩人にあげられた。少年のための小説に『ジム・デイヴィス』(Jim Davis, 1911)など数冊がある。

第二章

20 ジョージ・サンプソン　Sampson, George, 1873–1950. イギリスの文筆家、英語学者。代表作に、機知と皮肉を深い知識に交えた文学史の傑作といわれる『ケンブリッジ版要約英文学史』(The Concise Cambridge History of English Literature, 1941)がある。『ケンブリッジ版散文と詩の本』(The Cambridge Book of Prose and Verse, 1924)も編集した。

21 ワンダ・ガーグ　Gág, Wanda, 1893–1946. アメリカの絵本画家。ボヘミア系の画家の父とチェコ出の母がアメリカに定住してから生まれ、『一〇〇まんびきのねこ』(Millions of Cats, 1928)を著して、絵本に新しいエポックを作った。以来かずかずのすぐれた絵本を作り、アメリカ最初の絵本画家とさえいわれるが、再話にもすぐれ、『すんだことは　すんだこと』(Gone is Gone, 1935)〔佐々木マキ訳、福音館書店、一九九一年〕は、ボヘミア民話の絵本である。『一〇〇まんびきのねこ』は、邦訳がある〔石井桃子訳、福音館書店、一九六一年〕。

キャクストン　Caxton, William, 1422?–91. イギリス最初の印刷者。ケルンで印刷術を学び、一四七六年以来ウェストミンスター聖堂に印刷所を開いて、約百種の本を出した。そのうちに、『狐のレナード』(Reynard the Foxe, 1481)『イソップ寓話集』(Aesop's Fables, 1484)があり、マロリーの『アーサー王の死』(一四八五年)があって、一般に迎えられた。子どものためには、『三歳の賢い子』(Wyse Chyld of Thre Yere Old)のような教訓の本も出した。

22 デ・ウォルド　De Worde, Wynkyn, ?–1534?. イギリスの出版者。ドイツ出身でキャクストンの弟子としてその業をつぎ、師の没後一五〇〇年からフリート街に、一五〇九年ごろからセント・ポール寺院前の本屋街に店をひらき、『アーサー王の死』(第二版、一四九八年)のほか、おもに大衆のための普及本を出版した。

22

『ガイ・オヴ・ウォリック』 Guy of Warwick. 中世伝説の一つ。主人公騎士ガイは、美《うるわ》しのフェリスと婚約し、その証《あかし》のために聖地に戦い、また帰英してデーン人の巨人や竜を殺して、フェリスと結婚するが、魂の救いを求めてウォリックの洞穴に住み、夫と知られずにフェリスからパンを乞う。死に臨んで指輪によってフェリスの夫とわかる。

『ベヴィス・オヴ・ハンプトン』 Bevis of Hampton. 中世伝説の一つ。ロマンスにみちたこの騎士の行状は、聖地をめぐるキリスト教とイスラム教の争いを背景として、サラセンの王子や、騎士の妻に従う巨人などを点じて、語られる。フランスでは、ブーヴェ・ド・アントーン(Bueve de Hanstone)と呼ばれている。

『ヴァレンタインとオルソン』 Valentine and Orson. フランス初期のロマンス。ピピン王の妹でコンスタンチノープルのアレクサンダー皇帝に嫁したベリサンドの双子がこの二人で、ピピンの輩下としてかずかずの冒険をし、勇者となる。

『デーン人ハーヴェロク』 Havelok the Dane. 中世英雄譚の一つ。孤児となったデンマークの王子ハーヴェロクは、後見人のたくらみで海に流されるが、イギリスの漁師の子として成人し、窮境にあったイギリス王女を助けて結婚したのち、イギリスとデンマークの王位を得る。

『ミスタ・フォックス』 Mr. Fox. イギリス版青ひげといえる昔話。伊達《だて》なミスタ・フォックスは、美しいレディ・メアリを城に誘う。城には「大胆なれ」の文字があって、広間に美女たちの死体があり、メアリはその手首を持って帰って、何食わぬ顔で自宅にミスタ・フォックスを呼び、夢になぞらえて、かれの罪をあばく。もとはバラッドだったという。『むだ騒ぎ』には、第一幕第一場に、「ベネジ――まるで例の昔話よろしくです。〝そんなことはない、そんなことはなかった、神さま、どうぞ決してそんなことのございませんようにᐟᐟです」(坪内逍遥訳)とある。

『チャイルド・ローランド』　Childe Rowland. スコットランドのバラッド、また昔話。主人公はアーサー王の息子で、妖精にかどわかされた妹を、妖精王の「暗い塔」にたずねてゆき、知者メーリンの助けを得て、一かじりもせず一滴ものまぬタブーを守り、妹を救い出す。『リア王』には第三幕第四場の最後に、「エドガ――(節をつけて)暗黒城《くらやみじょう》にぞ着きにける。轟きわたるその声は、モモンガー、モモンガー、ブリトン人の血の香がするぞよ」(坪内逍遥訳)とある。

24

ジェイコブズ　Jacobs, Joseph, 1854-1916. イギリスの民俗学者。かれの集めた民話は、グリムとちがって子どもの読みものとして再話されたが、口誦から、文献から、なるべく生地を生かしてよく選ばれたもので、『イギリス昔話集』(English Fairy Tales, 1890)そのほかは、いまなお英米の子どもたちが第一にむかえる昔話集である。

『巨人退治のジャック』　Jack the Giant Killer. イギリスの昔話。アーサー王のころ、知恵のあるジャックはおとし穴で巨人を殺して、巨人退治の名声を得る。つぎに二人の巨人をなげ縄で、二つ首の巨人を計画で殺し、アーサー王の息子の家来となって三つ頭の魔王をだまし、隠れ着と知恵帽と砕き刀を手にいれて、国中の巨人を一掃し、ついにアーサー王の忠勇な領主となる。

24 **ジョン・バニヤン** Bunyan, John, 1628–88. イギリスの宗教作家。いかけ屋の息子で、結婚後信仰にはいり、清教禁圧に抗して十二年間投獄されるうちに、『天路歴程』(The Pilgrim's Progress, 1678–84)などを書いた。これは信仰の書ではあるが、比喩としたストーリーと表現にすぐれていたために、小説のさきがけとなった。

25 **スウィフト** Swift, Jonathan, 1667–1745. イギリスの文学者。政治家、宗教家として大いに活躍し、文筆をふるったが、アン女王の死後不遇となり、故郷アイルランドに隠棲し、痛烈無比な諷刺物語『ガリヴァー旅行記』(Gulliver's Travels, 1726)を書く。愛人ステラの死後、憂鬱症が昂じて発狂、孤独のうちに死ぬ。

26 **シャルル・ペロー** Perrault, Charles, 1628–1703. フランスの詩人、作家、批評家。アカデミー会員となり、ルイ十四世治下の制度改革に功があり、自作の詩をめぐるボアローとの歴史的な文学論争をおこなった。進歩論者であったかれは、一面幼い者の人格陶冶を旨として八編の昔話を平易流達に再話した『教訓をともなったすぎし昔のお話集、ガチョウおばさんの物語』(Histoires ou Contes du temps passé avec des moralités; Les Contes de ma mère l'Oye, 1698)を息子の名で刊行した。

チャップブック Chapbook. 十八世紀、木版印刷の普及によって、イギリスでは一枚刷の粗雑な絵と物語を折りたたんだ薄い小型本が、行商人(chapman)によって戸ごとに、二、三ペンスで売り広められた。消耗品だったから現存するものはごく少ないが、ペロー童話も『マザー・グース』の名で、たちまちこの安本となり、昔話伝説のたぐいもこの体裁の本で流布した。ドイツでも同様に、通俗話本が流行して、民衆本(Volksbuch)と呼ばれた。

27 スモレット Smollett, Tobias, 1721-71. イギリスの小説家。はじめ医学を学び外科医となったが成功せず、『ジル・ブラス』や『ドン・キホーテ』を訳し、みずから悪漢小説『ロデリック・ランドム』(The Adventures of Roderick Random, 1748)などを著して世相を写し、ディケンズたちに影響した。ニューベリの仕事を手伝ったことがある。

28 『マザー・グースのメロディ』 Mother Goose's Melody. ニューベリの出版したわらべうた集。伝承のわらべうたにマザー・グースの名を冠したのはこの時が初めてで、以来この名がわらべうたの総称のようになった。ペローの話集の副題からニューベリがこの本につけたのだろうという説もある。ただしわらべうたの印刷本は早く一七四四年に出、また『マザー・グースのメロディ』増補新版はニューベリの後継者によって一七九一年に出ているが、この本の初版刊行年はその間の何年か確かでない。

ハリウエル Halliwell, James Orchard, 1820-89. イギリスのシェイクスピア学者。若くしてチャップブックを蒐集、また純粋に口誦されるわらべうたを記録して、二十二歳で『イングランドのわらべうた』(Nursery Rhymes of England, 1842)を刊行、のちに本格的な蒐集をまとめた『わらべうたと昔話』(Popular Rhymes and Nursery Tales, 1849)を著して、今日のわらべうた研究の原典となった。

29 ブレイク Blake, William, 1757-1827. イギリスの詩人、画家。版画師として貧しく敬虔な生涯を送りながら、独特な神秘思想によって、詩を書き挿絵をつけ、みずから彫版し印刷して、数冊の詩集を作った。とくに『無垢の歌』(Songs of Innocence, 1789)は、子ども心をたたえて、清純な調べ、平明な表現で二十編の短い詩をのせているために、万人に愛される不朽の詩集となった。

29 チャールズとメアリ・ラム　Lamb, Charles, 1775-1834, Lamb, Mary, 1764-1847. ともに文学者の姉弟で、チャールズは随筆で名高い。かれは東インド会社につとめて独身、ときおり発狂する姉を看病しつつ、文筆にはげんだ。友人ゴドウィンの出版事業に協力して、姉弟は『シェイクスピア物語』(Tales from Shakespeare, 1807)〔矢川澄子訳、岩波少年文庫、二〇〇一年〕『レスター先生の学校』(Mrs. Leicester's School, 1809)〔西川正身訳、岩波少年文庫、一九五二年〕を分担して執筆し、弟は『ユリシーズの冒険』(Adventures of Ulysses, 1808)を書いて、児童文学に忘れられない足跡を残した。

バーボールド夫人　Barbauld, Anna Laetitia, 1743-1825. 十八世紀の訓育的な教育文筆家で、兄エイキン博士(Aikin, John, 1747-1822)と組んで活躍した。兄と共著の『家庭での夕』六巻(Evenings at Home, 1792-96)は、道義の説明や博物の知識に終始した当代の代表的な著作である。この人と親交のあったエッジワースは、それを賞讃したが、ラムははげしく批難した。現在バーボールド夫人の作品は、好事家《こうずか》以外の関心をひかない。

30 ゴドウィン　Godwin, William, 1756-1836. イギリスの社会思想家、小説家。牧師であったが、フランス革命に刺激されて、無政府主義を唱え、平等社会の実現に努めた。ラム姉弟と交友があり、夫妻で出版社をおこして、とくに「町の子文庫」として児童出版に尽力、みずからボールドウィン(Edward Baldwin)の筆名でお話集を書き、ラム姉弟の児童ものすべてを出版し、『スイスのロビンソン』(The Swiss Family Robinson, 1816) を英訳して世に送った。一八二二年破産し、窮乏のうちに死んだ。

31 **チャップマン**　Chapman, George, 1559?–1634. イギリスの詩人、劇作家、翻訳家。シェイクスピア時代の多才な一人。とくに喜劇で有名で、ジョンソンらと合作の『いざ東方へ』(Eastward Ho!, 1605) によって投獄されたことがある。翻訳は『イリアス』(Iliad, 1611)、『オデュッセイア』(Odyssey, 1614–15) が名高く、ほかにペトラルカ、ヘシオドスなども英訳した。

ハーヴェイ・ダートン　Darton, F. J. Harvey, 1878–1936. イギリスの出版者、児童文学研究家。一七八五年以来の出版社の家筋に生まれ、自身十三年間出版に従事して、一九二七年以来事業をやめた。『イギリスの児童書』(Children's Books in England, 1932) は、社会史と作品批評をふくむ克明な児童文学史で、名著である。要約は『ケンブリッジ版英文学史』(The Cambridge History of English Literature) 第十一巻十六章にある。ダートン自身、アーサー王、ギリシア神話のよい再話を残している。

32 **『トム・ヒッカスリフト』**　Tom Hickathrift. イギリスの昔話。日やといの息子トムは怪力無双で、乾草を山ほど運び、ボールを蹴れば失くしてしまうしまつ。盗賊を退治し、力自慢のいかけ屋を弟分として、ついに故郷エリー島に巣くう魔の巨人を一撃にしとめて、その岩屋に邸をつくり、人びとに共有地を与えて島を安泰にした。

ジョージ・クルクシャンク　Cruikshank, George, 1792–1878. イギリスの挿絵画家。その父も画家で、とくにジョージは風俗画、諷刺漫画に秀で、ディケンズの挿絵画家として名高く、ドミエやドレに影響した。子どもの本の挿絵としては、グリムのほかに、晩年ユーイング夫人の創作につけたものなどがある。

32 エドガー・テーラー　Taylor, Edgar, 1793-1839. イギリスの翻訳家。高等法院の事務弁護士で、語学に秀で、グリム昔話を初めて英訳した。その訳書『ドイツ昔話集』二巻(German Popular Stories, 1823, 1826)には、訳者名の記載がなく、ジョージ・クルクシャンクのすぐれた挿絵で飾られていた。ラスキンの序文というのは、一八六八年の版(ハッテン書店)である。また『家庭のお話集』(The Household Tales)の名称は、最も便宜なボーン書店版でアンドルー・ラング編集のもの(一八八四年)から始まるという。

メアリ・ハウイット　Howitt, Mary, 1799-1888. イギリスにおけるアンデルセン紹介者。クエーカー教徒で、ハイデルベルク滞在中北欧語を学び、はじめアンデルセンの小説などを訳したが、一八四六年かれの童話十編を『子どものためのふしぎなお話集』(Wonderful Stories for Children)としてボーン書店から訳出した。同年他の訳者たちの三種の訳が出たが、ハウイット夫人の名訳に及ばず、夫人の訳書が定着した。

33 エドワード・リア　Lear, Edward, 1812-88. イギリスの詩人、画家。二十一人きょうだいの末子として早く両親を失い、長姉に育てられ、鳥獣画を好んで十五歳から画家となり、ダービー伯の知己を得た。身近の子どもたちを喜ばすために作った奇想天外なこっけい詩は、リメリックという五行俗謡の形をとり、イギリス文学史上の古典となった。代表作『ナンセンスの本』(Book of Nonsense, 1846)には、かれのユーモラスな挿絵がつけられている〔『完訳ナンセンスの絵本』柳瀬尚紀訳、岩波文庫、二〇〇三年〕。

34　アリス・M・ジョーダン　Jordan, Alice M., 1870–1960. アメリカの児童図書館員。一九一七年から二十四年間、ボストン公共図書館児童部主任としてすぐれた業績を残し、児童文学批評の雑誌「ホーン・ブック」(Horn Book Magazine, 1924–　)編集を助けて、児童文学を振興した。主著『ロロからトム・ソーヤーまで』(From Rollo to Tom Sawyer, 1948)は十九世紀児童文学についての名著。

35　キャサリン・シンクレア　Sinclair, Catherine, 1800–64. イギリスの通俗作家。教訓主義のしつけ万能に反して、活発な子どもを登場させて、好評を得た。代表作『休みの家』(Holiday House, 1839)は、三人の子どもたちが、旧来の固陋《ころう》を破り、暴君ふうの乳母をうちまかす愉快な小説。

37　ダセント　Dasent, Sir George Webbe, 1817–96. 北欧文学の紹介者。西インド植民の出で、オックスフォードを卒業し、外交官としてストックホルムにあり、北欧諸語、ことにアイスランド語を学んだ。かれがアスビョルンセンとモーの集めた昔話を訳した『北欧の昔話』(Popular Tales from the Norse, 1859)は、以後の英語国の北欧昔話の本の基礎となっている。

アンドルー・ラング　Lang, Andrew, 1844–1912. イギリスの歴史家、古典学者、民俗学者、詩人。神話伝説昔話を広く研究して、原始心性はどこも同じゆえ、民俗的なものは多元発生するという学説を展開して大きな影響を残した。子どものために諸国の昔話などを再話編集して、色わけの童話集(『青色の童話集』Blue Fairy Book, 1889ほか多数)を出した。また、ホメロスの散文訳も有名。『オデュッセイア』(Odyssey, 1879)はブッチャー(Butcher, S. H.)と、『イリアス』(The Iliad, 1883)はリーフおよびマイアーズ(Leaf, W. & Myers, E.)と共訳した。

37 **ジョエル・チャンドラー・ハリス** Harris, Joel Chandler, 1848–1908. アメリカのジャーナリスト。南部に生まれ、新聞社の給仕から一流記者となった。かれを有名にしたのは、黒人のリーマスおじさんを語り手として、賢いウサギを主人公とした黒人昔話を語りつがせた形式の昔話集『リーマスじいや』(Uncle Remus, 1880)の連作再話で、かれが少年時代に聞いた物語を黒人なまりで新聞に書いたものだが、アメリカ固有の輝かしい古典となった。

シドニー・ラニアー Lanier, Sidney, 1842–81. アメリカの詩人。南北戦争で南軍に加わり捕虜となった。音楽をもっとも詩に生かした詩人といわれる。子どものために書いた『少年のアーサー王物語』(The Boy's King Arthur, 1917)は、マロリーの『アーサー王の死』に最も忠実な再話だといわれる。

『バラと指輪』 The Rose and the Ring. イギリスの小説家サッカリー(Thackeray, W. M., 1811–63)作の童話。「炉辺の紙芝居」と副題にあるように、作者が描いた十二夜の人物の絵からクリスマスの人形劇のように仕立てて、ギクリオ王子などを登場させ、怠け者よりも働き者の尊いことを諷した、こっけいな物語。一八五四年ローマで書かれた。邦訳に刈田元司訳、岩波少年文庫〔『バラとゆびわ』一九五二年〕がある。

ストックトン Stockton, Frank Richard, 1834–1902. アメリカのユーモア作家。はじめ木版師だったが、種々の雑誌にユーモア短編を寄稿して名声を得た。アメリカのすぐれた児童雑誌「セント・ニコラス」(St Nicholas, 1873–1940, 1943)誌の編集を助けて、多くの物語を発表、『空想物語集』(Fanciful Tales, 1894)などにまとめ、アメリカ児童文学の開始期のにない手の一人となった。とくに幼児むきの創作童話のさきがけとしても、記憶される。

『ハンス・ブリンカー』　Hans Brinker Or The Silver Skates, 1865. メアリ・メイプス・ドッジ(Dodge, Mary Mapes, 1831–1905)作の少年小説。作者のドッジ夫人は科学者の娘で、弁護士と結婚し、表記の小説を書いて名声を得、一八七三年から「セント・ニコラス」という子どもの雑誌を発刊して、アメリカ児童文学を大いに振興した。この小説は「銀のスケート靴」の副題を持ち、オランダの子どもの生活と環境を生き生きと写し出して、写実的な物語の一典型となった。石井桃子訳、岩波少年文庫〔『銀のスケート──ハンス・ブリンカーの物語』一九八八年〕。

『ストーキーとその一党』　Stalky and Co., 1899. イギリスの作家キップリング(Kipling, Rudyard, 1865–1936)の小説。インドのボンベイ〔ムンバイ〕で育った作家が自分の少年時代を回顧して筆をとったもの。学校の子どもたちの生き生きしたすがたをとらえた最初の物語といわれる。

ルクレチア・ヘール　Hale, Lucretia, 1820–1900. アメリカの教育文筆家。ボストンの名門に生まれ、弟に作家エドワード(Hale, Edward E., 1822–1909)がいる。親友の子どもたちに、愉快なお話をきかせたのが、のちに『ピーターキン一家行状記』(The Peterkin Papers, 1880)となり、その一家の途方もない騒ぎが、子どもの読者を長く喜ばせた。作者は晩年眼を病むまで、女子教育に没頭、通信教育にもつくした。

37 ジョン・ベネット　Bennett, John, 1865-1956. アメリカの児童文学作家。早くから挿絵画家を志望し、児童文学雑誌「セント・ニコラス」に挿絵いりの物語を投稿して、ドッジ夫人に認められ、以後歴史小説を同誌に連載して名声を得た。『マスター・スカイラーク』(Master Skylark, 1897)は声楽家となる少年を主人公としたシェイクスピア時代の物語、『バーナビー・リー』(Barnaby Lee, 1902)は、ニューヨークをニューアムステルダムといった当時の物語。

38 『ジム・デイヴィス』　Jim Davis, 1911. ジョン・メースフィールド(Masefield, John, 1878-1967)作の小説。デヴォン海岸を背景とするジョージ三世時代の密輸の冒険物語で、主人公の少年ジムが、掠奪の財宝を洞穴に発見し、捕えられて脱走するなど、筋はサスペンスにみちている。

第三章

42 アン・キャロル・ムーア　Moore, Anne Carroll, 1871-1961. アメリカの児童図書館に組織を与え、児童文学批評に方向を与えて、その活躍によって児童文学を振興した功労者。ニューヨークのプラッツ・インスティテュートを卒業して、同図書館や市公共図書館に児童部初代主任となり、新聞雑誌に書評の筆をふるった。主著は『子ども時代に通ずる道』(My Roads to Childhood, 1939)、『三羽のフクロ』(The Three Owls, 1931)。

ジェフリー・トリーズ　Trease, Geoffrey, 1909-98. イギリスの児童文学作家。学校教師をつとめ、作家となる。とくに歴史小説にすぐれ、歴史解釈をおりこんだ時代背景をうまくあしらうので定評がある。かれの児童文学論『課外の読みもの』(Tales out of School, 1949)は、いろいろな種類の読みものが子どもの体験を強め広げてゆくことを、作家の立場から述べている。

48 **ボーザンケト**　Bosanquet, Bernard, 1848–1923. イギリスの哲学者。ヘーゲル主義の代表者として、ことに美学、知識論の著書で知られる。

49 **E・M・フォースター**　Forster, Edward Morgan, 1879–1970. イギリスの小説家。『インドへの道』(A Passage to India, 1924)などによって、現代の大家となる。『小説の諸相』(Aspects of the Novel, 1927)は、その年ケンブリッジ大学のクラーク記念講義として、小説について啓蒙的な機知にあふれた連続講演をしたのをまとめたもの。邦訳、田中西二郎、新潮文庫、一九五八年。

50 **ウィル・ジェームズ**　James, Will, 1892–1942. アメリカの作家。カウボーイとして育ち、みずから文字と絵を習得して、自画の挿絵をいれたカウボーイ小説を書き、独特な地位を占めた。『スモーキー』(Smoky the Cowhorse, 1926)は、馬の一生を描いた名作で、一九二七年にアメリカ最高の児童文学賞であるニューベリ賞を受けた。

55 **ヘレン・ヘインズ**　Haines, Helen, 1872–1961. アメリカの図書館員、文筆家。図書館関係の指導、図書選択の講義によって、大きな功績を残した。その代表的著作『本とともに生きる――図書選択の技術』(Living with Books; the Art of Book Selection, second ed., 1950)は、図書館員必読の書とされている。

61 **アーサー・クイラー－クーチ**　Quiller-Couch, Sir Arthur, 1863–1944. イギリスの文学批評家、小説家。ケンブリッジ大学英文学教授として、批評の業績が多い。『読書の技術について』(On the Art of Reading, 1920)、『著述の技術について』(On the Art of Writing, 1916) など。子どもの本にも関心があった。

第四章

66 **アニス・ダフ**　Duff, Annis. アメリカの出版社ヴァイキングの児童図書編集者。かつて児童図書館員として活躍した。その著『つばさの贈り物』(Bequest of Wings, 1944)〔大江栄子・間崎ルリ子・渡邉淑子訳、京都修学社、二〇〇九年〕は、子どもの読書指導についての必読の書とされている。

67 **アスビョルンセンとモー**　Asbjørnsen, Peter Christen, 1812–85; Moe, Jørgen Engebretsen, 1813–82. ともにノルウェーの民話蒐集家。二人は終生変らぬ友情で結ばれ、協力して昔話を集め、一八四一—四四年に大きな二巻本にまとめた。アスビョルンセンは動物学者となり、モーは聖職者、詩人となり、ことにモーはノルウェー児童文学に、古典となった民謡集と、自作の童謡集を寄与した。ダセント訳『北欧の昔話』は二人の昔話集の英訳である。

グリム兄弟　Grimm, Jacob, 1785–1863, Grimm, Wilhelm, 1786–1859. ドイツの言語学者、ドイツ古代学者兄弟で、一生の生活と業績とをわかちあった。兄は言語学にグリムの法則を立て、弟は古典の発掘に功があり、ともに祖国の古代を明らかにするため長年昔話を蒐集整理して、民俗学の基礎となる『家庭と子どもの昔話集』(Haus-und Kindermärchen, 1812-24)約二百編を編んだ。この書は世界中の子どもにむかえられた。

69 **美女と野獣**　La Belle et la Bête; the Beauty and the Beast. ボーモン夫人(Leprince de Beaumont, Jeanne Marie, 1711-80)作の童話の題名。父の命を救うために野獣に嫁した美女が、夫の愛情に感化され、愛によって夫をよみがえらせ、呪縛を解いて人間の姿にもどすという筋。昔話が骨子となっている。このたとえは、つりあわぬ夫婦、またはそれにもかかわらぬ情愛などに使われるのだろう。

青ひげ　La Barve Bleue; Blue Beard. ペローの物語の一つ。夫の青ひげに鍵を渡されたその妻が、秘密の奥の間をあけて、女たちの死体を見る。夫に殺されかかる妻は姉のアンにたのんで、兄たちの助けを待ち、青ひげを殺す。青ひげは、冷酷無残な夫、女たらしなどの意味に使われる。

海の老人　The Old Man of the Sea. つきまとって離れない人物をいう。『千一夜物語』のうち、シンドバッドの肩に海の老人がおぶさって離れなかったことから出ているが、海の老人とは元来各地にあるふしぎな海の怨霊、不死の老人などをいい、『千一夜物語』もその一例である。

75 **ペルセフォネ**　Persephone. ギリシア神話の人物。女神デメテールの娘で、冥土の王プルートン(ハイデース)にかどわかされ、その妻となり、一年の三分の二を大地の母のもとですごすことを許される。四季のめぐりのうち、春のたちかえることを象徴するといわれる。

75 **ブルンヒルデ** Brunhilde. 北欧伝説の人物。もと天上の女戦士の一人だが、人間界に流されて、山上で炎につつまれて眠り、英雄シグルドと愛しあう。のちに、謀られてギュンタールに嫁し、復讐をとげてみずからも死ぬ。ドイツのニーベルンゲンのうたも同じ源から出た。

86 **『木のマントのカチー』** Katie Woodencloak. ジョージ・ダセントの『北欧の昔話』に出てくるお話(『世界むかし話 北欧』(瀬田貞二訳、ほるぷ出版、一九八九年)に「木の服カーリ」という題名で収められている)。

88 **アニー・E・ムーア** Moore, Annie E., 1866–1958. アメリカの教育学者。コロンビア大学などで教育学を教えた。『児童文学史』(Literature Old and New for Children, 1934)は講義用の教科書に編んだもの。

99 **ちっちゃなちっちゃなお話** Teeny Tiny. イギリスの昔話。ジェイコブズの本にある。「ちっちゃなちっちゃな」おばさんが、墓地で骨を拾って、自宅の戸棚にしまい、昼寝をしていると、骨が「かえしてくれ」と声をかける。おばさんは「持ってきな」と答える。全部に「ちっちゃな」という句がかぶせてあり、ふしぎな怪談になっている(『ちっちゃなちっちゃなものがたり』瀬田貞二訳、福音館書店、一九九五年)。

99 **よこしまな女王** グリム兄弟の昔話『ガチョウ番の女』に出てくる、王女といつわって女王になりすます下女のことかと思われる。この話の最後に――「こういう女はどういう処分をうけるがよいか」と王さまがたずねる。にせの女王は「その女は、はだかにして、樽の中にいれます。樽のうちがわには、とがった釘をうちつけておき、白馬二頭で道をひきずりまわすのがよろしいでしょう」と答え、そのとおりにされる。
大クラウス　Great Claus. アンデルセンの童話『大クラウスと小クラウス』の主人公の一人。貧しい小クラウスは詐術で成功し、金持の大クラウスは、小クラウスの口車にのって失敗、最後に川へ落ちて死ぬ。日本の『馬喰《ばくろう》やそ八』と同じ種類の昔話を題材として、アンデルセンが自己流に再話したもの。
モルジアナ　Morgiana.『千一夜物語』のなかの『アリババと四十人の盗賊たち』に出てくる、アリババの女中。美しくて機転がきき、働き者であるモルジアナは、四十人の盗賊を退治して主家の危険を救い、アリババの息子と結婚する。
ファラダ　Falada. グリムの昔話『ガチョウ番の女』に出てくる馬の名。王女に仕える忠実な馬で、口がきけるために、王女をガチョウ番にした、もと下女の女王によって首を切られ、都の門のアーチの壁に釘づけにされる。王女はガチョウを追って、門を通る時に、かならずファラダの首と問答してゆく。
『ネズの木』　The Juniper Tree. グリム兄弟の昔話。ある女がネズの木に願って男の子を生んだが、まもなく死ぬ。継母がその子を殺し、肉をスープにして父にたべさせる。つれ子のマリアが骨をネズの木の下に葬ると、美しい鳥がまい立って、殺されたわけを歌にうたい、継母に復讐する。

101
『ノロウェイの黒い牡牛《おうし》』　The Black Bull of Norroway. スコットランドの昔話。『クピードとプシケ』や『太陽の東月の西』と同種で、ノロウェイの黒い牛に嫁した娘が、実は王子が魔法にかけられていたことを発見するが、タブーを破って王子を失い、かれを求めて遍歴し、ついに王子を得るという筋。いくつかの詩がはいっていて、最後に眠りにおちた王子のそばで娘が胸のうちをうたう個所がある。

第五章

106 **ドロシー・ハスフォード** Hosford, Dorothy Grant, 1900–52. アメリカの図書館員。ピッツバーグに生まれ、カーネギー図書館学校を経て後、一九二四―三〇年、カーネギー図書館の秘書をつとめた。とくに神話を好み、北欧神話や英雄伝説などの資料を十分に探索して、子どもたちのためにそれらを力強く再話した。『神々の雷』(Thunder of the Gods, 1952)〔『神々のとどろき』山室静訳、岩波書店、一九七六年〕はその代表作といわれる。

108 **オヴィディウス** Ovid, BC 43?–AD 17?. ローマの詩人。詩人として多くの作品があるが、かれの名を不朽のものとしたのは、神話を材料とした『変身譜』(Metamorphoses)とローマの暦をもととした『行事暦』(Fasti)である。

108 **ピンダロス** Pindaros, BC 522?–442?. ギリシアの偉大な抒情詩人。かれはいろいろな種類の詩を書いたが、スポーツの祭典によせて書いた四つの頌詩《オード》が有名である。イギリスの詩人の頌詩は、ピンダロスの詩にならったものが多い。

108 **ソフォクレス** Sophocles, BC 496?–406?. 古代ギリシアの三大悲劇詩人の一人。かれの悲劇は、英雄的なものよりも、人間味を描いている点に特徴がある。

エウリピデス Euripides, BC 485?–406?. ギリシアの三大悲劇詩人中の最後の一人。青年時代をソフィストの思想上の革命の新傾向と動揺のうちに過したため、他の二大悲劇詩人とは異なり、新しい傾向と手法を示している。かれは、伝統、宗教、神話をそのまま許容せず、つねに批判的であった。後期古典時代に最も愛好された詩人であったため、非常に多くの引用断片が残っている。

ホメロス Homer. 前九世紀ごろ。ギリシア最古、最大の叙事詩『イリアス』と『オデュッセイア』の作者に与えられた名。このほかにもいろいろな叙事詩がかれに帰せられているが、かれの年代についても出生地にかんしても諸説があり確実でない。前記二つの叙事詩は、ともにトロイア戦争を扱ったものであり、『イリアス』はアキレウスの怒りを、『オデュッセイア』は、オデュッセウスの漂浪と帰国後に妻の求婚者を殺戮したしだいを歌った大叙事詩で、その言語的な完成、巧まざる技巧、明朗でしかも一抹の哀感をたたえ、何らの伝統的、考証学的な重荷を負わぬ自由さと速度感によって、他に比類のない美しさを備えている。

ヘシオドス Hesiod. 古代ギリシアの詩人。ホメロスよりやや後の人らしいが年代は決定されていない。主な作品は、『仕事と日々』(Erga kai hemérai) と『神統記』(Theogonía) の二つである。後者は、それまでに流布していた神話を体系づけたものである。ホメロスは、英雄や神々や戦争や、冒険の輝かしさを歌いあげたが、ヘシオドスは、日常の生活、道徳、仕事について歌った。

アポロドロス Apollodorus. 前二世紀のギリシア(アテナイ)の文法家。かれの著とされているギリシア神話を集大成した『ビビロテカ』(Bibliotheca) は、ギリシア神話の全貌を知るに重要なものである。邦訳は、『アポロドーロス』高津春繁訳、岩波文庫、一九五三年。

109 ロドスのアポロニオス　Apollonius of Rhodes. 前二九五年ごろ生まれたギリシアの叙事詩人。主作品は、アルゴ船の伝説を題材とした『アルゴナウティカ』(Argonautica)である。新しいロマンティックな感情をホメロスの言語を用いて表現した名文家として当時かれの右にでるものはなかったといわれる。

110 プルタルコス　Plutarch. 四六—一二〇年ごろ存在した、末期ギリシアの道学者、史家。非常な多作家でギリシアとローマで類似の生涯を送ったものを対比して比較研究した二十三組(四十六人)の英雄伝記のほかに四人の単独伝記がよく知られている。わが国では明治以降しばしば紹介されている。岩波文庫にギリシア語からの完訳がある(河野与一訳『プルタークク英雄伝』全十二巻、一九五二年)。

パードリク・コラム　Colum, Padraic, 1881-1972. アイルランド生まれ。ダブリンで、イェーツ、レディ・グレゴリなどの文学者と親交があったが、一九一四年アメリカに渡り子どもむきの作品を書きはじめた。かれの作品の中心となっているものは神話の再話で、単純さとユーモアをもつ語り口は定評がある。『オデュッセウスの冒険とトロイア物語』(The Adventures of Odysseus and the Tale of Troy, 1918)、『オージンの子ら』(Children of Odin, 1920)〔尾崎義訳、岩波少年文庫、一九五五年〕、『黄金の羊の皮とアキレス以前の英雄たち』(The Golden Fleece and the Heroes Who Lived before Achilles, 1921)などが代表作である。

119 『散文のエッダ』　The Prose Edda. エッダは一般に古代北欧の神話および英雄伝説の集大成

と考えられている。エッダには二種類あり、『詩のエッダ(古エッダ)』と『散文のエッダ(新エッダ)』である。『散文のエッダ』はスノリ・ストゥルルソン(Sturluson, Snorri, 1178?-1241)によって、ほぼ一二二〇―三〇年に書かれた一種の詩学の手引書である。スノリは、僧職にあった歴史家で『ノルウェーの王の歴史』(Heimskringla, 1220)も書いている。

124　A・ケアリとE・ケアリ　Keary, Annie (1825-79), Keary, Eliza.　イギリス人の姉妹。この人たちについての詳細はわからないが、ふたりで、北欧神話を子どもむけに翻訳し、"Heroes of Asgard"の最初の版は、早くも一八五八年に世に出ている。イギリスでは、今日も読まれている。

125　アビー・ファーウェル・ブラウン　Brown, Abbie Farwell, 1871-1927.　ボストンに生まれ、ラドクリッフ・カレジの卒業。ロバート・フロスト、ジョセフィン・プレストン・ピーボディなどと交際あり、『ポケットいっぱいの詩』(Pocketful of Poesies, 1901)、『あたらしい詩』(Fresh Poesies, 1908)の子どもむきの詩集のほか、二十冊以上の子どもの本を書いている。

第六章

138　ウィリアム・モリス　Morris William, 1834-96.　オックスフォード大学出身の詩人、工芸美術家。二度アイスランドを訪れ、サガの翻訳をし、また他の著作にも、その影響があらわれている。『ヴォルスング族のシグルドの物語』(The Story of Sigurd the Volsung and the Fall of the Niblungs, 1876)はかれの著作のうち最も優れたものといわれる。ほかに『オデュッセイア』や『ヴァージルのイニード』(Virgil's Aeneid)の韻文訳がある。装飾美術や美術印刷などの面でも多彩な活動をした芸術家である。

140 **ブッチャー** Butcher, Samuel Henry, 1850-1910. イギリスのギリシア学者。エディンバラ大学ギリシア語教授(一八八二―一九〇三年)。ケンブリッジ大学選出下院議員(一九〇六―一〇年)。イギリス学士院長(一九〇九―一〇年)。ラングとともにホメロスの『オデュッセイア』を翻訳した(一八七九年)。ギリシアにかんする研究書を多く出しているが、わが国にも『ギリシア天才の諸相』(Some Aspects of Greek Genius, 1891)が紹介されている。

パーマー Palmer, George Herbert, 1842-1933. アメリカの哲学者、教育家。ボストンに生まれ、ハーヴァード大学卒。一八七〇年ハーヴァードのギリシア語講師となり、このころギリシア語から『オデュッセイア』を完訳し、一八八四年に出版。この訳書は一九三〇年代まで毎年四、五万の増刷がおこなわれたといわれる。後年ハーヴァード大学の教授となり、生涯の大部分をそこですごした。哲学、教育関係のすぐれた著書が多い。

146 **アルフレッド・J・チャーチ** Church, Alfred J., 1829-1912. イギリスの古典語学者。長い教育生活と「スペクテーター」誌寄稿の経験を生かし、少年少女のための『イリアス物語』(The Story of the Iliad, 1891)、『オデュッセイア物語』(The Story of the Odyssey, 1892)を書いて、わかりよい磨かれた訳書が広く迎えられた。またさらに年若い読者のために、The Odyssey for Boys and Girls, 1906; The Iliad for Boys and Girls, 1907 をあらわした。

148 『グレティルのサガ』 Grettir's Saga. アイスランドの豪族たちの生涯を取り扱った一連のサガの一つ。サガのうちでも比較的後期のものといわれる。アイスランドでも随一の力持ちといわれたグレティルが、悲運に見まわれ、社会からのけ者とされて、冒険的に生きるすがたをつづっている。

149 『焼かれたニヤルのサガ』 Njar's Saga. 散文のサガの一つ。賢者と呼ばれたニヤルは、友グンナルをこよなく愛しているが、美しいがよこしまなグンナルの妻によって友情をさかれ、ついに屋敷に火をつけられて、抵抗せずに死ぬという悲劇的な物語。

152 『誓いの兄弟のサガ』 The Saga of the Sworn Brothers. 最も古いサガの一つで、十一世紀におけるグリーンランド・コロニイの記録(歴史)として重要なものである。同時に、勇猛なトルゲイルとスカルド(詩人)トルモッドを主な登場人物とする、最も劇的な動きの多い物語の一つとして知られている。

155 アレン・フレンチ French, Allen, 1870–1946. マサチューセッツ州コンコード生まれ。マサチューセッツ工科大学一般教養課程を経てハーヴァード大学に進み文学専攻。青年時代より創作に関心を持ち、少年小説、ニュー・イングランドを背景とする歴史小説を「セント・ニコラス」誌などに寄稿。のち、サガをふくむ英雄伝説に強い関心を持ち、再話をおこなった。ニヤルのサガの再話『アイスランドの英雄たち』(Heroes of Iceland, 1905)、『ロルフとヴァイキングの弓』(The Story of Rolf and the Viking's Bow, 1918)その他がある。

163 ベオウルフ Beowulf. 作者不明の古代英語でつづられた三千二百余行にわたる物語詩。デーン人の王 Sayld と、かれの子孫の物語で、英雄ベオウルフの怪物退治からかれの死が中心として語られる。

163 **ローラン** Roland. シャルルマーニュ皇帝にまつわる伝説のうちの最も有名なもので、シャルルマーニュに属するフランス軍をひきいていた司令官ローランとサラセン軍のたたかいの物語。物語は八世紀を舞台としているが、書きとめられたのは十二世紀ごろ。

アーサー王 King Arthur. 五、六世紀ごろイギリスに君臨したと伝えられるブリトン人の半伝説的王。武勇にすぐれサクソン人を破りその威勢はノルウェー、ガリア(今日のフランス)にまで及ぶ。さらにローマとも戦端を開こうとしたが、王妃が王の甥に攻められ危いことを知り帰国してその甥を殺した。そのおり、自身も傷つくが仙女によってアヴァロンの谷に導かれ、そこで傷がなおり、のち五四二年頃に崩じたという。円卓騎士の物語も同王の伝説と結びつけられ、一群のアーサー王物語となった。

164 **フィン** Finn. アイルランドの伝説中の英雄。フィオン(Fionn)ともよばれる。三世紀ごろに生きたといわれ、実存の人物というものや、神話的存在というものなど学者の意見はまちまちであるが、かれは軍隊を指揮し、その知恵と誠実さ、寛大さで有名で、また、かれの軍隊は大力の男たちから成り、かれらの英雄的かつロマンティックな行動が多くの話を生んだ。

164 **クフーリン** Cuhullin. アイルランドの伝説の中の主要な英雄。紀元一世紀ごろに生きていたといわれる。ウルスターの王の甥でたいへんな力持ちであったが、二十七歳の時、王子と、魔女の娘たちによる復讐を受けて殺された。

166 **ウォルター・ペーター** Pater, Walter, 1839–94. イギリスの批評家。洗練された散文で、唯美主義の思想をのべた。

第七章

170 **『きたれ、こなたへ』** Come Hither: A Collection of Rhymes and Poems for the Young of All Ages, 1923. ウォルター・デ・ラ・メアが子どものために選んだ名詩選集。非常に味わいぶかい、すぐれた序文がついていて、各詩編につけられた解説は、子どもに与える詩の鑑賞の指針になっている。

171 **詩人が、それをならす時……** ロバート・ルイス・スティーヴンソン(Stevenson, Robert Louis, 1850–94)の詩『ことばのひびきは、ほがらかに』で、かれの詩集『旅の歌、その他の詩』(Songs of Travel and Other Verses, 1896)の中に入っている。

172 **ルイス・アンタマイヤー** Untermeyer, Louis, 1885–1977. 現在アメリカにおいて、文学のさまざまな主題の選集の編者として著名であるが、とくに選詩集は高く評価されている。アレン・テート(Tate, Allen, 1899–1979)は、アンタマイヤーの『アメリカ現代詩集』(Modern American Poetry, 1921)を、現代アメリカ詩の最もすぐれた選詩集と評価している。『きのうときょう』(Yesterday and Today, 1926)は、⑴一八〇〇年から一八五〇年に生まれた詩人の詩、⑵二十世紀の詩人の詩、からなる青少年のためのすぐれた選詩集である。

173 『煙突掃除』 The Chimney Sweeper. ウィリアム・ブレイクの詩で『無垢の歌』(Songs of Innocence, 1789)の中に入っている。

ロバート・リンド Lynd, Robert Wilson, 1897-1949. アイルランドの随筆家。アイルランドの土地や人びとについて書き、その他文学批評、文学史の著作がある。軽快であるが鋭い洞察力を備えた作風を持つ。

アグネス・レプリエ Repplier, Agnes, 1858?-1950. フランス系のアメリカ人随筆家。洗練された才気のある作風で、ラスキンにかんする随筆やマルケット神父(Marquette, Jacques)の伝記等を書いたが、『有名な詩の本』(A Book of Famous Verse, 1892?)の編纂は、かの女の多才さを示す優れた例として注目を集めた。

174 『見すてられた人魚』 The Forsaken Merman. 十九世紀後半イギリスにおいて、詩人、批評家、教育家として卓越した識見をもって、文明批評に大きな影響をあたえたマシュー・アーノルド(Arnold, Matthew, 1822-88)の詩集の一つ、『初期の詩・叙事詩・ソネット』(Poems: Early poems, Narrative poems, and Sonnets, 1877)の中に収められている詩。

175 虎、虎、あかるくもえる…… ウィリアム・ブレイクの詩『虎』(The Tyger)で、かれの詩集『経験の歌』(Songs of Experience, 1794)の中に収められている。

ヘスペリデスの庭 The garden of the Hesperides. ギリシア神話に出てくる、黄金のリンゴのみのる楽園で、ヘスペリデスとは、このリンゴを護るニンフたちをさす。ここでは、詩の国を意味する。

181 シェリ Shelley, Sir Percy Bysshe, 1792-1822. サセックス生まれのイギリスの詩人。オッ

クスフォードに学んだ。かれの詩は、人間ばかりにではなく、万物にたいする愛をモチーフとし、霊的な理想主義をうたった。バイロンとともに、青春の詩人と呼ばれる。理想美の追求を主題とする『アラストー』(Alastor; or, The Spirit of Solitude, 1816)や『エピサイキディオン』(Epipshychidion, 1821)等がある。

ワーズワース Wordsworth, Sir William, 1770–1850. イギリスのロマン派詩人。かれは、自然と人間を新しい眼でみ、純粋な詩は最も簡単なことばであらわされると信じ、装飾を用いず、感情と想像力の躍動する詩を書いた。『子ひつじさん』(Pet Lamb)は一八〇〇年につくられた牧歌である。

182 **『夕べの星』** Star of the Evening, 1855. ジェームズ・セイルズ(Sayles, James M.)というイギリス人によって作詞、作曲され、十九世紀に大いに歌われた。

185 **『ケンブリッジ版、子どものための詩の本』** The Cambridge Book of Poetry for Children, 1916. ケネス・グレーアム編。季節の詩、動物や妖精の詩、クリスマスの詩や子守歌等、幼年の子どもを対象とする第一部と、中学生ぐらいの年代を対象とする詩から成る第二部とにわかれた非常に優れた選詩集。

187 **『失楽園』** Paradise Lost, 1667. 清教徒詩人ジョン・ミルトン(Milton, John, 1608–74)の作品。十二巻よりなり、天地の創造にはじまり、天使の堕落、人間の堕落を描き、キリストの出現により人類の罪があがなわれることを暗示しているところで終る。

『チャイルド・ハロルド』 Childe Harold's Pilgrimage, 1812–18. バイロン卿(Lord Byron, George Gordon, 1788–1824)の叙事詩。よろこびや快楽にあきて、世の中に幻滅、社会に

背を向けて生きる人間のすがたを描いた。かれはこの中に、かれの旅行した先々の歴史をとり入れながら深刻な情熱をこめて自己を語った。

187

『ダイナスト(覇者)』 The Dynasts, 1903–08. ヴィクトリア王朝最後の大小説家であるトマス・ハーディ(Hardy, Thomas, 1840–1928)の、三部よりなる大劇詩。ナポレオンのヨーロッパ征覇のたたかいを、歴史的現実性と、新しい神話的な象徴的手法とをまじえて書いた近代最大の詩作といわれる。

W・P・カー Ker, William Paton, 1855–1923. スコットランド生まれの教育家で、中世文学の学者。詩形の歴史についての権威者といわれる。著書に『叙事詩と小説』(Epic and Romance, 1897)、『詩の形と様式』(Form and Style in Poetry, 1928)等がある。

『ビノリーの水車小屋』 The Milldams of Binnorie. イギリスのバラッド。たんに『ビノリー』とか『双子の姉妹』という名でも知られる。ある騎士の愛が妹の上にあることを嫉妬《しっと》した姉が、妹を川へつきおとして殺してしまうが、その死体は粉屋によってひきあげられ、おりから通りかかった竪琴ひきが、彼女の骨や髪でハープをつくり、かの女の父である王の邸へ行き、ハープをひきはじめると、そのハープは勝手に、妹娘の悲しい物語をうたいだす、という物語。

『パトリック・スペンス卿』 Sir Patrick Spens. イギリスのバラッド。王の命令により、ノルウェーの王の娘を連れてくるために船出した船乗りパトリック・スペンス卿が、帰り道で船は嵐にまきこまれ、二度と帰って来なかった、という物語。

『ダグラスの悲劇』 The Douglas Tragedy. イギリスのバラッド。若い貴族ウィリアム卿は、マーガレット姫を奪って逃げるが、姫の父ダグラス卿と七人の兄の追跡をうけ、戦って二人とも死んでしまう物語。

『ランダル公』 Lord Randal. イギリスのバラッド。森へ狩に出たランダル公が、森の美女の饗宴で毒にあたった話を、家へ帰って、母親とかわす会話で物語る。

188 **『チャイルド・モーリス』** Childe Maurice. イギリスのバラッド。森で狩をしていたチャイルド・モーリスは、長い間探し求めていた母親の姿をみつけ、証拠を持たして召使いを母親のもとにおくる。ところが邪推した彼女の夫は、チャイルド・モーリスを殺してしまう。殺されたかれをみて母親は、チャイルド・モーリスは、実は自分の息子であったと夫に告げて嘆き悲しむ。

『金栄丸』 The Golden Vanity. イギリスのバラッド。「金栄丸」とよぶイギリス船がフランスの軍船と遭遇する。するとイギリス船の船室付きの少年が、黒牛の皮をかぶりフランス船に泳ぎつき、これを沈めるという。イギリス船の船長は、金貨三枚と娘をやることを約束する。少年は成功し、イギリス船に泳ぎもどってくると船長は約束を守らず少年を海中に置き去りにしようとする。少年は怒り、イギリス船を沈めようとするので船長はあわてて少年を引きあげるが、少年は力尽きて死ぬ。

189 **『双子の姉妹』** The Twa Sisters. 『ビノリーの水車小屋』の別名。

198 **エミリー・ディキンソン** Dickinson, Emily, 1830-86. マサチューセッツ州に生まれた生粋のアメリカの詩人として高い評価をうけている。かの女の詩は神秘的な雰囲気を持っている。かの女が甥や姪のために書いた魅力的な詩を集めた『若い人のための詩』(Poems for

Youth, 1934)や『エミリー・ディキンソン詩集』(Complete Poems of Emily Dickinson, 1924)等がある。かの女の詩はすべて、かの女の死後出版された。

202 **フォレスト・リード**　Reid, Forrest, 1875–1947. アイルランドの小説家、文学評論家。ヘンリ・ジェームズの影響を受け、イェーツやデ・ラ・メアの研究をした。詩の分野ではロマン派を支持した。

203 **サー・ウォルター・ローリー**　Ralegh or Raleigh, Sir Walter, 1552?–1618. イギリスの探検家、著述家。オックスフォード大学に学び、冒険に富んだ波瀾万丈の人生を送った。一時はエリザベス女王の恩寵を得るが、女王の死後ジェームズ一世に疎んぜられ、ロンドン塔に投ぜられ、一六一八年処刑された。詩の多くは散佚《さんいつ》して伝わらず、『海の貴婦人シンシア』(Cynthia, the Lady of the Sea)の断片ほか、わずかしか残っていない。なお獄中で数冊の遠征紀行記、政治論文を書いた。

ジョン・フレッチャー　Fletcher, John, 1579–1625. イギリスの劇作家。かれはまた、シェイクスピアの弟子で、『ヘンリー八世』は、フレッチャーによって完成されたといわれる。かれは、美しい牧歌劇『忠実な牧女』(The Faithful Shepherdess, 1609?)等を書いた。また、後輩のフランシス・ボーモント(Beaumont, Francis, 1584–1616)と合作で約五十編の最も代表的な作品を書いたので「ボーモントとフレッチャー」と併称される。

ジョージ・メレディス　Meredith, George, 1828–1909. イギリスの小説家、詩人。かれの詩は、人生にたいする理解と道徳にたいする独自の視点を表わそうとしたものである。美しい抒情調と近代思索にみちている『近代の恋』(Modern Love, 1862)や『地上のよろこびの詩』(Poems and Lyrics of the Joy of Earth, 1883)等がある。ラファエル前派の人びとと親しかった。

204

A・A・ミルン　Milne, Alan Alexander, 1882–1956. イギリスの劇作家、随筆家。最初、「パンチ」誌の副主筆として、軽妙な随筆を同誌にのせていたが、のち、劇作家として立つ。かれが、小さな息子、クリストファー・ロビン(Milne, Christopher Robin, 1920–96)のために書いた童謡集『わたしたちがとても小さかったころ』(When We Were Very Young, 1924)〔『クリストファー・ロビンのうた』小田島雄志・小田島若子訳、晶文社、一九七八年〕と『わたしたちは六つ』(Now We Are Six, 1927)、また小さい男の子とおもちゃを主人公にしたお話集『クマのプーさん』(Winnie-the-Pooh, 1926)と、『プー横丁にたった家』(The House at Pooh Corner, 1928)は、二十世紀の子どもの世界をたくみにとらえた傑作で、児童文学の古典となっている。二冊のお話集は、邦訳がある。石井桃子訳、岩波少年文庫〔一九五六年、五八年〕。

205

『バブ・バラッド』　The "Bab" Ballads, 1869. サー・ウィリアム・シュウェンク・ギルバート(Gilbert, Sir William Schwenck, 1836–1911)の書いたユーモラスなバラッドを集めたものので、ギルバート＝サリヴァンのオペラのいくつかは、この中のバラッドを基にしてつくられた。

ギルバート風の歌　Gilbertian verse. ギルバート＝サリヴァンオペラ(Gilbert and Sullivan Operas)の作詩者の名をとったもので、かれらの歌劇に出てくるユーモラスな詩を指す。サー・ウィリアム・シュウェンク・ギルバートは、イギリスの喜歌劇の劇作家で、作曲者アーサー・サリヴァン(Sullivan, Arthur, 1842–1900)と組んで諧謔《かいぎゃく》と軽妙な諷刺で一世の人気をさらった。

206 **ヒレア・ベロック** Belloc, Joseph Hilaire, 1870–1953. パリに生まれたイギリス系フランス人で、歴史家であり、随筆、小説、詩を書いた。『いましめのおはなし』(Cautionary Tales, 1907)や『いましめの詩』(Cautionary Verses, 1941)等のこっけいな詩本を出した。

210 **「シンコペートされた」リズム** 拍子を、半拍子ずつずらして、強いところが弱くなり、またはその反対となるような調子のとり方を音楽でシンコペーションというが、そのような効果のでるように工夫されたリズム。

第八章

220 **コールデコット** Caldecott, Randolph, 1846–86. イギリスの画家、挿絵画家。いなか町に生まれ、最初、父の意志で銀行員になったが、幼時から熱情を示していた美術が忘れられず、「ロンドン・ソサイエティ」誌に投稿したのが機縁となって、二十四歳で絵の道に転向した。アーヴィング(Irving, Washington, 1783–1859)の小説に挿絵をかいて名声をはせたが、一八七八年ごろから、『ジョン・ギルピンのゆかいな生涯』(The Diverting History of John Gilpin)をはじめとして、マザー・グースの童謡などに挿絵をつけ、近代絵本画家の先駆者となった。アメリカでは、一九三八年から、その年度の最優秀と見なされる絵本に、かれの名を記念して「コールデコット賞」をだしはじめた。

グリーナウェイ　Greenaway, Kate, 1846–1901. イギリスの画家、挿絵画家。父も有名な木版画家であった。ロンドンに生まれたが、幼年時代のほとんどを田園ですごし、花や野原や森に親しみ、後年、女らしい美しい絵をかく下地をつくった。幼時から絵に長じ、二十歳にみたないうちに個展をひらいたほど、恵まれた環境にあった。かの女のえがく子どもの絵は世に迎えられ、当時、子ども服の流行は、かの女の絵から生まれたほどであった。

レズリー・ブルック　Brooke, Leonard Leslie, 1862–1940. イギリスの画家。イギリスのロイヤル・アカデミーで絵の修業をした。ユーモラスな、表情たっぷりの動物の絵を得意とし、十九世紀の絵本画家たちの伝統を生かして、子どもの絵本の正統的な道をかためた。

ブーテ・ド・モンヴェル　Boutet de Monvel, Louis Maurice, 1851–1913. フランスの画家、挿絵画家。ジャンヌ・ダルクに因縁ふかいオルレアンに生まれた。三歳でパリに移ったが、しばしばオルレアンにもどり、その地の風物に親しんだ。カバネル、ルフェーヴルなどにつき絵を学び、肖像画、歴史画家としても知られていたが、かれの功績は、フランスにおける最初の芸術的な絵本の画家となった点にある。単純、繊細な線と色になる水彩画は、まことにフランス的で美しい。『ジャンヌ・ダルク』(Jeanne d'Arc, 1896)では、中世の絵巻物の美しさを再現した。ラ・フォンテーヌ(La Fontaine, Jean de, 1621–95)の『寓話』やアナトール・フランス(France, Anatole, 1844–1924)の『少年少女』にも挿絵をつけた。

ウォルター・クレイン　Crane, Walter, 1845–1915. イギリスの画家、工芸家。コールデコット、グリーナウェイとともに、子どもの絵本を質的に高い、美しいものとした三人の貢献者の一人と数えられる。当時の前衛画家、作家グループの「ラファエル前派」に属し、生活に美術をもちこもうとするウィリアム・モリスの運動を支持した。平面的な色の使い方と強い黒の線の扱い方が特徴で、壁かけ、書物の装幀などにもすぐれた作品がある。

222 「バイ・ベイビー・バンティング」 Bye, baby Bunting. イギリスのわらべうた、『マザー・グース』のなかの一つ。

Bye, baby Bunting,
Father's gone a-hunting,
Gone to fetch a rabbit skin
To wrap the baby Bunting in.

(大意)
はいちゃ、バンティングちゃん
パパは狩りにいきました。
バンティングちゃんをくるむ
ウサギの皮とりに。

『ランドルフ・コールデコット絵本』第三巻にはいっている。

「ヘイ・ディドル・ディドル」 Hey, diddle, diddle. やはり、『マザー・グース』のなかのうた。

Hey, diddle, diddle,

The cat and the fiddle,
The cow jumped over the moon;
The little dog laughed to see such sport,
And the dish ran away with the spoon.

(大意)

へいこら　どっこい　ひっこらしょ
ネコが胡弓《こきゅう》ひいた
牝牛《めうし》がお月さまとびこえた
子犬がそれ見て笑い出す
お皿はおさじとにげました

これも、『コールデコット絵本』にはいっている。

Till the Hippopotami / Said: "Ask no further 'What am I?'"　レズリー・ブルックの絵本『カラスのジョニーのお庭』に出てくることば。いろいろな動物がジョニーの庭に集まってさわぐのだが、その中で、カバが、コウノトリの哲学的演説をまぜっかえす場面。二行の最後のことばの「ヒポポタマイ」と「ホワット・アム・アイ」の韻が、子どもをたいへん笑わせる。

223 **ウィリアム・ニコルソン**　Nicholson, Sir William, 1872–1949. イギリスの著名な肖像画家。かれの絵本『かしこいビル』(Clever Bill, 1926)〔松岡享子・吉田新一訳、ペンギン社、一九八二年」は、一九二七年にアメリカで出版され、新しい意味の芸術的絵本として大きな反響をよびおこした。強い線と、あざやかな色の、動きのある絵が単純な文章と完全にマッチして、現代の子どもの心をとらえたのである。ほかに『ふたごの海賊』(The Pirate Twins, 1929)などがある。おとなの本の挿絵としても、非常にすぐれた木版画のものが、多数ある。

224 **マージョリー・フラック** Flack, Marjorie, 1897–1958. アメリカの絵本作家。単純なストーリーと、写実的で動きのあるひら塗りの絵で、いくつかのすぐれた絵本をあらわした。アンガスといういたずら小犬を主人公にした『アンガスとあひる』(Angus and the Ducks, 1930)〔瀬田貞二訳、福音館書店、一九七四年〕は、ごく幼い子どものための絵本の先駆となった。『くまさんにきいてごらん』(Ask Mr. Bear, 1932)は、邦訳がある〔木島始訳、福音館書店、一九五八年〕。

『ピーターラビット』 The Tale of Peter Rabbit, 1902. イギリスの優れた絵本作家ビアトリクス・ポター(Potter, Beatrix, 1886–1943)の代表作〔『ピーターラビットのおはなし』(いしいももこ訳、福音館書店、一九七一年)ほか、全二十一冊〕。

ジャック・ホーナー坊や イギリスのわらべうた『マザー・グース』の中に出てくる男の子。原文は、

Little Jack Horner
Sat in a corner,

Eating a Christmas pie;
He put in his thumb
And pulled out a plum,
And said, "What a good boy am I!"

(大意)
ジャック・ホーナー坊や
おへやのすみで
クリスマス・パイをたべている。
親ゆびつっこんで、
プラムをひっぱりだし、
「なんて、ぼくはいい子なんでしょう！」

226　ベーメルマンス　Bemelmans, Ludwig, 1898-1962. アメリカに帰化したオーストリア人画家、随筆家。絵本『マドレーヌ』(Madeline, 1939)〔『げんきなマドレーヌ』瀬田貞二訳、福音館書店、一九七二年、など〕は、パリの寄宿舎学校でマドレーヌといういたずらな女の子がひきおこす、おもしろい事件のお話。韻をふむ二行連句の文章と、流れるような、力づよい絵で子どもの心をつかんだ。つづいて、幾冊かの続編もあり、自伝的絵本『山のクリスマス』(Hansi, 1934)は邦訳されている〔光吉夏弥訳、岩波書店、一九五三年〕。ほかにコスモポリタン風のすぐれた自伝、エッセイがある。

226 **ヴラマンク** Vlaminck, Maurice de, 1876–1958. フランスの画家。ベルギー系フランス人。世俗からの反逆を志し、野獣派の画家として出発した。自転車乗り、ヴァイオリンひきなどをしたこともある。初期の作品は、かれのはげしいエネルギーを示し、印象派など、さまざまな方面からの影響をあらわしているが、のち、独自の境地をきりひらき、ドイツ表現派にも影響をあたえた。後年の作品は、暗い色を用い、光と影の劇的な対照をとらえている。

229 **ラファエル前派** 一八五〇年ごろ、イギリスで起こった文芸運動で、美術や文学の面で、ラファエロ以前のヨーロッパの芸術にもどろうとした。ダンテ・ガブリエル・ロセッティ、J・E・ミレー、その他の人びとが中心となっていた。かれらは、当時、人工的、形式的になっていた芸術を、自然により忠実なものにもどそうとした。

230 **ルーシー・クレイン** Crane, Lucy, 1842–82. ウォルター・クレイン(Crane, Walter, 1845–1915)の姉。ウォルターの絵本『子どものオペラ』『子どもの花たば』に出てくる曲は、かの女の編曲したもの。また、かの女が訳したグリムの童話集(Household Stories, 1882)にも、ウォルターが挿絵をつけている。

『子どものオペラ』と『子どもの花たば』 The Baby's Opera, 1877 and The Baby's Bouquet, 1878. ウォルター・クレインは、エヴァンズ(Evans, Edmund, 1826–1905)というすぐれた銅版製作者と組んで、昔から伝わるうたに、曲と挿絵をつけた絵本をつくった。『子どものオペラ』がその最初のもの。エヴァンズは、コールデコット、グリーナウェイとも共同して絵本をつくり、絵本の歴史に一転機を画した。

231　**『窓の下で』**　Under the Window, 1878. グリーナウェイ作の絵本。子どもを主題にし、かの女作の簡単な詩を集めたもの。

231　**『マリゴールドの花だん』**　Marigold Garden, 1885. グリーナウェイ作、ごく幼い子どもむきの花の詩を集め、本のデザインに花の主題をたくみに使いこなしている。

『子どもの一日』　A Day in a Child's Life, 1881. グリーナウェイの傑作の一つといわれる絵本。イギリスの画家、マイルス・フォスター (Foster, Myles Birket, 1825-99) が、この本の歌の曲をつけている。

233　**オースティン・ドブソン**　Dobson, Henry Austin, 1840-1921. イギリスの詩人、文学者。生涯の大半を商務省の役人としてすごしたが、関心は文学にあり、軽妙な詩を書いた。十八世紀英文学にくわしく、後年は、伝記を書き、ゴールドスミス伝やリチャードソン伝を著した。

お皿はおさじとにげました　The dish ran away with the spoon.『マザー・グース』の中の「ヘイ・ディドル・ディドル」のうたの一節。

235　**『バラの環』**　Ring O' Roses, 1922. レズリー・ブルックの最初の絵本で、童謡を集めたもの。ごく小さい子どもに最適の童謡集で、本のサイズといい、かれ独特の大きな図柄といい、絵本の古典としてはずかしくないもの。

『カラスのジョニーのお庭』　Johnny Crow's Garden, 1903. ブルック作。動物を主人公にした、おさない子どものための、非常にすぐれた絵本。カラスのジョニーの庭に来る動物たちの表情や個性が、たくみにあらわされ、物語はナンセンス・ライム〔音のリズムをたのしむ詩」で語られた、たいへんユーモラスなもの。つづきに『カラスのジョニーの新しいお庭』(Johnny Crow's New Garden, 1935)等がある。

235 **『金のアヒルの本』** The Golden Goose Book, 1905. ブルック作。四つの民話『三びきのクマ』『三びきの子ブタ』『金のアヒル』『親指小僧』を、大きな活字をつかい、大きい色つきの挿絵、小さい黒白の挿絵を数多くいれた絵本。最初は、べつべつに出された本を、のちに一つに集めたもの(『金のがちょうの本 四つのむかしばなし』瀬田貞二・松瀬七織訳、福音館書店、一九八〇年)。

236 **「子ブタは、ロースト・ビーフたべました」** レズリー・ブルックの『バラの環』におさめられている『マザー・グース』からのうたの一節。原文は、

This little pig went to market;
This little pig stayed at home;
This little pig had roast beef;
This little pig had none;
This little pig cried, "Wee, wee, wee!
　I can't find my way home!"

これにブルックのユーモアたっぷりの絵がついているのだが、ロースト・ビーフのくだりでは、テーブルにむかって、首からナプキンをつけたブタが手にナイフとフォークをもち、期待にみちた顔つきでこれから食べようとしている。

237 **ビアトリクス・ポター** Potter, Helen Beatrix, 1866–1943. 富裕な清教徒の家の子としてロンドンに生まれる。きびしい両親のもとに、孤独な幼時をおくったが、夏はスコットランドの別荘にゆき、自然のなかに解放され、思う存分、四囲の自然、小動物たちをスケッチして、自己の画才を育てた。たまたま、二十歳のころ、知人の子どもの病気見まいに、絵入り物語『ピーターラビットのお話』を書いたのが、子どもの絵本に一紀元を画する仕事をのこすきっかけとなった。

238 **『アヒルのジマイマ』** The Tale of Jemima Puddle-Duck, 1908.〔『あひるのジマイマのおはなし』いしいももこ訳、福音館書店、一九七三年〕ビアトリクス・ポターの小型絵本。農家に飼われているアヒルのジマイマは、自分のたまごをだかしてもらえないので、たまごをだける場所を探して森へ出かける。そこで、ずるいキツネに会い、あやうくやき鳥にされるところを、農家のコリー犬ケップに助けられて家にもどり、たまごをだくゆるしを得て、めでたしめでたしとなる。

240 **『ジェレミー・フィッシャー』** The Tale of Mr. Jeremy Fisher, 1906.〔『ジェレミー・フィッシャーどんのおはなし』いしいももこ訳、福音館書店、一九八三年〕同じくビアトリクス・ポターの小型絵本。この本でかの女は、いつもの動物の世界からはなれて、カエルをとりあげ、愛すべき紳士ガエル、ジェレミー・フィッシャー氏の世界を描き出している。

243 **ジャン・ド・ブリュノフ** Brunhoff, Jean de, 1899–1937. フランスの絵本作家。ふたりの幼い息子が病気の時、かれの妻が語ってきかせたお話に、ブリュノフが絵をつけたのが、いまは世界的に有名な絵本『ぞうのババール』(Histoire de Babar, le petit éléphant, 1931) のはじまり。この森から都会へ、そしてまた森にかえる子象の冒険は人気をうみ、続編また続編と刊行されて、ジャン・ド・ブリュノフの死後は、息子のローラン・ド・ブリュノフ(Brunhoff, Laurent de, 1925–　)によって続きがかかれている〔『ぞうのババール こどものころのおはなし』ほか、やがわすみこ訳、評論社〕。

246
クルト・ヴィーゼ Wiese, Kurt, 1887–1974. アメリカのドイツ系挿絵画家。はじめ、商用で中国にいたが、第一次大戦中日本軍に捕えられ、英軍にひきわたされて、香港、オーストラリアを経て一九一九年帰独。まもなく画家としてアメリカにわたった。とくに東洋の風物、動物を題材としたものを得意とする。マージョリー・フラック(Flack, Marjorie, 1897–1958)の『ピンのおはなし』(The Story about Ping, 1933)〔『あひるのピンのぼうけん』まさきるりこ訳、瑞雲舎、一九九四年〕、クレール・ビショップ(Bishop, Claire Huchet, 1899–1993)の『シナの五にんきょうだい』(The Five Chinese Brothers, 1938)〔かわもとさぶろう訳、瑞雲舎、一九九五年〕の挿絵をはじめ、すぐれた自作の絵本も数多くある。

248
エドワード・アーディゾーニ Ardizzone, Edward, 1900–79. イギリスの画家、絵本作家。二十六、七歳まで会社づとめをしていたが、一念発起して、すきな絵の道に入る。『チムとゆうかんなせんちょうさん』(Little Tim and the Brave Sea Captain, 1936)は、動きにみちた、近代絵本中の傑作。邦訳がある〔せたていじ訳、福音館書店、一九六三年〕。この本は、かれの二人の息子のためにつくられたものであったが、評判がよかったため、数冊の続編が出た。かれには、ほかにも数多くのすぐれた挿絵がある。

249 H・A・レイ　Rey, Hans Augusto, 1898–1977. ドイツ生まれのアメリカの画家。多くの絵本のうち、一連の「おさるのジョージ」(Curious George)ものは最も有名で、多くの国語に訳されている。『ひとまねこざる』(Curious George Takes a Job, 1947)など三冊〔二〇一六年現在、レイ夫妻による「ひとまねこざる」シリーズ六冊に加え、これらを原案として制作された続編「おさるのジョージ」シリーズ一六冊〕が邦訳されている。

第九章

258 E・ネズビット　Nesbit, Edith, 1858–1924. イギリスの女流作家。社会主義作家ブランド(Bland, Hubert, 1855–1914)と結婚、フェビアン協会の設立に協力した。おとなむきの作品では成功せず、少年少女のために書いた作品によって、その名がのこっている。リアリスティックな作品の代表作としては、バスタブル家の五人の子どもを主人公にした『宝さがし』(The Story of the Treasure Seekers, 1899)〔『宝さがしの子どもたち』吉田新一訳、福音館書店、一九七四年〕、また、ファンタジーとしては、夏休みに避暑に出かけた子どもたちが、先史時代の妖精に出会う『砂の妖精』(Five Children and It, 1902)〔石井桃子訳、福音館書店、一九九一年〕など、いずれも生き生きした子どもの世界をえがきだしている。この本に引用されている『不死鳥とじゅうたん』(The Phoenix and the Carpet, 1904)は、その続編である〔『火の鳥と魔法のじゅうたん』猪熊葉子訳、岩波少年文庫、一九八三年〕。そのほかにも数多くの作品がある。

264 『ナイジェル卿』 Sir Nigel, 1906. コナン・ドイル(Doyle, Sir Arthur Conan, 1859–1930)作。「歴史小説」の章参照。

265 キップリング Kipling, Joseph Rudyard, 1865–1936. ボンベイ生まれのイギリスの小説家、詩人。イギリスで教育をうけてのち、インドにもどり、ジャーナリストとして出発したが、しだいに小説、詩を書きはじめた。狼少年モーグリの物語『ジャングル・ブック』(Jungle Book, 1894)〔ラドヤード・キプリング作、三辺律子訳、岩波少年文庫、二〇一五年〕や、童話集『なぜそうなった物語』(Just So Stories for Little Children, 1902)〔『ゾウの鼻が長いわけ―キプリングのなぜなぜ話』藤松玲子訳、岩波少年文庫、二〇一四年〕などによって、力づよい生命力にあふれた新しいファンタジーをうんだ。一九〇七年にはノーベル賞をうけた。

267 『勇敢なる船長』 Captains Courageous, 1897. キップリング作。アメリカのゆたかな家庭で甘やかされて育った、わがままな子どもが、航海中、海におち、漁船にたすけられる。それまでとまったくちがった環境で生活するうち、責任感を知る少年に育ってゆくという物語。

『ダーク・フリゲート』 The Dark Frigate, 1923. チャールズ・ホウズ(Hawes, Charles Boardman, 1899–1923)作。十七世紀の海賊をからませた少年冒険小説。海にあこがれて家出したイギリス少年が、海賊にとらえられ、その手からのがれるまでの冒険を、息もつかせぬたくみさでえがきだしている。一九二四年に、アメリカのすぐれた児童文学書として、ニューベリ賞をうけた。

272 アーサー・ランサム　Ransome, Arthur, 1884-1967. 第一次世界大戦やロシア革命の時、新聞記者として活躍したイギリスのジャーナリスト。ロシア民話を集めた民話集などを出した。かれの『ツバメ号とアマゾン号』(Swallows and Amazons, 1931)〔全二冊、神宮輝夫訳、岩波少年文庫、二〇一〇年〕を第一巻とする少年少女冒険小説は、登場人物の性格描写のたくみさ、意味ふかいテーマなどによってイギリスに新しい型の子どもの冒険小説をうみだした。本文にひかれている『シロクマ号となぞの鳥』(Great Northern ?, 1947)〔全二冊、神宮輝夫訳、岩波少年文庫、二〇一六年〕は、『ツバメ号とアマゾン号』の続編である。ともに邦訳がある。

273 「船の博物学者」　ディックはアーサー・ランサムの『冬の休暇』(Winter Holiday, 1933)〔『長い冬休み』全二冊、神宮輝夫訳、岩波少年文庫、二〇一一年〕という作品にはじめて登場して、『ツバメ号とアマゾン号』等に出てくるブラケット家やウォーカー家の子どもたちの新しい友人となり、鳥や動物の生態にくわしいところから、「船の博物学者」とよばれている。

282 『六つから十六まで』　Six to Sixteen, 1875. ユーイング夫人作。日記体で書かれた、イギリス人将校のむすめの生活をえがいた物語。

283 『四人の姉妹』　Little Women: or Meg, Jo, Beth and Amy, 1868. ルイザ・メイ・オールコット作。日本では、『若草物語』という題でも親しまれている。この物語に出てくる四人姉妹の次女、ジョー・マーチは、作者のおもかげを伝えている。

ジェイン・オースティン　Austen, Jane, 1775-1817. イギリスの女流作家。父は牧師で、かの女は七人の子どもの末子であった。家庭で教育をうけ、結婚せず、おだやかな一生をおくった。周囲の平凡な出来事をもととして、写実的でユーモラス、しかも鋭い性格描写により、「風俗の小説」の作家として、英文学史に確固たる位置をしめた。『高慢と偏見』(Pride and Prejudice, 1813)、『分別と多感』(Sense and Sensibility, 1811)など多くの作品がある。

283

ユーイング夫人 Ewing, Juliana Horatia, 1841-85. イギリスの児童文学作家。ヨークシャーに、牧師の子として生まれる。母のギャッティ夫人(Gatty, Margaret, 1809-73)も、牧師の妻としての任務のほか、八人の子どもを育て、著作し、「ジュディおばさんの雑誌」(Aunt Judy's Magazine, 1866-85)などという、当時のすぐれた児童雑誌を発刊したほどの女丈夫であった。むすめジュリアナは、若くから、この雑誌の心棒となった作品を書きつづけた。二十三歳の時、主計少佐ユーイングと結婚し、夫の転勤についてゆき、カナダにも住んだが、四十四歳で死ぬまでに数多くの作品をうんだ。非常にデリケートな筆致で、イギリスの田園、庶民の生活をえがきだし、リアリスティックなものと同時に、ファンタジーも得意とした。その作品には、健全なモラルがもられていたので、当時の中産階級の子女に歓迎された。代表作品に『わんぱく小僧』(Jackanapes, 1883)や『みじかい生涯』(The Story of a Short Life, 1885)がある。『メルキオの夢』(Melchior's Dream, 1886)、『ティモジーのくつ』(Timothy's Shoes, 1880?)などの邦訳がある〔『ティモジーの靴』石井桃子訳、中央公論社、一九四八年〕。

289

ルイザ・オールコット Alcott, Louisa May, 1832-88. アメリカの哲学者、教育家であったエーモス・ブロンソン・オールコットを父とし、愛情豊かで頭の良い婦人を母として、四人姉妹の次女に生まれる。理想家はだで、生活力のなかった父にかわって、一家の柱となり、南北戦争の時は看護婦として働いた。このことはかの女の人間形成の上に大きな力があった。のち、自伝的物語として一八六八年に、『四人の姉妹』を書いた。そして、『よい妻』(Good Wives)をはじめとして、続々つづきの物語を書き、今日まで愛読されているものが多い。

291 **「王さま」や「公爵」**　マーク・トウェイン(Twain, Mark, 1835–1910)作『ハックルベリー・フィンの冒険』(Adventures of Huckleberry Finn, 1884)に出てくる二人の詐欺師。おのおの王や公爵の末裔であると称し、ハックとジムのいかだにのってともに旅をし、町々で人びとをペテンにかけるが、のちには、かれらからリンチをうける。

第十章

298 **『地だんだふんだチョウチョウ』**　The Butterfly that Stamped. キップリングの幼年童話集『なぜそうなった物語』(Just So Stories, 1902)の中に出てくる話。

ブライアン・フッカー　Hooker, William Brian, 1880–1946. オペラの歌詞作者。一九二三年に大当りをとった『シラノ・ド・ベルジュラック』を舞台のために訳した。

301 **メアリー・ポピンズ**　イギリスの詩人で児童文学作家であるパメラ・L・トラヴァース(Travers, Pamela L., 1899–96)の同名の作品(Mary Poppins, 1934)に出てくる女主人公。

メアリー・ポピンズは、最近までイギリスの伝統的な家庭にかならずいた子どものせわ係、ナースで、典型的なナースのもつきびしさと同時に、ふしぎな妖精的な要素をもち、バンクス家の子どもたちを、さまざまな冒険にまきこむ。トラヴァースは、詩とふしぎにみちた数冊のメアリー・ポピンズ物語により、児童文学作家としての位置をきずいた。この物語のうち、二冊は邦訳がある〔『風にのってきたメアリー・ポピンズ』ほか全四冊、林容吉訳、岩波少年文庫、一九五四年、一九七五年〕。

301 **ドリトル先生**　ヒュー・ロフティング(Lofting, Hugh, 1886–1947)作の『ドリトル先生アフリカゆき』(The Story of Dr. Dolittle, 1920)をはじめとする一連の作品の主人公。動物のことばを解し、あたたかい心をもつお医者さん。この連作は邦訳されている〔全十三冊、井伏鱒二訳、岩波少年文庫、一九五一―六二年〕。

「浮き島」　アメリカの作家、アン・パリッシュ(Parrish, Anne, 1888–1957)作の"Floating Island"(1930)の舞台となる島。この物語のなかで、人形の家族(ドール夫妻と三人の子ども)が難破して、熱帯の島、浮き島につき、そこでかずかずのふしぎな冒険を経験する。

ポッパーさん　フローレンスとリチャード・アトウォーター夫妻(Atwater, Richard and Florence)作の『ポッパーさんのペンギン』(Mr. Popper's Penguins, 1938)の主人公。邦訳がある〔光吉夏弥訳、学習研究社、一九六六年〕。

302 **ルーマー・ゴッデン**　Godden, Margaret Rumar, 1907–98. イギリスの女流作家。『川』はじめ、おとなのための作品も多いが、子どものための人形を主題とするファンタジーに美しいものが多数ある。『人形の家』(The Dolls' House, 1947)〔瀬田貞二訳、岩波少年文庫、一九七八年」は、かの女の傑作の一つ。

305 『プックが丘のパック』 Puck of Pook's Hill, 1906. キップリング作。昔、妖精になさけをほどこした婦人の子孫、ダンとウナという少年少女が、ふとしたはずみに、イギリスの妖精の生きのこりのパックをよびだして、子どもたちのすむ丘に、昔おこなわれたかずかずの劇的事件を見せてもらう機会をつかむ話〔『プークが丘の妖精パック』金原瑞人・三辺律子訳、光文社古典新訳文庫、二〇〇七年〕。

307 パーシー・ラボック Lubbock, Percy, 1879–1965. イギリスの小説家、歴史家、評論家。ヘンリ・ジェームズと交友があった。著書に、『フィクションの技法』(The Craft of Fiction, 1921)等がある。

311 もうひとりの聞き手 三人の女の子とは、オックスフォードの古典学者リデルの娘の、ロリーナ(Lorina)、アリス(Alice)、イーディス(Edith)で、もうひとりの聞き手とは、当時、オックスフォード大学、トリニティ・カレッジの講師であったロビンソン・ダックワース(Duckworth, Robinson, 1834–1911)であった。

312 ルイス・マンフォード Mumford, Lewis, 1895–1990. 現代アメリカの評論家。一時、スタンフォード大学の教授であった。文明世界における人間のあり方を主題にした著作を書いた。『技術と文明』(Technics and Civilization, 1934)その他の著作がある。

324 アーノルド・ベネット Bennett, Enoch Arnold, 1867–1931. イギリスの小説家。法律、ジャーナリズムの仕事を経てのち、作家を志して、パリにわたった。おもに故郷のスタフォードシャーの陶業地、五つの町(Five Towns)を背景とした作品を書いた。フランス文学の影響もあるが、かれ独自の写実的な作風を示す『老妻物語(二人の女の物語)』(The Old Wives' Tales, 1908)などによって、文名があがった。評論、ジャーナリスティックな随想録も多い。

第十一章

328 **H・バターフィールド** Butterfield, Herbert, 1900–79. イギリスの歴史家で、ケンブリッジ大学の教授。歴史哲学や歴史編纂にかんする論文が多い。かれの歴史観は、トインビーのそれと見解を異にし、この両者はよく比較される。著書に『歴史小説』(The Historical Novel, 1924)、『キリスト教と歴史』(Christianity and History, 1949)、『歴史と人間関係』(History and Human Relations, 1951)等がある。

331 **『さらわれたデイヴィド』** Kidnapped, 1886. スティーヴンソン作。邦訳がある〔『さらわれたデービッド』坂井晴彦訳、福音館書店、一九七二年〕。

335 **サー・ウォルター・スコット** Scott, Sir Walter, 1771–1832. エディンバラ生まれの詩人、小説家。法律家でもあった。イングランド、スコットランド国境地方の伝承文学に通じ、自分でも、ロマンティックな物語詩を書きはじめた。のち、歴史小説に転じ、スコットランドの民衆の生活を活字にした。一八一四年『ウェーヴァリ』(Waverley)ものを発表して後、続々と小説を発表した。ロマンスの大家。

336 **『アイヴァンホー』** Ivanhoe, 1820. スコットの代表作。十二世紀の、獅子王リチャード一世の時代を背景にとり、ノルマン人征服下のサクソン人の生活、法律無視の冒険等を描いた騎士道はなやかなりしころの物語〔全二冊、菊池武一訳、岩波文庫、一九六四年、七四年〕。

『クエンティン・デュルワード』　Quentin Durward, 1823. スコット作の歴史小説。封建時代と騎士道の最後の日々を背景とした、若いスコットランド人クエンティン・デュルワードのルイ十一世護衛隊における物語。

セインツバリ　Saintsbury, George Edward Bateman, 1845-1933. イギリスの著名な文学評論家であり、歴史家。エディンバラ大学の英文学、および修辞学の教授であった。『英文学小史』(A Short History of English Literature, 1898)、『仏文学小史』(Short History of French Literature, 1882)等、イギリスおよびヨーロッパの文学にかんする多くの著作がある。

339 『鉄の人』　Men of Iron, 1891. ハワード・パイル作の歴史小説。

『大公の使者、マーティン・ハイド』　Martin Hyde, the Duke's Messenger, 1910. ジョン・メースフィールド作の歴史小説。

340 フロアサール　Froissart, Jean, 1337?-1405?　十四世紀のフランスの史家。イングランド、スコットランド、ミラノなどを歴遊して、諸国の宮廷に出入し、晩年はフランス王室に仕えた。主著は『年代記』(Chronicles)で、十四世紀における封建文明と騎士道の社会生活を奇警な観察と魅力ある筆致で描写したもの。

341 デュマ　Dumas, Alexandre, 1802-70. フランスの作家。七月革命(一八三〇年)後、王がたに味方し、政治運動に加わったりした。戯曲を書いた後、スコット風の歴史小説を書いた。

『三銃士』(Les Trois Mousquetaires, 1844)や『モンテ・クリスト伯』(Le Comte de Monte-Cristo, 1844-45)など、豊かな想像力を駆って、波瀾万丈の物語を組み立て、読者を魅了した。

344 **マロリー**　Malory, Sir Thomas, 1399-1471. イギリス、ランカスターの騎士。ウォリック伯ビーチャム(Richard de Beauchamp, Earl of Warwick, 1382-1439)に従ってフランスで戦った。いろいろ不法行為があり、何度か獄にくだったらしいが、その間に書いたものが、キャクストンが一四八五年に出版した『アーサー王の死』(Le Morte d' Arthur)だといわれている。

『タリスマン』　The Talisman, 1825. サー・ウォルター・スコット作。獅子王リチャードにひきいられた第三十字軍に加わった若いスコットランド人を主人公とする物語。パレスチナにおける十字軍と、サラセン人の衝突を描き、信仰のための苦しい戦いの意義を強調している。

345 **『リンウッドの槍』**　The Lance of Lynwood, 1855. シャーロット・ヤング(Yonge, Charlotte Mary, 1823-1901)の歴史小説のうち、『幼い大公』のつぎに、いまだによく読まれている。

349 **『銀のうでのオットー』**　Otto of the Silver Hand, 1888. ハワード・パイル作の歴史小説〔渡辺茂男訳、童話館出版、二〇一三年〕。

『幼い大公』　The Little Duke, or Richard the Fearless, 1854. シャーロット・ヤング作の歴史小説。

第十二章

362 **象の子ども**　Elephant's Child. キップリング作『なぜそうなった物語』の中の一話『象の子ども』の主人公、知りたがりやの子象のこと。

367 **G・M・トレヴェリアン**　Trevelyan, George Macaulay, 1876–1962. 現代イギリス最大の歴史家の一人。ケンブリッジ大学に学び、トリニティ・カレッジ学長。『十九世紀英国史』(British History in the Nineteenth Century and After, 1782–1919, 1922)、『英国史』(History of England, 1926) そのほか多くのすぐれた著作がある。

368 **A・J・トインビー**　Toynbee, Arnold Joseph, 1889–1975. 現代イギリスの歴史家。文明批評家としての第一人者。ロンドン大学教授、イギリス学士院会員。『ギリシア歴史思想』(Greek Historical Thoughts from Homer to the Age of Heraclius, 1924)、『歴史の研究』(A Study of History, 12 vols, 1934–61) そのほかの名著を多く書いている。

370 **レオニダス**　Leonidas I, ?–BC 480. レオニダス一世、古代スパルタ王。ペルシア戦役のとき、約七千の同盟軍をひきいてテルモピュライの嶮に敵の大軍を迎撃し、勇戦の後、味方兵士の裏切りにより腹背に敵を受けて全滅し、ギリシア武人の鑑とうたわれた。

371 **ヘロドトス**　Herodotus, BC 484?–BC 425?　古代ギリシアの史家。まとまった著作の現存するギリシア最古の歴史家で、「歴史の父」とよばれる。『歴史』(The History) がその著作としてよく知られ、史観としては、傲り栄える者は神の嫉妬によりかならず亡ぶとの考えが特色。

372 ハックルート　Hakluyt, Richard, 1552?–1616. 十六世紀イギリスの化学者。オックスフォード大学で地理学を講義した。『アメリカ発見にまつわる様々な航海』(Divers Voyages Touching the Discoverie of America, 1582)を出版。また駐仏イギリス大使館付牧師としてパリに赴き、アメリカ発見にかんする資料を蒐集して、『西域発見にかんする一つの論文』(A Particular Discourse Concerning Westerne Discoveries, 1584)を著した。かれの名を記念してイギリスに「ハックルート協会」が設立され、膨大な探検紀行文書を刊行している。

バスコ・ダ・ガマ　Gama, Vasco da, 1460?–1524. ポルトガルの航海者でインド航路発見者。大発見時代の空気にふれ、若くして水夫になったが、やがてマヌエル王の命により、喜望峰迂回インド航路発見を試みた。一四九八年、ここにヨーロッパ、インド間の直接航路が開けたのである。後年インドの反乱を鎮圧し総督に任ぜられたがまもなく病没した。

スコット　Scott, Robert Falcon, 1868–1912. イギリスの海軍士官で、アムンセンにおくれること一カ月、一九一二年一月南極に達したが、帰路四人の同行者とともに、悪天候にはばまれて全員死亡した。

373 ラプンツェル　Rapunzel. グリム童話中の『ラプンツェル』の主人公の金髪娘。

374 ジャック・カルティエ　Cartier, Jacques, 1491–1557. フランスの探検家。セント・ローレンス川の発見者。一五三四年フランソア一世の命により北アメリカを探検。セント・ローレンス湾に入り、一五三五―三六年の第二回探検でセント・ローレンス川を遡り、モントリオールに達した。一五四一年の第三回探検をふくめ、かれの探検によりフランスのカナダ植民の基礎がおかれた。

キャプテン・クック　Cook, Captain James, 1728–79. イギリスの海軍軍人で太平洋探検家。第一回の探検でニュージーランドおよび当時未知のオーストラリア東岸を探検、それぞれのイギリス領有を宣言して一七七一年帰国。第二回(一七七二—七五年)には未知の南方大陸を求めて南下ニューカレドニア島その他を発見。第三回(一七七六—七九年)は、北西航路の発見を企図して果たさずハワイで原住民との紛争により非業の死をとげた。

結　び

382

モーグリ少年　Mowgli. キップリング作『ジャングル・ブック』の主人公。狼少年といわれる。

レーフ・エリクソン　Leif Ericsson or Erikson, 970?–1020?　ノルマンの航海者。アイスランドの伝説によればノルウェーのエリック赤王(Erik the Red)の子。一千年ごろノルウェーからグリーンランドの父王のもとに赴く途中逆風にあって西航し、未知の島を発見しVinland(ブドウの地の意)と名づけた。これは今日のニューファウンドランドと考えられ、アメリカの最初の発見者といわれる。

イアソン　Iāsōn. ギリシア神話にでてくるイオルコスの国の王子。黄金の羊の毛を求めて遍歴する。

382 『ビリー・ベッグと牡牛』 Billy Beg and His Bull. アイルランドの昔話。王と妃が一人息子に牛を与えた。王子はこの牡牛ととても仲良しになる。ところが妃が死に新しい妃を迎えると、かの女は、王子と牡牛をきらい牡牛を殺そうとする。牡牛は逆に継母の妃を殺し、王子をのせて未知の国へゆく。そこで牡牛が王子に向かって「これからあなたは、たいした経験をするのだ」という。牡牛の左の耳からでたナプキンは必要な時にいつでもたべきれぬほどのごちそうをだし、右の耳からでた一本の小さな棒は何千の勇者をたおす力をもつ剣となる。やがて牡牛は、三びきの牡牛と闘って死ぬが、「自分の皮でベルトをつくり、それを体にまいておけば絶対に死ぬことはない」といいのこす。王子は、三人の巨人をたおし、姫をおそうおそろしい竜を退治して、その姫と結婚するという物語である〔『アイルランドのむかしばなし』(バージニア・ハビランド再話、まさきるりこ訳、福音館書店、一九六七年)に「ビリイ・ベグと雄牛」が収められている〕。

＊〔 〕内の書誌情報等は、岩波現代文庫への収録にあたって補ったものである。

あとがき

この本の訳者たちは、三人とも、子どものための文学の仕事にたずさわるものです。その立場から、つねづね、これまでの日本の児童文学批評が、客観的な、信服するにたる基準によって、子どもたちのよい本を選び、すすめるものでないことを不満に思っていました。そしてまた、一面には、厳密な批評に値する作品がまれであることも、認めなければなりませんでした。それについては、作家も、出版関係者も、批評家も、読者としての子どもの実体を知らず、じっさいの子どもが享受できる文学の根底にふれずに仕事をしてきたのではなかろうか、という疑いをもっていました。実のところ、そのような印象がはっきりしてきたのは、訳者たちをふくむ児童文学に興味をもつグループが、かなりの時日をかけて、連続して話しあいをした結果によるもので、その具体的な報告が、四年前に『子どもと文学』という小さな本にまとめられました。

ところで、その話しあいの場で、では、今後の日本の子どものための文学を、子どもたちの手にかえし、しかも文学として通用するものを生みだすために、われわれに指針を与えてくれる本は何であるかという論議になった時、訳者たちが期せずして、一致して推したのが、リリアン・H・スミス女史のこの本でありました。

はじめ、訳者たちは、それぞれ別の場所、別の立場で、この本を読む機会をもちました。石井は、欧米の児童文学活動の現状にふれる旅の途中、カナダでこの著者のもとに身をよせて、この本を贈られ、渡辺は、アメリカの児童図書館に勤めるうち、実地の必要から評価の高かったこの本にふれ、また瀬田は、子どものための図書を編集するあいだに、良い本の基準を求めてこの本をとりよせていた、という事情でしたが、話しあった結果は、一様の感銘に帰していたことがわかりました。

これまでにも諸国には、児童文学に近づくためのよい本が、いろいろと刊行されています。その歴史的な展開を周到に述べたもの、おのおの分野の特質をわかりやすく解説したもの、読むべき作品をすぐれたリストにしたもの、個々の作品の批判によってその進路をつまびらかにしたもの、読書指導の実際を明らかにしたものなど、名著といえるものが少なくありません。けれども、スミス女史のこの本は、それらのいずれでもなく、じつに、子どもと文学との、特別で緊密なかかわりあいのなかで、子どものための文学の質的な基準とは何かを、純粋に、具体的に、全力をかたむけて説きあかしている、もっとも本質的な概論であるといえましょう。

その意味では、これもまれな名著といわれるポール・アザールの『本・子ども・大人』と双璧をなすと思われますが、アザールの本が軽妙な洞察にみちたエッセイであるのに反して、スミス女史のこの本は、重厚で組織的な、一貫した講義のスタイルを保っています。そこに、児童文学の伝統のうすいフランスの状況に痛嘆したアザールにたいして、英米のその深い土台を踏まえたこの著者の自信がうかがえます。

こうして訳者たちがこの本を評価した時から、この訳出が、スミス女史のことばを借りれば、「子どものためにその時間と労力をつくすことのできるおとな」の責任であるように私たちには思われてきました。もとより、三人は、すぐに、「楽しくて実り多い仕事」にとりかかりました。

訳の分担は、まえがきと、一、二、三、四章を瀬田が、五、六、七、十二章と結びを渡辺が、八、九、十、十一章を石井がうけもちましたが、その後、三年間、個々の訳をもちよっては、分担外の他の二者の耳でそれをきき、読みやすい文章にするという作業をつづけました。それは、深い思索を凝縮した抽象的なスタイルでつづられている原文を、できるだけ忠実に、しかもそれなりの美しさで生かしながら、どの読者にも理解してもらえるようにしたいというねがいからおこなったことでしたが、そのあいだに、訳者たちは、この本の権威ある識見というべきものに、しばしば改めて感服させられました。

私たちはこれまで、子どものための文学といえば、とかく創作のみを考え、また批評もそこにとどまりがちでしたが、この著者は、広い教養と視野に立って、児童文学のさまざまな分野に精密で具体的な考察をかたむけています。創作は、ファンタジーからリアルな少年少女小説までを、それぞれの特質にしたがって価値をさぐり、さらに、昔話、神話伝説、絵本、知識の本にふれるなど、内容がまことにゆたかで、昔話ではその構成の分析を、説話では再話の比較を、詩では選集の意義をときあかして、終始、ゆるがせにできない本質へ私たちをみちびいてくれます。

その態度は、著者が、子どもには読書が一つの大きな体験となるものであること、よい本の質は、永続する生命のある本、つまり古典を尺度にして定めるべきであることを、くりかえして説いている信念から生まれていることはうたがいありません。そして、この本をつらぬく信念の奥ゆきのふかさは、スミス女史の何十年にもわたる実践から得られたものでした。

リリアン・H・スミス女史は、カナダに生まれ、トロント大学を卒業後、アメリカ、ピッツバーグ市のカーネギー・インスティテュート・オヴ・テクノロジー内、カーネギー図書館学校において、児童図書館員としての訓練をうけました。その後、一時期、ニューヨークで働きましたが、一九一二年、トロント市の公共図書館に招かれて、最初の少年少女部の部長に就任しました。

トロント市の公共図書館が、少年少女部のそもそもの基礎をおいたのは、一八八四年のことでした。それは、市に中央図書館というものが開かれたのと同時であって、その時、最初に図書館のために購入された図書、二万一千冊のうち、三千冊が子どものものにわりあてられたと、記録には出ています。しかし、だからといって、少年少女部が、ただちに活発に動きだしたわけではなかったことは、さらにずっとくだって、一九〇九年、新しい中央図書館が、現在ある場所に建てられた時の記録に、「ニュー・カレジ・ストリートの図書館の大きな特色の一つは、少年少女の部屋ができたことである」と書かれていることによってもわかります。古い建物には、子どものための部屋さえなく、いわば、名のみの「部」であったのです。

それから三年、子どもの読書施設について、市民の要望がいよいよ増大するにつれ、トロント市は、ついに決定的な処置をとらざるを得ないことになりました。それは、はっきりした少年少女部を新設し、専門家を部長に迎えるということです。こうして、リリアン・H・スミスは、故郷にかえってきました。そして、スミス女史の就任と同時に、トロント市公共図書館少年少女部は、目ざましい活動をはじめました。

何年か前、この本の訳者のひとり、石井が、スミス女史にむかって、

「トロントに帰って、まず最初にしたことは、何だったか」と聞いたのにたいして、かの女は、

「館長のロック博士に、私の思ったままをさせるという言質をとることであった。つぎに、図書館の棚にある、気にいらない本を、全部すててしまうことであった。すてて

しまうと、棚は、がらあきになったから、そのあとに、これこそという本を、一冊一冊、時をかけてうめてゆくことであった。そのまに、小学校をまわって、ストーリーテリングをしてあるいた」とこたえました。

もちろん、このまに、かの女は、部下、後輩の訓練、養成にもあたっていたわけです。老齢のいまにいたるまで、量より質をという信念をすてないかの女が、当時は、二十何歳、どのような気魄で少年少女と本の問題にぶつかっていったかがうかがえます。

その年の冬には、早くもクリスマスの贈り物として適当な図書の展覧会をひらき、十一月十四日から十二月六日までに、千八百人のおとなたちが、図書館員の知恵を借りるため、少年少女部を訪れました。

かの女の就任後十年間に、少年少女室のある図書館の分館は、二カ所から、十四カ所にふえ、貸出図書は、年間三万から五十万冊にのぼりました。一九二一年には、最初の「児童図書週間」が催され、そのころには、膨張の一途をたどっていた少年少女部のために、何とか新しい処置がとられなければならないことが、はっきりしてきました。

中央図書館の横に、個人の住宅のように親しみやすい「少年少女の家」が、独立して建てられたのは、その翌年の一九二二年のことでした。この年を転機として、「少年少女の家」の活動は、なおいっそう、さまざまな方面にのびはじめました。公共図書館として、地域的にのびた面は、ごく当然のことと考えられますが、学校のなかにも、訓練

少年少女の家

された図書館員を送りこみはじめました。スミス女史は、これら、全体の経営にあたると同時に、トロント大学教育学部の児童文学の講座をうけもち、また、「少年少女の家」を、児童図書館員のじっさいの訓練場にもあてました。

こうした活動の結果は、第一に、ここに本を読みにくる子どもたちの読書能力の上昇になってあらわれ、また、この子どもたちの反応のつみ重ねは、"Books for Boys and Girls"という、注釈づき図書目録となりました。(ここでことわっておかなければならないのは、こうした図書館でおこなわれる読書指導は、あくまでも楽しみのためのもの、子どもが無意識のうちにゆたかなものをえりわけ、とり入れるようにしむけるという種類のもので、けっして学習的なものではありません。）

トロントの「少年少女の家」を訪れて、そこに本を読みにくる子どもたちの、のびのびとして、楽しげなようす、また、家族のように結びついた図書館員たちの、さりげなく自由に子どもたちに接する態度、また、かの女たちのストーリーテリングのたくみさに驚嘆する者は多く、イギリスの図書館人、エドガー・オズボーン氏は、一九四九年に、スミス女史の功績をたたえる意味で、かれの有名なオズボーン・コレクションを、「少年少女の家」に贈りました。これは、一五六〇年から一九一〇年にいたる、イギリスで刊行された児童図書の貴重なコレクションでした。

一九五二年、スミス女史は、少年少女部長の役を退き、かの女が、トロント大学で教え、その学生時代から才腕をみとめ、後には、図書館内での後輩として育ててきたジーン・トムソンにバトンをわたしました。引退後も、かの女は、ジーンとともに住み、カナダの児童図書館活動、ひいては、アメリカの児童文学標準堅持の上にも、大きな影響をおよぼしています。

こうしたスミス女史の功績のため、かの女は、一九六二年にアメリカ図書館協会から、「読書の楽しみをひろめた」人として、クラレンス・デイ賞をおくられました。なお、トロント図書館「少年少女の家」は、近年、あまりにも手ぜまなことが痛感されていましたので、古びた、なつかしいすがたを惜しまれながら、今年（一九六三年）の後半にとりこわされました。来年、用意される新しい「家」には、その創始者、スミス女史を記念して、オズボーン・コレクションにおさめられている本以後の児童図書が、現在のスタッフによって選択され、リリアン・スミス・コレクションとしておさめられるとのことです。こうして、トロントの「少年少女の家」は、現在生きているなまの子どもにたいする活動とともに、児童文学を研究する者にとっても、たいへん意義ある場所となることでしょう。

さて、ここに訳された"The Unreluctant Years"は、長年のスミス女史の講義をもととして加筆され、一九五三年にシカゴのアメリカ図書館協会から、出版されました。そして現在なお、英語の使われている国の図書館では、児童図書館員必読の本になっています。この題名は、「心のびやかな時代」ともいうべきもので、原書の扉に引用されたシェリの「自由をたたえる歌」の一節「暁色にそまる山の上に立ったように、待ち望み、心のびやかなあの頃……」を考えれば、著者が「子ども時代」に託するものを選んだことがわかります。私たちは、残念ながら耳なれぬこの詩句を捨て、副題の「児童文学の批判的考察」の意をとって、大まかに『児童文学論』と題することにしました。

このような好著にも、欠点は見いだされます。訳者たちも、著者の所説に重複のあることに気づき、とくに、近年とみにさかんに出版されるようになった知識の本の章が手うすであることを感じましたが、それらのきずをおおって、正統な識見と熱意とが、新しく生まれでようとしている日本の子どものための文学に、力強い刺激をあたえることを、確信しています。どうか、この訳書を、世の父兄、学校の先生、図書館員、そのほか、児童文学に関心をもつすべての人たちに、読んでもらいたいと思います。

なお、用語については、著者の意向を考えて、かなり自由な訳語をあてた例が少なくありません。たとえば、第四章の主題である fairy tale は、従前は、おとぎ話、童話と訳されてきましたが、ここでは明らかに folk tale と同じ意味に使われていますので、「昔話」としました。fantasy ということばは、英米でもさまざまに用いられ、この著者の引用しているフォースターも、その『小説の諸相』では、児童文学の場合と少々ちがった意味で考えているようです。著者の使っている意味は、日本語にすれば「空想物語」に近いでしょうが、こうすると日本語では「空想」の解釈にさまざまなものがでてきそうに思えますので、あえて「ファンタジー」をそのままに残して、既成の概念によらず、将来大切なこのジャンルを本格的に考究しうる余地を、ふくめたつもりでいます。なお、story という語は、それが第九章の主題になっている場合、時に「少年少女小説」と訳し、地の文章でふつうに使われている場合も、その時によって、(1)「物語」または「お話」、(2)「ストーリー」と訳しました。(2)は、物語の具えている「ストーリー性」というものを、著者が抽出して述べていると考えた時に用いました。そのほかの、ややて技術的なことばについては、くわしくおことわりするまでもありませんが、subjectとthemeとは、「題材」と「主題」あるいは「テーマ」、narrativeは時に応じて「叙述」「お話」、versionは「再話」「例話」と訳しました。

詩の章では、ひびきを尊重する著者の考えにもとづいて、原詩をいれて大意をつけましたが、散文の場合は、同様ながらわずらわしくなるために原文を省略しました。

絵本の章には、原著にすべてはぶかれている挿絵を、本文にふれてあるかぎりで、訳者たちが選んで新たに加えました。

はじめてこうした問題にふれる読者への配慮は、訳注をできるだけたくさんつけたことにも、見ていただけると思います。訳注は、かならずしも初出のところでなく、本文でとくによく触れている個所に＊印をつけ、後にまとめました。どの場所からも訳注をさがそうとなさる場合は、索引によって、その有無をたしかめていただきたいと思います。なお、人名の読み方は、岩波西洋人名辞典に従いました。また原注は、各章の終り、参考書のまえに、番号をつけて、あげておきました。

数多い訳注の作成については、間崎ルリ子さん、煩雑な索引づくりについては、田辺梨代子さんのご協力をいただきました。

この本の日本語への訳出を快く許してくださった原著者スミス女史と出版元アメリカ図書館協会に感謝すると同時に、長い時日をかけた訳稿の読みあわせ、および校正の期間ちゅう、じつに忍耐づよく私たちの面倒を見てくださいました岩波書店の山鹿太郎氏、石崎津義男氏、三浦剛氏、柿沼マサ子氏に厚くお礼申しあげます。

一九六三年十二月

石井桃子
瀬田貞二
渡辺茂男

解説　非常用の錨

斎藤惇夫

この『児童文学論』は、翻訳出版された時期にも内容にも、私自身が深い影響を受けているものですから、私の経験を基に語らせていただきます。

一九六四年春、どうしても子どもの本の編集者になりたくて、勤めていた会社を辞め、どうにか児童書の出版社に入ることのできた私は、すぐに、アメリカに留学していた兄に手紙を認《したた》め、近くの図書館で児童図書館員に会って、子どもの本の編集者になるためには、まずどの本を読んだらいいのか教えてもらってくれ、と頼みました。ほどなく兄から手紙が届き、そこには読むべき本として三冊が示されていました。ポール・アザールの『本・子ども・大人』、アン・キャロル・ムーアの“My Road to Childhood”、そして本書、リリアン・H・スミスの『児童文学論』でした。また、子どもの本のリストとしては、“Children's Catalogue”をよく見て、推薦されている本を読むように、というアドヴァイスも記されていました。ムーアの本はアメリカから取り寄せる以外にありませんでしたが、幸いなことに、『本・こども・大人』は一九五七年に、矢崎源九郎・横山正矢訳で紀伊國屋書店から、『児童文学論』は、まさしく一九六四年の三月に、石井桃子・瀬田貞二・渡辺茂男訳で岩波書店から刊行されていて、すでに読んでおり、実は、子どもの本の編集者になろうという激しい促しを『本・子ども・大人』から、また、そう決断したことへの同意と励ましを『児童文学論』から受けたばかりだったので、緊張しながらも、ほっと安堵して子どもの本の編集にとりかかりました。

⚓

本書を読んでまずうれしかったのは、子どもの本の様々なジャンルが記され論じられていたこと。それも、著者がトロントの児童図書館「少年少女の家」を辞したのち、大学での講義を基にして書かれているので、緻密に組み立てられているばかりでなく、まるで一篇の物語を読むように面白く順を追って構成されていたこと。それは、子どもたちに夢と希望と豊かな心を与える、などという常套語で、実は、おとなの独りよがりの、子ども時代への郷愁と訓育意識の綯《ない》交《ま》ぜになった、独善的で曖昧模糊とした我が国の子どもの本の評価の世界に、突如、科学が持ち込まれたような清々しい感じがしました。

本書は、わらべうたからファンタジーまで、子どもの本の評論は、印象批評ではなく、あくまで技術論、あるいは分析的な批評でなければならず、またそれが可能であることを如実に示していたのです。

次にうれしかったのが、児童文学というものが、著者の引用しているC・S・ルイスの「一〇歳の時に読む価値のある本は、五〇歳になって読み返しても同じように(むしろしばしば小さい時よりもはるかに多く)価値があるものでなければならない」、という言葉に端的に示されているように、『本・こども・大人』でアザールが一貫して語っている、「子どもの本は文学でなくてはならない」という考え方を正統的に引き継いで書かれているということです。

たしかに子どもたちは楽しみのために本を読む。しかし、無意識のうちに、そこに永続的な真実があることを求めている。かれらは、不朽の値打ちのある本、誠実で真実で夢《ヴィジョン》のある本にだけ、成長に必要な材料を見出すことができる。すぐれた子どもの本は、それを読む子どもたちに、非常用の錨《いかり》を荒い波風におろすような安定感を与える、という確固たる考え方に裏打ちされていました。しかも、そこが肝心なのですが、常に、幼児のみでなく、「かれらの思いや空想が、どのような喜ばしい、または悲しい驚きに満ちているか、私たちは知るすべを持たないし、かれらは知らせるすべを持たない」、という正確で深い洞察のもとに、著者は、おとなが子どもたちに近づく方法があるとすれば、それは「記憶と観察と想像力」だと言い切ります。そしてその三つを基に、なぜ子どもたちがこの詩を、この昔話を、この絵本を、この物語を愛し守り抜いてきたかを分析し、それがいかに文学の法則にのっとったものであるかを示しながら、子どもの文学を語り続けるのです。これは、新たな子どもの発見とさえ思いました。

さらにうれしかったことは、児童文学というものが、決して、遠くにあるものではなく、ここに、自分の中に、自分が楽しみながら経験してきたことそのものの中にある、という確信を本書が与えてくれたことでした。当時の子どもたちの大半がそうであったように、「わらべうた」をうたいながら日が暮れるまで遊び、私は雪国育ちでしたから、冬の間は降りしきる雪の下で昔話を聞き、さらには、私の住んでいた町はB29の爆撃で焼け野原になったのですが、その焼け野原の向こうに(いや、焼け野原の中にも!)、あるにちがいない緑滴《したた》る沃野を、本を読んでもらったり、読んだりしながら感じ、またそれを夢見ながら生きていたのです。母が読んでくれたアルスの児童文庫や、文藝春秋社の小学生全集、それに私が一〇歳の時に創刊された「岩波少年文庫」を通して、昔話や神話や創作の物語をたっぷり、外での虫採りや川遊びや山での栗拾いと同じように、楽しみながら味わっていたのです。あとは、どれだけ自分の子ども時代の記憶をたしかなものにしながら、今の子どもたちを観察できるか、そして最後は自分の想像力に賭けること、それが仕事と思えたのです。

どうやら私は、この本を、戦後民主主義の輝かしい象徴と感じ取っていた気配です。六〇年安保闘争に敗れ、未来に展望を持てなくなり、行きどころを喪ってしまっていた精神が、子どもの本を編集するということで、なんとか甦るかもしれないと感じたのです。子どもたちが愛し守り抜いてくれるような本を、非常用の錨を、もしも編集できたら、未来は必ずしも閉ざされはしない、戦後民主主義を潰しはしないぞ。私は、幾度も『児童文学論』(そして『本・こども・大人』)を紐解《ひもと》きながらそんなことを思っていたのです。

一九七〇年代、お目にかかった公共図書館員や、家庭文庫の方々の大半は、この本を読み、子どもの本を考える指針とし、選書の基準とし、この本の中のいくつかの言葉を暗唱し、図書館の充実と自立を叫んでいました。図書館員の研修会ではかならず必読書として本書があげられ、またこの本の読書会もあちこちで開かれていました。図書館員たちは、一九六〇年に中央公論社から出た、石井桃子・いぬいとみこ・鈴木晋一・瀬田貞二・松居直・渡辺茂男による『子どもと文学』(現在は福音館書店刊)を読み、小川未明や浜田広介や坪田譲治を否定し、宮沢賢治や千葉省三や新美南吉を評価するという方向に新しい息吹を感じ、深く同意していたにしても、その根拠になるⅡ章の「子どもの文学とは?」に物足りなさを感じていたようです。著者たちのよって立つ理論が明確には提示されていない憾《うら》みをいだいていたのです。本書が翻訳出版され、ようやく、筆者たちが『児童文学論』から学び、『子どもと文学』のⅡが書き上げられたことを知り、深く納得したようです。「この本を丹念に読みさえすれば、図書館員として悩んでいることの回答は必ず発見できる。殊に、図書館員にとっての生命線である選書は、この洪水のように出版されている子どもの本の中から、一体、どの本を、いかなる基準で選ぶか、いつも、その基本に立ち返らせてくれる」という声をよく耳にしました。多くの図書館員が、図書館員の専門性を訴えていましたし、出版社の品切れや絶版にも鋭く反応し、図書館員たちの抗議行動に、私自身も右往左往しながら受け答えしたことがよくありました。

一九七四年に、私はトロントの「少年少女の家」を訪れました。『児童文学論』の舞台をどうしても覗いてみたくなったのです。蔵書の見事さ、選書の確かさは想像を超えていましたが、それよりも、スミスさんの弟子の四人の司書たちの言葉に驚かされました。「ナルニア国ものがたり」を、彼女たちは六年の議論ののちに、ようやく書架に並べたというのです。思わず、Why? と聞くと、「ナルニア国ものがたり」は子どもたちのための本だからという答えが返ってきました。彼女たちが見せてくれた分厚いファイルには、六年間彼女たちが議論した内容の詳細が、タイプライターで打ち込まれていました。またそのすぐ後に伺ったニューヨーク公共図書館の児童室では、案内してくれた司書が、立ち並ぶ本の中から、「どれでも一冊手に取って下さい。その本の内容と、何故私たちがその本を書架に並べておくのかご説明しますから」と、言っていました。スミスさん、ムーアさんの精神は、たしかに引き継がれていると感じました。

『児童文学論』が翻訳出版されてから半世紀がたちました。この半世紀の間に、たしかに、各論としては、スミスの考えを凌ぐ研究は、あるいはスミスが学んできた学説を超える研究は、多く現れました。古くなりすぎたデータもたしかにあります。しかし、口承文芸からファンタジーに至るまで、子どもの文学全般にわたり、子どもたちが愛し守り抜いてきたものを点検し、子どもの精神に近づき、彼らの未来を窺う姿勢に貫かれて書かれた児童文学論はまだありません。パソコンは扱えても、本の中身を知らない図書館員、新刊だけがやたらと目立つ図書館、子どもの要求するものを図書館に入れます、なんて公言して憚らない図書館員が目につきます。まずは、子どもたちが長い間愛し守ってきた本を守る場所、としての図書館を確立すること。またそうなる可能性を秘めた本を選ぶのが図書館員の仕事のはずです。編集者も同じです。子どもたちが今歓び、その歓びが次の読書を導き、やがては生涯の歓びになる、そういう本を厳選して出すべきです。なぜなら、今ほど、子どもたちが、子どもの時間を喪ってしまっている時代はないからです。この本自体が、非常用の錨と言っていいのです。

この本を、文庫版になったのを機に、図書館員も編集者も、子どもにかかわる仕事をしている方々のすべてが、もう一度読み直してくれたらいいなあ、なんて、もと編集者は、相変わらず一〇歳の時に夢中になった本を読みふけりながら呟いているのです。

（さいとう・あつお　児童文学作家）

索　引

・人名・作品名(書名)を五十音順に配列した.
・人名の表記は，原則として『岩波西洋人名辞典』によった.
・作品は，個々の作品名も，作品集の名も同等に『　』を附した.
・日本で知られていない作品名(書名)は各章で主要作品として論じられているものを除き，単独に項目を立てず，その著者の人名項目のうちに従属させた.
・ページ数のイタリック体のものは，その項目の訳注ページを示す.
〔岩波現代文庫への収録にあたり，一部の人名，作品名の表記を改めた.〕

ア 行

サ 行

ナ 行

ハ 行

マ 行

ヤ 行

ラ 行

ワ 行

本書は一九六四年四月、岩波書店より刊行された。岩波現代文庫への収録にあたり、言及される作品名・作者名の一部を、初版刊行後に出版された日本語版の表記に合わせて改め、書誌情報を補うなどの変更を加えた。

児童文学論　リリアン・H.スミス

2016年10月18日　第1刷発行
2024年7月25日　第6刷発行

訳　者　石井桃子《いしいももこ》・瀬田貞二《せたていじ》・渡辺茂男《わたなべしげお》

発行者　坂本政謙

発行所　株式会社 岩波書店
〒101-8002 東京都千代田区一ツ橋2-5-5

案内 03-5210-4000　営業部 03-5210-4111
https://www.iwanami.co.jp/

印刷・精興社　製本・中永製本

ISBN 978-4-00-602282-2　Printed in Japan

岩波現代文庫創刊二〇年に際して

二一世紀が始まってからすでに二〇年が経とうとしています。この間のグローバル化の急激な進行は世界のあり方を大きく変えました。世界規模で経済や情報の結びつきが強まるとともに、国境を越えた人の移動は日常の光景となり、今やどこに住んでいても、私たちの暮らしは世界中の様々な出来事と無関係ではいられません。しかし、グローバル化の中で否応なくもたらされる「他者」との出会いや交流は、新たな文化や価値観だけではなく、摩擦や衝突、そしてしばしば憎悪までをも生み出しています。グローバル化にともなう副作用は、その恩恵を遥かにこえていると言わざるを得ません。

今私たちに求められているのは、国内、国外にかかわらず、異なる歴史や経験、文化を持つ「他者」と向き合い、よりよい関係を結び直してゆくための想像力、構想力ではないでしょうか。

新世紀の到来を目前にした二〇〇〇年一月に創刊された岩波現代文庫は、この二〇年を通して、哲学や歴史、経済、自然科学から、小説やエッセイ、ルポルタージュにいたるまで幅広いジャンルの書目を刊行してきました。一〇〇〇点を超える書目には、人類が直面してきた様々な課題と、試行錯誤の営みが刻まれています。読書を通した過去の「他者」との出会いから得られる知識や経験は、私たちがよりよい社会を作り上げてゆくために大きな示唆を与えてくれるはずです。

一冊の本が世界を変える大きな力を持つことを信じ、岩波現代文庫はこれからもさらなるラインナップの充実をめざしてゆきます。

（二〇二〇年一月）

岩波現代文庫[文芸]

B313
惜櫟荘の四季
佐伯泰英

惜櫟荘の番人となって十余年。修復なった後も手入れに追われ、時代小説を書き続ける毎日が続く。著者の旅先の写真も多数収録。

B314
黒雲の下で卵をあたためる
小池昌代

誰もが見ていて、見えている日常から、覆いがはがされ、詩が詩人に訪れる瞬間。詩人は詩をどのように読み、文字を観て、何を感じるのか。〈解説〉片岡義男

B315
夢十夜
近藤ようこ漫画
夏目漱石原作

こんな夢を見た——。怪しく美しい漱石の夢の世界を、名手近藤ようこが漫画化。描き下ろしの「第十一夜」を新たに収録。

B316
村に火をつけ、白痴になれ
伊藤野枝伝
栗原康

結婚制度や社会道徳と対決し、貧乏に徹しわがままに生きた一〇〇年前のアナキスト、伊藤野枝。その生涯を体当たりで描き話題を呼んだ爆裂評伝。〈解説〉ブレイディみかこ

B317
僕が批評家になったわけ
加藤典洋

批評のことばはどこに生きているのか。その営みが私たちの生にもつ意味と可能性を、世界と切り結ぶ思考の原風景から明らかにする。〈解説〉高橋源一郎

2024. 7

岩波現代文庫［文芸］

B318
振仮名の歴史
今野真二

「振仮名の歴史」って？　平安時代から現代まで続く「振仮名の歴史」を辿りながら、日本語表現の面白さを追体験してみましょう。

B319
上方落語ノート 第一集
桂米朝

上方落語をはじめ芸能・文化に関する論考・考証集の第一集。「花柳芳兵衛聞き書」「ネタ裏おもて」「考証断片」など。〈解説〉山田庄一

B320
上方落語ノート 第二集
桂米朝

名著として知られる『続・上方落語ノート』を文庫化。「落語と能狂言」「芸の虚と実」「落語の面白さとは」など収録。〈解説〉石毛直道

B321
上方落語ノート 第三集
桂米朝

名著の三集を文庫化。「先輩諸師のこと」「不易と流行」「天満・宮崎亭」「考証断片・その三」など収録。〈解説〉廓 正子

B322
上方落語ノート 第四集
桂米朝

名著の第四集。「考証断片・その四」「風流昔噺」などのほか、青蛙房版刊行後の雑誌連載分も併せて収める。全四集。〈解説〉矢野誠一

2024. 7

岩波現代文庫[文芸]

B323
可能性としての戦後以後
加藤典洋

戦後の思想空間の歪みと分裂を批判的に解体し大反響を呼んできた著者の、戦後的思考の更新と新たな構築への意欲を刻んだ評論集。〈解説〉大澤真幸

B324
メメント・モリ
原田宗典

死の淵より舞い戻り、火宅の人たる自身の半生を小説的真実として描き切った渾身の作。懊悩の果てに光り輝く魂の遍歴。

B325
遠い声
―管野須賀子―
瀬戸内寂聴

大逆事件により死刑に処せられた管野須賀子。享年二九歳。死を目前に胸中に去来する、恋と革命に生きた波乱の生涯。渾身の長編伝記小説。〈解説〉栗原　康

B326
一〇一年目の孤独
―希望の場所を求めて―
高橋源一郎

「弱さ」から世界を見る。生きるという営みの中に何が起きているのか。著者初のルポルタージュ。文庫版のための長いあとがき付き。

B327
石の肺
―僕のアスベスト履歴書―
佐伯一麦

電気工時代の体験と職人仲間の肉声を交えアスベスト禍の実態と被害者の苦しみを記録した傑作ノンフィクション。〈解説〉武田砂鉄

岩波現代文庫[文芸]

B328
冬の蕾
―ベアテ・シロタと女性の権利―
樹村みのり

無権利状態にあった日本の女性に、男女平等条項という「蕾」をもたらしたベアテ・シロタの生涯をたどる名作漫画を文庫化。〈解説〉田嶋陽子

B329
青い花
辺見庸

男はただ鉄路を歩く。マスクをつけた人びとが彷徨う世界で「青い花」の幻影を抱え……。災厄の夜に妖しく咲くディストピアの〝愛〟と〝美〟。現代の黙示録。〈解説〉小池昌代

B330
書聖王羲之
―その謎を解く―
魚住和晃

日中の文献を読み解くと同時に、書作品をつぶさに検証。歴史と書法の両面から、知られざる王羲之の実像を解き明かす。

B331
霧の犬
―a dog in the fog―
辺見庸

恐怖党の跋扈する異様な霧の世界を描く表題作ほか、殺人や戦争、歴史と記憶をめぐる終わりの感覚に満ちた中短編四作を収める。終末の風景、滅びの日々。〈解説〉沼野充義

B332
増補 オーウェルのマザー・グース
―歌の力、語りの力―
川端康雄

政治的な含意が強調されるオーウェルの作品群に、伝承童謡や伝統文化、ユーモアの要素を読み解く著者の代表作。関連エッセイ三本を追加した決定版論集。

2024.7

岩波現代文庫［文芸］

B333
六代目圓生コレクション
寄席育ち
三遊亭圓生
圓生みずから、生い立ち、修業時代、芸談、噺家列伝などをつぶさに語る。綿密な考証も施され、資料としても貴重。〈解説〉延広真治

B334
六代目圓生コレクション
明治の寄席芸人
三遊亭圓生
圓朝、圓遊、圓喬など名人上手から、知られざる芸人まで。一六〇余名の芸と人物像を、六代目圓生がつぶさに語る。〈解説〉田中優子

B335
六代目圓生コレクション
寄席楽屋帳
三遊亭圓生
『寄席育ち』以後、昭和の名人として活躍した日々を語る。思い出の寄席歳時記や風物詩も収録。聞き手・山本進。〈解説〉京須偕充

B336
六代目圓生コレクション
寄席切絵図
三遊亭圓生
寄席が繁盛した時代の記憶を語り下ろす。各地の寄席それぞれの特徴、雰囲気、周辺の街並み、芸談などを綴る。全四巻。〈解説〉寺脇 研

B337
コブのない駱駝
―きたやまおさむ「心」の軌跡―
きたやまおさむ
ミュージシャン、作詞家、精神科医として活躍してきた著者の自伝。波乱に満ちた人生を自ら分析し、生きるヒントを説く。鴻上尚史氏との対談を収録。

岩波現代文庫［文芸］

B338-339
ハルコロ（1）（2）
石坂啓漫画
本多勝一原作
萱野茂監修

一人のアイヌ女性の生涯を軸に、日々の暮らしや祭り、誕生と死にまつわる文化など、アイヌの世界を生き生きと描く物語。〈解説〉本多勝一・萱野茂・中川裕

B340
ドストエフスキーとの旅
―遍歴する魂の記録―
亀山郁夫

ドストエフスキーの「新訳」で名高い著者が、生涯にわたるドストエフスキーにまつわる体験を綴った自伝的エッセイ。〈解説〉野崎歓

B341
彼らの犯罪
樹村みのり

凄惨な強姦殺人、カルトの洗脳、家庭内暴力と息子殺し……。事件が照射する人間と社会の深淵を描いた短編漫画集。〈解説〉鈴木朋絵

B342
私の日本語雑記
中井久夫

精神科医、エッセイスト、翻訳家でもある著者の、言葉をめぐる多彩な経験を綴ったエッセイ集。独特な知的刺激に満ちた日本語論。〈解説〉小池昌代

B343
ほんとうのリーダーのみつけかた 増補版
梨木香歩

誰かの大きな声に流されることなく、自分自身で考え抜くために。選挙不正を告発した少女をめぐるエッセイを増補。〈解説〉若松英輔

2024.7

岩波現代文庫［文芸］

B344
狡智の文化史
—人はなぜ騙すのか—
山本幸司

嘘、偽り、詐欺、謀略……。「狡智」という厄介な知のあり方と人間の本性との関わりについて、古今東西の史書・文学・神話・民話などを素材に考える。

B345
和の思想
—日本人の創造力—
長谷川櫂

和とは、海を越えてもたらされる異なる文化を受容・選択し、この国にふさわしく作り替える創造的な力・運動体である。〈解説〉中村桂子

B346
アジアの孤児
呉濁流

植民統治下の台湾人が生きた矛盾と苦悩を克明に描き、戦後に日本語で発表された、台湾文学の古典的名作。〈解説〉山口守

B347
小説家の四季
1988―2002
佐藤正午

小説家は、日々の暮らしのなかに、なにを見つめているのだろう――。佐世保発の「ライフワーク的エッセイ」、第1期を収録！

B348
小説家の四季
2007―2015
佐藤正午

『アンダーリポート』『身の上話』『鳩の撃退法』、そして……。名作を生む日々の暮らしを軽妙洒脱に綴る「文芸的身辺雑記」、第2期を収録！

2024.7

岩波現代文庫［文芸］

B349
増補 もうすぐやってくる尊皇攘夷思想のために
加藤典洋
幕末、戦前、そして現在。三度訪れるナショナリズムの起源としての尊皇攘夷思想に向き合うために。晩年の思索の増補決定版。〈解説〉野口良平

B350
大きな字で書くこと／僕の一〇〇〇と一つの夜
加藤典洋
批評家・加藤典洋が自らを回顧する連載を中心に、発病後も書き続けられた最後のことばたち。没後刊行された私家版の詩集と併録。〈解説〉荒川洋治

B351
母の発達・アケボノノ帯
笙野頼子
縮んで殺された母は五十音に分裂して再生した。母性神話の着ぐるみを脱いで喰らってウンコにした、一読必笑、最強のおかあさん小説が再来。幻の怪作「アケボノノ帯」併収。

B352
日没
桐野夏生
海崖に聳える〈作家収容所〉を舞台に極限の恐怖を描き、日本を震撼させた衝撃作。「その恐ろしさに、読むことを中断するのは絶対に不可能だ」（筒井康隆）。〈解説〉沼野充義

B353
新版 一陽来復 —中国古典に四季を味わう—
井波律子
巡りゆく季節を彩る花木や風物に、中国古典詩文の鮮やかな情景を重ねて、心伸びやかに生きようとする日常を綴った珠玉の随筆集。〈解説〉井波陵一

2024. 7

岩波現代文庫[文芸]

B354
未闘病記
―膠原病、「混合性結合組織病」の―
笙野頼子

芥川賞作家が十代から苦しんだ痛みと消耗は十万人に数人の難病だった。病と「同行二人」の半生を描く野間文芸賞受賞作の文庫化。講演録「膠原病を生き抜こう」を併せ収録。

B355
定本 批評メディア論
―戦前期日本の論壇と文壇―
大澤聡

論壇/文壇とは何か。批評はいかにして可能か。日本の言論インフラの基本構造を膨大な資料から解析した注目の書が、大幅な改稿により「定本」として再生する。

B356
さだの辞書
さだまさし

「目が点になる」の『広辞苑 第五版』収録をご縁に27の三題噺で語る。温かな人柄、ユーモアにセンスが溢れ、多芸多才の秘密も見える。〈解説〉春風亭一之輔

B357-358
名誉と恍惚(上・下)
松浦寿輝

戦時下の上海で陰謀に巻き込まれ、すべてを失った日本人警官の数奇な人生。その悲哀を描く著者渾身の一三〇〇枚。谷崎潤一郎賞、ドゥマゴ文学賞受賞作。〈解説〉沢木耕太郎

B359
岸惠子自伝
―卵を割らなければ、オムレツは食べられない―
岸惠子

女優として、作家・ジャーナリストとして、国や文化の軛〈くびき〉を越えて切り拓いていった、万華鏡のように煌〈きら〉めく稀有な人生の軌跡。

2024.7

岩波現代文庫［文芸］

B360

かなりいいかげんな略歴

エッセイ・コレクションⅠ
―1984-1990―

佐藤正午

デビュー作『永遠の1/2』受賞記念エッセイである表題作、初の映画化をめぐる顛末記「映画が街にやってきた」など、瑞々しく親しみ溢れる初期作品を収録。

2024.7